北京大学
東方文學研究中心

# 文学与图像
## 文图互释

陈 明 / 主编

# LITERATURE
# AND IMAGE

Intertexuality of Text-images

北京大学出版社
PEKING UNIVERSITY PRESS

**图书在版编目 (CIP) 数据**

文学与图像：文图互释 / 陈明主编 . —北京：北京大学出版社，2023.5
ISBN 978-7-301-33773-8

Ⅰ . ①文… Ⅱ . ①陈… Ⅲ . ①文学理论 Ⅳ . ① I0

中国国家版本馆 CIP 数据核字 (2023) 第 035839 号

| | |
|---|---|
| 书　　　名 | 文学与图像：文图互释 |
| | WENXUE YU TUXIANG：WENTU HUSHI |
| 著作责任者 | 陈　明　主编 |
| 责 任 编 辑 | 严　悦 |
| 标 准 书 号 | ISBN 978-7-301-33773-8 |
| 出 版 发 行 | 北京大学出版社 |
| 地　　　址 | 北京市海淀区成府路 205 号　100871 |
| 网　　　址 | http://www.pup.cn　　新浪微博：@ 北京大学出版社 |
| 电 子 信 箱 | pkupress_yan@qq.com |
| 电　　　话 | 邮购部 010-62752015　发行部 010-62750672　编辑部 010-62754382 |
| 印 刷 者 | 北京鑫海金澳胶印有限公司 |
| 经 销 者 | 新华书店 |
| | 720 毫米 × 1020 毫米　16 开本　21.25 印张　435 千字 |
| | 2023 年 5 月第 1 版　2023 年 5 月第 1 次印刷 |
| 定　　　价 | 88.00 元 |

# 目　录

走近实学,走向明天

　　——在"语言与图像"全国文艺理论学术研讨会上的闭幕词 ……… 赵宪章(1)

## 外国文学图像研究

波斯册页中的"真假中国画"

　　——受中国画影响的托普卡珀宫藏雅库布册页中的黑笔画 ……… 雷传翼(3)

内扎米《七美图》的图文关系探究

　　——兼与阿米尔《八天堂》对比 ………………………………… 贾　斐(41)

波斯细密画在欧美学界的研究嬗变:以文图叙事问题为例 ………… 赵晋超(56)

泰国帕玛莱抄本插图的典型化场景及其社会文化意义 ……………… 金　勇(75)

朝鲜朝时期《三纲行实图》"孝子图"的形态与叙事功能研究 ……[韩]琴知雅(97)

普希金自画像的文学意义 …………………………………………… 刘洪波(109)

《人生拼图版》的图像空间:反思视觉文化 ………………………… 程小牧(121)

## 中国文学图像研究

基于"形似"与超越"形似":魏晋南北朝诗画理论的会通 ………… 张　威(137)

克孜尔石窟智马本生壁画研究 ……………………………………… 王乐乐(145)

辽宁阜新海棠山旃檀瑞像之图像源流考 …………………………… 陈粟裕(155)

纪念苏轼:传乔仲常《后赤壁赋图》再研究

　　…………………………………………………[英]Francesca Leiper(164)

明清小说戏曲刊本插图图像主题认知若干问题的探讨 …………… 颜　彦(193)

论《水浒传》的簪花现象及其图像再现 …………………………… 赵敬鹏(206)

明代戏曲刊本插图研究 ………………[日]小松谦 著　陈世华　洪晓云 译(220)

"世界文学的不可磨灭的一部分"

　　——论罗果夫俄文译本《阿Q正传》的插图 ………………… 杨剑龙(239)

素简的视觉力量与鲁迅的插图理念
　　——以《语丝》《莽原》《未名》为例 ………………………… 万士端（248）
论莫言小说的色彩书写及其修辞效果 ……………………………… 谢静漪（274）

## 学术纵横

北京大学"东方文学图像"系列讲座纪要
　　……………… 周　佳　熊　燃　王　萱　王乐乐　李玲莉　吴小红（297）

# 走近实学，走向明天

## ——在"语言与图像"全国文艺理论学术研讨会上的闭幕词

### 赵宪章

各位参会代表：

大家好！今天我们在庆阳召开这样一个会议，并且能取得圆满成功，收获多多，实属不易。我们应该向会议承办方——甘肃陇东学院及其文学院表示衷心感谢！也向多次转车、转机，或转机再转车，克服交通不便前来参会的各地学者表示衷心感谢！

1987 年，国际语词与图像研究会在荷兰成立；2020 年，中国首次"语言与图像"文艺理论研讨会在庆阳召开。我做这样的表述并非是在攀附什么，而是感到二者之间存有某种相似性：如果将国际语词与图像研究会的成立看作一个象征，象征文学研究又一个新时代的开始，开始自觉借鉴符号学方法展开跨媒介探索，那么，这次庆阳会议是否昭示了我们的文学与图像关系研究，又进入了一个新阶段呢？

我国的文学与图像关系研究是新世纪的新学问。新世纪的第一个十年的参与者主要在文艺理论界，谈论的主题是图像时代的到来对文学所造成的负面影响，大多属于"狼来了"之类的焦虑表达或宏观谋划。2010 年前后发生了变化：一是古代文学、现代文学和外国文学的积极参与，二是文学与图像关系史的梳理异军崛起，三是作家作品、艺术家艺术品等个案分析逐年增多，四是文学与图像关系的理论探讨持续深入。这四个方面聚焦到一点，就是"语图符号学"的意识开始觉醒——我们越来越意识到，无论哪一方面、哪一论域的文学与图像研究，归根结底是语言和图像两种符号的关系问题。进一步说，"语图符号关系"既是文学与图像关系的研究方法，也是它的目的和价值所在，彰显了整个文学图像关系研究的学理性和现实性。

不妨列举日常生活中的例子：每个家庭都希望自己的孩子喜爱读书，而不是希望孩子们沉迷于图像世界。为什么？谁能从学理上、而不是从现实功利的角度说清楚？这就是文学与图像关系研究的根本目的，即在文学与图像关系研究的背后，发现语言与图像的关系；通过文学与图像的关系研究，拷问语言与图像的关系。语言与图像作为人类有史以来最重要的两种表意符号，"图像时代"的到来改变了它们的固有关系：二者在历史上本来是和谐的、唱和的，并且共处于语言为主、图像为辅的稳定结构中;图像时代的到来颠倒了这一关系,强势的图像传媒正以破竹之势僭越本属于语言的领地,以至于使我们不知所措。首先,这种改变是什么? 其次,这种改变意味着什么? 再次,这种改变可能殃及什么? 当是图像时代赋予人文学术的历史使命,人文学者有责任对这一问题展开学理阐释,以体现人文学术的人文关怀。

换个角度说,文学是语言的艺术,语言是文学的质料;因此,研究文学不可能远离语言,任何远离语言的"文学研究"都不是文学本身的研究,只能是外围的、非专业的。当然,外围的、非专业的研究也有存在的理由,因为这个花花世界并不只有"文学"一家,政治的、思想的、社会的、伦理的等,都有可能把文学看做"唐僧肉",需要文学作为它们的材料或例证。问题不在于非专业文学研究的合法性及其价值大小,而在于要明确区分文学研究的专业和非专业性,后者只是文学的"用户",并不打算将文学作为"家园"。在这个意义上,"语言"作为文学的质料,就像砖瓦水泥是建房的质料一样,没有这些建材就没有现实的房屋建造,只能是空中楼阁——停留在想象或图纸上的楼阁。因此,远离语言的文学研究,对于文学本身而言只是枉谈、玄学,是非专业的。

在这一意义上,我们的文学与图像研究正在走向实学,因为语言对于文学来说"实"得不能再实了,属于文学之不可再还原的原初要素。我在这儿说的"实学"主要是指:

1. 文学研究一定要直面现实,力戒空谈;尤其是文学理论,要立足于为整个文学学术直面现实提供理论工具;

2. 文学研究要深耕本土,要自觉地借鉴现代理论激活传统,在这一过程中自然而然地生成与世界交流的话语通道;

3. 研究方法要持之有据,在注重逻辑推理的同时还要注重"用事实说话"、用现象展示;

4. 不间断地反思我们的研究有什么意义,对不同的研究路数反复权衡利弊得失、价值轻重大小。如是,我们的文学与图像关系研究将再次进入一个新的十年——倡导实学方法的新阶段。

这当然是值得我们期待的明天。

谢谢大家!

2020 年 10 月 21 日
回忆整理于北京大学勺园

作者简介:

赵宪章,山东聊城人。山东大学文艺美学研究中心教授,主要研究形式美学、文艺理论。

外国文学图像研究

# 波斯册页中的"真假中国画"*

## ——受中国画影响的托普卡珀宫藏雅库布册页中的黑笔画

### 雷传翼

**摘　要**　现藏于土耳其伊斯坦布尔托普卡珀宫图书馆的波斯册页是 15—16 世纪中西文化艺术在伊斯兰文化圈所汇集交流的结晶。册页中的作品内容、风格多样,且创作的时代跨度长和地域分布广,极具学术研究价值;册页在战争中多次易主,不断加入不同宫廷的收藏品,也有大量散乱的残页散页,这些作品最终在奥斯曼帝国的宫廷画院完成了整合工作。主要以细密画、书法、草稿和装饰图案为主的几本波斯册页中夹杂着的纸本、绢本的中国画摹本,在 20 世纪七八十年代引起了众多艺术史学者的关注。本文从图像和技法的角度梳理了受中国画影响的波斯册页中的"黑笔画"。

**关键词**　细密画　波斯册页　黑笔画　白描

## 波斯册页

在中国,册页是由普通卷轴、龙鳞装卷轴到经折装自然而然发展出来的书籍装订形式中的一种。最晚在 14 世纪时,册页已成为伊斯兰艺术收藏的重要载体,册页制作也逐渐成为伊斯兰艺术的一个传统。[①] 从 15 世纪开始,波斯和奥斯曼宫廷中开始流行册页收藏鉴赏。

册页一词在波斯语中被称为"مرقع"(Murakkaʻ),是一种收藏和保存不同艺术品的"文件夹":伊斯兰书法作品和字帖、镀金装饰纹样、细密画、草稿和刻剪纸等作品被有序或无序地裁剪粘贴在册页中,使得收藏册页的艺术赞助人利用册页保存艺术作品的同时,也可以随时拿出来翻看欣赏。与此同时,由于册页中收集了不同时代前辈艺

---

　　* 本文系笔者的土耳其传统艺术硕士论文,原文为土耳其语("*Akkoyunlu-Türkmen Yâkub Bey Albümlerinde Kalem-i Siyahî Resimlerinde Çin Etkisi*")。另,本文中出现的波斯语、阿拉伯语和奥斯曼土耳其语人名、书名等词汇的拉丁字母转写均采用了土耳其语的转写读法。

　　① Filiz Çağman, "On the Contents of the four Istanblu Albums H. 2152, 2153, 2154 and 2160," *Islamic Arts I: an annual dedicated to the art culture of the Muslim world*, New York: The Islamic Art Foundation, p. 31.

术大师的作品,有时也是宫廷画院艺术家们参照和临摹的范本。(如图 1)更有意思的是,波斯册页中有大量模仿中国画的波斯画师仿品,也有一些中国画的原迹。

13 世纪蒙古帝国崛起之前曾到中国旅行的阿拉伯旅行家伊本·瓦尔迪(Ibn el-Wardi)认为,宋朝宫廷画院曾经邀请中东地区的艺术家来中国宫廷,特别是曾经说服波斯艺术家到宋朝工作,由此可以推测在蒙古人进入中国之前,中国的艺术家也会出现在伊朗的宫廷画院。[①] 在蒙古四大汗国时期,东西交通和各方面交流都变得更为通畅,并一直延续到帖木儿帝国时期。目前大部分完整的册页都藏在位于伊斯坦布尔托普卡珀宫博物馆的手抄本图书馆(TSM)内,最早的一本册页(编号 Hazine 2130)制作于 1427 至 1433 年,是为帖木儿帝国的王子拜松古尔(Baysungur)制作的书法册页。[②] 笔者论文所涉及的两部册页(2153 号和 2160 号)是 15 世纪辗转于多个宫廷、内容丰富却又杂乱的两部册页。

关于托普卡珀册页的研究,国际学者在 20 世纪 80 年代已有了丰硕的学术成果,见 *Islamic Arts I: an annual dedicated to the art culture of the Muslim world*, New York: The Islamic Art Foundation, 1981. 杉村栋博士(Toh Sugimura)的博士论文, *The Chinese Impact on Certain Fifteenth Century Persian Miniature Paintings from the Albums (Hazine 2153, 2154, 2160) in the Topkapi Sarayi Museum Istanbul*, the University of Michigan, Ph. D. 1981. 俞雨森博士在《14 世纪晚期至 15 世纪波斯宫廷收藏的道释画》一文中提到,自 1999 年,日本学者水野美奈子(Minako Mizuno Yamanlar)已经开始和土耳其方合作准备 H. 2153 和 2160 册页的完整出版,据哈佛大学的 Gülru Necipoğlu 教授告知,这个图录有望在近期完成、出版。[③] 此外,现藏于柏林国立图书馆 Diez 册页和这些册页关系紧密,2013 年的柏林迪茨册页学术研讨会最新研究成果见 *The Diez Albums: Contexts and Contents*, ed. Julia Gonnella, Friederike Weis, Christoph Rauch, Leiden & Boston: Brill, 2016. 最新的研究成果参见俞雨森博士在海德堡大学完成的博士项目 "*Timurid Reception and Integration of Khitā'i Aesthetic: Material, Technique and Image, ca. 1370—1506*". 有关波斯册页中的中国母本亲源和这些中国画在被临摹和册页制作中的波斯化过程考证是其研究的主要关注点。本文则是从一个画家的视角出发。重点关注册页中受中国画影响的作品图像本身和绘画技法。

---

① F. R. Martin, *Miniatures from the Period of Timur: in a MS. Of the Poems of Sultan Ahmed Jalair*, Vienna: Adolf Holzhausen Press, 1926.

② 参考俞雨森:《14 世纪晚期至 15 世纪波斯宫廷收藏的道释画》,载《马可波罗与 10—14 世纪的丝绸之路》,北京大学出版社,2019 年版,第 385 页。

③ 同上。

### 命途多舛的雅库布册页

托普卡珀老皇宫的手抄本图书馆里珍藏着两本册页，编号分别为 Hazine 2153 和 Hazine 2160，内容包含了伊利汗、贾拉伊尔、帖木儿、白羊土库曼和奥斯曼时期的各类书画作品。现存的册页开本尺寸长约 50 cm，宽约 34 cm，其中 2153 号册页有 199 页、500 余幅绘画和装饰作品，2160 号有 90 页、134 幅作品。① 册页在 1514 年奥斯曼苏丹塞利姆一世打败萨法维王朝的查尔德兰战役后，作为战利品之一从大不里士宫廷带回了伊斯坦布尔。由于册页在短短几十年间经历了两三个政权的宫廷，即从赫拉特到大不里士再到伊斯坦布尔，难免有很多散页和残页，但来到奥斯曼帝国之后几经非专业人士漫不经心的编修，并新添入了一些奥斯曼画师的作品，使得册页看起来杂乱无章。更有甚者将一些尺寸大于册页版面的中国摹本剪裁成若干份，粘贴在了不同页面上……这也证明了这些摹本在进入奥斯曼宫廷前可能是完整的一幅作品。②

这两部册页最初在 1952 年被土耳其学者塔赫辛·厄兹（Tahsin Öz）称为"法提赫册页"（Fatih Albums），原因在于册页中有三张穆罕默德二世（Fatih Sultan Mehmed）的侧面肖像画。这一名称在目前的土耳其学界依然耳熟能详，但存在非常明显的信息误导，会让不明真相者误以为这本册页的内容或制作时间仅限奥斯曼的"法提赫"时代。③ 后来，萨基希安（Arménag Beg Sakisian）和托干（Zeki Velidi Togan）两位学者研究发现，册页中不但有一些细密画的签名属于白羊王朝苏丹雅库布麾下的宫廷画师，一些书法作品的落款也写有雅库比（Yaqubī）的名属，因此认为"法提赫册页"主要部分的成书时间应为白羊土库曼王朝的雅库布时代，遂将其重命名为雅库布·贝册页（Yakub Bey Albums）。④ 80 年代英国伦敦大学亚非学

---

① 有关 2153 号册页中的作品数量这一问题，至今仍没有统一的数据：Beyhan Karamağaralı 认为该册页有 199 页、299 幅绘画；Filiz Çağman 和俞雨森博士认为册页的 199 页中共有 546 幅绘画；水野美奈子认为共有 537 幅绘画；笔者清点时总计记录有 560 幅绘画作品及残片，其中 166 幅可以被定义为"黑笔画"。参见 Beyhan Karamağaralı. *Muhammed Siyah Kalem'e At fedilen Minyatürler*, p. 12；Filiz Çağman, "On the Contents of the four Istanbul Albums H. 2152, 2153, 2154, and 2160", *Islamic Arts I：an annual dedicated to the art culture of the Muslim world*, The Islamic Art Foundation, New York 1981, p. 33；俞雨森，《14 世纪晚期至 15 世纪波斯宫廷收藏的道释画》，第 387 页；Minako Mizuno Yamanlar, "Kaya Tasvirlerine Bir Bakış：Delikli Taihu kaya motiflerinin Islam sanatlarına giriş ve değişimleri", *Nurhan Atasoy'a Armağan*, ed. M. Baha Tanman, Lale Yayıncılık, Istanbul, 2014, p. 283.

② 俞雨森，《14 世纪晚期至 15 世纪波斯宫廷收藏的道释画》，载《马可波罗与 10—14 世纪的丝绸之路》，北京大学出版社，2019 年版，第 386—388 页。

③ Julian Raby, "Mehmed Ⅱ Fatih and the Fatih Album", *Islamic Arts I*, pp. 42—49.

④ 参考俞雨森：《14 世纪晚期至 15 世纪波斯宫廷收藏的道释画》，载《马可波罗与 10—14 世纪的丝绸之路》，北京大学出版社，2019 年版，第 386 页。

院召开的学术研讨会的前后，众学者还对此问题有过争论。而 2016 年最新研究的结论普遍认为，可能这两部册页最终被称"伊斯坦布尔萨莱册页"（Istanbul Saray Albums）即以现藏地为名更为合适。① 笔者的论文暂时采用了第二种名称，即"雅库布·贝册页"。

两本册页的内容包括了纸本绘画、绢本绘画、欧洲版画、素描、图案设计、细密画草稿粉本和书法，其中绘于绢布上的画中有大量的中国工笔画摹本。中国画摹本的落款采用了"Kâr-ı Hıtay"，即中国画、中国的作品（"Hıtay"汉语对应的是契丹，而在中亚突厥语言中对应的则是中国）关于册页内容来源及类型的研究，后面会给出详细信息。

提到作品落款，通过册页中不同作者的签名，便可以找到部分作品的时间和空间线索，如伊利汗王朝的绘画大师艾哈迈德·穆萨（Ahmed Musa），贾拉伊尔王朝的画师埃米尔·德弗莱特亚（Emîr Devletyâr）、阿卜杜·哈伊（Abdu'l-Hayy），白羊王朝为苏丹雅库布工作的画师德尔维什·穆罕默德（Derviş Muhammed）和谢黑大师（Üstad Şeyhî）等。当然，最为神秘的签名则是"黑笔"（Mehmed Siyah Kalem），关于一代传奇黑笔大师的作品，世界上有非常多的艺术史学者醉心于此。黑笔笔下狂野粗放的萨满人物、动物形象所含有穿越古今的能量，同时其细密画技法里的繁密细腻的笔触，让这些作品兼具了写实和抽象、细节和情感、表现主义与先锋精神。

## 黑笔与黑笔画

一代传奇画手穆罕默德·黑笔（Muhammed Siyah Kalem）的大名出现在了雅库布册页中的很多细密画上，而且有些画不但风格差异较大，签名的字体也有不同程度的差异，这不禁让人怀疑哪些出自黑笔本人，哪些出自后人的模仿，抑或是黑笔本身就不是某个人，而是一个团队、一个画坊？黑笔的身世神秘莫测，至今是个不解之谜。② 为了区分穆罕默德·黑笔的作品与"黑笔画"，土耳其学界通常采用了波斯语语序表达这一类绘画作品，即"Kalem-i Siyahî"，而不是 Siyah Kalem。那么，黑笔画又是一种什么样的画呢？

"黑笔"一词作为专有名词表示绘画类型最早出现在 1544 年书法家都斯特·穆罕默德（Dûst Muhammed b. Süleyman Heravi）为巴赫拉姆·米尔扎册页（Behram Mirza Albums, TSM H. 2154）书写的序言里。简而言之，黑笔画是仅勾

---

① Lâle Uluç, "The Perusal of the Topkapi Albums: A Story of Connoisseur-ship", *The Diez Albums: Contexts and Contents*, Leiden & Boston: Brill, 2016, pp. 127-128.

② 穆罕默德·黑笔（Muhammed Siyah Kalem）也被经常音译为"斯亚/希亚·卡莱姆/改莱姆"，笔者采用的是意译。

线(tahrir)不上色的线描,或勾线后略加淡彩分染出阴影层次的一类绘画形式,非常接近中国画的白描。(图 1)但黑笔画又不局限于其字面意仅用黑色勾线,一些细密画和粉本作品中同样使用了红色、褐色、蓝色和绿色等不同色调的墨水用于勾线和渲染。

图 1　贝赫拉姆·米尔扎册页的黑笔画,
TSM H. 2154, fol. 55b。

伊斯兰艺术中的细密画是深受"认主独一"意识形态影响的,因此与西方宗教肖像绘画表达的神圣性不可相提并论。但是细密画艺术中通过空间和透视的构图方法,风格化的线条和涂色的技法,以及形而上的宗教哲学观,创造出了一种"不似性"的视觉效果象征伊斯兰的神圣性。① 伊斯兰细密画中丰富华丽的重彩和布满图案不留空白的构图与苏菲哲学中的"fakir"概念有关。②

### 贾拉伊尔王朝时期的黑笔画

萨法维君王沙赫·塔赫马斯普(Shah Tahmasp)在青年时代对宫廷艺术投入了极大的热情,同时自己也是画坛圣手,他的近臣都斯特·穆罕默德在米尔扎册页"前言"中提到了两位创作黑笔画的前辈大师,一位是艾哈迈德·穆萨的徒弟——埃米尔·德弗莱特亚,另一位则是贾拉伊尔王朝的一位苏丹——艾哈迈德·贾拉伊尔(Sultan Ahmed Jalâyir)。③

图 2　写有埃米尔·德弗莱特亚签名的线描作品,14 世纪绘于伊朗,

**SBB Diez A, y. 73:46, No.5。**

贾拉伊尔王朝是 14 世纪伊利汗王朝覆灭后,其蒙古贵族中的一支在伊朗西部和伊拉克北部建立的地方政权。贾拉伊尔人建立的这个小汗国一直生存到帖木儿时代,曾与黑羊王朝共同抵抗帖木儿,帖木儿死后最终并入了黑羊王朝。贾拉伊尔苏丹国在苏丹艾哈迈德的统治下(1382—1410 在位),巴格达及周边地区的科学和艺术活动发展繁荣了起来。④

埃米尔·德弗莱特亚曾供职于伊利汗国的第九位汗王阿布·赛义德·巴哈杜

---

① Titus Burckhardt, *Islâm Sanatı : Dil ve Anlam（Art of Islam : Language and Meaning）*, trc. Turan Koç, Klasik Yayınlar, Istanbul 2013, p.56—64; Seyyid Hüseyin Nasr, *Islâm Sanatı ve Maneviyatı*, trc. Ahmet Demirhan, Insan Yayınları, Istanbul 1992, p.233.

② fakir 字面意思为贫穷的、匮乏的,象征着世人的需求,与真主的全能与无求相对。

③ Bernard O'Kane, "Sīāh-Qalam", *Encyclopaedia Iranica Online*, 2009.

④ Muzaffer Ürekli, "Celâyirliler", *DiA*, Istanbul; TDV Yayınları, 1993, c.7, pp.264—265.

尔汗(Abu Saʿid Bahadur Khan,1316—1335 在位)宫廷,并擅长于黑笔画。(图 2)
艾哈迈德·穆萨大师的另一位高徒舍姆赛丁(Şems el-Din)是贾拉伊尔王朝的苏丹
谢赫·乌瓦伊斯一世时代(Şeyh I. Uvays,1356—1374 在位)大不里士宫廷的御
用画师,他在晚年把所有精力都倾注在培养其弟子阿卜杜·哈伊成为黑笔画大师
上。① 阿卜杜·哈伊是苏丹艾哈迈德·贾拉伊尔时代最重要的细密画师,同时也
是苏丹的绘画老师。然而这位艺术家在晚年销毁了自己的大部分画作,以至于他
的作品很少得以流传至今。②

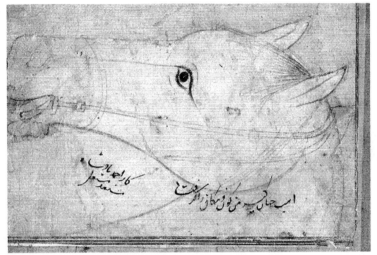

**图 3　苏丹艾哈迈德·贾拉伊尔所绘白马头像,14 世纪绘于现伊朗或伊拉克,**
**TSM H. 2153, y. 29b。**

　　据文献记载,苏丹艾哈迈德·贾拉伊尔在阿卜杜·哈伊的指导下完成了《阿布
赛义德之书》(Abûsaʿidnâme)中的一个插图场景,但这部作品很遗憾也没有保存下
来。目前仅存的一幅可以确定是出自苏丹艾哈迈德·贾拉伊尔之手的黑笔画是雅
库布册页中的"白马头"。(图 3)画的下方有一行用波斯体书法写就的落款:

اسب جهانگیر من کون و مکان را گرفت.

کار احمد پادشاه، مستعد، مشعل.

---

　　①　Patrick Wing, *The Jalayirids*: *Dynastic State Formation in the Mongol Middle East*, Edinburgh:
Edinburgh University Press, 2016, p.187.

　　②　Massumeh Farhad, "The *Dīvān* of Sultan Ahmad Jalayir and the Diez and Istanbul Albums", *The
Diez Albums*: *Contexts and Contents*, Chapter 18, ed. Julia Gonnella, Friederike Weis, Christoph Rauch,
Leiden & Boston: Brill, 2016, pp.488—489.

意为：吾之坐骑贾汗戟尔（Jahangir），征服寰宇。齐备者与炽焰者之帝王艾哈迈德之作。①

这幅黑笔画的线条纤细流畅，马头的轮廓和结构表现十分优雅。画面中散发的雅致与简约之韵让人想起了 12 世纪中国宋代李公麟的白描画。（图4）可以说，中国画中作为一种独立画种的白描出现在伊斯兰世界，始于苏丹艾哈迈德·贾拉伊尔赞助的手抄本书籍中的黑笔画插图。而这位艺术家苏丹正是这股来自东方的短暂的艺术潮流的发动者。

图4　《五马图》中的照夜白，李公麟，26.9 × 204.5 cm，11 世纪，故宫博物院。

今天藏于华盛顿赛克勒美术馆（WFGA）的八页《苏丹艾哈迈德·贾拉伊尔迪万诗集》（*Dîvân-ı Sultan Ahmed Celâyir*）细密画插图水平极高，均是贾拉伊尔时代黑笔画的经典之作。（WFGA，F1932.30, fol. 17a; F1932.31, fol. 18a; F1932.32, fol. 19a; F1932.33, fol. 21b; F1932.34—F1932.35, fol. 22b, 23a.）

有关这部抄本中插图的制作时间和作者，历史上学界有过不同看法。F. R. Martin 认为这些黑笔画可能是帖木儿宫廷画师的作品。② 而 Deborah Klimburg-Salter 则认为这些作品可能出自阿卜杜·哈伊之手。③ 最新的研究认为，从《苏丹

① Barbara Brend, "A Brownish Study: The Kumral Style in Persian Painting, its Connection and Origins", *Islamic Arts 6*, 2009, p. 98.

② F. R. Martin, *Miniatures from the Period of Timur: in a MS. Of the Poems of Sultan Ahmed Jalair*, p. 18.

③ Patrick Wing, The Jalayirids: Dynastic State Formation in the Mongol Middle East, p. 191, 199.

艾哈迈德·贾拉伊尔迪万诗集》的黑笔画插图的图像整体、样式、细节、技法和风格韵味来看,这八幅页缘装饰画应是若干位画师共同合作完成的作品。[①] (图5)既然这些作品出自贾拉伊尔画师之手,作品自然是贾拉伊尔时代审美与中国画元素结合的产物。与伊利汗时代绘画不同,这里不再出现前朝的鲜艳重彩、方头的墨线和粗重的笔触,取而代之的是更为沉静的氛围、均匀的节奏和"妙手偶得之"的以墨当彩。

图5　《树下七学者》(页缘装饰局部),29.5 × 20.3 cm,
14世纪末绘于现伊朗或伊拉克,WFGA, F1932. 32, fol. 19a。

图6　《鸭川牧野》(页缘装饰),29.5 × 20.4 cm, 14世纪末绘于现伊朗
或伊拉克,WFGA, F1932. 30, fol. 17a。

---

[①]　Massumeh Farhad, a. g. e., s. 495; Barbara Brend, "A Brownish Study: The Kumral Style in Persian Painting, its Connections and Origins", p. 87.

　　贾拉伊尔页缘装饰画《树下问道》和《游牧生活》中树干的样式和晕染方式、《鸭川牧野》中牧童放牛的场景，以及雅库布册页中的一幅贾拉伊尔黑笔画中右侧的树枝与树叶，不禁让人想起了宋代李迪的《风雨牧归图》和《古木竹石图斗方》。(图6—10)

图7　《风雨牧归图》(局部)，李迪，120.7 × 102.8 cm，台北故宫博物院。

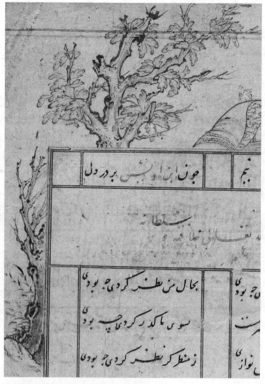

图8　《游牧生活》(页缘装饰局部)，31.8 × 22.7 cm，
14世纪末绘于现伊朗或伊拉克，WFGA, F1932.35, y. 23a。

图 9　《树下问道》,14 世纪末,TSMK H. 2153, y. 170a。

　　与伊利汗王朝审美趣味相反的黑笔画在贾拉伊尔苏丹艾哈迈德的推动下得到了一时的繁荣发展,大约从伊利汗时代开始中国画已开始流入波斯宫廷,但对于白描画技法和美学的认同与接纳基本上是苏丹艾哈迈德自己的选择。有研究认为,14 世纪由于中亚政治动荡,画师们不得不马不停蹄地从一个城市辗转迁移至另一个城市,居无定所、侍无定主的生活极大地限制了艺术作品的产出。[1] 据历史学家、诗人德弗莱沙赫·赛迈尔坎迪(Devletşah Semerkandî)的记述,沉迷于艺术的贾拉伊尔苏丹谢赫·乌瓦伊斯一世在大不里士之时曾亲自动笔制作瓦西提风格的绘画作品。[2] 与此同时,贾拉伊尔时期的绘画还受到了法兰克绘画风格的影响。因此,贾拉伊尔绘画艺术的发展更多受到外域绘画技术和表达方法的深刻影响,但并没有吸收东方绘画的绘画内容、文化、哲学和宗教涵义。正如日本学者杉村栋写到的,绘画中对于中国画家来说重要的事情,在伊朗和中亚的画师看来毫无意义,因此他们的临摹借鉴也就仅限于中国画的形式和技法层面。[3]

---

　　[1]　Sheila Blair,"Artists and Patronage in Late Fouteenth-Century Iran in the Light of Two Catalogues of Islamic Metalwork",*BSOAS* 48, c. 1, London 1985, p. 58.

　　[2]　Wasitî,指阿拔斯王朝时期的艺术家 Yahyâ ibn Mahmûd al-Wâsitî,也是巴格达附近的一座城市的名字,瓦西提风格指阿拔斯王朝时期的细密画风格。

　　[3]　Toh Sugimura, *The Chinese Impact on Certain Fifteenth Century Persian Miniature Paintings from the Albums*(*Hazine* 2153,2154,2160)*in the Topkapi Sarayi Museum Istanbul*, p. 302.

图 10　《古木竹石图斗方》,相传为李迪作,24.2 × 25.7 cm,12 世纪,
波士顿美术馆藏:BMFA 17.186。

由此可见,黑笔画是短暂流行于 15 世纪伊斯兰世界的,吸收中国水墨、白描画技法和风格的一种艺术潮流。虽然这股短暂的清流在艺术史家眼中没有形成独立的贾拉伊尔画派,但毫无疑问贾拉伊尔黑笔画在艺术史中的地位不可忽视。此后的 16 世纪奥斯曼帝国宫廷中出现的以沙赫·库鲁(Şah Kulu)为代表的风格化装饰艺术"萨兹画"(Saz yolu),以及萨法维王朝礼扎·阿巴斯(Rıza Abbasi)的单页细密画人像,都延续并发展了黑笔画的艺术形式和美学趣味。

### 黑笔画的分类研究

20 世纪 80 年代时,一些艺术史学者就伊斯坦布尔萨莱册页中所藏绘画的内容、风格和技法等方面将作品进行了分类研究。威廉·沃特森根据册页画所受中国影响的程度将研究对象分成了六种不同的风格类型:一类都市风格、二类都市风格、三类都市风格、一类中国地方风格、二类中国地方风格和灵怪神话绘画。[①]

---

① 　William Watson, "Chinese Style in the Paintings of the Istanbul Albums", *Islamic Arts I*: *an annual dedicated to the art culture of the muslim world*, p. 72.

图 11　《风雨牧归图》，31.5 × 32.5 cm，15 世纪，雅库布册页，
TSM H. 2153, fol. 103a。

　　其中，"一类都市风格"是指明代的宫廷院体画，即册页中这一类风格的作品年代下限应是明代。例如，雅库布册页中第 103 页中的一幅模仿北宋画家李迪（1162—1224）的绢本《风雨牧归图》。（图 11）"二类都市风格"指元代壁画中的宗教或神话人物，如贝赫拉姆·米尔扎册页中的若干中国画摹本（H. 2154, fol. 74b，95a，136a）。（图 12）"三类都市风格"指线描或淡彩设色白描，如雅库布册页中线条自由粗犷的《刘海与铁拐李》是其代表（H. 2153, fol. 36b）。[①]（图 13）

────────────

　　① 　William Watson，"Chinese Style in the Paintings of the Istanbul Albums"，*Islamic Arts I：an annual dedicated to the art culture of the muslim world*，pp. 71—72.

图 12  《韦驮像》,34 × 22.5 cm, TSM H. 2154, fol. 136a。

　　被归在这三类都市风格的作品无论是从与中国画原作的相似程度上来看,还是从粗细多变的线条节奏来看,都不像出自敦煌、吐鲁番等中国西域城市画坊的作品。这些作品更像是从中国北方城市的市场或艺术商店中购得后被带到了中亚地区。因此威廉·沃特森认为,这三类绘画作品的来源应是中国大城市内的画坊。①

———————————

　　①　William Watson,"Chinese Style in the Paintings of the Istanbul Albums", *Islamic Arts I: an annual dedicated to the art culture of the muslim world*, p. 72.

图 13　《刘海与铁拐李》,44.5 × 29 cm, TSM H. 2153, fol. 36b。

　　"一类中国地方风格"又被称作吐鲁番画派。这一风格主要以没有背景装饰的
人物画为主,而部分作品被认为在绘制时使用了芦杆笔(如 H. 2153, fol. 48a,
149b)。有些中国建筑的形象源自界画中的亭台楼阁,但论工艺细致程度却与宫廷
画院出品的界画有着云泥之别(如 H. 2153, fol. 35b, 128b—129a)。(图 14)威
廉·沃特森认为,这些作品可能出自以吐鲁番为中心的或是中亚的地方画师之
手。[①] 而笔者认为这部分绘画内容和形象来源亦有可能是流入波斯宫廷的中国瓷
器上的图像纹样,即中亚或波斯画师以中国外销瓷上的图像为蓝本进行的再创作。
因为画面中的植物枝叶硕大,与建筑和人物的比例极不协调,而通过比较可以看出
这种情况也存在于同时代的中国青花瓷上。(图 15)

---

　　① 　William Watson, "Chinese Style in the Paintings of the Istanbul Albums", *Islamic Arts* I: *an annual dedicated to the art culture of the muslim world*, p. 71.

图 14 《楼台观鸟图》，TSMK H. 2153, fol. 35b。

图 15 明青花花鸟纹瓷盘，1571—1629(萨法维王朝 Shah Abbas 时期)，伊朗国家博物馆藏。

　　"二类中国地方风格"以中国工笔重彩花鸟画为主，设色较为浓艳，多绘于绢布之上。可以认为是明代浙江画院的粗糙摹本。(图 16)

图 16　工笔花鸟画《喜上眉梢》临摹练习作品，
绢本设色，30.5 × 24.5 cm，TSM H. 2153, fol. 156a。

　　杉村栋在其研究中根据册页中绘画内容将作品分为四类：风景画、动物画（包括鱼）、花鸟画和人物画。人物画题材中又可细分为宗教主题（道释画）和历史文学主题（如队列图）。上述两位学者中，一位根据绘画风格和风格的源流对册页中的中国风格绘画进行了分类研究，另一位根据册页画的不同绘画主题进行了分类研究。笔者在本文中则从中国画技法出发，从绘画技法的角度和中国画元素对册页中黑笔画的影响程度大小出发，将册页中的黑笔画分为三类：全画临摹本、借法自用本和装饰言新本。

　　1. 全画临摹本：工笔画与白描画

　　全画临摹本是指无论是绘画题材还是绘画技法，均复制了中国画范本的临摹作品，具体到册页中的黑笔画即中国画范本的白描或水墨工笔摹本，其中包含"三类都市风格"的线描或淡彩设色白描。

　　例如雅库布册页中的动物题材单页黑笔画老虎、鲤鱼，从动物造型到墨色分染的手法，特别是这张鲤鱼图对于鲤鱼鱼鳍和鱼鳞的阴影处理，反映出了波斯画师对范本作品高度还原的努力尝试。（图 17—19）

图 17　水藻鲤鱼,缪辅,94 × 113.6 cm,明宣德年间(15 世纪中),广东省博物馆。

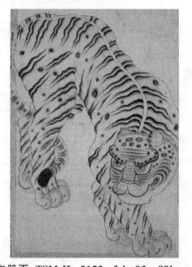

图 18、19　水墨鲤鱼和老虎图,雅库布册页,TSM H. 2153, fol. 93a,89b。

　　雅库布册页中有一幅白描刀马人物画(图 20)十分引人注目,这幅画的另一个复制本现藏于柏林的迪茨册页中(Diez A,fol. 71)。画面中两位正在马上对搏的武士,甲胄、兵刃和战马的形象不禁让人想起了中国连环画中的战斗场面,若追根溯源,我们可以在宋《武经总要》[①]和李公麟《免胄图》中找到与图中器物完全吻合的原型。(图 21—23)

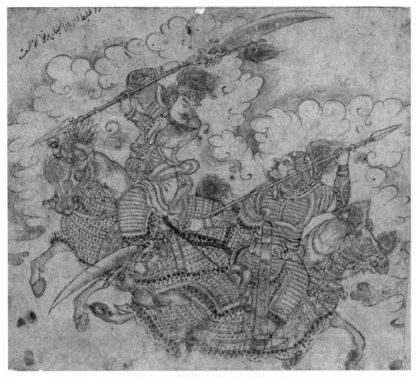

图 20　刀马人物,22 × 25.3 cm,约 1400 年,雅库布册页,TSM H. 2153, fol. 87a。

---

　　① 曾公亮,丁度,杨惟德等奉敕撰,《武经总要》,明万历二十七年金陵富春堂刊本,1599 年,北京大学图书馆藏。

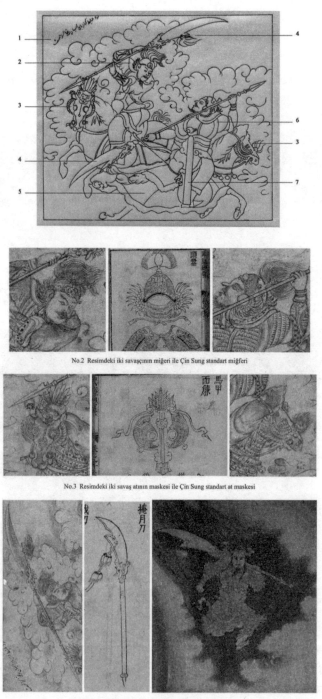

No.2  Resimdeki iki savaşçının miğeri ile Çin Sung standart miğferi

No.3  Resimdeki iki savaş atının maskesi ile Çin Sung standart at maskesi

No.4  Resimdeki büyük saldırma ile Yanyue Dao.

图 21    册页刀马人物中的兵器战甲与《武经总要》、明吴伟《洗兵图卷》(1496)中形象的对比。

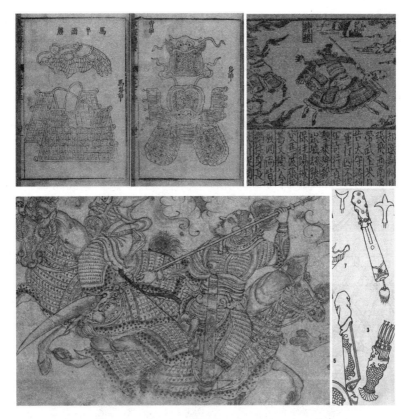

图 22　册页刀马人物中的兵器战甲与《武经总要》(1599)和
《新刊全相平话三国志》新安虞氏刊本(1321—1323)中形象的对比。

图 23　工笔画双笔分染法临摹复原。

　　此外还有描绘更大战斗场面的淡彩设色白描,如雅库布册页第 77 页中的一幅刀马人物画(图 24)。这幅有穆罕默德·黑笔签名(图右下角)的作品被限制在了一个椭圆形光子内,上沿为类似云肩的装饰双钩。日本学者 Yuka Kadoi 博士对此图进行过比较研究,认为其原型来自元代刻版书《新刊全相平话三国志》的插图。[①]笔者对比了日本内阁文库藏《新刊全相平话三国志》元至治间新安虞氏刊本(1321—1323)后发现,册页作品中的人物形象、姿态、服饰和马匹形象基本与此版《三国志》插图中的形象吻合,且画面所描绘的战斗场景令笔者想起了《三国演义》长坂坡之战赵子龙单骑突围的场景。[②]尤其是笔者将画面中心的武将形象提出后再次与书中插图进行对比后认为,无论从人物服饰、姿态还是战马奔跑的姿态来看,与此形象最为接近的人物即是书中第 37v 页插图中的赵云,唯一不同的是册页画中的这一形象怀中没有阿斗。而册页作品画面四周的兵士形象也可以与《三国志》插图有所对应。(见图 25—27)

　　图 24　《三国志》战斗场景,33.16 × 48.85 cm,雅库布册页,TSM H. 2153, fol. 77a。

<hr />

　　①　Yuka Kadoi, *Islamic Chinoiserie*: *The Art of Mongol Iran*, Edinburgh University Press, 2009, p. 219.

　　②　文献来源,https://www.digital.archives.go.jp/file/2324048,访问时间:2018 年 8 月 30 日。

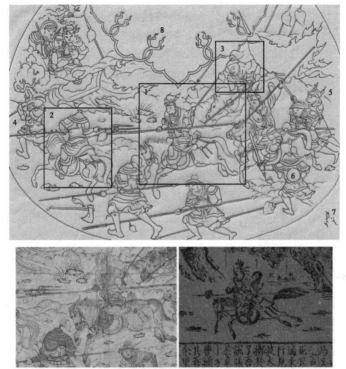

No. 1　Resimdeki savaşçı ve savaşatının harekat biçimleri ile *Üç Krallığın Hikâyesi* baskı kitabındaki minyatür

No. 2　Resimdeki süvari ve savaşatının figürü ile *Üç Krallığın Hikâyesi* baskı kitabındaki minyatür

No. 4　Resimdeki alemdar ile *Üç Krallığın Hikâyesi* baskı kitabındaki alemdar

图 25　册页刀马人物画与元刻版《新刊全相平话三国志》的插图形象对比

　　由此笔者认为：一，这幅册页藏刀马人物画的主题为《三国志》中赵云长坂坡之战；二，此作品的右下角虽然写有"黑笔之作（*Kârı Muhammed Siyah Kalem*）"的签名，但与通常意义上的穆罕默德·黑笔风格差异较大，不排除后人后加上的款识；三，这幅刀马人物画所临摹的原型可能不限于某一幅具体的中国绘画作品，而有可能是波斯画师对《三国志》插图画和瓷器画等多种形式的艺术作品的整合；四，作品可能出自 14 世纪末至 15 世纪初的波斯宫廷画师之手。

表 1　三国志战斗场景画中使用的颜色

图 26　工笔画渲染方法临摹复原

　　在雅库布册页中的众多绢本"中国画"中，有一幅三女座像图稿十分耐人寻味，杉村栋将此图命名为《三仕女图》（图 27）。这幅位于册页第 66b 页上的画稿绘于绢布之上，三位具有中国仕女形象的人物用胭脂红色的细线勾勒而成。其中左右两侧的仕女半侧身而坐，位于正中的仕女正身而坐，三人的"自在坐"坐姿和配饰都与佛像有几分相似，譬如现藏于日本东京国立博物馆的 14 世纪南北朝时代良全（Ryouzen）所绘的《如意轮观音图》（图 28），或现藏于美国奈尔逊阿特金斯博物馆的辽代木雕精品水月观音像（图 29）。

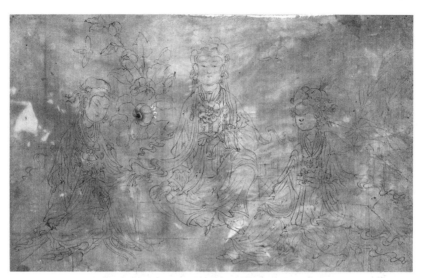

图 27　《三仕女图》,41.4 × 26.2 cm, 雅库布册页,TSM H. 2153, fol. 66b。

图 28　《如意轮观音像》(局部),Kaiseijin Ryouze, 109.6 × 44.1 cm,
约 14 世纪,东京国立博物馆,A—12326。

图29　《水月观音像》,木雕,辽代,美国纳尔逊·阿特金斯艺术博物馆藏。

若仔细观察画面中的人物细节,会发现空白的人物服饰部分有画师用黑色墨水潦草书写的混合了察合台语、波斯语的若干词语标记。这些标记代表了不同的色彩(其中七个词语可以确定其词义为颜色,仅有一个词语不能完全确定),其中的七种颜色是：

白色 sefîd (سفید)
紫色 benefs, (بنفش)
朱红色 âl (آل)
黄色 zerd (زرد)
黑色 siyâh (سیاه)
靛蓝色 lâcivert (لاجو)　即لاجورد的缩写
开心果绿 âstar-ı peste (آستر پستی)

第八个词的墨迹不够清晰,可以看出由三个字母构成,读成"شمط"。这个词有两种不同的含义,即"一种产于伊朗,特别是伊斯法罕、亚兹德地区的长且薄的棉质或丝质围巾",或"一种混杂的颜色"。[1]（见下表）

---

①　俞雨森博士认为此词在图中的含义为第二种意思。参见 Yusen Yu, *Persianate reception of Chinese painting*, 15th—mid 16th centuries, Heidelberg 2019。

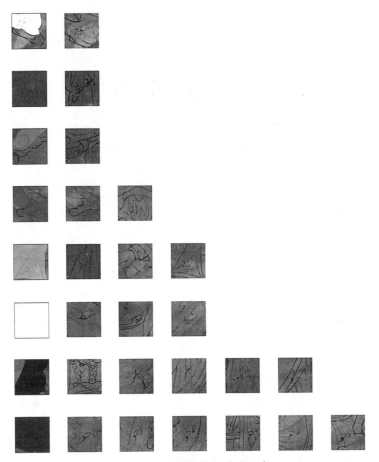

表 2　画稿颜色信息标注汇总表

图 30、31　册页中同一主题出现三次的其中两幅作品,雅库布册页,

TSM H. 2153, fol. 146b, 150b。

图32　笔者按照画稿上的颜色信息进行的色彩推演结果

### 2. 借法自用本

借法自用本是指运用了白描、水墨晕染等中国绘画笔法技法，但在绘画主题上摆脱了中国画范本影响、有艺术家独特风格的绘画作品。雅库布册页中的这一类型的作品基本上来自贾拉伊尔、帖木儿和白羊土库曼王朝时期，共有约17幅黑笔画作品。其中不乏一些时代风格明显的作品和名家遗作，如借鉴了中国山水画笔墨皴法的贾拉伊尔黑笔画（图33、34），以及写有埃米尔·德弗莱特亚签名（Kâr-ı Emir Devletyâr）的一幅《雉鸡降蛇图》。（图35）

图33　《狩猎图》，14世纪贾拉伊尔画派，伊朗或伊拉克，雅库布册页，TSM H. 2153, fol. 158a。

图34　《巴赫拉姆屠龙图》,14世纪贾拉伊尔画派,伊朗或伊拉克,
雅库布册页,TSM H. 2153, fol. 48b。

图35　《雉鸡降蛇图》,Emîr Devletyâr, 雅库布册页,TSM H. 2153, fol. 84b。

正如《苏丹艾哈迈德·贾拉伊尔迪万诗集》中的黑笔画插图一样，册页中具有明显的贾拉伊尔时代风格的黑笔画，同样借鉴了宋代山水画中树石的形象与笔法。甚至在两幅主题截然不同的作品里，出现了同一棵树的形象，虽然树根部分的土地或岩石的表现方式有所不同。（图36、37）其中一幅描绘狩猎场景的作品左侧树根所在部分出现了模仿小批麻皴的淡墨纹理，而另一幅图中的树根所在部分的墨色笔触则更接近于传统细密画对山石阴影或质感的表现手法。

图36　黑笔画中的树木与中国水墨画中树木对比
（右1：白莲社图卷（局部），张激，34.9 × 848.8 cm，辽宁美术馆。）

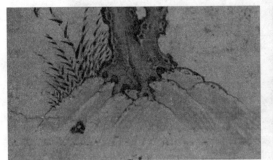

图37　黑笔画中的岩石与中国水墨画中山石对比
（右1：西园雅集（局部），刘松年，24.5 × 230 cm，台北故宫博物院。）

No. 1　Resimdeki kayaların ayrıntıları ile Fu-pi Tsun (yontulmuş balta) ayrıntıları

图38　黑笔画中的岩石纹理与中国水墨画(图片来源于网络)中山石皴法对比

　　另一幅画描绘的是英雄斩蛇的史诗题材,如果仔细观察图中岩石的笔墨细节,可以看到中国山水画小斧劈皴的影子。(图39)战马富于变化的轮廓线条也与一般的细密画有着天壤之别,下笔后的起承转合、粗细变化考虑到马身体的结构和质感,让人想起了中国古代人物画十八描中兰叶描的韵味。(图39、40)

**图 39　笔者临摹的贾拉伊尔黑笔画巴赫拉姆屠龙图**

　　笔者在本文的画法分析部分,分别对上述黑笔画的局部进行了临摹和步骤分解演示,如图 40。

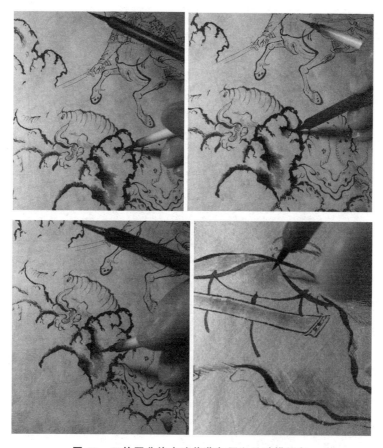

**图 40　工笔画分染方法临摹复原和兰叶描线条**

　　写有埃米尔·德弗莱特亚签名的《雉鸡降蛇图》是一幅极具作者个人绘画语言的白描作品,虽然在山石上的用笔参考了中国画的笔法,但作品整体已出现了完整的个人风格和更接近细密画的装饰语言。该作品的绘画主题和画面元素都来自东亚,尤其是中国特有的太湖石,以及在古代中国和日本绘画中经常出现的"雉鸡与蟒蛇"的主题。虽然笔者未能找到古代中国画同题材的作品传世,但日本江户时代的两位画家葛饰北斋(Katsushika Hokusai)的浮世绘作品、河锅晓斋(Kawanabe Kyosai)的日本画作品为此提供了例证。(图 41)

图 41 《雉鸡降蛇图》，Kawanabe Kyosai，36.2 × 27.6 cm，1887，
纽约大都会艺术博物馆(NYMMA)，14.76.61.17。

　　自宋代开始,太湖石成为上层文人士大夫阶层流行的造园要素,从现存的江南园林和众多绘画作品中都能找到很多"瘦、透、漏、皱、丑"的奇山怪石。而这些鬼斧神工的孔洞为伊斯兰装饰艺术所偏爱的穿梭、缠绕性的图案提供了绝佳的想象空间。① 这些中国画和青花瓷中的太湖石形象直接或间接地成为波斯细密画、黑笔画和图案设计中的新元素,这些素材很有可能通过伊利汗王朝时期蒙古人的贸易或礼品往来流入中西亚地区。而后来太湖石又以新的面貌出现在贾拉伊尔、帖木儿宫廷赞助下完成的绘画作品里,被画师们进行了本土化的融合。(图 42)

---

　　① 更多相关研究参见水野美奈子(Minako Mizuno Yamanlar),"The Fomation of Saz Style Ornaments: From Taihu Rocks to Saz Leaf", *Orient*,43-1,2000,pp.81-82.

图 42  《中国花园》,雅库布册页,TSM H. 2153, fol. 114b—115a。

根据水野美奈子的研究,雅库布册页中有约 12% 的绘画藏品里出现了太湖石的形象。[1] 当然,这些图中既有再现中国园林中太湖石形象的临摹作品,也有细密画化了的"借法自用本"作品。埃米尔·德弗莱特亚的这幅《雉鸡降蛇图》展现出了这位细密画大师高超的艺术水平:画面构图饱满,虽为单色白描稿但气象生动、韵味十足,反映出画家出色的造型能力;从蟒蛇身上的细如发丝的鳞片线条,以及太湖石上极富力量和动感的纹理可以看到画家精湛的线条功力。(见图 35)

3. 装饰言新本

装饰言新本是指册页中借鉴中国画内容元素但不以临摹和学习为目的,同时在技法和风格的角度减少或脱离中国画影响的,富有浓郁的风格化装饰性的线描画稿或图案设计稿。(图 43)这种类型在后期被波斯画家沙赫·库鲁发展成为奥斯曼绘画史上著名的"萨兹"装饰画。萨兹画多以森林、动物和互相缠绕的藤蔓植物作为装饰主题,是一种重要的、成熟的伊斯兰绘画风格类型,有众多土耳其和日

[1]  Minako Mizuno Yamanlar, "The Fomation of Saz Style Ornaments: From Taihu Rocks to Saz Leaf",
p. 82.

本学者有过专门深入的研究,但并不在本文的讨论范围内,这里就不做展开了。

图 43　三角形图案设计稿,雅库布册页,TSM H. 2153, fol. 71b。

　　萨莱册页中藏有若干幅画在三角形或云肩形状内的图案和装饰性绘画,这些黑笔画稿有些没有上色,有些简单涂染了部分图案(如太湖石),对比 16 世纪波斯青花瓷上的纹样后,笔者认为这些设计图稿有可能是为瓷器图案或瓷器光子画所创作的粉本作品。(图 44、45)

图 44　双龙纹青花盘,伊朗科尔曼,1640, NYMMA, 65. 109. 2。

图45　元青花马纹玉壶春瓶,14世纪中叶,NYMMA,1991.253.32。

# 结　论

夏南希教授经过研究认为,受到中国画影响的萨莱册页人物画的来源可以分成四种[①]:来自唐长安城的大都市画坊或类似于敦煌等地方画坊的唐代风格绘画原作。来自北宋都城开封的唐代风格绘画的仿作。唐代中国北方地区的辽(Hıtay)或回鹘(Uygur)宫廷的地方画师创作的仿唐风作品,以及在13世纪辽和西辽(Kara Hıtay)王朝被蒙古帝国灭亡后,被带到中亚的仿唐风作品的临摹本等,但这一类作品已经与最初的范本相差甚远。元代中国南方地区的南宋皇室遗民,如赵孟頫等宫廷画家的作品摹本,以及其他宋画摹本。

通过技法与内容的分析,笔者认为雅库布册页中的黑笔画的制作年代应该在14世纪上半叶到15世纪初之间。其中年代最早、具有明确断代信息的是埃米尔·德弗莱特亚的作品,约完成于14世纪上半叶。宋式铠甲的刀马人物画、贾拉伊尔画派的黑笔画有可能绘于14世纪末。

---

①　Nancy Shazman Steinhardt, "Chinese Ladies in the Istanbul Albums", *Islamic Arts I: An Annual Dedicated to the Art Culture of the Muslim World*, pp. 77—84.

　　13 和 14 世纪的蒙古四大汗国时期，中国的艺术品通过撒马尔罕进入波斯，随之而来的是短暂的东亚艺术审美趣味对伊斯兰世界的冲击。虽然波斯艺术家对远道而来的中国艺术品产生了浓厚的兴趣，并开始学习借鉴和临摹，但在艺术创作中这些艺术家仅限于吸收中国作品中的非宗教成分，当然他们可能对中国艺术品的宗教属性和社会文化内涵并不感兴趣抑或是无法理解。正如杉村栋博士所写的一样："一幅作品中对于中国画家来说重要的点，在临摹这幅画的中亚或伊朗艺术家看来毫无意义。甚至这些重要的点要么被直接忽视掉，要么被他们自己的绘画语言和想法重新回炉加工成了全新的面貌。"①可能这正是当时被命名为"黑笔"的这一崭新的、杂糅着东方元素而与众不同的画种，以及对中国画的临摹学习在特定的、很短的时间段内流行于伊斯兰世界的原因。

　　本文所研究的黑笔画案例主要出自 14 世纪上半叶至 15 世纪上半叶的百年间的贾拉伊尔王朝、帖木儿帝国，以及白羊土库曼王朝的宫廷画师之手。这些艺术家和他们的徒弟在黑笔画的创作上或多或少受到了中国绘画、刻版书籍插图和瓷器图案的影响。尽管 16 世纪后，伊斯兰世界的画坛没有再出现完全模仿中国画的习作，但中国白描笔墨技法和素雅的审美偏好仍作为一股清流，在金碧辉煌的伊斯兰美术史中以新的面貌流行于萨法维与奥斯曼的宫廷画坊间。

作者简介：
　　雷传翼，北京人，土耳其法提赫苏丹穆罕默德大学博士候选人，主要研究方向为土耳其传统艺术，奥斯曼绘画史。

---

① Toh Sugimura, *The Chinese Impact on Certain Fifteenth Century Persian Miniature Paintings from the Albums* (Hazine 2153, 2154, 2160) *in the Topkapi Sarayi Museum Istanbul*, p. 302. 引文为笔者所译。

# 内扎米《七美图》的图文关系探究

## ——兼与阿米尔《八天堂》对比[*]

贾　斐

**摘　要**　本文以波斯文学史上的重要作品内扎米《五部诗》中的《七美图》及其插图为例,通过介绍这部作品中两类数量最多的插图的图像形成源流以及主要构图元素,分析该作品的插图如何选择和体现文本情节。同时借《七美图》的模仿之作《八天堂》图文间的对应关系,从对比的角度展现《七美图》图文关系及其插图在波斯细密画史上的影响力。

**关键词**　内扎米　《七美图》　图文关系　细密画

在波斯文学史中,模仿前人的典范是诗人学习和创作诗歌的必经之路,"史诗中有《列王纪》、抒情诗中有内扎米诗作,苏菲诗歌中有萨纳依的《真理之园》,都是被后人模仿最多的作品……而最好的爱情诗歌就在内扎米的《五部诗》之中。"[①]内扎米·甘扎维(Niẓāmī Ganjavī)的《五部诗》(*Khamsa*)[②]自问世之后,先后有100多位诗人仿照这部作品进行创作,最著名的有印度波斯诗人阿米尔·霍斯陆·迪赫拉维(Amīr Khusraw Dihlavī)和哈珠·克尔曼尼(Khājū Kirmānī)各自的《五部诗》以及波斯–塔吉克诗人努鲁丁·阿卜杜·拉赫曼·贾米(Nūr al-Dīn 'Abd al-Rahman Jāmī)的《七宝座》(*Haft Awrang*)。这其中,尤以阿米尔·霍斯陆的《五部诗》最为出色,他所生活的年代距内扎米仅有百年之隔,其作品的框架与内扎米的《五部诗》基本相同,内容上既有传承也有创新,并且这两部作品均有丰富的插图手抄本,故也是细密画史上的重要作品。出于两部作品的相似性,《五部诗》手抄本中时有将两部作品合并抄写的现象,其插图也受到彼此的影响。由于《五部诗》篇

---

　*　本文为2016年度国家社会科学基金重大项目"古代东方文学插图本史料集成及其研究"(项目批准号:16ZDA199)的阶段性成果之一。

　①　ḤASAN Zulfaqārī, "Haft Paykar va Naẓirihā-yi Ān"(《〈七美图〉及其仿作》), *Matn Shināsī-yi Adab-i Fārsī*(《波斯文学文本评论》), No. 52—53, 2006, p. 70. 笔者译。

　②　Khamsa为阿拉伯语词汇,意为"五",波斯语又称 *Panj Ganj*,中文也译作《五卷诗》。

幅较长,本文仅以内扎米《五部诗》中的第四部《七美图》(*Haft Paykar*)①为例分析该作品文本与插图的关系,兼与阿米尔《五部诗》中所对应的《八天堂》(*Hasht Bihisht*)进行对比,探究文本的改变对插图带来的影响。

### 《七美图》简介

内扎米 1140 年生于甘哲(Ganja)②,至 1203—1205 年间去世时终生生活在家乡,一生只出过一次远门。这位不爱游历的诗人,却在自己的诗歌中记录下丰富的世界。他的代表作是叙事诗《五部诗》,包括《秘宝之库》(*Makhzan al-Isrār*)、《霍斯陆与西琳》(*Khusraw va Shīrīn*)、《蕾莉与马杰农》(*Laylī va Majnūn*)、《七美图》以及《亚历山大王纪》(*Iskandarnāma*)。五部作品中,第一部《秘宝之库》所写的是一些具有道德劝诫性的小故事,第五部《亚历山大王纪》是带哲理思辨的历史人物故事,其他三部则均是浪漫爱情故事,且《霍斯陆与西琳》与《七美图》是诗人依据历史故事进行的再创作。三部爱情叙事诗是《五部诗》中最广为传颂的作品,它们的插图数量也最多,由于《霍斯陆与西琳》和《蕾莉与马杰农》目前在国内已有论述,故本文选取《七美图》进行分析。

《七美图》全诗有 5130 个对句(Bayt),完成于 1197 年(伊历 593 年),作品的主人公是萨珊王朝的巴赫拉姆五世(Bahrām Panjum)③,这位历史上并不算有名的国王因内扎米这部略带神话色彩的诗歌,成为在波斯文学及艺术作品中频繁出现的经典形象。《七美图》的故事以巴赫拉姆进入七座宫殿为界分为两部分,开篇及结尾部分以巴赫拉姆的真实生平为主,包括巴赫拉姆出生、在也门长大、回国夺权以及取得王位后治理国家等内容。中间部分则借用国王进入七座宫殿,听七国公主讲故事的框架,引入了七个与巴赫拉姆无关的哲理故事。而与《七美图》内容上的浪漫相呼应的是,这部作品插图数量最多的两个主题也主要体现的是浪漫爱情思想:一个是史实部分的"巴赫拉姆携女仆狩猎",一个则是故事部分的点题之作"巴赫拉姆与七公主"。

# 一、巴赫拉姆携女仆狩猎

该插图主题所对应的故事发生在巴赫拉姆已取得王位,国家在他的治理之下

---

① Paykar 有"形象"之意,因此也可译为《七美人》,波斯语还称此书为《巴赫拉姆书》(*Bahrāmnāma*)。

② 甘哲位于今天阿塞拜疆共和国,也译作甘贾或占贾。

③ 420—438 年在位,也称巴赫拉姆·古尔(Bahrām Gūr)。

有序发展之时。这时巴赫拉姆因自己高超的骑射和擒驴技能而获得了"古尔"①的称号。爱好狩猎的巴赫拉姆常常带着女仆一起出行，其中一位名叫菲特奈（Fitna）②的琴女最受巴赫拉姆喜爱。一日巴赫拉姆照常在菲特奈的面前炫耀自己的擒驴技艺，却未听到菲特奈的称赞。国王好奇如何才能打动美人，美人则说，若是能用箭将驴的蹄子与脑袋穿在一起，才是真本领。当国王达成她的要求后，女仆又冷淡地说："不过是熟能生巧罢了。"愤怒的国王便命身边一名将领处死女仆。将领担心国王日后反悔，便谎称已处死女仆，实际上却悄悄地将她安置在自己远离皇宫的住所。女仆初入住所，便遇到一初生牛犊，心生喜爱的女仆于是将牛犊抱回自己有 60 级台阶高的住处当做宠物。如此往复，待牛犊长成壮硕的成牛，女仆依然可以肩扛成牛，箭步走上 60 级台阶。六年后，巴赫拉姆打猎途经将领府邸，在目睹少女力扛壮牛上台阶的奇迹后，平淡地评价这不过是常年练习的结果。此时女仆回应："既然我的本领出自练习，为何擒驴技能不是如此？"国王听后认出菲特奈，并意识到自己的错误，而女仆也坦言当初不肯夸赞国王，是为了防止"邪恶之眼"③。二人重归于好，并举行了婚礼。④

　　"巴赫拉姆携女仆狩猎"的故事有 205 个对句，只是全诗 5130 个对句中的一小部分，并且不是本部诗集的核心内容，但这个故事却往往是此书的第一幅插图。以图 1、图 2 为例，两幅画面的元素和构图基本相同：主体形象均为巴赫拉姆、菲特奈和野驴；巴赫拉姆身骑骏马居于画面中央位置，他正将弓箭对准野驴；野驴则位于巴赫拉姆的对角线位置，此时已中箭流血。有时画师为了贴合文本，会如图 1 一般将驴描绘成蹄子与脑袋穿在一起的样子。另一位主角菲特奈则按照诗歌所写，在国王狩猎的时候，弹奏竖琴在旁助兴，女仆通常位于国王身后，或是在画面的远景之中。插图之所以会选取这一场景进行描绘，且拥有彼此相似的构图，除了极富画面感的描述给了画师很大的帮助之外，更重要的原因或许是类似主题的绘画和艺术创作拥有悠久和丰富的历史，这个主题早在《列王纪》（Shāhnāma）中就已出现且有丰富的插图作品。《列王纪》成书于 1020 年，它作为伊朗最重要的史诗，是众多历史及传说故事流传中的重要一环。两个故事框架类似，所不同的是，《列王纪》中

---

　　①　古尔（gūr），在波斯语中有野驴、坑和坟墓的意思，这是巴赫拉姆因发好射驴而得的外号，并非本名。据《列王纪》和《七美图》中记载，巴赫拉姆最终因追赶一头野驴进入山洞，从此消失，也呼应了"古尔"的第二层含义。另外在波斯文化中，野驴代表倔强、愚蠢。

　　②　菲特奈（fitna），在波斯语中有不安、诱惑之意。

　　③　"邪恶之眼"，为中东地区的民间信仰，即认为他人的嫉妒或憎恨会带来厄运。不对美好的人或事进行夸奖是保护其不受邪恶之眼所害的方法之一。

　　④　此故事梗概为笔者的翻译，原文参考 Ḥakim Niẓāmī Ganji-ī：Haft Paykar（《七美图》），Tehran：Nashreghatreh Publication，2014，pp. 107—120，也可参考［古波斯］内扎米：《内扎米诗选》，张晖译，商务印书馆，2016 年版，第 275—298 页。

图 1　巴赫拉姆携女仆狩猎①

图 2　《列王纪》巴赫拉姆携女仆狩猎②

①　时间:约 1480—1481 年,原图尺寸(宽×高):10. 2 × 10. 3 cm,下载地址:https://www.
brooklynmuseum. org/opencollection/objects/124943,访问时间:2022 年 10 月 12 日。

②　时间:1297—1298 年或 1299—1300 年,原图尺寸(宽×高):28 × 35. 5 cm,下载地址:http://ica.
themorgan. org/manuscript/page/31/77363,访问时间:2022 年 10 月 12 日。

**图 3  巴赫拉姆携女仆狩猎①**

巴赫拉姆与女仆奥扎德(Āzāda)同乘骆驼出行,当他们遇到一群鹿之后,国王为了展现英雄气概,按照女仆的要求用箭射下雄鹿的角,钉在了雌鹿的头上。而女仆在目睹鲜血之后,又责怪国王太过残忍,愤怒的国王便将她甩下骆驼,任骆驼踩死女仆之后扬长而去。② 图 3 即为该场景的典型插图,画面中可以清晰看出《列王纪》与《七美图》故事中的不同之处:女仆此时坐在国王身后,与国王共骑一匹骆驼,国王的箭正对准一群鹿。而早在《列王纪》和《七美图》的"巴赫拉姆携女仆狩猎"插图之前,这个场景就已经出现在工艺品中,如图 4 中制造于 5 世纪的萨珊银盘,由于银盘年代与巴赫拉姆生活的年代几乎是同时期,故无法确定主角的身份,但画面的基本元素相同:国王、女仆和鹿。头戴国王头冠的主角身居正中,身材娇小的女仆正为国王递箭,此刻他正拉满弓准备射向鹿群,而他所骑骆驼脚边的鹿,显然已经是中箭后的样子。比插图更胜一筹的是,银盘采用一图多景的图像叙事方法将三个场景固定在一个瞬间,银盘下方雄鹿的角还固定在飞箭上,上方雌鹿的头顶已出现两根骨头,似乎预示着带角的箭即将射到这里。类似的银盘在不同时期均有制作,

---

① 时间:约 1444 年,原图尺寸(宽×高):36.8 × 23.2 cm,下载地址:https://cudl. lib. cam. ac. uk/view/MS-RAS-00239-00001/724,访问时间:2022 年 10 月 12 日。

② 此故事梗概为笔者翻译,原文参考自 Abū al-Qāsim Firdawsī, *Shāhnāma* (Persian)(《列王纪》),Tehran:Intishārāt-i Hermes, 2003, Vol. 6, pp. 373—376,也可参考[古波斯]菲尔多西:《列王纪全集(五)》,张鸿年、宋丕方译,湖南文艺出版社,2001 年版,第 11—14 页。

在其他形式的工艺品中也很常见,如图 5 中制作于 12 世纪末的陶碗,图 6 中制作于 1300 年左右的釉面砖以及布匹,这些工艺品的制作年代均早于《列王纪》和《七美图》的"巴赫拉姆携女仆狩猎"插图绘制年代。相似的主题和构图反映了该故事及图形因其经典性而带来的流传程度。

图 4　狩猎图萨珊银盘①　　　图 5　狩猎图陶碗②　　　图 6　狩猎图釉面砖③

在内扎米的《七美图》的巴赫拉姆故事之后,阿米尔的《八天堂》将巴赫拉姆的故事又按照自己的版本传颂了下去。④ 在 1301 年所写的《八天堂》之中,故事的框架依然没有变动,只是在细节上,巴赫拉姆身边的女仆名叫迪拉拉姆(Dilārām)⑤,在描写她伴骑时,除了美貌,并未提到是否掌握琴艺,而国王则是剑术惊人的高手。猎场上,女仆向国王提出的要求与《列王纪》中相同,巴赫拉姆依言射下了雄鹿的角,又将两支箭射向雌鹿的头部。这一次面对国王的箭术,女仆提醒他要保持自省,否则将被人超越。于是,被激怒的国王将女仆抛弃在荒原后离开。所幸女仆遇到一位精通乐理的农夫,在他的收留和指点下,女仆勤练器乐,最终竟能用琴声催眠动物。国王慕名而来,惊叹地看着女仆用琴声将动物引到自己身边,迪拉拉姆则谦卑地表示,这并不算什么,人外有人天外有天。国王听到这熟悉的话语,认出迪

<hr />

① 时间:约 5 世纪,种类:银盘,尺寸:4. 11 × 20. 1 cm,下载地址:https://images. metmuseum. org/CRDImages/an/original/DT1634. jpg,访问时间:2022 年 10 月 12 日。

② 时间:12 世纪末至 13 世纪初,种类:陶碗,尺寸:高 8. 7 cm,直径 22. 1 cm,下载地址:https://images. metmuseum. org/CRDImages/is/original/DP235036. jpg,访问时间:2022 年 10 月 12 日。

③ 时间:约 1300 年,种类:烧釉装饰瓷砖,尺寸:33. 7 × 31. 4 cm,下载地址:https://images. metmuseum. org/CRDImages/is/original/sf10-56-2. jpg,访问时间:2022 年 10 月 12 日。

④ 有关阿米尔《五部诗》文本及其插图的介绍,可参考本人拙文《阿米尔·霍斯陆的〈五部诗〉及其艺术价值》穆宏燕主编:《东方学刊》,河南大学出版社,2014 年版,第 201—202 页。

⑤ 迪拉拉姆(Dilārām),有使人心情舒畅之意。

拉拉姆并请求她的原谅,最终二人摒弃前嫌,重归于好。①

　　与内扎米对《列王纪》故事的传承相比,阿米尔对内扎米的故事有更多添改,这是阿米尔有意超越内扎米之处。另外,为与内扎米的《七美图》呼应,阿米尔将作品取名为《八天堂》,一方面指伊斯兰教中七重天堂之上,还有一层天堂。另一方面则指出了故事套故事的结构,诗人将巴赫拉姆与每位公主相会的宫殿比喻为七座天堂,而巴赫拉姆与女仆的相处则是第八个天堂。阿米尔版的巴赫拉姆狩猎故事共有 213 个对句,内容更长且改动较多,但由于缺乏细节描写,画师在制作插图时依然会参考内扎米的版本,有时甚至会从更早期的《列王纪》插图中寻找细节,进行模仿。如图 7 中,迪拉拉姆手中拿着竖琴,骑在骆驼之上,而《八天堂》的相关章节并没有细致描写二人的坐骑,而迪拉拉姆在这个故事中是由不善乐器到精通乐器,从而打动了国王,因此故事的开始也没有出现竖琴,这样的构图反倒与内扎米作品的图 1、图 2 非常相似。对比同为《八天堂》插图的图 7、图 8,就会发现两幅图有很大的差别。图 8 中,巴赫拉姆与女仆的坐骑改为马匹,另外,文本中国王只是抛下了女仆,但这里女仆却被踏在国王的马蹄之下,显然是受到《列王纪》故事情节的影响。据统计,在《八天堂》37 个插图主题中,以此为主题的插图有 21 幅②,在数量上排名第一,但由于缺少细节描写,同时这一主题因有《列王纪》与《七美图》的插图在先,故在图文对应关系上更加没有规律,以至于在一些将内扎米和阿米尔《五部诗》合抄的手抄本中,常常无法确认这一幕的插图属于哪一部作品。

　　三部作品中框架类似的故事,在插图上的重要程度却不相同,《列王纪》插图本中选取此场景的次数远低于《七美图》和《八天堂》,一方面是因为《列王纪》作为具有史料性质的作品,在记述方面事无巨细。《列王纪》巴赫拉姆章节中,国王除在此处展示了技艺外,还曾多次射杀野驴、巨蟒、恶狼和狮子等,因此选题上更分散。另外,《列王纪》以凸显英雄形象的巴赫拉姆故事为主线,而内扎米和阿米尔是为描写浪漫爱情故事才挑选巴赫拉姆作为故事主角,因此对后两部作品来说,这一幕不可缺少。因此,对比这个故事在三部作品的文本和插图上的流变可以看出,文本的精彩性、可绘性必然会影响画师对该主题的选择,而作品的整体风格及中心价值取向也会影响插图主题的选取。

---

　　①　此故事梗概为笔者翻译,原文参考 Amīr Aḥmad Ashrafi: *Khamsa-yi Amīr Khusraw Dihlavī*(《阿米尔·霍斯陆·迪赫拉维的五部诗》),Tehran: Shaghayegh Publications,1983。

　　②　参考 John Seyller, Pearls of the Parrot of India: The Walters Art Museum "Khamsa" of Amir Khusraw of Delhi, *The Journal of the Walters Art Museum*,Vol. 58,2000,Appendix B.

图 7　阿米尔版狩猎图①　　　　　图 8　阿米尔版狩猎图②

# 二、巴赫拉姆与七公主

　　"巴赫拉姆携女仆狩猎"作为在不同材质的工艺品之间广泛传播的主题,是《七美图》中最具有影响力的插图,在数量上排名第二,而插图数量最多,且最重要、最具代表性的插图集中于作品中部,即巴赫拉姆在七座宫殿中的场景。从文本篇幅来看,国王与七国公主的故事仅占三分之一,但从插图数量上来看,这一部分是各种版本《七美图》插图的主要来源。此主题对应的文本故事是巴赫拉姆在被父亲送到也门生活期间,一日无意中走进某个房间,看到墙壁上所挂的七幅公主画像,自此魂牵梦萦。直到巴赫拉姆回国称王后,他终于有能力娶回伊朗(Īrān)、中国(Chīn)、鲁姆(Rūm)、马格里布(Maghrib)③、印度斯坦(Hindūstān)、花剌子模(Khārazm)与撒吉剌(Saqlāb)④的公主。随后,他手下一名精通建筑和天文学的工匠为公主们建造了黑宫、黄宫、绿宫、红宫、蓝宫、棕宫和白宫七座宫殿。巴赫拉姆

---

　　①　时间:1529 年,原图尺寸(宽×高):16.5 × 27 cm,下载地址:https://art. thewalters. org/detail/81987/bahram-gur-displays-his-hunting-skills-before-dilaram/,访问时间:2022 年 10 月 12 日。
　　②　时间:1450 年或更早,原图尺寸(宽×高):24.9 × 31.6 cm,下载地址:http://ids. si. edu/ids/deliveryService/full/id/FS-6976_06,访问时间:2022 年 10 月 12 日。
　　③　马格里布,指太阳落下的地方,广义指北非地区,狭义指摩洛哥。
　　④　撒吉剌,指斯拉夫人生活的区域,广义指东欧地区。

在一周内依次拜访七位公主。七位公主则施展魅力,为国王讲述一个与各自宫殿的色彩有关的故事。①

与"巴赫拉姆携女仆狩猎"故事相比,"巴赫拉姆与七公主"故事作为《七美图》的核心,情节基本与史实无关,除部分参考《列王纪》,如黑宫的公主对应《列王纪》中巴赫拉姆从印度娶回的邦主之女外,这部分多是作者糅合当地流传的民间故事以及想象写成。在巴赫拉姆与七位公主的相会中,都会首先描述国王、公主的装扮以及宫殿的景致,然后由公主引出一个故事,故事的结尾或主旨与该宫殿的颜色呼应。前一部分有关巴赫拉姆与公主的篇幅很短,公主所讲的故事是核心部分。以白宫为例,描述巴赫拉姆与白宫公主会面只用了 13 个对句,而公主所讲的故事有 499 个对句,且这七个故事情节精彩,具有画面感,然而有关七个故事的插图数量远远少于巴赫拉姆在七座宫殿中的场景。目前留存的大部分插图版《七美图》,大多会选择七座或其中几座宫殿作为插图对象,这种选择似乎难以理解,因为同一部手抄本中巴赫拉姆与七位公主会面的场景,除色彩和细节不同外,人物、动作和框架基本相同,不论是绘制于印度的组图(图 9),还是绘制于伊朗的组图(图 10),都是如此,且这两部手抄本中均未出现有关公主所讲故事的插图。在抄本中接连出现场景重复的插图,看似乏味且无意义,但其实表现完整的七个颜色或七座宫殿才是这组故事及其插图的意义所在。正如建造七座宫殿的工匠对巴赫拉姆所说,七座宫殿象征一周的七天、七位公主象征巴赫拉姆对世界七大境域②的征服,七种颜色是七原色③,同时还代表伊斯兰天文学中围绕着地球的七大星体——月亮、水星、金星、太阳、火星、木星和土星。④ 另外这七个故事所体现的状态和道德意义对应人生的七个阶段。因此单独或整体欣赏七座宫殿的插图,即代表着对整个故事的领悟。

---

① 此段故事暂无中文译本,此梗概为笔者的翻译,原文参考 Ḥakīm Niẓāmī Ganji-ī: *Haft Paykar*(《七美图》),pp. 134—146。

② 伊朗自古经《阿维斯塔》(*Avesta*)起即有的世界观,认为世界分为七大境域,中央区域是伊朗(Īrānshahr),围绕在其周围的六个区域按顺时针顺序依次是印度人之地(Hindūvān)、阿拉伯与阿比西尼亚人之地'Arab va Ḥabashān)、密昔儿与苫国(Miṣr va Shām,即埃及与叙利亚)、撒吉剌与鲁姆(Ṣiqlāb va Rūm)、突厥与雅朱者(Turk va Yāʾjūj)、秦与马秦(Chīn va Māchīn)。也可参考佚名作者所写的 *Ṣuvar al-Aqālīm*(《诸域图纪》),也称 *Haft Kishvar*(《七国志》),Manūchihr Sutūda(ed.),Tehran:Intishārāt -i Bunyād-i Farhang-i Īrān-zamīn,1353 SH(1973/1974)。

③ 在伊朗传统观念中,颜色分为七色,其中又可分为两组,一组有黑、白、红三色,一组有蓝、绿、黄、棕四色。可参考 Nasrīn 'Alī Akbarī and Amīr Mihrdād Hijāzī, "Rang va Taḥlīl-i Zamīna hā-yi Taḥvīl-i Ramzī-yi Ān dar Haft Paykar"(《〈七美图〉中的色彩及其奥秘》),*Pazhūhish-hā-yi Zabān va Adabīyāt*(《语言文学研究》),No. 10, 2011, pp. 9—30。

④ 可参考比鲁尼(Abū Rayḥān Bīrūnī)所写的《星相学基本原理》(*Al-Tafhīm al-Avāyil al-Sanā 'a al-Tanajīm*),Tehran:Malik Publication,1939.

图 9 七宫殿组图①

制作于伊历 931 年(1524—1525)的组图(图 10),因其成熟的造型和风格被视为《七美图》插图本中最优秀的代表作,现以此为例分析"巴赫拉姆与七公主"组图的特点。首先,七幅图在构图方面基本一致,宫殿占据了画面的大部分空间,几乎所有空间都被细节填满,连在此处代表着天空的拱顶都被细致刻画。两位主要人物位于拱顶正下方,在一块华丽的地毯上相对而坐,他们的身形略大于次要角色,在

图 10 七宫殿组图②

---

① 时间:1516 年,原图尺寸(宽×高):17. 5 × 29 cm,下载地址:https://art. thewalters. org/detail/81286/bahram-gur-in-the-white-pavilion-6/,访问时间:2022 年 10 月 13 日。

② 时间:1524—1525 年,原图尺寸(宽×高):22. 2 × 31. 9 cm,全套下载地址:https://www. metmuseum. org/,编号:13. 228. 7,访问时间:2022 年 10 月 12 日。

他们脚边摆有食盘和酒器,面前围绕着奏乐者、婢女和侍从。当然这些因素还不足以将它们与其他故事中的宫廷宴饮图区分开来,"巴赫拉姆与七公主"组图最大的特点就是每座宫殿具有一个主色调,且宫殿之中的人物着装、用具陈设都会尽量呼应宫殿的色调。如白宫中的巴赫拉姆,头戴具有萨法维王朝时期红帽军特色的头饰,并插有象征尊贵身份的白色羽毛,白色的袍子上饰有金丝,金腰带上别着金匕首,对面的伊朗公主也头戴金冠,金项链绕颈,白袍的金丝与国王交相呼应。

组图(图 10)自左上至右下,按巴赫拉姆进入宫殿的顺序排列。左上第一幅正是巴赫拉姆在一周的第一天星期六[①]来到印度公主的黑宫的场景。黑宫在伊斯兰天文学中代表第六个星体——土星,而这个星球被视为不详。黑色是最深的颜色,带有悲伤色彩,通常用在葬礼等场合中,意指"否定"。因此相对应的,黑宫中的印度公主讲了一个悲伤的故事,在故事的结尾,主人公并未得到心爱之人,这与其他六个故事圆满的结局都不相同。在黑宫故事的开头写道,当夜色铺满道路,巴赫拉姆身披黑衣来到黑宫。[②] 在插图中可以看到,巴赫拉姆身穿黑衣,对面的印度公主,以及宫殿中的其他人物也都身披黑色罩衣。拱顶外立面以及内部墙饰也以黑色为主,甚至连图中左下弹奏竖琴的女仆指甲都是黑色的。第二个宫殿是拜占庭公主的黄宫。黄色是金子和光线的颜色,因此代表神明、帝王和崇高。文本中描述道,"当天边出现金光,巴赫拉姆身披金色斗篷,头戴金冠,而面对他的拜占庭公主头发金黄,眼如琥珀,她向国王奉上盛满水果的金碗和斟满酒的金杯。"[③]从对应插图来看,公主的相貌并未受到文本细节的影响,头发和眼睛与其他公主一样,均为黑色,但在人物服饰及宫殿装饰上依然尽量凸显黄色。黄宫图在这一组图中的特殊之处在于,其他宫殿皆在宫殿之外留出浅蓝色天空,以体现空间的层次感,如绿宫、蓝宫中的庭院和天空,棕宫、白宫的宫墙顶露出的浅蓝天空。但无论是从色彩还是白云点缀上,都无法体现出故事发生的真正时间,即夜晚。而黄宫的天空呈现深宝蓝色,且点缀繁星,这种夜色与黄宫所代表的太阳形成对比。第三个宫殿是代表月球的绿宫,文本中这样描述,"巴赫拉姆身穿绿衣,穿过绿色草坪来到绿宫,鞑靼公主优雅如柳树,庄重如柏树,手带玉石镯子,眼睛如绿宝石一般,绿宫之中有个长满鲜花绿草的花园。"[④]但对比图中会发现,绿宫中的宫殿和人物服饰除使用草绿色外,还间杂了青绿色和宝蓝色。而第五个宫殿蓝宫也以青绿色和宝蓝色为主色调,尤其是两幅图中一对主角的衣服都是青绿色,加大了两幅图的识别难度。且这种混淆的现象不止出现在这一组图中,图 11 的绿宫和蓝宫亦让人难以分辨。这

---

① 伊朗将"星期六"定为一周的第一天。

② 原文参考 Ḥakīm Niẓāmī Ganjī-ī: *Haft Paykar*, pp. 146—147. 笔者译。

③ Ibid., pp. 182—183. 笔者译。

④ Ibid., pp. 197—198. 笔者译。

是由于内扎米将此宫的颜色称为"绿松石色"(pīrūza)①,这是一种介于绿色和蓝色之间的颜色,取自伊朗盛产的宝石绿松石。而在文本的细节描述中,又出现了"公主的眼睛是蓝色的,宫殿里开着蓝色花朵"②。因此通常将此宫理解为"蓝宫"。蓝宫对应水星,代表平静、顺从,由于神的居所天空是蓝色的,因此蓝色也具有宗教上的神圣含义。蓝绿宫之间是斯拉夫公主的红宫。星期二这一天,巴赫拉姆身披红衣,头戴红色饰物,大步走向红宫,此时天空中铺展红色的云彩。红宫公主发如火焰,肌如白雪。斯拉夫公主头饰上镶满红宝石,但红唇竟比红宝石还耀眼,红宫中满是玫瑰、红酒,连地毯、靠枕都是红的。③ 红宫对应火星,而红色象征着生命和爱,是充满活力的颜色。红宫斯拉夫公主所讲的故事即为普契尼歌剧《图兰朵》的原型。第六个公主中国公主所居住的棕宫对应木星,文本中作者用檀香木和大地比拟棕色,以瓷器、蝴蝶、荷花和茉莉比拟中国公主之美,而她的宫殿中也满是东方的宝物:瓷器、织物、锦缎以及由珍贵木材制成的屏风。④ 因此在棕宫图中,宫殿上装饰有四根以棕木为基座的柱子,并且出现了三个白底蓝花的瓷器。巴赫拉姆于星期五,也就是一周最后一天到达的白宫,是伊朗公主的宫殿。白宫对应金星,白色象征隔绝所有不洁之物,同时白色也是所有色彩混合后的结果——即光的颜色。

图 11  蓝宫与绿宫⑤

① 本义为绿松石。
② 原文参考Ḥakim Niẓāmī Ganji-ī: *Haft Paykar*, p. 235. 笔者译。
③ Ibid., pp. 214−215. 笔者译。
④ Ibid., pp. 267−269.
⑤ 时间:1481 年,原图尺寸(宽×高):16 × 23.5 cm,下载地址:http://www. thedigitalwalters.org/Data/WaltersManuscripts/html/W604/,访问时间:2022 年 10 月 13 日。

白宫除宫殿和服饰上凸显白色外,画面正下方还插有一瓶白色水仙,左侧女仆手中也拿着一支白花。水仙花在伊朗文化中既是象征春天即将到来的花朵,同时象征着爱人的迷醉之眼。

七座宫殿的颜色自黑色始,至白色终,代表着人从黑暗走向黎明,从得不到爱走向圆满。巴赫拉姆也在经历了七座宫殿之后走向了内心的幸福和成熟。因此黑宫和白宫往往是插图中必不可少的两座宫殿。而由于白宫作为最后一个宫殿,并且象征着圆满,在细节上有时也会有不同之处。如组图(图10)中的白宫,构图平衡,不仅宫殿居画面正中,两位主角在由拱顶、宫门、蜡烛和花器组成的中轴线两边对坐,在场人数以及食器也达到了左右对称。从色彩上来看,每一座宫殿虽有主色调,但并不是所有的人、物、景都是一色,而是将主色调用在构图的中心元素,其余元素则使用与主色调相映衬的辅助色调。如在白宫中,两位主角虽披白袍、戴白帽,但公主的内衫为淡蓝色。六个仆从的服饰也没有清一色着白,而是让两名男性仆从穿白色外袍,其余四名宫女则选择天青、鹅黄、淡蓝和浅橘等已经在宫殿纹饰中出现过的较为淡雅的颜色。另外,主角背后的宫墙和身下的地毯有大量的黑色和深蓝色出现,从而借深色凸显白色。相同的情况还有黄宫配橘红、棕宫配蓝绿、红宫配暖黄等。

图 12　紫罗兰花宫①

图 13　合抄本中的绿宫蓝宫②

图 14　阿克巴版《八天堂》③

①　时间:1529 年,原图尺寸:16.5 × 27 cm,下载地址:https://art.thewalters.org/detail/81989/bahram-gur-in-the-blue-pavilion-7/,访问时间:2022 年 10 月 13 日。

②　时间:16 世纪,原图尺寸:19 × 28 cm,下载地址:https://art.thewalters.org/detail/9940/three-collections-of-poetry-2/,访问时间:2022 年 10 月 13 日。

③　时间:1597—1598 年,原图尺寸:19 × 28.5 cm,下载地址:https://art.thewalters.org/detail/9111/the-princesses-of-the-seven-pavilions-bow-in-homage-to-bahram-gur-2/,访问时间:2022 年 10 月 13 日。

阿米尔《八天堂》的故事框架与《七美人》基本一致,每个小节都以巴赫拉姆进入宫殿的所见开头,引出公主所讲的故事。这七个故事与《七美人》的故事完全不同,这里不予比较,单看前面的引入部分,阿米尔首先改变了宫殿的名称,他用植物和香料为宫殿命名:内扎米的黑宫成为阿米尔笔下的麝香宫,黄宫成为藏红花宫,①绿宫成为罗勒香宫,红宫成为石榴花宫,白宫成为樟脑白宫,只有在表述棕色时,阿米尔未做替换,因"棕色"一词就是"檀木色"。另外,内扎米的"蓝宫"被阿米尔改为"紫罗兰花宫"。这些名称大多取物品之色,还有一些同时强调其气味,如麝香、罗勒和石榴花。另外,阿米尔还改变了宫殿与公主的对应关系,最后的白宫也不再属于内扎米最珍视的伊朗公主,而住着花剌子模公主。② 这些文本上的区别未使《八天堂》的插图产生明显有别于《七美图》插图的变化,对此处场景的绘画依然延续了《七美图》的范例,只有紫罗兰花宫能让人意识到这是《八天堂》的宫殿组图,如图12。同时,《八天堂》的七宫殿组图数量也远少于《七美图》的相关插图。图13出自一部16世纪制作的《七美图》与《八天堂》合抄本,七个宫殿的插图颜色遵循了《七美图》而非《八天堂》的文本。由此可见,虽阿米尔的《八天堂》文本出现时间更晚,但由于其文学地位未超越《七美图》,故在插图流传上也无法形成有力的引流作用,甚至自身的插图也受到了《七美图》的影响。

# 小　结

"在波斯插图手抄本中,《列王纪》的插图数量最多,内扎米的《五部诗》紧随其后。"③这一方面得益于内扎米诗歌成就带来的传播度,一方面得益于诗人擅长使用图像化的语言和丰富的比喻。"内扎米不仅善用文字作画,还会用文字雕刻和建造。"④画师面对这样的文字,更容易截取信息,补充画面细节。本文的《七美图》插图"巴赫拉姆携女仆狩猎"和"巴赫拉姆与七公主",从内容分类上来讲属于狩猎和宫廷宴饮两大主题,这是细密画中最为常见的插图主题,但画师成功抓住了文本的中心和特色,即使不同版本的插图中,周边环境、人物面孔和服饰装饰各有不一,经典元素始终得以流传,使得这两个主题的插图在遵循细密画传统的基础上,依然可有别于同类主题的插图绘画。阿米尔的《八天堂》作为致敬《七美图》作品中最优秀

---

① 藏红花水为黄色。

② Amīr Aḥmad Ashrafī: *Khamsā-yi Amīr Khusraw Dihlavī*(《阿米尔·霍斯陆·迪赫拉维的五部诗》), pp. 605—692.

③ B. W. Robinson, "Prince Bāysonghor's Niẓāmī", *Ars Orentalis*, Vol. 2, 1957, p. 385.

④ Peter J. Chelkowski, *Mirror of the Invisible World: Tales from the Khamseh of Nizami*, New York: The Metropolitan Museum of Art, 1975, p. 8.

的一部,在文本上除遵循《七美图》基本框架外,在遣词造句和情节描写上都试图加以超越。但这些变化并未完全反映在其插图之中,《八天堂》插图中无论是女仆的坐骑和乐器,还是宫殿颜色都易于与《七美图》的插图细节混淆,这从一个侧面显现出《七美图》文本及插图的影响和地位。因此纵观波斯文学作品的插图本,文本的影响力会反映在插图之中,不仅成功的文学文本会影响后世作品,成功文学作品的插图也会给其他作品的插图带来影响。

作者简介:

贾斐,山西人,对外经济贸易大学外语学院副教授,研究方向:波斯文学与艺术。

# 波斯细密画在欧美学界的研究嬗变：
# 以文图叙事问题为例<sup>*</sup>

赵晋超

**摘　要**　在现存种类繁多的波斯插图写本中，基于史诗与诗歌的作品尤为丰富。史诗与诗歌文本的叙事性使其插图本兼具文本叙事和图像叙事。以往研究对这些史诗和诗歌插图本的叙事内容、叙事方式和文图叙事关系都做出了不同程度和不同角度的探讨。图像的叙事方式及其与文本叙事的关系一直是艺术史领域的重要议题，相关讨论历久弥新。波斯插图本的相关研究在推进具体作品分析的同时，也不断加深着艺术史领域对于图像叙事的理解。本文梳理两个世纪以来欧美学界研究波斯细密画的方法论，勾勒波斯细密画研究史的嬗变脉络。在此基础上，探讨学术界就波斯插图写本的叙事问题的讨论在过去一个世纪中的发展，及其与整体伊斯兰艺术领域研究视角变迁之间的关系。

**关键词**　波斯　细密画　写本　插图　叙事

## 引　言

波斯插图写本传统悠久。依据现存写本情况，当今学界一般认为这一传统开始于 13 世纪晚期的伊尔汗（Ilkhanid）王朝，随后在 15—16 世纪的帖木儿（Timurid）王朝和萨法维（Safavid）王朝达至鼎盛。① 为书籍画插图这一传统，早在 12 世纪时已在阿拉伯语世界流行。最为丰富的类别当属科学手册和自然志。到 13 世纪中期，插图写本扩展至多种文类和语言，在今天的巴格达地区蓬勃发展。

---

　*　本文系 2016 年度国家社会科学基金重大项目"古代东方文学插图本史料集成及其研究"（项目批准号：16ZDA199）阶段性研究成果。
　①　参考 Sheila S. Blair, "The Development of the Illustrated Book in Iran", *Muqarnas*, vol. 10, 1993, p. 266.

其后近一个世纪内，写本插图的尺寸更加多样，异域纹样的使用也愈发熟练①。至14世纪末，诗歌作品的插图开始使用竖式构图，以区别于史诗插图本，绘画色彩不断丰富，细节装饰也更为繁复。与此同时，插图写本的文类也得到扩充，出现了基于当代历史和宗教体验所著的新作。其中最为流行的，是为了巩固新兴政权的合法性而作的、关于当代皇室成员生平和相关政治历史事件的历史故事。

本文关于插图写本中的"叙事性插图"的定义有三方面关涉。首先，研究对象限定在故事性插图本范畴内，以区别于科技类写本和伊斯兰教经典所附的插图。其次，在梳理学术史时，本文着重介绍那些涉及、讨论插图叙事内容的研究，并对这些研究所用的多种方法论进行分析、归纳。再次，在梳理波斯叙事细密画的方法论和研究史的基础上，对那些从图像叙事的理论角度分析作品"叙事性"的研究进行进一步的总结和评析。

过去近两个世纪中，西方现代学界对波斯插图写本展开广泛收集和研究，在博物馆专业设立专门职位，研究成果丰富。欧美学界在描述波斯插图本中的绘画时，使用了多种术语。最为常见的"波斯细密画"（Persian miniatures）一词，借用欧洲手抄本用语，强调的是绘画的创作技法。若就细密画原出语境而言，又可分为写本插图（manuscript illustrations）与画册册页（album leaves）两类。前者指的是那些为了完整写本而作的插图，内容一般与写本的文本紧密相关。后者为单幅画页，一般是一系列相同题材画册中的一页。这类画页不与任何文本相关，只在每本画册的提名和封页写有简单的介绍性文字。常见的题材有苏菲圣人、花鸟等。写本插图和画册册页这两种类型具有明确的时代区别。从14世纪伊尔汗王朝到16世纪萨法维王朝间，波斯写本插图艺术一直是波斯绘画领域的主要形式。而画册模式晚至萨法维王朝初期方才出现。16世纪末，画册才开始取代写本插图，成为细密画的主要形式，随即对印度莫卧儿（Mughal）和土耳其奥斯曼（Ottoman）细密画创作产生巨大影响。本文讨论内容仅限于叙事相关的写本插图，不涉及画册册页。

此外，19世纪至20世纪早期欧美研究中通用的术语是"波斯绘画"（Persian Paintings）。使用这一术语的直接原因，在于当时学界的研究方法直接借用自"欧洲范式"。所谓"欧洲范式"，指的是在研究时，套用欧洲文艺复兴绘画（Painting）的传统研究方法。这种方法的主要问题在于将每幅插图作为独立画作展开分析，未考虑整个写本的其他插图或文字内容，从而割裂了插图与其所属写本之间的关系②。这一倾向忽视了插图和文本在内容上的关联，更勿言整个插图本所运用的叙事策略。因此，考虑到"波斯绘画"一词的局限性，本文仅在介绍那些使用了"波

---

①　这里依据 David J. Roxburgh 的分析。参见 David J. Roxburgh，"Micrographia：Toward a Visual Logic of Persianate Painting"，*RES：Anthropology and Aesthetics*，vol. 43，2003，pp. 12—30.

②　Roxburgh 曾对"欧洲范式"做出过回顾分析，详见 Roxburgh，"Micrographia"，pp. 14—15.

斯绘画"这一称谓的前人著作时依循旧例，其余情况统一使用"波斯细密画"。

## 收藏、图录与研究伊始：19 世纪至 20 世纪中叶

　　早在 18 世纪中叶，西方收藏家已开始广泛收集伊斯兰艺术品。至 19 世纪，在丰富的藏品基础上，西方学界对波斯细密画的研究开始起步。这一时期，针对非西方传统艺术品的相关研究专注于判定作品创作年代、辨识作品内容。直至 19 世纪末，波斯写本插图方才开始作为绘画进入专门研究领域。[①] 其时研究多采用风格分析方法，以建构一条连贯的波斯绘画发展脉络。

　　20 世纪初年，中东与近东政局动荡，大批波斯写本在此期间流入欧洲私人收藏或公共机构。纷至沓来的收藏者希冀更好地了解写本。在这一新的市场需求的刺激下，面向经销商与藏家而写就的细密画图录纷纷面世。于是，对新收写本进行编目、介绍、分析成为这一时期的主要研究形式。此外，在各国博物馆与图书馆举办展览的风潮，也成为推动研究的契机。其中著名的有 1910 年在慕尼黑举办的"伊斯兰艺术展"（*Die Ausstellung von Meisterwerken Muhammedanischer Kunst in München*）和 1931 年的伦敦"波斯艺术展"（图 1）。[②] 与这一时代背景相应，细密画研究者本身也多是收藏家，或供职于藏品所在博物馆与图书馆，往往身兼学者、策展人、收藏家等多重身份。简而言之，这一时期，主要学术研究基本在博物馆和图书馆进行，以具体藏品研究为中心，重点关注画作风格与画家所属流派，画家生平与画作关系，藏品来源和流布等问题。[③]

　　从 1930 年代开始，欧洲政局动荡、排犹问题愈演愈烈，伊斯兰美术领域的诸多学者也同样被这一时代浪潮所裹挟，大批学者移民美国。1940 至 1970 年代，美国成为波斯插图本研究的新一重镇。活跃于美国学界的许多伊斯兰艺术学者来自欧洲，自然承继了发轫于旧大陆的风格分析研究方法。不过，这一时期最有影响力的细密画相关展览仍旧在欧洲进行，例如维多利亚与阿尔伯特博物馆（Victoria & Albert Museum）于 1951 年举办的英国藏波斯细密画展（*Loan Exhibition of Persian Miniature Paintings from British Collections*）和 1967 年的不列颠群岛波斯细密画展（*Persian Miniature Painting from Collections in the*

---

　　① 研究者中的代表人物有依托于法国国立图书馆藏品的历史学家 Edgard Blochet。关于 Edgard Blochet 的相关介绍，详见 Priscilla P. Soucek, "Water Pater, Bernard Berenson, and the Reception of Persian Manuscript Illustration", *RES: Anthropology and Aesthetics*, vol. 40, 2001, pp. 112−128.

　　② 详见 Robert Hillenbrand, ed., *Persian Painting from the Mongols to the Qajars*, London and New York: I. B. Tauris Publishers, 2000.

　　③ Grace Dunham Guest 和 Basil W. Robinson 是早期博物馆系统的波斯艺术研究代表人物。Robinson 为几大英国图书馆馆藏所编纂的目录是其后几十年里的重要研究工具。

*British Isles*)等。

**图 1　照片：1931 年世界波斯艺术博览会第 3 展室（The International Exhibition of Persian Art, Gallery III），萨法维王朝挂毯艺术，202 × 254 mm，Royal Academy of Arts 藏。**[①]

　　总体而言，最早一批欧美研究者对于波斯细密画的学术兴趣主要专注于为作品断代，辨识画家与赞助人的身份，并藉此勾勒出波斯细密画不同时期和地域的风格特点与画家流派。这种对画家身份的特别关注，可归结于两种传统的合力影响。其一，在 19 世纪开始流入欧洲的伊斯兰写本中包含了一类特别的原始文献：记录历史上的画师生平及流派传承的写本。这类写本多成书于 16 世纪前后，被其时的研究者视作波斯本土"画论"。较为著名的有 Qazi Ahmad 所著 *Gulistān-i hunar*（Rose Garden of Art；艺术的玫瑰园）。[②] 研究者自然希望充分运用这批画论中对画家风格的记述，与现存写本插图进行比对。其二，这些材料恰好契合了其时欧洲学者在学习文艺复兴绘画时所习得的基本研究方法：从画家生平入手。于是，收藏

---

　　① https://www.royalacademy.org.uk/art-artists/work-of-art/gallery-iii-the-international-exhibition-of-persian-art-at-the-royal，访问时间：2022 年 10 月 10 日。

　　② 此处中文翻译来自 Roxburgh 英文翻译，详见 David J. Roxburgh, *Prefacing the Image：The Writing of Art History in Sixteenth Century Iran*, London, Boston, Köln：Brill, 2001. 关于这些写稿的介绍，详见 Basil W. Robinson, *Islamic Painting and the Arts of the Book*, London：Faber and Faber, 1976. David J. Roxburgh 也曾梳理使用过这一方法论的主要研究著作。

者与研究者所熟稔的研究方法和旨趣,与新近发现的异域波斯画论材料相结合,收获了一批以画家为核心的研究著作。同时值得注意的是,此时期对波斯细密画的研究,深受欧洲绘画研究中的线性史观影响,以进化论式的研究模式来评价画作水平。一般而言,此时期研究倾向将 13—14 世纪视作波斯细密画的发展期,15—16 世纪之交的帖木儿王朝艺术及其画师传统则是波斯艺术的鼎盛期,此后的萨法维王朝开始走向衰落。[①]

对断代和画师身份的关注奠定了此后的波斯细密画研究基础,但是,也在随后的半个世纪中不断受到质疑与挑战。这一研究方法的主要问题集中体现在两个方面。其一,此方法照搬欧洲绘画研究模式,导致过度局限于辨识画家身份、归纳画家流派,忽视了历史、文化、文学与物质材料等维度的信息。[②] 其二,该方法对波斯画论的使用方法不甚规范。提及画师的 16 世纪波斯文本并非专门画论,而是作为一部分内容,散见于内容、功用和成书语境各异的写本中。但是研究者在一般使用时却未曾分析这些文本各自的性质和特点,只是径直抽取其中涉及画家生平的部分,当作史实来分析。[③] 不过,在充分反思学术史的基础上,这种方法论的意义并不应当就此被完全否定。20 世纪中期在英国维多利亚与阿尔伯特博物馆工作的艺术史家 Basil W. Robinson 曾是使用风格、断代与画家身份这一传统方法的代表人物,研究等身。2000 年,任教于爱丁堡大学艺术史家 Robert Hillenbrand 编撰《蒙古到卡加时期的波斯绘画》(*Persian Painting from the Mongols to the Qajars*)一书以致敬 Robinson。书中收录的文章皆使用传统方法,所讨论的一批波斯写本,在许多方向推进了现有研究。该书说明传统研究方法依旧具有重要意义,不应完全否定。

波斯插图本的图像和文字叙事性,在专注风格和断代的方法论背景下,几乎没有得到任何推进。首先,以人物关系或画派传承脉络为重的方法论,主要关注点在于风格与技法问题,对所绘内容只做最基本的辨识和描述,图像志尚有问题,不见叙事性的分析也就不足为奇。其次,前文述及此方法论脱胎于欧洲绘画研究,针对单幅插图,而忽视其所出写本,也自然少有涉及插图与文本之间的关系。传统方法将画作割离原出写本的倾向本身便是对叙事性讨论的一种违背。

---

① 此时期的欧洲文艺复兴研究领域,推崇研究赞助人及画家生平的代表学者是 Walter Pater 和 Bernard Berenson。参考 Walter Pater, *Studies in the History of the Renaissance*, London: Macmillan and Company, 1873. Walter Pater, *The Works of Walter Pater*, Cambridge: Cambridge University Press, 2011. Bernard Berenson, *The Central Italian Painters of the Renaissance*, New York: G. P. Putnam's Sons, 1899. Soucek, "Walter Pater," 2001.

② Oleg Grabar, and Sheila Blair, *Epic Images and Contemporary History: the Illustrations of the Great Mongol Shahnama*, Chicago: University of Chicago Press, 1980, p. xi.

③ Roxburgh, *Prefacing the Image*, pp. 5—17.

## 20世纪70年代以降:主题性、历史性与物质性

　　20世纪70年代以降,整个伊斯兰艺术领域发展迅猛,波斯写本插图作为子题,也得到了长足推进。这一发展在一定程度上得益于复杂多元的时代背景。如前文所述,两次世界大战期间,伴随战争与欧洲移民潮的出现,美国逐渐成为伊斯兰艺术研究的又一重镇。第二次世界大战结束,美苏冷战推进,美国开始加强地缘政治与地区文化研究。一批研究机构及大学中的中东研究学科在二战后相继建立,例如哈佛大学的中东研究中心(Center for Middle Eastern Studies,CMES)、普林斯顿大学的近东研究中心(Near Eastern Studies)等等。许多高校也开始开设中东方面的相关课程。70年代,中东石油危机等政治事件带来一系列国际社会政治经济领域的动荡,西方世界对中东地区的关注与研究兴趣进一步深化。1966年12月,北美中东研究协会(Middle East Studies Association,以下简称MESA)成立,成为代表性研究机构。作为学术性非营利组织,MESA在多学科领域推进开展中东地区相关研究。与此同时,欧美博物馆的伊斯兰艺术收藏也迎来又一次扩充。新藏品纷纷入藏,新展览层出不穷,相关研究机构和学术项目也不断发展。伊斯兰艺术领域的旗舰刊物 *Murqanas* 也正是在这一时期创立。

　　在这样的时代背景下,新方法与新视角开始广泛出现在波斯写本插图研究领域。其中影响较广的一个角度,是分析写本的物质形态本身所携带的信息,以推进残破写本的复原工作。学者也因此开始格外关注写本的文本和插图在内容上的连续性和文图之间的关联性。在此基础上,为了辨识图像内容,展开图像志研究,图像学的分析方法得到广泛运用。另外一个影响深远的新方向,是对写本制作时的社会、历史和文化语境进行分析,又称"社会历史分析法"。这一方法得到广泛运用,深入推进了学界对写本的生产、流布和使用机制的了解。在此基础上,皇家赞助人和政权更迭对艺术风格变化带来的影响成为新时代的热门议题。

　　毋庸赘言,前一种新方向注重图像志分析,推动写本插图的内容、叙事性和文图关系的研究自是题中应有之意。具体的研究特点将在下文介绍具体研究时展开。第二种方法虽然首要关注写本制作的宏观历史语境,但因其对史诗和传记故事的重视,也推动了对插图本叙事方式的深入分析。

　　对波斯插图本的叙事问题作出推进的代表著作主要有两部。第一部是美国学者 Lisa Golombek 发表于1972年的文章。文章专注于依据波斯插图本的文本类型对其进行分类[①]。Golombek 时任加拿大皇家安大略博物馆研究员,专长15世

---

[①]　Lisa Golombek, "Toward a Classification of Islamic Painting", in *Islamic Art in the Metropolitan Museum of Art*, edited by Richard Ettinghausen, New York: Metropolitan Museum of Art, 1972, pp. 23—34.

纪波斯帖木儿王朝建筑史。她对插图写本所做分类依据的是插图本文字内容的所属题材。主要类别有史诗故事、历史传记、浪漫诗歌及神秘叙事。作者对新方法的尝试,填补了以往的画家中心研究角度未能涉及之空白,但其行文也不免将图像视作文本的辅助工具,以文本为中心。但必须指出,在当时的研究背景下,这一分类其实是在整体上肯定了叙事内容对叙事形式、插图形式具有影响。史诗与历史传记写本中的插图通常表现的是某一故事的某一场景,主要人物之外亦有众多背景刻画。相较而言。诗歌类故事对应的插图更加注重对自然环境的刻绘和渲染。

哈佛大学已故艺术史系教授 Oleg Grabar 和波士顿学院艺术史系教授 Sheila Blair 的研究同样将视角从辨识单幅插图内容,扩展至研究整个插图本的艺术价值,尤其注重从写本物质形态中提取信息、推进研究。二人所著《史诗、图像与当代历史:蒙古〈列王纪〉的插图艺术》(*Epics*, *Images*, *and Contemporary History*: *the Illustration of the Great Mongol Shahnama*)一书,使用了全新的研究方法,将蒙古《列王纪》(The Great Mongol *Shahanama*)[①]作为整体来进行分析。不同于过往研究只针对写本中的单幅插图,这一研究通过重建写本故事的文本顺序,使用技术方法分析写本每页的拼接、水渍、损毁情况,重新复原写本各页的原初顺序。[②]

蒙古《列王纪》(The Great Mongol *Shahnama*)是现存最早的《列王纪》写本,包含 190 余幅插图,自 14 世纪上半叶在大不里士(Tabriz)制作完成后,辗转保存于各朝王室收藏(图 2)。及至 20 世纪初,比利时古董商人 George Demotte 分批收集、购入《列王纪》册页,带往巴黎[③]。在整本卖入美国大都会博物馆未果之后,Demotte 为追求更高价格,将写本各页拆散,甚至分割每页的文字部分与插图部分,分别卖出。如今已知的 58 幅插图分散于世界各地博物馆。例如美国弗里尔博物馆所藏六幅插图来源各异,于 1923 至 1942 年间分别购入。Grabar 和 Blair 之前,学界主要关注蒙古《列王纪》的插图风格、相关历史记载以及断代问题,热衷在波斯历史文献中寻找对应记载[④]。Grabar 和 Blair 一改前人方法,试图通过研究写本的物质性来重构写本原貌。他们对物质性的关注体现在两方面。其一,由于插图在各页中所占位置和尺寸大小皆有不同,二人依据册页的水洇痕迹、切割和拼接情况来复原插图和其所在页面文字之间的关系。其二,分析完整页面的插图位置、

---

① 又译作《王书》,本文统一使用《列王纪》译法。中文学界相关研究参考穆宏燕:《苏菲主义促进波斯细密画艺术繁荣鼎盛》,载《艺术研究》2017 年第 2 期(总第 16 期),第 121—128 页。

② Grabar, and Blair, *Epic Images and Contemporary History*, 1980.

③ 因此,蒙古《列王纪》又称作 Demotte *Shahnama*,取自古董商 George Demotte 之名。

④ 如 Robinson, *Survey of Persian Painting*, 1976.

插图与周遭文本内容上的联系，总结同一册页内文本与插图的结合规律，进而复原残缺页面。

图 2　伊斯凡迪亚尔的葬礼插图，蒙古《列王纪》，
14 世纪 30 年代，纽约大都会艺术博物馆藏。①

---

① 　https://www.metmuseum.org/art/collection/search/448938，访问时间：2022 年 10 月 10 日。

　　二人的研究不仅发现了许多写本的重要信息,也在方法论上具有重要的借鉴价值。研究发现,蒙古《列王纪》插图的主题大多对应相关文字内容。与文本不相对应的插图,却和当时流行的一批描绘伊尔汗朝诸王登基的细密画使用了同样的构图形式和图像元素。由此可推定,蒙古《列王纪》或由皇家赞助,其中的登基图是为了歌颂赞助人而添加。研究还发现,有 12 幅写本插图对颜色的应用格外统一,说明写本插图经过统一排布,且画师极有可能来自同一个工作坊。而用笔风格的不同之处,可以归结为同一个工作坊内不同画师之间相互竞争的结果。这都可以看出,同样关注写本的赞助人与作品断代,这一研究不仅在方法上与以往大为不同,同时还突出了写本在重建社会史角度的重要性。不过,这一新方法也有其局限性。David J. Roxburgh 在 2003 年的文章中指出,Grabar 和 Blair 的方法容易过分强调插图与周遭文字之间的关系。插图与文本并不总是紧密相关,这种假设并不适用于所有的波斯叙事写本研究①。

　　20 世纪 80 年代社会历史分析法的代表著作另有两部,但并未特别关注波斯细密画的文图叙事关系问题。1989 年,美国华盛顿塞克勒博物馆(Arthur M. Sackler Gallery)举办帖木儿王朝艺术专题展览。展览图录同年出版,题名《帖木儿和王子视角:十五世纪的波斯艺术与文化》(*Timur and the Princely Vision: Persian Art and Culture in the Fifteenth Century*)②。图录在介绍艺术形式影响深远的帖木儿时期多种艺术和建筑形式时,主要根据历史时期和赞助人的身份来分析艺术形式及其变化原因。例如,图录在论述帖木儿王朝在波斯境内试图确立其突厥—蒙古身份的统治合法性时,同时分析同时期的皇家建筑、写本和器物,将艺术与赞助人的政治、文化背景相结合,进一步讨论艺术品在文化融合中所起到的作用。这一研究方法所侧重的,是政治力量在塑造帖木儿王朝波斯艺术形式时起到的决定性作用。作者认为帖木儿王朝的写本艺术实际上受到严格限制,其生产与发展很大程度上决定于皇家画坊与王室的个人喜好、时代艺术水平较量。例如,作者认为,沙鲁克汗(Shahrukh)时期历史故事写本兴盛的主要原因,在于他本人对历史叙事题材的兴趣。简而言之,作者强调意识形态对艺术形式造成的影响(图 3)。

---

　　① 详见 Roxburgh, "Micrographia".

　　② Thomas W. Lentz, and Glenn D. Lowry, *Timur and the Princely Vision: Persian Art and Culture in the Fifteenth Century*, Los Angeles and Washington D. C.: Los Angeles County Museum of Art, Arthur M. Sackler Gallery, and Smithsonian Institution Press, 1989.

图3    集会场景,《列王纪》插图,15世纪,帖木儿王朝,
加尔各答印度博物馆藏。

同一时期出版的另一部讨论帖木儿时期艺术的著作,同样聚焦于社会与经济变革对写本插图发展史的塑造意义①。该书作者即为20世纪70年代首先依据故事内容对波斯插图本进行分类的学者 Lisa Golombek。她在新著中主要讨论 1405年帖木儿王朝迁都赫拉特(Herat)这一历史事件在艺术和建筑领域所造成的影响。其研究融绘画、建筑、音乐、诗歌等多种艺术形式于一体,认为同一时期各个艺术领域的变革都可归为共同的社会经济语境及诉求。

20世纪80年代的新方法论,在写本物质性和社会历史分析方向拓展出繁多的新议题和新发现。但必须说明,专注风格分析和作品断代的传统研究方法并未就此离开历史舞台,其研究旨趣始终占据学界出版的主流。诸多研究成果不再一一赘述。

———————————

① Lisa Golombek, and Maria Subtelny, *Timurid Art and Culture: Iran and Central Asia in the Fifteenth Century*, Leiden: E. J. Brill, 1992.

# 新世纪:"主题"研究进一步发展

新世纪伊始,多本波斯细密画领域的综合性通史接连出版。这些著作一般旨在书写细密画通史,但和 20 世纪同类著作相比,作者多有强烈的总结既往学术史的意识,并且在具体研究中力求综合使用多种传统方法论。此外一个显著特点是尤为重视主题研究。主题研究,或题材研究,即根据插图本题材对插图进行分类、进而分析每种类别的图像、风格、布局特点,由 Golombek 于 20 世纪 70 年代开启[①]。

曾与 Sheila Blair 合作推进蒙古《列王纪》研究的美国学者 Oleg Grabar,在1999 年出版新作《细密画为主:波斯绘画介绍》(*La Peinture Persane:Une Introduction*)[②]。第一章中,作者在回顾波斯细密画研究史的基础上,指出该书着重运用三个新的研究视角:聚焦写本制作与流传细节的考古学视角、关注插图细密画象征意义的符号学视角、勾勒细密画研究历史的学术史视角。考古学视角主要在第二章与第三章展开。作者在两章中分别介绍了波斯绘画的视觉与文本材料、历史和文化语境,试图从画作内部元素和外部背景两个方面分别分析细密画。这两章的安排,也可以显示出作者试图兼容前人所使用的两大类方法论:画作断代和社会历史分析。符号学与学术史视角,则建立在主题研究的基础上,同时提出根据细密画图像主题展开图像志分析的新角度。Grabar 将细密画的图像志(iconography)依据主题(theme)分为七大类:历史、宗教、动物、史诗、诗歌、现实主义及装饰[③]。

另一部专注主题分类的研究著作是 2002 年出版的《无双的图像:波斯绘画与其材料》(*Peerless Images:Persian Painting and its Sources*)[④]。作者 Eleanor Sims 与 Boris Marshak[⑤] 在书中所关注的问题,是自古以来便在波斯艺术中不断出

---

① Lisa Golombek，"Toward a Classification of Islamic Painting"，23—34.

② Oleg Grabar，*La Peinture Persane:Une Introduction*，Paris:Presses Universitaires de France，1999. 此书以法语写就,隔年翻译为英文,题名 *Mostly Miniatures:An Introduction to Persian Painting*，Princeton:Princeton University Press，2000.

③ 七类主题原文为 "History"，"Religion"，"Animals"，"The Epic"，"Lyric Romanticism"，"Realism"，与"Ornament". 这一分类承继了 Richard Ettinghausen 在 1981 年提出的观点。详见 Richard Ettinghausen，"The Categorization of Persian Painting"，in S. Morag et al.，eds.，*Studies in Judaism and Islam Presented to S. D. Goitein.* Jerusalem，1981，pp.55—63.

④ Eleanor Sims and Boris Marshak，*Peerless Images:Persian Painting and its Sources*，New Haven and London:Yale University Press，2002.

⑤ 此书虽为二人合写,但实际按照研究对象的历史时代做出区分。作为中亚考古领域专家,Boris Marshak 负责分析前历史时期波斯艺术的第一章,主要依据宫殿遗址保存下来的壁画遗存对不同时代流行的同类图案和主题进行探析。其余章节皆由 Eleanor Sims 完成。

现的特定主题、图案。全书分两大部分，第一部分依据历史脉络梳理、介绍波斯艺术。就波斯绘画而言，作者在各章中爬梳了广义波斯文化区自初始到 20 世纪初叶的波斯人物绘画发展。但我们也可看出，她对主要的几处写本生产中心所出现的艺术模式变革之分析，依循的是 Golombek、Lentz 和 Lawry 所代表的赞助人决定论，即关注写本与其产生背后的政治势力和皇家赞助人身份之间的关系。也是因为这一关注，该书关注政治中心转移所带来的艺术形式变化，行文多以此为基准。

全书第二部分"伊朗图像的核心主题"（Primary Themes of Iranian Imagery），则是 Sims 研究旨趣的核心部分。Sims 依据细密画图像内容归结出几类主题：狩猎与宴请（又包含祭祀与节庆、伊斯兰时期的宗教绘画等内容）、布局、人物类型（及其特例：人物肖像画）和写本插图。[①] 作者试图以这些主题作为分类依据来探析波斯艺术特征，并提出一种"主题研究"（Thematic studies）的新视野。作者所定义的主题视野，是指研究那些可以定义"波斯文化"特性的，经历史变迁和文化融合而不曾改变的视觉表现内容，例如狩猎、宴请等。这实际是 Sims 对过去一段时间内占据学界主导地位的社会历史学方法的反思与修正，她希望将艺术研究带离社会历史决定论，重新回到图像自身的发展脉络。

但也正是这一新的研究诉求，一定程度上削弱了此书在叙事角度的深入。这一研究方法以图像内容为基准，试图建立单纯图像上的传承关系，打破各个艺术媒介间的界限，希冀建构一套超越文本和时代束缚的图像自身的历史。于是不可避免地将波斯写本插图作为独立画作进行分析，进而割裂了波斯写本插图与其文本乃至创作具体写本与历史语境之间的关系，自然而然地弱化了对具体插图本中的图像叙事能力、图像和文本关系的讨论。

注重主题研究的 Oleg Grabar 和 Eleanor Sims 在各自著作中分别进行了深入的学术史反思内容。对学术史进行爬梳和评析，在新世纪成为多名细密画研究学者共同关注的问题。哈佛大学艺术史系教授 David J. Roxburgh 主要在三个方面反思波斯细密画学术史，并进行理论总结。其一，专注探讨以往研究中，使用传统波斯文本作为"画论"的理论依据和合法性；其二，他认为传统研究常常套用欧洲绘画和中世纪写本的研究方法来分析波斯细密画，因此带来诸多问题，[②]第三，关注

---

① Sims 认为她所归结的几大主题皆可溯源至蒙古统治之前的、单一的波斯文化源头。经历代传承，虽有更改，但其重要性不见衰退。针对该书而作的几篇书评对这一特点展开过具体评析。例如 Mika Natif, review of *Peerless Images：Persian Painting and its Sources*, by Eleanor Sims, Boris Marshak, and Ernest Grube, *Iranian Studies*, vol. 37, no. 3, 2004, pp. 553—556.

② 对以上两点的讨论，详见 David J. Roxburgh, *Prefacing the Image：The Writing of Art History in Sixteenth-Century Iran*, Leiden, Boston, Köln：Brill, 2001. 第二点在 2003 年的文章中也有述及，详见 Roxburgh, "Micrographia", pp. 16—18.

对比分析波斯插图本与欧洲文本，指出以往研究未能对波斯细密画独特的文图关系展开探讨。以第三点学术总结为基础，Roxburgh 专门撰文对波斯细密画的叙事方式展开分析，以期增进对波斯插图本文图关系的理解。[①] Roxburgh 引入波斯插图本的阅读者视角，进而分析文本和插图在观者阅读过程中的关联性。由此出发，他指出大多写本的插图有限，插图表现的内容对应前后文字内容，因此，观者对文本和插图的阅读往往分开进行。二者如何传递信息、信息内容如何相关都是值得未来深入展开的问题。此外，插图内容与插图页上的题名、画中插入的文本之间的关系，以及插图格式与内容之间的关系，都未见专题探讨。篇幅所限，作者并未展开，只是就波斯细密画中的独景叙事（monoscenic）模式进行了分析。他认为这是波斯细密画最常使用的叙事模式，即在叙事空间内只展现单个动作发生的瞬间。

美国密歇根大学安娜堡分校（University of Michigan，Ann Arbor）艺术史系副教授 Christiane Gruber 在 2012 年著文评析波斯细密画研究中的历史断代与定性问题。[②] 文章主要批评的是那些基于进化论的、线性历时发展脉络的学术作品，以及试图定义"经典"（Classic）波斯艺术的研究兴趣。Gruber 首先爬梳了经典性在伊斯兰艺术史界的历史塑造过程及重要原因，将其归结为 19 世纪德国艺术史家在研究伊斯兰艺术时的建构。[③] Gruber 继而指出，所谓"经典"的建构历史本身就充满问题，其后对何为经典/鼎盛时期的争论更是脱离了艺术作品的具体创作语境[④]。她指出，这种线性观点的目的，在于为波斯细密画假设了一个发生—发展—辉煌—衰亡的进程，进而建构一套理论来将存世作品归入其中。从而导致对于辉煌/经典时期的定性与争论。Gruber 认为这一建构从根本上忽略了朝代更迭、外来影响、视觉性等多维度的因素在塑造各时期波斯细密画时的作用，并不适用于视觉艺术研究领域。

①　Roxburgh, "Micrographia", pp. 12—30.

②　Christiane Gruber, "Questioning the 'Classical' in Persian Painting: Models and Problems of Definition," *Journal of Art Historiography*, vol. 6, 2012, pp. 1—25.

③　依据 Annette Hagedorn, "The Development of Islamic Art History in Germany in the Late Nineteenth and Early Centuries", in *Discovering Islamic Art: Scholars, Collectors and Collections*, 1850—1950, edited by Stephen Vernoit, London and New York: I. B. Tauris, 2000, pp. 117—127.

④　例如曾任美国大都会博物馆策展人的艺术史家 Ernst J. Grube 认为帖木儿时期是伊斯兰细密画艺术的经典时期。Ernst J. Grube, *The Classical Style in Islamic Painting: The Early School of Heart and its Impact on Islamic Painting of the Later 15th, 16th, and 17th Centuries*, Venice: Edizioini Oriens, 1968. 曾任职哈佛大学及其艺术博物馆的艺术史家 Stuart Cary Welch 则偏好 16 世纪萨法维王朝细密画。Stuart C. Welch, *Wonders of the Age: Masterpieces of Early Safavid Painting*, 1501—1576, Cambridge, MA: Harvard University Press, 1979.

# 波斯插图写本中的中国元素与缺位的叙事语境

以往研究中,不乏有关波斯细密画中的中国元素的相关讨论。有以中国影响为研究对象的专著,亦有在具体波斯写本的研究中涉及中国元素的相关讨论。这也是中文研究者在面对波斯细密画时必然会关注的话题。这部分就此简析一二。

受到中国影响的波斯写本插图,大多仅在绘画风格与特定图案的选用上可以窥见。例如,非规整式样的线条勾勒与局部构图,有别于波斯细密画绘法所突出的规整与整体性;描绘山峦、云朵与水波时引入多种中国绘画独有的技法;波斯细密画浓烈明亮为主的色调,开始吸收冲淡的中国水墨画风格。最为专注于波斯细密画中中国技法与表现方式分析的研究,当属 Yuka Kadoi2009 年所著《伊斯兰—中国艺术风格:蒙古伊朗时期的艺术》(*Islamic Chinoiserie：The Art of Mongol Iran*)[①]。全书共六章,讨论涉及四种不同艺术媒介:织物、瓷器、金属器皿和使用了三章篇幅进行分析的写本插图艺术。在后三章中,她将波斯伊尔汗王朝的写本插图中使用中国元素的传统上溯至法国国家图书馆藏《世界征服者志》(*Tārīkh-i Jahāngushay*/*The History of the World Conquerors*,BNF Suppl. Pers. 205)及之后的爱丁堡大学图书馆藏阿拉伯语《史集》残卷 (*Jāmi al-tavārīkhi*/ *Compendium of Chronicles*,Rashīd al-Dīn 著,Edinburgh Univ. Library MS Arab 20)。

该书核心论点在于,波斯细密画并非被动接受中国艺术影响,而是在主动诠释、借鉴的基础上将其融入自身传统。这实际上切合了近年来物质文化与跨文化研究领域对于传统的"主动影响—被动接受"模式的反思和修正。但该书在讨论具体插图与其物质性时,沿袭的却是早期的风格分析法,忽视了过往研究中不断推进的历史文化背景信息。在讨论波斯艺术如何接受中国影响的论述中,几乎未曾谈及具体人物或团体在这一过程中的角色,也因此未曾回答一系列重要议题,如选择何种图案和风格、由谁选择以及新的图案、新风格在新的语境中如何被观者接受等。然而,因其论述的时间下限在伊尔汗王朝,此时波斯叙事写本插图艺术尚处发轫期,书中所讨论的叙事插图并不丰富。

Kadoi 与前人相似的关注点在于中国艺术风格对波斯细密画中的具体实物绘制所产生的影响,并未深入论述细密画的故事性内容及其文图关系。其他一些关涉中国影响的研究倒是或多或少作出了有关图像学辨识、文图关系以及叙事性问

---

① Oleg Grabar, *Mostly Miniatures：An Introduction to Persian Painting*, Princeton：Princeton University Press，2000. Sims, *Peerless Images*，2002. Yuka Kadoi, *Islamic Chinoiserie：The Art of Mongol Iran*，Edinburgh：Edinburgh University Press，2009.

题的探讨。早在 1972 年，曾任英国国家博物馆策展人的艺术史家 Basil Gray 已著文介绍几幅散见于土耳其、德国和美国博物馆收藏中的波斯画册册页，它们所描绘的皆为中国宗教图样[①]。Gray 通过分析美国大都会博物馆所藏画作的绘法特点，认定其为波斯画匠依据中国原稿所做的复制品，并进一步推定李公麟为原作画家。在对 14—15 世纪波斯细密画中的中国元素、绘法和风格做出了历时角度下的梳理后，他认为画作中的狮子和罗汉形象的勾描相比典型中国绘画来说更为对称。Gray 的分析依旧出于风格和绘法特点，但他着重提出绘画的佛教主题需要格外探讨。在引入波士顿美术馆所藏另一幅细密画及一些相关青铜银盘的图像后，Gray 认为佛教内容的出现源自流传至此的佛教绘画原样，但应是画匠出于练习而作，并不代表存在特定的赞助人。

## 新类型：宗教写本插图与中国影响

与此同时，两位美国学者分别对波斯插图写本中的宗教内容做出分析。这种方法以文本与图像如何传递宗教与神秘体验为研究主题，为文图关系的研究带来新的视角。同时，二人研究中都对当时的欧洲和中国语境进行了分析。其分析相比以往，不再局限于插图的风格和图案溯源，而是在图像学视野下，关注插图中一些图像背后的文学和宗教意涵如何塑造了该图像在波斯世界中的流传。

现任芝加哥大学艺术史系副教授 Persis Berlekamp 的《中古伊斯兰世界的神奇、图像与宇宙》(Wonder, Image, and Cosmos in Medieval Islam, 2011)[②]一书，关注的是 14 世纪早期，统治南部伊朗地区的因贾王朝(Injuid)所赞助的插图本。该写本所依据的文本是 Zkariyyā b. Muḥammad al-Qazwīnī's 所著《造物神异与世间奇幻》('Ajā'ib al-makhluqāt wa-gharā'ib al-mawjūdāt/The Wonders of Creation and the Oddities of Existence)[③]。这类写本讲述宗教故事或宗教体验，用于宗教语境，描绘创世时的神异景象。以这一文本为底稿的波斯插图写本有多件留存于世，其时应该非常流行。Berlekamp 认为，原文本所依据的哲学和宗教学依据是新柏拉图主义所描绘的神圣宇宙秩序（divinely arranged order of the

---

①　Basil Gray, "A Timurid Copy of a Chinese Buddhist Picture", in *Islamic Art in the Metropolitan Museum of Art*, edited by Richard Ettinghausen, New York: Metropolitan Museum of Art, 1972, pp. 35—38.

②　Persis Berlekamp, *Wonder, Image & Cosmos in Medieval Islam*, New Haven and London: Yale University Press, 2011.

③　"造物神异"(The Wonders of Creation)是这一文类的学界标准名称。这里将 Wonders 译作"神异"，而非"神话""创世"，是考虑到这两个词在特定宗教语境下的特指性，所以本文使用"神异"以避免歧义。

cosmos)，但在 14 世纪时出现转向，将人类纳入这一体系，而证据就在于写本插图开始着重表现那些与人有关的神异故事。她进一步探求这一转向的原因，在对 14 世纪插图本的创作和流通语境以及当时智识阶层的文化话语进行分析后，将原因归结为写本读者的变化。Berlekamp 的研究新意不仅在于对宗教意涵的把握，还在于引入一种比较研究的新视野。在讨论伊斯兰世界的造物神异时，她观照了当时东西交流的时代特性，纳入了同时期欧洲基督教语境下的神奇故事书写和中国的"志怪"小说(英文译作"strange writing"或"anomaly accounts")作为研究参照。相比以往研究波斯写本插图中的中国影响时所专注的风格和图案分析，Berlekamp 无疑将研究视野扩充至更广阔的中国文学和文化领域。与此同时，对文类的新关注也在文图关系领域带来新的可能。

　　相较之下，Christiane Gruber 的两部著作也都关注了宗教文本，但是更专注于单部写本的研究，对写本的文本与插图分别做出分析后再加结合①。Gruber 所关注的波斯插图写本讲述的是流传甚广的伊斯兰教经典中的"夜行"(isrā')和"登霄"(mi'rāj)故事②。穆罕默德由天使伽百利(Gabriel)引领，乘天马(al-Burak)，从圣地麦加的禁寺出发，夜行前往耶路撒冷的阿克萨清真寺，随后"登霄"遨游七重天界的故事。该故事经历代伊斯兰教宗教学者、诗人和作者描绘，有诸多版本存世。Gruber 研究的是伊尔汗王朝(1286 年)的本子 SK Ayasofya 3441③与帖木儿王朝(1436 年)的本子 Suppl. Turc 190(图 4)④。

　　Gruber 专注讨论这两部写本中的插图内容与文本之间的关系，以及插图中的图像学来源。每本书先给出写本内容的英文翻译，随后是对写本制作时代的历史、政治和宗教语境，以及"夜行—登霄"故事的形成背景所作的介绍。Gruber 着重探讨了"夜行—登霄"故事的《古兰经》来源，以及两部写本体现出的对这一宗教故事的释读和流传背后的特殊时代、文化和宗教特性。她认为伊尔汗朝写本在《古兰经》外还融入了教义、先知传记、世界境域历史，以及此前用阿拉伯语和察合台—突厥语写就的"夜行—登霄"故事内容。

---

① Christiane Gruber, *The Timurid Books of Ascension*, Valencia: Patrimonio, 2009. Christiane Gruber, *The Ilkhanid Books of Ascension: a Persian-Sunni Devotional Tale*, London: Tauris Academic Studies, 2010.

② 翻译依循汉语学界惯例，详见郅溥浩：《登霄传说和世界文学》，载《阿拉伯世界》1982 年 6 月，第 9—17 页。李振中：《但丁〈神曲〉和伊本·阿拉比的〈登霄记〉》，载《国外文学》1988 年第 3 期，第 76—86 页。

③ 藏于土耳其伊斯坦布尔苏莱曼图书馆(Süleymaniye Library)。

④ 藏于法国巴黎国家图书馆(Bibliothèque nationale de France)。

**图4　多面天使与穆罕默德游历场景插图,《登霄》**
写本 Suppl. Turc 190,1436 年,帖木儿王朝,法国巴黎国家图书馆藏。

　　就图像而言,伊尔汗朝写本残存十幅插图,发现于土耳其托普卡匹皇家博物馆
(Topkapı Palace Museum)所藏萨法维时期画册内。她据此分析了伊尔汗朝时期
"夜行—登霄"故事中的哪些情节需要配图的问题,并在讨论插图作用的基础上,进
一步分析这部插图本的使用方式和宗教功用。例如,Gruber 认为伊尔汗朝的插图
着重突出了苏菲主义先知形象[1]和人物祈祷手势,这来源于苏菲主义作为伊尔汗

---

[1]　关于苏菲主义与波斯细密画之关系,中文著作详见穆宏燕:《苏菲主义促进波斯细密画艺术繁荣鼎
盛》,第 121—128 页。

王室以波斯苏菲主义为媒介来推进伊斯兰化的历史背景,同时,该写本内的插图也被用作传授宗教知识的辅助材料来使用。

相同的研究角度也被 Gruber 应用于帖木儿朝写本 Suppl. Turc 190 的分析。此写本共六十幅插图。这里不再复述研究内容,而是对 Gruber 如何分析该写本插图的佛教因素做一点梳理。帖木儿朝写本插图中,描绘了一位多面天使,以及烈火地狱场景。Gruber 将其源头分别归为佛教绘画中的十一面观音形象和《十王经》中的地狱景象。除了图像上的明确相似之处,Gruber 提出,帖木儿朝写本与《十王经》作为宗教文本具有相同的性质和功能。她认为正是因为二者都作为传播教义、教化信众的工具,帖木儿王朝画坊和赞助人才选取《十王经》中的地狱图像作为原型。十一面观音和多面天使的联系,则在于二者无可比拟的慈悲力。她进一步论证,佛教《十王经》绘图与伊斯兰教帖木儿王朝写本插图仅仅在这十一面观音和地狱景象上具有联系,而不见其他中国风格元素,正说明二者的联系来源于这两种图像在宗教功用上的相似。

# 余　论

19 世纪及 20 世纪初,在专注风格和断代的方法论背景下,波斯插图本的图像和文字叙事性并未受到关注。其中原因之一,在于风格分析方法论脱胎于欧洲绘画研究的背景。这种方法论针对单幅插图,从而忽视了插图与其所出写本之间的关系,也自然少有涉及插图与文本之间的关系。直至 20 世纪 80 年代,对写本历史背景和写本物质性的关注推动了图像志研究的发展,从而促进了写本插图的内容、叙事性和文图关系的研究。其时流行的社会历史分析法虽然首要关注写本制作的宏观历史语境,不免将图像视作文本的辅助工具,不免"文本"中心,但因其对史诗和传记故事的重视,也推动了对插图本叙事方式的深入分析。史诗故事、历史传记、浪漫诗歌及神秘叙事等分类方法,推进了从叙事理论的角度来分析题材与绘画方式之关系的讨论。到了新世纪,愈发丰富的专题研究在不断增进我们对具体写本的理解之时,也为细密画叙事程式及特点的分析提供了更为丰富的参考。Roxburgh 以专著形式首次专门探讨 16 世纪波斯细密画图像叙事的专题研究,是为其后相关研究的重要参考。

Grabar 在其集大成之作《细密画为主:波斯绘画介绍》(*Mostly Miniatures : An Introduction to Persian Painting*)的第四章节末尾写到,"…Their usefulness will depend on what is done with them…"(其有用性取决于使用方法)[①],是对他在这章所使用的主题分类法而言。即便使用了这一方法,他仍对其有效性与合法性

---

① Grabar, 2002, p. 121.

做出了态度明确的反思,但又未曾展开论述。这种反思贯穿全书。最后一章"关于波斯绘画之美学"(Towards an aesthetic of Persian painting)中,Grabar 再次回顾以往波斯细密画研究与方法。其中,"价值"观照一项,再次审视了使用传统波斯史料或文献来发展波斯绘画研究理论的意义与缺陷,可能与冲突。Grabar 的这种关怀与留白,若要落实于具体分析,我想应当是另一种答案:现代术语与古代理论,"西方"视角与传统文化话语的二分法,其实并非黑白对立,亦非二分法可以涵括。可行与否,既是对研究对象的忠实,也是对研究者的试炼。这或许更是非西方艺术史研究领域所共同面对的思考。其中一个问题,是为何要为《列王纪》插图。Grabar 并未作出直接回答。依据前穆斯林时期的壁画遗存及逻辑序列,Grabar 将最早的插图本《列王纪》溯源至 11 世纪[1]。他试图解答一种共通现象,即如何解读一种文化中生发出新的艺术形式或者艺术表现。

作者简介:

赵晋超,山西人,现为上海纽约大学环球亚洲研究中心博士后、复旦大学亚洲研究中心特约青年研究员。北京大学文学硕士,弗吉尼亚大学艺术史与建筑史博士。主要研究方向包括中古中国佛教艺术、早期印度佛教艺术、图像叙事、细密画传统等。

---

[1]  Oleg Grabar, "Why was the Shahnama Illustrated?" *Iranian Studies*, vol. 43, no. 1, 2010, pp. 91—96.

# 泰国帕玛莱抄本插图的典型化场景及其社会文化意义*

金　勇

**摘　要**　"帕玛莱"是起源于斯里兰卡的一个佛教传说,之后相继传入缅甸、泰国、老挝等东南亚大陆地区国家。故事讲述了一位神通广大的高僧帕玛莱先后游历地狱和天堂,返回人间后向世人宣扬行善积德的教义,并预告未来佛弥勒佛在未来降世的故事。这个故事传入泰国几百年来,与泰国社会文化传统紧密结合,影响广泛,在宗教仪式、红白喜事、教育甚至娱乐活动中都扮演了重要的角色,在 18 世纪末、19 世纪初成为泰国最流行的插图本手稿的主题之一。在这些抄本的插图中会反复出现许多典型化的场景。作为一个功能性的文本,这些场景的"典型化",以及典型场景重复与取舍,皆与泰国社会文化语境密切相关。

泰国位于中南半岛中部,素有"黄袍佛国"的美誉,全国有 90%以上的人口都信仰佛教,其中又以传自锡兰(斯里兰卡)的上座部南传佛教(Theravàda,或称小乘佛教 Hinayana)为主。上座部佛教意指"经由上座长老承传的正统佛教学说",宣称得到佛陀的真传,但在传入斯里兰卡和东南亚各国时,已"自然而然地偏离原来诞生地的理论形式"①。泰国的佛教体系从一开始就受到泛灵论、原始宗教和地方巫术信仰的影响,呈现出复杂多元的一面。佛教在泰国的存在与传承方式也异常多样,层次丰富,它不仅仅依赖正统的巴利文三藏经典和神圣的宗教仪式,更依赖具体的宗教实践和宗教体验,尤其是在大众层面。泰国佛教徒最常使用的佛教文本,并不是西方佛学家书柜中成卷的巴利语经典,而是一些藏外(extracanonical)经典,诸如地方佛本生故事、佛教传说、圣僧的神迹、三界宇宙论等,对大多数佛教徒

---

　*　本文系国家社会科学基金重大项目"古代东方文学插图本史料集成及其研究"(项目批准号:16ZDA199)的阶段性成果。

　①　宋立道:《神圣与世俗:南传佛教国家的宗教与政治》,宗教文化出版社,2000 年版,第 2 页。

来说，"这些用来阅读和复述的资源，是阐释佛陀教诲最好的文本"①。

在众多佛教藏外经典中，有一个称作"帕玛莱"（Phra Malai）或称《玛莱经》（*Malai Sut* 或 *Malai Sutra*）②的文本，是关于一位叫帕玛莱的大德高僧先后造访地狱和天堂的神迹故事，在东南亚大陆地区尤其是在泰国广为流传，在众多佛教信徒中影响深远。许多学者都曾论及"帕玛莱"的重要性，并视其为构成东南亚小乘佛教教育的核心文本之一。查尔斯·凯斯（Charles F. Keyes）指出，《帕玛莱》《三界经》宇宙论和《维山达拉本生》（须大拿本生）这三个文本，或这三个文本的某些版本"定义了今天大多数泰国的佛教徒，在传统暹罗，（它们）是小乘佛教世界观的基本属性"③。

在泰国，帕玛莱不仅出现在藏外佛教经文中，还在宫廷和民间广为讲述；不仅存在于口头传统中，还通过各种手抄本和插图本传播，并出现在壁画和雕塑中。数百年来，帕玛莱故事在泰国的宗教仪式、教育、娱乐甚至各种红白喜事中都扮演了重要的角色。18 世纪末、19 世纪初，帕玛莱故事成为泰国插图版手抄本中最受欢迎的主题之一，这些数量蔚为可观的插图不仅是对帕玛莱文本的图示和注解，更通过典型化场景的方式，对文本主题进行提炼和强化，从图像的角度突出了帕玛莱文本的实用内核，进一步增强了其作为功能性文本的社会意义。

# 一、关于"帕玛莱"故事

帕玛莱故事的异文版本众多，其主要的故事情节如下：

帕玛莱是一位锡兰（斯里兰卡）的阿罗汉、大长老，功德深厚，具有非凡的神通。有一天，他用其超凡的力量造访了地狱界，并向堕入地狱的受苦众生展现悲悯之心，暂时减轻了他们的痛苦。地狱众生乞求圣僧向在人界的亲属传话，规劝他们一定要积德行善，助其早日脱离苦海。帕玛莱返回人界后完成了他们的请求。在人们敬献功德之后，地狱众生在天堂重生。

一天清晨，帕玛莱出门化缘，遇到了一个穷苦人。他以割草为生，赡养母亲。这个穷人也想布施做功德，但他一贫如洗，只好在他沐浴的池塘里采摘了 8 朵莲花，献与帕玛莱，并祈求不再转生为穷人。

帕玛莱接受了他布施的莲花，并施展神通飞到忉利天，去参拜朱拉摩尼塔，那

---

① John S. Strong, *The Legend and Cult of Upagupta: Sanskrit Buddhism in North India and Southeast Asia*, Princeton, New Jersey: Princeton University Press, 1992, Preface, xi.

② 亦有学者译作《摩罗耶经》。

③ Charles F. Keyes, *Thailand: Buddhist Kingdom as Modern Nation-State*, Bangkok: Duang Kamol BookHouse, 1989, p. 181.

里供奉着佛陀的佛发。在献上穷人布施的 8 朵莲花之后,帕玛莱与掌管忉利天的因陀罗神①交谈。不断有其他诸天众神前来参拜朱拉摩尼塔,每位神明都带着数量不等的侍从。因陀罗向帕玛莱一一介绍他们是如何获得足够的功德从而转生天堂的,一般都是通过践行布施,但也有通过谨守戒律和坚定的信仰。所积功德的多寡,也决定了他们拥有侍从的数量。

　　最后,兜率天之主、未来佛弥勒菩萨(Metteyya)②带着十万之众的随从前来参拜朱拉摩尼塔,参拜完毕后与帕玛莱进行交谈。他先是回答了帕玛莱自己如何达成功德圆满的问题③,之后询问帕玛莱来自何方,并了解人界众生的秉性。他向帕玛莱传达南赡部洲的人应如何做功德:那些希望能在未来转生于弥勒佛陀时代的人,应在一天一夜内聆听整个《大世经》(即《维山达拉本生》)的诵经(共有一千段诗文);此外,人们应该向寺庙奉献蜡烛、香、花朵和其他礼物等,每样都需准备一千份。之后,弥勒菩萨向帕玛莱预言乔达摩佛陀的佛教将在其涅槃 5000 年后衰微,随之而来的是人类道德堕落、寿命减少、伦理失范,进入一段相互杀戮的暴力时期。只有极少数具有功德和智慧的人隐居在密林山洞中,逃过此劫。弥勒菩萨将作为第五位佛陀出现在人间,重建一个道德社会,一个充满幸福的完美世界。

　　帕玛莱返回人界后,向南赡部洲的信众传达其在天堂的所见所闻,尤其是未来佛的预言和嘱托,劝诫人们勤修善法,将来往生弥勒佛的时代。在故事的最后,有的文本还提及那个向帕玛莱布施莲花的穷人,死后转生于忉利天,成为莲花之主,有一千名天女随从——这都是因为那一次布施的行为所积功德的善果。

　　从故事文本的结构上看,它呈对称状分布,地狱部分与天堂部分互为镜像,分别从恶报与善果两方面诠释主题。帕玛莱则是串联这两部分的中介者,他因具有神通法力,可以上天入地,方才引出地狱与天堂之旅;他同时是地狱众生恶行业报和天堂诸神善行之果的见证者;最后他还充当传信的使者,替地狱众生和弥勒菩萨向人界传达消息,劝人诸恶莫作,谨守戒律,众善奉行,积攒功德。

## 二、帕玛莱故事的插图手抄本

　　关于帕玛莱故事的起源,众说纷纭,但根据已有文献,它起源于斯里兰卡是没有争议的。它从斯里兰卡传入缅甸,之后相继传入泰北的兰那王国、中部的素可泰

---

　　① 因陀罗(Indra)也被称作萨迦(Sakka),汉译亦作帝释天,原为婆罗门教—印度教中的神明,在佛教文学中作为众神之王,统治着忉利天(三十三天),并与梵天一起成为佛教的护法神。

　　② Metteyya(梵文 Maitreya),即未来佛,在泰文中称 Mettraiya 或 Phra Sri Ariya Mettraiya,有音译作梅蕊莱佛。

　　③ 他在无数的年月里一直践行十王法(十王道),履行了五大牺牲,放弃了物质财产、财富、子女、妻子,甚至自己的生命。

和阿瑜陀耶,以及老挝和柬埔寨。在缅甸、老挝和柬埔寨均有不少帕玛莱的文本,但是帕玛莱故事在泰国受到格外的欢迎,家喻户晓,其影响和流行程度要远超其他东南亚佛教国家,甚至超过了其起源地斯里兰卡。泰国的帕玛莱文本类型最为丰富,数量最多,传播渠道最为多元,受众也最为广泛。

帕玛莱长老最早的原型可能是公元前 2 世纪锡兰的一位叫作 Malaya-mahādeva 或 Māleyya 的圣僧,他出现在《大史》(*Mahāvaṁsa*)及一些僧伽罗的传说集中。他因圣洁的品质和讲经布道的能力而声名远播,备受尊敬。此后,一些神迹、布道和布施的母题开始逐渐加入这位圣僧的故事之中,并通过巴利文的典籍进入东南亚,并不断丰富,衍生出许多新版本。[①] 至迟到 13 世纪初,帕玛莱的名字就已出现在缅甸的铭文之中,之后从缅甸传入泰北的兰那和老挝与柬埔寨。

在泰国各地均有一些较为古老的帕玛莱文本流传。泰北地区的寺庙中有大量名为 *Malai Ton-Malai Plai*[②] 的贝叶抄本,采用小历纪年,书写使用经文文字(tham),行文采用巴利文和兰那文的双语模式,即一段巴利文,之后配上兰那文的转写。在泰东北和毗邻的老挝地区的佛寺中有许多名为 *Malai Muen-Malai Saen*[③] 的贝叶抄本,使用一种老挝文变体的经书文字书写,内容实际上是转写自泰北的 *Malai Ton-Malai Plai*。

泰国中部地区的帕玛莱文本也是自泰北传入的,既有口传文本,也有书面文本。在中部地区最常见的 2 个书面文本版本是民间的《格伦体诵经版帕玛莱》(*Phra Malai Klon Suat*,后简称"诵经版")和 18 世纪阿瑜陀耶的探玛提贝王子(? —1746)在出家时创作的基于皇家宫廷传统的《帕玛莱堪銮》(*Phra Malai Kham Luang*,后简称"皇家版")。这两个版本虽然主体内容基本一致,但在详略桥段的选择和语言风格上却差异很大。"堪銮"(kham luang)直译为"皇家言辞",是对一类诗歌作品的统称,一般由国王或王族创作,内容都与宗教有关。历史上只有 4 部作品被称作"堪銮",《帕玛莱堪銮》便位列其一。作为"大传统"之下的严肃的宗教文学,《帕玛莱堪銮》用词考究,文辞华丽,在内容上侧重天堂篇,对地狱篇一笔带过,在天堂篇则用了大量篇幅,甚至在地狱篇的最后,还加上一段帕玛莱飞到忉利天再返回人间,向人们描述天堂的美好,促使人们全心全意行善积德的情节。而"诵经版"则出自民间大众的"小传统",采用经文格伦体,这是一种押韵规则较简单的韵文体裁,在文字上简单明了、通俗易懂。在内容上,它侧重地狱篇,详细描述

---

　　① 　Bonnie Pacala Brereton, *Thai Tellings of Phra Malai : Texts and Rituals Concerning a Popular Buddhist Saint*, Tempe, Ariz. : Arizona State University, Program for Southeast Asian Studies, 1995, pp. 37—38.

　　② 　意为《玛莱(上卷)》—《玛莱(下卷)》。

　　③ 　直译为《一万玛莱—十万玛莱》,*meun* 和 *saen* 在泰语和老挝语中都是一万和十万的意思,在此都是表示数量巨大的概数,用以代指帕玛莱在忉利天遇到带着无数随从前来参拜朱拉摩尼塔的众神和弥勒佛。

地狱众生堕入地狱和饿鬼道的缘由及其惨状,如殴打父母、裁决不公、妻子对丈夫不忠、欺压百姓、酗酒、骗人钱财等;对天堂篇众神转生的因由则不像皇家版那样详尽,着墨不多。但二者在帕玛莱与弥勒菩萨交谈,以及弥勒预言未来的情节上都不厌其烦,浓墨重彩。

由于"皇家版"遵循的是宫廷文学的传统,行文佶屈聱牙、晦涩难懂,最初只在宫廷流传,即使在今天,也只有部分古典文学研究者和爱好者较为熟知。相较而言,"诵经版"在民间更为流行,它不是用来欣赏和品味的文学作品,而是依托多种艺术,如壁画、雕塑、抄本和佛牌等形式,融入普罗大众的宗教实践中。这其中,帕玛莱故事的手抄本数量最多,与人们的宗教生活结合得也最为紧密。

除了贝叶本,泰国现存的手抄本是一种称作泰式折册(samut Thai)或奎册(samut khoi)的书本。泰式折册是一种使用奎树或称鹊肾树(khoi)的内侧树皮制作的纸张制成的书籍。制作时将树皮浸泡蒸煮,捣烂成糊,辅以石灰,再经压平、漂白、晾晒,最后制成长条状的纸,之后像手风琴风箱一样正反折叠起来,有时候再配上布制的封皮,一本泰式折册就制作完毕了。这种纸张要么保留其天然的米白色,用黑色墨水书写,称作白折册(samut khao);要么用炭粉或墨汁染黑,用白色、黄色或金色的墨水书写,称作黑折册(samut dam)。泰式折册是古代泰国用来书写记录的书本,所记内容包罗万象,从宫廷文书、国王御函、象经图录、医书药典,到《三界经》《阿毗达摩七论》《十世本生》《帕玛莱》等佛教典籍。

18世纪后,随着奎树纸和颜料制作工艺的提升,折册抄本的数量猛增,还出现了大量精美的插图本。在19世纪之后,出现了大批帕玛莱主题的折册抄本。这些帕玛莱抄本一般使用泰语而不是巴利语叙事,书写则采用了一种称作"孔泰"(Khom Thai)的泰式高棉字母[①],这是当时中部地区普遍用于佛教文本的文字。一些手抄本配有插图,一般约 $16 \times 20$ cm 见方,左右对称成对出现,附于文字部分的两侧,用明显的花纹边框与文字部分隔开(示例见图1)。因为折叠的缘故,插图中间都带有明显的折痕。关于帕玛莱的抄本既有单独成册、专门讲述帕玛莱故事的,也有与其他佛教题材内容混编在一起的。这些折册抄本都是匿名制作的,无论是抄录经文的人还是配图的作画者,都没有人在上面署名。

在民间的泰式折册本的数量众多,但质量良莠不齐,除了少数制作极其精美的折册会被相关机构收藏,另有一部分用于佛事活动,多数都被随意处置,甚至用来生火或被丢弃,未能得到妥善保管。另外,泰国古代缺少文物保护的意识和传统,佛教提倡通过宗教实践来积攒功德,无论是绘制寺庙的壁画,还是制作佛教抄本敬

---

① 这是一种高棉文的派生文字。泰语文字直到13世纪才创制,并且吸收借鉴了孟高棉文字,中部地区曾长期将高棉文作为神圣的经书文字。泰式高棉文字不同于书写高棉语和巴利语的高棉文字,它加入了一些高棉文中没有的泰语元音和声调符号。

献寺庙，都是功德之举，信徒们重视的是善行本身，而非具体成果。因此，人们经常粉刷墙壁重画壁画，不断制作新的抄本，对旧抄本不甚珍视，加上频繁的战争、热带潮湿的气候和虫害等原因，大量早期的壁画和手抄本都未能保存下来，现存最早的残片也只到 18 世纪初。目前，泰国的折册抄本除了少数收藏在泰国和西方各图书馆、博物馆和大学之中外，绝大多数仍保存在民间的各个寺庙中。不少西方馆藏的帕玛莱抄本，都是外国人在暹罗廉价收购，或专门请人定制的，总体上不如泰国本土寺庙和相关机构的收藏精致，但泰国的藏本均有明显的使用痕迹，甚至破损严重，总体不如西方藏本保存完好。

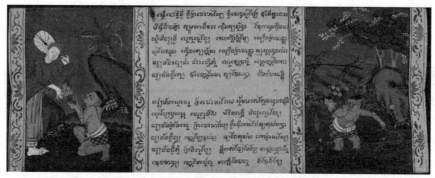

**图 1　泰式折册抄本示例，大英图书馆馆藏，编号：Add MS 15347。**

# 三、插图的典型化场景

虽然帕玛莱抄本的插图较多，但所选择描绘的关键场景或典型化场景却往往雷同，换句话说，对场景的选择，画师们通常墨守着一套成规。此外，在同一个典型场景中，许多插图在人物肢体动作和构图上都如出一辙，区别只在于画匠的技艺、用色、布局和在个别细节的呈现上，以及不同年代的画作所体现出的时代特征。

帕玛莱抄本中最常见的场景如下：

1. 地狱场景

描绘了帕玛莱施展神通来到地狱，见到堕入地狱界的众生受苦折磨的景象。该场景重点表现地狱众生遭受惩罚时的惨状和痛苦，整体色调灰暗。最常见的地狱景象是荆棘树、沸腾的坩埚和狱火。荆棘树是用来惩罚折磨通奸者的，受罚者在地上受到地狱犬的撕咬，地狱守卫还会用火焰长枪、剑矛来刺戳他们，不得不攀爬充满荆棘的树，去会见树顶的情人，其情人在树顶也不断遭受毒蛇和秃鹰等的啄咬。还有的罪人的头被砍下投入沸腾不止的坩埚之中，遭受狱火焚身或猛禽的啄咬，有的人还长出动物的脑袋。"皇家版"对地狱部分仅有寥寥数语,它依照的是较为古老的巴利文版本,而"诵经版"则用大量篇幅对地狱部分的惩罚惨状进行详细的描写,应该是僧人和民间的匠人借鉴了已有的地狱母题,如《三界经》《尼弥王本生》等佛教文献。这些地狱场景很容易让人联想到《三界经》中的地狱景象。(见图 2、3)[①]

图 2    地狱场景示例 1,大英图书馆馆藏,编号:Or 6630。

图 3    地狱场景示例 2,大英图书馆馆藏,编号:Or 16007。

————————————

① 为方便观察,示例图片仅截取抄本中的图片部分,插图中并置的两幅图片,是在同一页折册中分列经文两侧的图片。

在一些插图中会出现帕玛莱在空中俯视地狱众生的画面。他身着僧袍，赤足，手中拿着长柄团扇，身体呈现夸张的扭曲状，有时还带有祥云或光环，以示漂浮在空中。一些文本称帕玛莱展现慈悲心，打破坩埚，降下雨水，让地狱众生暂时获得解脱，但当帕玛莱返回人界后，坩埚碎片再度合在一起，狱火重燃，惩罚继续。插图中帕玛莱在空中面容平静慈祥，看着地狱众生；众生虽然身带狱火，但仍合十双手举过头顶，对帕玛莱顶礼膜拜，一是感恩他垂悯减轻自己的痛苦，二是恳请他向人界的亲人传话。

2. 穷人布施莲花

虽然这段情节在文本中所占篇幅不长，仅作为天堂篇的楔子，但几乎每一个插图版抄本都在竭力刻画它。它表现了一位家境贫寒的青年见到出门化缘的帕玛莱，也想做功德，以求来生不再受穷。他在自己沐浴的池塘里采摘了 8 朵莲花，敬献给帕玛莱，帕玛莱不但接受了莲花布施，还施展神通，带着 8 朵莲花到切利天参拜朱拉摩尼塔，将 8 朵莲花供奉在塔前。此举为这位穷人带来了极大的功德，他转世成为大堂上的进化之主。

这个场景往往通过 2 幅图画来表现，并成对附于同一页的左右两侧。一幅是穷人在池塘采摘莲花，另一幅则是这位穷人向帕玛莱献上莲花。画家在采莲图中着力展现自然景观：池塘、莲花、池边的树木、花朵，甚至还有远山和小动物，色彩搭配极为丰富，充满了生气。而在布施莲花图中，帕玛莱依旧身着僧袍，赤着足，手持长柄团扇，穷人屈膝跪拜在他脚下，向他献上莲花，帕玛莱微微躬身接过莲花，面露慈祥神色。（见图 4、5、6）

图 4　穷人布施莲花场景示例 1，收藏于泰国佛丕府巴空寺，选自《泰式折册》。

图 5　穷人布施莲花场景示例 2，收藏于泰国佛丕府盖素塔兰岛寺博物馆，选自《泰式折册》。

图 6　穷人布施莲花场景示例 3，大英图书馆馆藏，编号：Add MS 15347。

　　有的画师虽然也选取这个场景，但在构图和布局上会展现画师自己的个性。如图 7，虽然也用了 2 幅的篇幅，但画师将采莲和布施画在同一幅画中，而另一幅画则是帕玛莱的特写，着力表现其在空中飞翔，带着莲花前往天堂的身姿，但这种处理方式还是非常少见的。

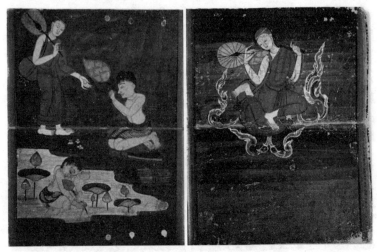

图 7　穷人布施莲花场景示例 4，收藏于泰国佛丕府帕陆寺，选自《泰式折册》。

3. 在忉利天与因陀罗交谈的场景

帕玛莱带着 8 朵莲花来到天堂的忉利天，这层天是因陀罗神掌管的天界。帕玛莱参拜朱拉摩尼塔之后，与因陀罗攀谈起来，向他询问前来参拜佛塔的众神的情况。在这个场景中，常见构图是将朱拉摩尼塔放在画面最显眼的中心位置上，占据着三分之二的画幅，塔身为锡兰式覆钟型，四周插着几面旗帜，在有的插图中，塔身上还装饰着复杂的饰物。在画面下方的前景中，帕玛莱结跏趺坐在地上或法坛上，与因陀罗交谈，或一手扶膝，一手指向远方那些前来参拜的天神，向因陀罗询问。因陀罗则按传统的描述，一身墨绿，面朝帕玛莱对坐在另一侧，双手合十在胸前，充满谦恭。在有的插图中，除了因陀罗外，还有一位皮肤白皙的天神[①]与因陀罗坐在一起，或分列帕玛莱两侧，与圣僧毕恭毕敬地交谈。（见图 8、9 中的左侧图像）有的插图侧重展现对话交谈的场景，朱拉摩尼塔则隐去不见，如图 10 左侧图像，帕玛莱坐在法台正中，与分列两侧的因陀罗和神明交谈，神明的侍从们则跪坐在法台下方。

4. 众神到来的场景

此场景与上一场景关系紧密，一般与上一场景对称出现。插图着力表现转生于诸天的众神带着侍从飞到朱拉摩尼塔参拜的情形。整幅图片皆采用单色背景，多为红色或蓝色，有的还会在背景色上装点祥云花纹背景。从布局上画面一分为二，上半部是一位神明，衣着光鲜华丽，气宇轩昂，有鲜花祥云环绕，脑后或身后衬

[①]　有学者认为这位白肤色天神是梵天。见 Henry Ginsburg, *Thai Manuscript Painting*, Honolulu: University of Hawaii Press, 1989, p. 73.

有吉祥光环,那是智慧白毫辐射的光辉晕圈,也是佛教造像和图画中常用的表现手法;而在下半部,则是簇拥着天神的一众侍从,数量不等,有的是男性侍从,也有的是天女阿芭荪,合十双手,恭敬随行。无论天神还是其随从,皆蜷曲着双腿,以示在空中穿行。(见图8、9中的右侧图像)有的插图本会用多幅构图一致的图画展现天神们到来的情形,差别只在于天神装饰的精美程度、祥云的数量,以及侍从的数量等。

图8　与因陀罗交谈及众神到来场景示例1,收藏于泰国佛丕府巴空寺,选自《泰式折册》。

图9　与因陀罗交谈及众神到来场景示例2,收藏于泰国佛丕府盖素塔兰岛寺博物馆,选自《泰式折册》。

图 10    与因陀罗交谈及众神到来场景示例 3,大英图书馆馆藏,编号:Or 6630。

5. 弥勒菩萨预言中的未来场景

插图本中很少直接描绘弥勒菩萨或表现其前来参拜佛塔的场景,而是着力展现弥勒菩萨预言中未来乱世的情形。在未来佛教衰落之际,人类道德崩坏,相互杀戮,只有少数虔诚的人躲进山洞,逃过一劫,重建人类社会,迎接未来佛弥勒的降世。插图一般以 2 幅为一组,一幅描绘人类相互杀伐、乱伦通奸,另一幅表现遁入山洞中的虔诚者参禅打坐,二者形成鲜明对比。有的用一幅描绘乱世场景,另一幅将人们相互杀戮与虔诚者躲进山洞打坐置于一图中,形成更为强烈对比和冲击。(见图 11、12)

图 11    弥勒菩萨预言未来场景示例 1,收藏于泰国佛丕府
盖素塔兰岛寺博物馆,选自《泰式折册》。

图 12　弥勒菩萨预言未来场景示例 2，大英图书馆馆藏，编号：Add MS 15347。

6. 诵经场景

本场景并非出自帕玛莱的文本，而是描绘现实中僧人们唱诵帕玛莱经文的情景。该场景一般有 2 幅图片，每幅图上有 2 位僧侣，对称出现，他们往往坐在高搭法台之上，手持长柄扇挡在面前。有的插图诵经僧侣正襟危坐，神色庄严，有的则拿起扇子兴高采烈地挥舞，口中念念有词，有的还会手按喉咙，可能是表示喉部不适，或者通过按喉咙发出怪声。法台之下是听经的信众，神情各异，有的跪拜聆听，神情专注，有的则心不在焉，还有的窃窃私语甚至嬉戏打闹。（见图 13、14）这一日常场景，生活气息浓郁，画中人物也比故事插图更活灵活现，充满生趣。值得注意的是，诵经场景有时出现在插图本的开头处，有时则出现在最后。

图 13　诵经场景示例 1，大英图书馆馆藏，编号：Or 6630。

图 14  诵经场景示例 2,收藏于泰国佛丕府巴空寺,选自《泰式折册》。

除了僧人诵经,有的抄本中还出现俗人诵经的场景,他们往往是民间的克日哈团体(详见后文介绍),多数都曾经出过家,从事过葬礼诵经的活动。(见图15、16)

图 15  诵经场景示例 3,大英图书馆馆藏,编号:Add MS 15347。

图 16　诵经场景示例 4,大英图书馆馆藏,编号:Or 16007。

7. 其他

抄本制作者和画师会根据实际情况选取场景,以上 6 种场景出现频率最高。绝大多数画师选择处理的方式也较为一致,当然也有个别画师不拘一格,场景选择虽然一样,但处理方式较为灵活,可以为某个场景制作多幅插图,或者将传统上用多幅插图表现的内容压缩在一副以内或添加特写。在与其他佛教文本混编的抄本中,这种添加特写或压缩的情况较多,而且多以天堂篇为主,较少出现地狱篇,在这些抄本中出现的地狱篇场景,有学者认为是来自《三界经》或《尼弥王本生》。

图 17　其他场景示例 1,收藏于泰国佛丕府巴空寺,选自《泰式折册》。

除此之外，在个别插图本中还出现一些不太常见的场景，如天上诸神礼拜或听经的特写（见图 17，有时是多人，有时是单人），天女阿芭荪奏乐和翩翩起舞（见图18），但这些场景与正文内容关系不大，大多是作为装饰出现。另有一些插图本还专门描绘帕玛莱化缘和讲经说法的场面（见图 19、20），但都非常少见。

图 18　其他场景示例 2，收藏于泰国佛丕府巴空寺，选自《泰式折册》。

图 19　其他场景示例 2，大英图书馆馆藏，编号：Add MS 15347。

图20　其他场景示例3,大英图书馆馆藏,编号:Or 6630。

# 四、典型化场景的社会意义

　　受限于篇幅和制作成本,将文本图像化不可能面面俱到,只能选取最能集中展现主题的场景。通过形成文本群的抄本,一部分场景被典型化并不断重复,直至成为一种固定的表达范式。帕玛莱故事的文本是训谕性的,通过文本的唱诵和信众的聆听,从一反一正两个方面不断强化佛教实践中的核心理念,即对恶行的惩罚,以及对善行的奖励。在插图中,地狱场景着力表现地狱中刑罚之可怖,众生受刑之痛苦,以一种令人毛骨悚然的直观画面震慑恶行,强调罪业(kam)将致人堕入地狱的严重后果。而在天堂的几个场景,则处处显露出神圣祥和之气,无论是因陀罗还是诸天众神,包括他们随行的侍从,都天冠庄严、雍容华贵、气宇轩昂、神情安详,特别是他们在空中翱翔的身姿,表现出一种自由自在、无拘无束的状态,与地狱众生的痛苦惨状形成鲜明对比。这一切都源于功德的福报,天堂场景聚焦在布施及功德的积累上,鼓励并引导人们忠实地实践功德行为。

　　在文本中,详细解释了诸神转生天堂及享有数量不等的仆从的原因,即这是他们前世所行善行积下功德的善果,积攒的功德越多,转生天堂后拥有的侍从就越多,从100位仆从,到1000名、10000名、20000名、30000名……100000名,直至最后带着难以计数的仆从的未来佛弥勒菩萨。但插图难以在有限的画幅内表现如此复杂的情节，只能描绘他们在布萨日（*uposatha*）①飞翔赶赴朱拉摩尼塔参拜的情景。但画师们会通过另外 2 个场景加以补充：一是穷人布施莲花的场景，二是帕玛莱在忉利天朱拉摩尼塔前与因陀罗交谈的场景。

在众天神前世的善行中，包括慷慨布施、谨守戒律、礼敬三宝、服务僧伽等，尤其强调了布施行为，特别是向僧人进行布施，格外强调"给予"的品质，因为它能够积攒最为可观的功德。"布施莲花"虽然只是天堂篇的楔子，但画师们几乎都对它情有独钟，这是一个充满象征的典型场景。它凸显了布施真正的意义：善行不在大小，给予不在多少，布施没有贵贱。因此，布施莲花也成为帕玛莱天堂篇章中众多布施母题中最为典型的代表，也是训谕文本教导中最具反差性和戏剧化的体现。

在朱拉摩尼塔前的场景是对布施莲花场景的补充和进一步提升。朱拉摩尼塔是将穷苦人与天界众神连接起来的中介物。根据佛教传说，忉利天的朱拉摩尼塔中供奉着佛陀的佛牙舍利，帕玛莱将穷人布施的莲花供奉于朱拉摩尼塔下，无疑令那位布施的穷人的功德倍增，与此同时，朱拉摩尼塔也是供天上众神参拜积攒功德的圣地。根据佛教的宇宙观，世界分为三界三十一境②，众神所在诸天虽为天界，但依然在欲界 11 境内，仍不能摆脱轮回，若无法积攒足够的功德，下一世将可能转生至低一级的形态。这也是众天神要带着侍从前来参拜朱拉摩尼塔的原因所在，朱拉摩尼塔便自然而然地成为这一场景的中心和焦点，而帕玛莱向因陀罗询问众神情况，也是因参拜佛塔而起，同时也代替了众神功德缘起的琐碎叙事，更为集中地展现了佛教的功德观念。关于众神仆从数量多寡的缘由，虽然也与功德主题相关，但这部分情节琐碎，模式单一，有均质化倾向，所有的介绍都是在为弥勒菩萨的到来进行铺陈，因此插图只选取表现他们飞来参拜佛塔的情景。

未来佛弥勒信仰是另一个重要的主题。弥勒是大小乘都崇拜的对象，季羡林先生曾指出："在小乘佛典中它（弥勒——笔者注）出现，在几乎每一部大乘佛典中都有它。这一方面充分说明了，弥勒菩萨或弥勒佛在佛典中，也就是在佛教中的重要性。另一方面，出现的这许多地方能帮助我们研究有关弥勒的问题。"③在小乘佛教中，弥勒的特点是慈心④，它不是世界的保护神，而是引领未来人们宗教救度

---

①  布萨日是在每个月的新月日和满月日，僧伽和信众都视之为神圣的礼佛日。在礼佛之时，僧伽成员背诵 227 条巴帝摩卡（*Pāṭimokkha*）律仪戒，虔诚的信众则遵守八戒，即戒杀生、戒偷盗、戒淫、戒妄语、戒饮酒、戒着香华、戒坐卧高广大床、戒非时食。

②  即欲界 11 境、色界 16 境，和无色界 4 境。

③  季羡林：《吐火罗语研究导论》，《季羡林文集》第 12 卷，江西教育出版社，1998 年版，第 136 页。

④  汉译佛典中有将其意译作"慈氏"。

的智者。弥勒信仰虽属于"弥赛亚"式救世主信仰,①但它是以"法"救度众生,是在未来人类社会堕入法灭恶世,少数虔诚者复现"庄严国土"之后,弥勒方才下世降生,开始拯救。因此,在泰国的弥勒信仰中,始终强调信徒自身的虔敬之心,只有不断积攒功德,方才有望躲过乱世浩劫,转生弥勒佛的时代。插图中很少直接出现弥勒菩萨的形象,而是旨在传达弥勒菩萨的教导。它"直观比较了罪恶时代和美好时代中的恶行和善行的例子"②:一面是未来法灭乱世,人们道德沦丧,相互杀伐,纵欲乱伦,一面是虔诚者避乱持戒,遁入山洞,参禅打坐,或向僧侣布施,从而度过劫难,迎来未来佛陀的时代。暴力的凶残与禅定的平和,一动一静,形成鲜明对比。插图以这种将恶行与善行并置的呈现方式,再度呼应了对恶行的惩罚和对善行的奖励,最高的奖励之一就是转生在未来佛的新世界中。但正如图中所暗示的,信众不论何时都要持戒固法,只有通过一定的修持方能在未来面见弥勒。这是这个训谕性文本天然的功能向度。

对于最后一个僧人诵经的典型化场景,有 2 个可能的来源。一是与泰国的民间节庆"维山达拉节"有关。在帕玛莱故事的文本中,弥勒菩萨除了预言未来世界,还向帕玛莱透露了人们转生弥勒净土的一个"捷径",即在一天一夜内聆听完整个《维山达拉本生》诵经(共有一千段诗文),同时要向寺庙奉献布施蜡烛、香、花等物品,每一种都要一千份。这将会为信徒带来大量的功德与福分。在此,它将弥勒信仰与布施和功德的主题接续上,也为普通的信众指明了一个具有操作性的做功德的途径。在泰北、泰东北和老挝,都有每年一度的"维山达拉节"(Bun Phrawet 或 Bun Phawet,直译为"维山达拉功德"节),东北部一般选择在每年四月份庆祝该节日,因此也被称作"四月节"(Bun Duansi)。信众们视其为最一年中重要的积攒功德的场合,他们不仅准备上千份香烛、鲜花和食物,还要聆听僧侣们念诵《维山达拉本生经》(*Thet Wetsandon Chadok*)或《大世经》(*Thet Mahachat*)。③ 由于节庆活动与文本上的这种关联,帕玛莱故事往往作为《维山达拉本生》诵经的引语加以念诵,由于有了《维山达拉本生》《大世经》的加持,帕玛莱文本在泰国的影响和地位逐步提升。因此,在一些插图本抄本的最后,会添加文本内容之外的日常僧人诵经的场景。

第二个来源与泰国民间的红白喜事民俗活动有关,指向更为世俗化的宗教实

---

①　季羡林先生认为弥勒佛有"印度本国的根源,又有国外的根源,是当时流行于古代东方的弥赛亚信仰的一部分",参见季羡林:《吐火罗文〈弥勒会见记〉译释》,《季羡林文集》第 11 卷,江西教育出版社,1998 年版,第 57 页。

②　Henry Ginsburg, *Thai Manuscript Painting*, pp. 76 - 77.

③　释尊成佛前最后一世作为维山达拉王子的本生故事在泰国具有极其重要的地位。

践场景。① 相较而言，关于第二种来源引发的讨论较多。因为在该场景中，僧人们的形象怪异，略显顽皮，表情和动作都有些夸张，一些学者称其为"逾矩的僧侣"（naughty monks）②。在泰国民间的传统葬礼上，在逝者家中举行的守灵活动中，人们通常会进行各种各样的文娱活动。其中一项活动便是唱诵帕玛莱经文。过去这种唱诵帕玛莱的工作都是由僧人们完成的，在守灵之夜，一组僧人（一般是 4 人）带着经书箱抵达死者家中，他们坐成一排，每个人都手持一柄长柄棕叶扇（tanlapat）③，将经书箱作为桌子，放置抄本和蜡烛，为死者唱诵各种佛教经文，超度往生，其中就包括帕玛莱经文。一般在唱诵完阿毗达摩的内容后，僧人们就会开始唱诵更富韵律性的《诵经版帕玛莱》，它的内容和形式很受欢迎，气氛热烈。④ 许多插图本中的诵经场景都来自这种葬礼上的唱诵，有的插图本会出现停灵的棺木，有的插图本虽然没有棺木，但是唱诵的僧人手舞足蹈，神情滑稽，十分符合这种停灵文娱活动的氛围。事实上，在葬礼活动中进行文娱表演是泰国的风俗习惯，在停灵夜的活动更是为了让守夜人消磨时光，也能减轻他们失去至亲好友的伤感。为了活跃气氛，一些僧人开始在唱诵中加入滑稽表演，在唱诵帕玛莱文本各段之间串场时穿插一些歌谣、故事或模仿各族群的腔调唱歌，甚至化妆、贴胡子，跳起滑稽舞蹈。⑤ 虽然从曼谷王朝初期开始，国王就下令禁止这种不合时宜的行为，认为这会有损僧伽的权威和受尊重地位，但"逾矩"僧人唱诵的场景在 19 世纪的插图本中十分常见，足见其流行程度（图 15 中的僧人形象便很不庄重，而且违反了过午不食的戒律）。随着僧人渐渐退出在葬礼上唱诵帕玛莱的舞台，一批俗人接过了他们的衣钵，出现了专门在葬礼上唱诵帕玛莱的职业团体，因为客观上民间存在这种需求。这种职业唱诵团体称作"克日哈"（kharuhat），成员大多在出家时参与过葬礼诵经，还俗后便以此为业。在个别插图本中，诵经的已不再是僧人，而是这些克日哈团体的俗人（见图 16，左图仍为僧人，右图已是俗人唱诵）。不过在近几十年，在葬礼上唱诵帕玛莱的克日哈团体由于青黄不接，已经大大衰落了。⑥

---

① 有记载中称帕玛莱过去曾用于婚礼上唱诵，但都所言不详，而且现在此传统已消失。如今帕玛莱故事仅在葬礼停灵时唱诵了。

② Jana Igunma, "The mystery of the 'naughty monks' in Thai manuscript illustrations of Phra Malai", *Southeast Asia Library Group Newsletter*, No. 48, December 2016, pp. 29—42.

③ 僧人帕玛莱在插图中也经常拿着一柄长柄扇。

④ Bonnie Pacala Brereton, *Thai Tellings of Phra Malai: Texts and Rituals Concerning a Popular Buddhist Saint*, pp. 129—131.

⑤ Ibid., pp. 132—133.

⑥ ［泰］阿内·纳威格蒙:《克日哈诵念人到哪里去了？》(泰文),《艺术与文化》1979 年第 2 期,第 72—77 页。[เอนก นาวิกมูล. "(นัก) สวดคฤหัสถ หายไปไหน". ศิลปวัฒนธรรม, 2(2522), 72—77]

# 五、结论

帕玛莱故事的文本在泰国主要以"皇家版"和"诵经版"两个版本传播,基于宫廷大传统的"皇家版"虽然在文学史上地位更高,但影响停留在宫廷上层之中;而"诵经版"更多基于民间小传统,特别是与普罗大众的宗教实践紧密结合,衍生出更多丰富的艺术作品,附有插图的泰式折册抄本即是其一,而且是数量最大、影响最为深远的一项。

正是基于这种民间性和实践性,"诵经版"帕玛莱抄本凸显了功能性的特点,即教化与娱乐,而作为文本的辅助,插图在典型场景的选取上也在为上述功能服务。它是文本核心情节的提炼,但不拘泥于文本,扩充了文本表现的张力,甚至在某些时候,插图摆脱了附属地位,超越文本,直接表现主题。

无论是在"维山达拉节"上诵经,还是在婚礼或葬礼上诵经,都是旨在训谕教化、广积功德,抄本正是服务于这一功能要求。在典型场景的选取上,通过地狱和天堂两个情境,一暗一明,正反互见,重复累书,以因恶业堕入地狱之众生之苦反衬因善行转生天堂诸神怡然自若的状态,突出行善积德、因缘果报的主题。在表现弥勒菩萨预言未来的时候,插图也往往将堕落者与虔诚者并置展示,

值得一提的是,多数插图本均选取了穷人布施莲花的场景,更具示范意义。向僧人布施、供养僧人、服务僧伽是最重要的积攒功德的善行之一,"诵经版"所面对的对象是文化程度低、普遍贫穷的普罗大众,他们不可能像王公贵族那样一掷千金地进行布施。布施莲花的典型意义在于,即使是家徒四壁的穷人,只要潜心向佛,行力所能及的布施善举,亦能获大功德,达成来世所愿。因此在很多综合性的佛教抄本中,会将布施莲花的场景作为帕玛莱文本的代表,收入集中。

"诵经版"的民间性还体现在文本与民间文化的高度契合及其民间文学特征,各抄本之间实际上是异文的关系,并非对某一经典文本的单纯复制,语言朴素,既带有口头韵文的节律,又要简明易懂,唱诵者会根据不同场合加以取舍。插图亦带有类似特征,它并非"应文直绘",画师也会根据个人喜好和异文情况安排插图,有时用多幅图片表现某一个场景,有时会将2个场景压缩进一张图片,有时还会打乱通常的叙事顺序插入图片,或添加纯粹装饰性的图片。

此外,唱诵帕玛莱的场合都不是严格意义上严肃正规的佛教仪式,特别是在葬礼中,为了不致枯燥,唱诵者会加入表演助兴的成分,这些也在插图中展现出来,如"逾矩"僧人诵经场景,在庄严之外带着几分俏皮活泼,包括作为装饰图片的阿芭苏在天堂奏乐和翩翩起舞的场景,也充满了浓郁的生活气息,她们演奏的乐器和舞姿都来自民间文艺。

正是帕玛莱故事具有的这种社会文化意义,使得帕玛莱在泰国各个阶层都有

广泛的影响，通过各种仪式活动，与泰国社会传统紧密结合在一起。许多传统从阿瑜陀耶王朝时期一直延续到曼谷王朝时期，直到最近五六十年，这种价值观才逐渐衰微。随着老一辈职业克日哈唱诵人逐渐淡出，在葬礼上唱诵帕玛莱也逐渐减少，但与此同时，又产生了新兴的非葬礼用的帕玛莱经文，重新由僧侣来唱诵。① 关于帕玛莱的图像也以现代明信片的形式在泰国传播。这说明帕玛莱的重要性并未消退，而是以新的形式继续在泰国社会发挥着作用。

作者简介：

金勇，吉林人，北京大学东方文学研究中心/北京大学外国语学院，副教授，主要研究方向为泰国及东南亚民俗与历史文化研究。

---

① ［泰］波洛民·贾如翁:《当不再葬礼时念诵"帕玛莱"：泰国社会念诵"帕玛莱"的变化》（泰文），《泰国语言与文化期刊》第 24 期 2007 年 12 月号，第 297—342 页。［ปรมินท์ จารุวร, "เมื่อไม่สวด พระมาลัยในงานศพ: ความเปลี่ยนแปลงของการสวดพระมาลัยในสังคมไทย", *วารสารภาษาและวรรณคดี ไทย*. 24(ธ.ค. 2550), 297—342］

# 朝鲜朝时期《三纲行实图》"孝子图"的形态与叙事功能研究<sup>*</sup>

［韩］琴知雅

**摘　要**　《三纲行实图》(刻本,3卷3册)采用版画形式,将忠臣、孝子、烈女各110人的生平事迹收录其中,并附以记文与赞诗,对其内容加以反复彰显。该图册所录人物中,80％以上来自古代中国,余下则为古代朝鲜半岛事迹。图像的使用,为读者对主人公践行三纲五伦的事迹及相关人物关系的把握提供了便利。本论文系统介绍了其中"孝子图"部分的多种形态特征,且对不同形态特征下的图像叙事功能与意义进行了细致分析。分析发现,与孝行相关的叙事内容通过"孝子图"在视觉形象上得到了较为忠实的再现。特别是,"孝子图"的功能并没有止步于对"长幼有序"概念的简单形象化及叙事内容的原样重现,更是将文字不易表达的空间感与细节描写,进行了立体式的重新创作。

**关键词**　朝鲜朝时期　《三纲行实图》　"孝子图"　形态特征　叙事功能

## 一、绪论

1434年,世宗大王下令刊印《三纲行实图》<sup>①</sup>(刻本,3卷3册),此书本着道德教化之目的,成为朝鲜朝时期社会伦理规范的轨仪。《三纲行实图》将忠臣、孝子、烈女各110人的生平事迹刻为版画收入其中,并附以记文与赞诗,对其内容反复加以彰显。其中,版画底稿均为当时朝鲜朝时期的画员所绘,记文、赞诗则由集贤殿学者或从古文中摘取,或亲笔所作。之后,朝鲜王室又以《三纲行实图》为范式,改撰、

---

＊　本文系2016年度国家社会科学基金重大项目"古代东方文学插图本史料集成及其研究"(项目批准号:16ZDA199)阶段性成果。

①　《三纲行实图》是编撰于朝鲜朝时期的言行录,以图画与文字形式记录了践行"君为臣纲、父为子纲、夫为妻纲"之"三纲"的忠臣、孝子、烈女之"行实",其书名在朝鲜半岛被沿用至今,因此本文也将沿用这一书名。

重编多种"行实图"类绘本。① 本书所载人物80％以上来自古代中国，剩下部分则为古代朝鲜半岛的事迹。② 图像的运用，便于读者理解主人公恪守三纲五常的孝行实践，并进一步把握故事中的人物关系。

　　那么，在表情达意上有着重要作用的图像，究竟与文字（记文、赞诗）是怎样结合在一起，且在彼此的关联中承担了怎样的功能呢？带着这样的问题意识，本文将就《三纲行实图》中"孝子图"的形态特征及其构图原理进行分析，阐明其中所体现的图像叙事功能及意义。这一研究可作为朝鲜朝时期文献所录图像研究的基础资料，亦将有利于人们进一步理解刊印者在图像运用过程中的现实考量。

　　本文所参考的初刊本《三纲行实图》为广为人知的韩国世宗大王纪念事业会1982年影印本。

## 二、《三纲行实图》"孝子图"的形态特征

### （一）《三纲行实图》孝子篇之结构——"孝子图"、记文、赞诗

《三纲行实图》载有"娄伯捕虎"（孝96）一事：娄伯年少时，父亲为猛虎所食，娄伯捕虎杀虎后，剖割虎腹，将父亲骸肉取出安葬，纳虎肉于瓮中腌存，庐墓三年后取虎肉而食。《三纲行实图》依次采用了"同图异时"的版画、详述行实的记文、称颂其事的赞诗三种方式，对这一故事进行了反复表现。翻开此书，可看到该书采取了左诗文右图像的排版方式。（图1）

---

　　①　成宗朝时，王室对《三纲行实图》进行了改撰，其内容被译为谚文标于栏上，各类人物缩减为各35人，这个精简而成的删定谚解本《三纲行实图》（1481）随后普及开来。中宗朝时，朝鲜的人物事迹大幅增加，又有《续三纲行实图》编撰而成，其中辑录了开国以来被旌表闾间的朝鲜本国人的模范事迹，内容上更具亲和力，从而被当时的百姓所接纳。此外，辑录兄弟、朋友篇的《二伦行实图》（1518）编成后，与《三纲行实图》并行于世。到了正祖21年（1797），删定谚解本《三纲行实图》与《二伦行实图》最终合为《五伦行实图》一书。（［韩］郑炳模：《〈三纲行实图〉版画考察》，《震檀学报》85，1998年，第221—225页）

　　②　根据李泰浩、宋日基的研究，其中包括中国汉代以前的人物12人，汉代20人，三国时期12人，南北朝时期10人，隋唐13人，宋元局21人，另有朝鲜半岛三国时期4人，高丽朝时期7人，朝鲜朝时期11人。因此，古代中国的孝行故事有88例，古代朝鲜半岛不过22例，占整体的20％。（［韩］李泰浩、［韩］宋日基：《初编本〈三纲行实图孝子图〉的编纂过程及版画形式研究》，《书志学研究》25，2003年，第424页）。

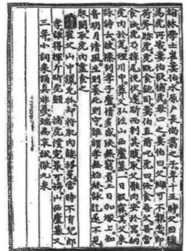

图 1　《三纲行实图》"娄伯捕虎",26.5 × 16.5 cm,韩国世宗大王纪念事业会影印本。

1. 版画图像

画面大体可分为四部分,主人公娄伯在四部分中均有出现。故事画面按 Z 字型顺序。(图 2)①为娄伯置斧斤于前,向母誓言定报父仇的场景。②为娄伯怒斥猛虎挥斧斩下的场景。③为娄伯庐墓居丧时父亲入梦而来的场景。④为居丧礼毕后的场景。其中,最能体现孝子之道的场景②,即捕虎的场面,位于画面中央,空间排布上亦占据了相当比重。场景③描绘了娄伯入睡后,父亲踏云降临的情形。娄伯所睡之处位于父亲墓地旁边,是一个临时搭建起的草棚,娄伯在此守墓,古时称为庐墓或侍墓。而娄伯之父踏云而至的形象则采用了高丽朝时期佛教绘画中神秘意象的表现方式,这

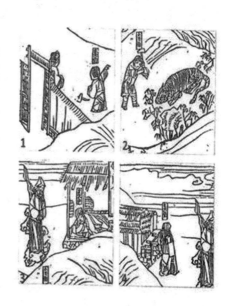

图 2　《三纲行实图》"娄伯捕虎"

种方式日后被广泛运用在戏曲、小说插图的梦境表现中。

2. 记文,赞诗

打开此书,记文位于孝子图"娄伯捕虎"的左侧,画、文、诗依次并列,三者相映成趣。文末有赞诗一首,再次强调了孝亲的力量。无论是以少年之躯杀虎还是高丽朝时期的庐墓三年,都是种特别的孝行,这首赞诗的功能就在于使读者对孝亲模

范事迹进行再认识，并牢记于心。

　　"娄伯捕虎——高丽"（版画图）

　　翰林学士崔娄伯，水原户长尚焘之子。年十五时，父因猎为虎所害。①娄伯欲捕虎，母止之。娄伯曰："父仇不可报乎？"即荷斧跡虎。虎既食饱卧，②娄伯直前，叱虎曰："汝食吾父，吾当食汝。"虎乃掉尾俯伏。遽斫而割其腹，取父骸肉，安于器，纳虎肉于瓮，埋川中，葬父弘法山西。③庐墓。一日假寐，其父来咏诗云："披榛到孝子庐，情多感泪无穷，负土日加塚上，知音明月清风，生则养死则守，谁谓孝无始终。"咏讫遂不见。④服阕，取虎肉，尽食之。

　　诗：崔父山中猎兔狐，却将肌肉喂于菟。当时不有儿郎孝，谁得挥斤斫虎颅。捕虎偿冤最可怜，山西庐墓又三年。小词来诵真非梦，端为哀诚徹九泉。①

　　像这样图—文—诗三者并举反复渲染的行实记录方式，贯穿了《三纲行实图》的全书。而将图画置于记文之前，也是一种有意识的编排，把行实内容以一种通俗易懂的画面形式率先展现给读者，可引发读者的兴趣，便于对记文的理解，进而形成一种长期的视觉记忆。朝鲜后期正祖时所绘的《五伦行实图》（1797）（图3）则大胆颠覆了三纲行实图"同图异时"（同一画面寄寓多个时空，展现时间的行进）的构图手法，转而在一个画面中表现单个场景。其中的"娄伯捕虎"图仅刻画了一个场面：少年娄伯手举斧斤怒叱恶虎，恶虎匍匐于地摇尾乞怜。此画面可以说是对传行于世的娄伯孝行谈的凝缩与提炼。②

图3　《五伦行实图》"娄伯捕虎"，21.5 × 14 cm，韩国国立中央图书馆藏本。

---

　　①　《三纲行实图》"娄佰捕虎"（孝96），韩国世宗大王纪念事业会影印本（下同）。

　　②　《三纲行实图》（初刊本，1434）与《五伦行实图》（1797）的孝子、忠臣、烈女篇在内容上，可看做互为异本的一种。（［韩］洪允构：《三纲行实图的书志与国语史意义》，震檀学会研讨会发表，1997年，第42页）。但《五伦行实图》在内容上虽可视为收录孝子、忠臣、烈女篇的《三纲行实图》和辑录兄弟、朋友篇的《二伦行实图》的综合版本，但二者在结构和表现方式上却迥然不同。其中变化最为显著的，在于《三纲行实图》的多元化构图方式最终演化成了一图一事的一元化的构图。（［韩］郑炳模：《〈三纲行实图〉版画考察》，《震檀学报》85，1998年，第221—225页）。

### （二）《三纲行实图》"孝子图"的形态特征

　　《三纲行实图》"孝子图"最突出的形态特征在于对空间的分割,进而将多个场景统一于一个画面当中。正如前文所示,"娄伯捕虎"图对故事的推演,是通过将多时空内连续发生的多起事件统筹在一个画面当中来完成的,有采用"∠"形,即平行与斜线混合的构图法,也常有"Z"形或"〉"形的构图法,此外,亦可见到单纯的平行构图或对角线构图。场景与场景之间的隔断,多凭借山丘、墙垣、房屋或浮云来进行区分。"忠臣图"与"烈女图"多采用浮云进行隔断,"孝子图"中所绘故事多发生在家中,故不用浮云,而多以左右、上下构图来布局房舍屋宇,恰如其分地调动多个视点。"孝子图"画面中所绘场景从一个到八个不等,一个画幅被隔断为若干,主人公在其中多次出现。这是一种试图将叙事文学的时间性进行空间性艺术处理的表达方式,郑炳模将其称为"多元性的构图方式"[1],亦称"连续画面""连环",或"同图异时"。这种构图对后世影响颇大,成为行实图类版画及民间说话插图的典型构图方式,乃至于发展成为今日的漫画。[2] 为使得画面便于理解,还会附上题名以及主人公的国籍,且为避免人物身份出现混淆,还会在主人公头部上方标注上相应的人名,这也是古代传统绘画技法的一种。采用这样的图解方式,可以让不识字的庶民仅通过画面便有效了解并记忆孝子们的生平事迹。[3]

　　至于一幅画面究竟要分割为几个场景,可能不同的人会有不同的思路。因此,版画的刻画需要有依据地进行画面分配,而最基本的方法就是与故事同步。且看《三纲行实图》中"石珍断指"（孝 105）的故事。

　　这幅表现朝鲜人石珍孝行的画面包含了三个场景（图 4）：①石珍侍奉卧病在床的父亲,②石珍与人谈话。③石珍断指。各场景通过人工建筑物——墙垣和自然物——山进行了区分,且在主人公的人物形象旁边标注了人名用以标识身份。

　　然而,"石珍断指"图中各场景的先后顺序仅凭画面是无从判断的。三个场景若自下而上或自上而下来看的话,仅可推断出该故事可

图 4　《三纲行实图》"石珍断指"

---

①　[韩]郑炳模:《〈三纲行实图〉版画考察》,《震檀学报》85,1998 年,第 192 页。

②　韩国学者吴贞兰在《〈三纲行实图〉的漫画符号学分析》一文中对此有详述（《人文言语》10,2008 年）。

③　[韩]高莲姬:《沉醉于绘画与文学》,首尔:Artbooks,2011 年版,第 320 页。

能是"石珍照顾病床在卧的父亲,斩断手指送与某人(①→③→②)",抑或是"石珍与人谈话,回家斩断手指后,侍奉卧病在床的父亲(②→③→①)"。但结合记文,可发现"石珍断指"图中各场景是按照①→②→③的次序无规则排布的。

> 俞石珍,高山县吏也。父天乙得恶疾,每日一发,发则气绝。人不忍见,①石珍日夜侍侧无懈,号泣于天,广求医药。②人言生人之骨和血而饮,则可愈。③石珍即断左手无名指,依言以进,其病即瘳。[1]

与此不同,"丁兰刻木"(孝25)的构图则是自下而上顺次排布的,其记文如下:

> 丁兰河内人,少丧考妣,不及供养,乃刻木为亲形象,①事之如生,朝夕定省。后邻人张叔妻从兰妻借看,兰妻跪授木像,木像不悦,不以借之。张叔醉骂木像,以杖敲其头。兰还见木像色不怿,问其妻,具以告知,②即奋击张叔。吏捕兰,兰辞木像去,木像见兰为之垂泪,郡县嘉其至孝通于神明,奏之,③诏图其形象。[2]

由上可见,汉代"丁兰刻木"的故事大体上由七个情节构成,然而,"丁兰刻木"图(图5)仅刻画了其中三个:①丁兰向木像问安,张叔看向丁兰妻,②丁兰奋击张叔,③上诏图丁兰之事,三个场景由下而上,呈上行趋势排布。由此可见,绘图之人若有意强调故事的叙事结构,就会在画面中采取自上而下或自下而上这种具有方向性的构图布局。

不过,《三纲行实图》中,有像"丁兰刻木"一样自下而上的构图,也有自上而下的构图,当然,亦有像"石珍断指"那样图序颠倒,仅凭画面无法理解故事的情况存在。

图5　《三纲行实图》"丁兰刻木"

---

① 《三纲行实图》"石珍断指"(孝105)。
② 《三纲行实图》"丁兰刻木"(孝25)。

# 三、《三纲行实图》"孝子图"的叙事功能

## （一）叙事的再现功能

《三纲行实图》中的文本叙事简洁凝练，仅凭画面即可让读者了解故事大概。讲述魏晋南北朝齐人黔娄孝行的"黔娄尝粪"即为典型一例。"黔娄尝粪"（孝 48）图由四个画面构成：①黔娄归家，②黔娄尝粪，③黔娄稽首匐拜北辰，祈父病愈，④黔娄庐墓。（图 6）详细记文如下：

> 虞黔娄，新野人，为屏陵令，到县未旬，父易在家遘疾。①黔娄忽心惊，举身流汗，即日弃官归家，家人悉惊其忽至。时易疾始二日，医云："欲知差剧，但尝粪甜苦。"易泄痢，②黔娄辄取尝之，味转甜滑。③心愈忧苦，至夕，每稽颡北辰，求以身代。俄闻空中声曰，聘君寿命尽，不复可延，汝诚祷既至，故得至月末。④晦而易亡，黔娄居丧过礼，庐于墓侧。①

①到④是对画面的说明，亦是对"黔娄尝粪"故事的简练概括。接下来，笔者对画面中的四个场景进行细致分析，找出了叙事与画面的方向性关联。画面中的场景①黔娄从某处归来，运动趋势由画面左侧趋向右侧，场景①与场景②之间由斜线隔断开来，将读者视线自然地朝右上方引去。接着，视线转向场景②黔娄作势欲尝，由此向上，便可看到场景③黔娄施礼，而顺着黔娄稽首礼拜的方向看去，最终过渡到了场景④。整体而言，从"黔娄尝粪"中人物的体态与朝向，可以看到画面构图经过了"左下→中→右上→左上"的自然过渡。这样，构图的方向与故事的开展完美契合，画文和谐一致，从中可以看到编者对叙事与绘画之间相互照应的方向性有着清晰的认识。

图 6　《三纲行实图》"黔娄尝粪"

---

① 《三纲行实图》，"黔娄尝粪"（孝 48）。

### （二）长幼有序的视觉形象化功能

《三纲行实图》中有一些情况，仅凭画面是无法组织起故事的。正如前文所述，全书没有贯穿始终的统一构图方式，上行、下行、Z字形、不规则形等多种构图法丰富多样。因此，如果读者事先不了解故事内容，便很难把握画面中各场景的观看顺序。那么，这里就提出了一个问题：为何《三纲行实图》中的所有画面不能像"黔娄尝粪"那样具有一定的方向性呢？如果编者对叙事和画面的自然照应有所认识，而图画的引入又出于对不识字庶民的教化目的的话，那么这种对于方向性的抛弃又意味着什么的呢？对此，赵显雨提出了一种相当具有说服力的假设。[①] 他认为，有些场景或对象必须位于画面上端，而有些则只能放在画面下端。也就是说，在画面空间内，存在着某种位阶秩序，这一点相对于故事的演进顺序而言更须优先考虑。"孝子图"中，父亲、母亲、墓地、葬礼等常被安排在画面上端，相反，一般性的房屋、儿子、俗世生人等则处在画面下端。赵显雨的这种提法非常具有说服力，在相当多的画面中，父亲、葬礼和墓地等元素的确常被安排在画面的上方。

**图7　《三纲行实图》"徐积笃行"**

由此可见，《三纲行实图》中的"孝子图"试图将人物的长幼关系转换为上下画面的布局问题。其中多次出现葬礼或庐墓情景，墓地几乎都位于画面上方。比如，讲述宋朝孝子徐积孝行的"徐积笃行"（孝72）主要出现了以下8个场景（图7）：①徐积幼时丧父哀伤不已，②徐积朝夕向母亲问安，③徐积载母赴科考，④同期登第之人拜访徐积之母，⑤徐积丧母悲痛，⑥徐积庐墓期间伏墓侧痛哭，翰林学士吕溱过其墓，闻之泣下，⑦墓旁杏树枝干合生，⑧国家下赐粟帛。具体内容如下：

　　徐积，楚州人，①三岁父死，旦旦求之甚哀。②事母至孝，朝夕冠带定省。③应举入都，不忍舍其亲，徒载而西。④登第，举首许安国率同年入拜，且致百金为寿，谢而却之。以父名石，终身不用石器，行遇石，则避而不践。⑤母亡，

① ［韩］赵显雨：《〈三纲行实图〉中版画的性质及其功能研究》，《韩国文学理论与批评》44，2009 年，第116—122 页。

悱恻呕血。⑥庐墓三年,雪夜伏墓侧,哭不绝音。翰林学士吕溱过其墓,闻之,<u>泣下</u>。⑦<u>甘露岁降兆域,杏两枝合为木</u>,既终丧,不徹筵几,起居馈献如平生。⑧<u>州以行闻,诏赐粟帛</u>。① 皇祐初,为楚州教授,又转和州防御推官。徽宗赐谥节孝处士。②

　　记文所载徐积的孝行有与父亲,亦有与母亲相关的内容,而画面则以侍母的孝行为主进行了刻画。从"徐积笃行"的画面构成来看,徐积从画面的右下侧入画,随着故事的推进,画面开始向上延展,并通过土丘、山和屋宇对场景进行了区分。尽管构图复杂,但大致可以徐积为中心推断出发生了什么,并达到对故事整体的理解,但依然需要充分把握记文内容才能够完全理解画面。画面中②、⑤、⑥部分是徐积在母亲生前死后的孝行,剩下的故事内容则添补在画面其它区域。其中,最引人注目的是位于画面最上方的⑥,即徐积庐墓的场景。从整体叙事来看,⑥并没有必须被放置在最上方的理由。毕竟,若是考虑叙事与构图方向之间的自然对应的话,⑥放在其他地方也并无不可。由此推断,在孝子图的画面布局中,父母,特别是过世的父母一般都会被置于整幅画的上端。

图8　《三纲行实图》"刘殷梦粟"

　　此外,"刘殷梦粟"(孝 39)中亦将痛哭曾祖母之死的场景安排在了画面的最上端,从而突出了丧礼的重要性。(图8)

### (三)叙事的补充功能

　　在很多情况下,《三纲行实图》中简练或省略叙述的部分会在图画中进行具体

---

　　① 现有研究中有将"徐积笃行"分为 7 个场景(郑炳模),8 个场景(尹轸暎,李奎范)和 9 个场景(赵显雨)的。其中差异在于,针对画面上端的⑥、⑦、⑧部分与叙事内容的关联性上,各学者看法有所分歧。本文从尹轸暎、李奎范之说,将故事分为了八个场景。[韩]郑炳模:《〈三纲行实图〉版画考察》,《震檀学报》85,1998 年,第 194 页;[韩]尹轸暎:《〈三纲行实图〉版画的认知功能与特征》;[韩]周永河等:《朝鲜朝时期的书籍文化史——通过三纲行实图看知识的传播与风俗的形成》,Humanist,2008 年,第 126 页;[韩]李奎范:《以国语教育为目的的行实图类分析与使用方案》,韩国高丽大学博士学位论文,2018 年,第 195 页。

　　② 《三纲行实图》,"徐积笃行"(孝 72)。

**图9 《三纲行实图》"王祥剖冰"**

表现,也就是说,画面中场景的设定基本以记文为纲,但并不一定局限于此。即便是记文中没有的内容,但也会视情况通过画面为读者进行说明,而与这种视觉表现相关的元素主要有以下几种。

首先,丧礼、葬礼与庐墓的刻画。以记录晋人王祥孝行的"王祥剖冰"(孝37)为例,主要讲述了王祥潜心侍奉继母,纵遭苛刻为难,亦但行不怠,始终对父母恭谨有加的故事。这些内容通过五个场景得到了有效的展现:①打扫牛棚,②冰上捉鱼,③父母身侧捉黄雀,④抱树而泣,⑤丧母悲泣。(图9)具体记文如下:

> 王祥,琅邪人,早丧母、继母朱氏不慈,数谮之,①由是失爱于父,父每使扫除牛下,祥愈恭谨。父母有疾,衣不解带,汤药必亲尝。②母尝欲生鱼,时天寒冰冻,

祥解衣,将剖冰求之,冰忽自解,双鲤跃出。③母又思黄雀炙,复有黄雀数十飞入其幕。有丹柰结实,母命守之。④每风雨,辄抱树而泣。⑤母殁居丧毁瘁,杖而后起。后仕于朝官至三公。①

可以看到,上述叙事内容极其简略,这是因为相对于文学渲染而言,其内容更侧重于对主人公笃实孝行的强调。换句话说,对孝行典范的展示出于教化之目的,因此相关叙事也仅止于线条性的勾勒,而非细致的描写刻画。但这些内容却在画面当中得到有效的再现。①"打扫牛棚"的场景,是受继母之命悉心操持家务的集中表现。这一场景对于表现主人公劳于家务的形象具有代表性的意义,一方面,在叙事内容上,是对王祥虔心侍奉父母形象的完善,也可从中窥见其不辞劳苦的孝心。②"冰上捉鱼"也是对王祥极尽孝心的典型写照。本不可能的事情却得以完美解决,更加突显了主人公孝行的可贵。③"父母身侧捉黄雀"这一场景中,父亲坐于廊檐下,母亲卧躺其侧,王祥则在院中捉黄雀。这一场景中,因为王祥极尽孝心奉养继母,即有黄雀飞入院中供其捕捉。通过这一刻画,强烈暗示了读者只要竭诚尽孝,一切皆有可能。④"抱树而泣"的画面,继母命其守着树上的果实,每遭风雨,生怕果子落地的王祥抱着树在哭泣。对于这种不可抗力之事的苛刻要求,王祥并没有心怀怨恨,而是全心尽力地去完成。⑤"丧母悲泣"是叙事的结尾。实际上,作

---

① 《三纲行实图》,"王祥剖冰"(孝37)。

为一个极尽孝心的人,遭逢母丧的王祥自然会恪守丧葬之礼,因此记文对"母殁居丧"只是一笔略过,但画面却对丧礼与葬礼进行了具体表现。通过空间、器物、人物及服饰等具体刻画,使人联想到葬礼的各项仪式。从这一点上来讲,可以说①、②、③、④是对叙事内容的再现,⑤则是对叙事的完善与强化,而将叙事内容中极其微小的一部分再现于画面之中,是因为人们将丧礼视做了孝行当中的一个重要元素。

　　第二,同一地点的反复表现。在《三纲行实图》中,当一幅画被隔断为多个画面的时候,区分同一地点所发生的不同事情,屋宇这一形象就会反复出现。比如,若不同的事发生在同一屋内,那么这个房屋就会被重复刻画一遍①。《三纲行实图》"姜诗出鲤"(孝20)中,姜诗逐妻的场面,姜氏与妻子侍奉母亲的场面中,屋宇先后出现了两次,这是因为两个连续的场面无法在一个室内空间同时表现。因此,再画一个房屋,即是为了对家中之事进行分别说明。(图10)"黄香扇枕"(孝24)图亦显示出了这样的特点。侍奉父亲的黄香冬天为父亲暖被,夏天摇扇给枕席降温,为表现这夏冬两季的孝行,就对屋宇进行了反复刻画。(图11)

图10　《三纲行实图》"姜诗出鲤"　　　　图11　《三纲行实图》"黄香扇枕"

---

　　① ［韩］李洙京:《朝鲜时期孝子图研究》,《美术史学研究》2004年,第217页;［韩］尹轸暎:《〈三纲行实图〉版画的认知功能与特征》,第136—137页。

**图 12  《三纲行实图》"四月断指"**

第三，同一人物的反复表现。当主人公在同一地点有不同行动时，会在同一背景下被多次刻画，并在其头侧标注名字。"四月断指"（孝 109）中，四月在门前离别父亲的场景与在家中为母断指的场景，均是在同一个屋宇背景下刻画的，也就是说，若主人公的行为不是在家中反复发生的话，则遵循时间顺序次序刻画。（图 12）。

# 四、结论

正如书名所示，《三纲行实图》中的"图"是这本文献的核心要素。本文对孝行叙事图像化后的"孝子图"的形态特征与叙事功能进行了分析。从中可以看到，"孝子图"以视觉图像的形式较为忠实地再现了孝行的相关叙事内容。与此同时，图像之功能并没有止步于"长幼有序"概念的形象化及叙事内容的视觉化再现，还将文字表达上有所局限的空间感和细节描写，进行了立体化的再创造。

本文以图像为中心，着眼于"孝子图"中孝行叙事的视觉化方法进行了分析。在此基础上，笔者认为，作为本次研究的拓展，今后亦可通过图像分析，进一步探索不同时期下图像化的形式差异，并对抽象概念具象化的图像功能及地位进行考察。此外，除孝行之外，其他类型叙事由文字到图像再现方法，亦亟需体系化的研究与探索。以上两方面课题，笔者将留作今后再考。

作者简介：
琴知雅，韩国籍，北京大学外国语学院长聘副教授，博士生导师。研究方向：韩国汉文学，中韩比较文学及中韩翻译。

# 普希金自画像的文学意义

## 刘洪波

**摘　要**　俄罗斯 19 世纪大诗人普希金还是一位手稿页边画家,保留下来的画作近 2000 幅,其中自画像有 91 幅之多,是普希金研究和文学与图像关系研究不可多得的素材。本文从普希金的自画像中选取 1823—1824 年的几幅,分析其与诗人的人生际遇、情感轨迹和文学构思之间的关联,试图解读自画像的文学意义。

**关键词**　普希金　自画像　文学意义

普希金是俄罗斯文学黄金时代的开创者。在普希金生活的时代,即 19 世纪最初二三十年,俄罗斯"青年的一切希冀、隐秘的情感、最为纯洁的热望、心灵全部的和谐琴弦,思想和感觉的全部诗意,全都向他那里汇聚,全都源自他那里。"这也就是说,普希金这轮"俄罗斯诗歌的太阳"具有民族的和时代的代表性。普希金在俄罗斯文学史乃至文化史上的非凡意义,不仅在俄罗斯学界,而且在世界范围内早已尽人皆知。2019 年适逢普希金诞辰 220 周年,每逢大的纪念日都是重新解读和认识经典作家的契机。这一次,我们尝试把普希金与图像联系起来,从诗人的自画像管窥其文学意义。

普希金不仅仅是一位诗人、小说家、剧作家、文学评论家和文学杂志创办者,从某种意义上说,他还是一位画家——手稿页边画家。普希金的手稿存世数量非常之多,几乎每一页上都有诗人信笔而就的小画,大多是人物的侧面像:规格有大有小,性别有男有女,年纪有老有少,排布有疏有密;也有草木、风景、奔马、飞鸟、小船等各种形象。这些画基本上都是黑白线条画,远谈不上有多么专业,[①]但胜在数量多,多到让人不能不产生深刻的印象——保留下来的有近 2000 幅,这个数量在会画画的一众俄罗斯作家中,鲜有能望其项背者。而且,普希金肖像画很少是照着真人画成的,大多是凭记忆在手稿的页边画的黑白线条画像,往往只是寥寥几笔,意

---

① 　对此也有不同的看法,如恰甫洛夫斯卡娅就高度评价肖像画家普希金的技艺,认为他的线条画画得"如此准确、犀利,无可争议地传达对出所画之人的印象,致使成名大师的肖像画与之放在一起都会逊色,失去可信度。就像在文学肖像中一样,在绘画中普希金也发现了新的察人之术。"(*Цявловская М. Г. Рисунки Пушкина. М. ; Искусство*, 1970. )

在传神。这些画像非常自由写意,很大程度上是自娱自乐。所画人物有过从甚密的身边熟人朋友,也有素昧平生的外国作家哲人;有志同道合的青年才俊,也有心仪情动的如花美人;有现实中的对立面,也有想象里的主人公;还有各色各样的普希金自己——即我们这里所重点关注的对象。普希金无论是画别人还是画自己,不仅不加以美化,甚至还颇带几分符合他天性的戏谑。

在普希金数量众多的肖像画中,自画像有 91 幅之多,[①]数量堪比荷兰画家伦勃朗的自画像。有的研究者认为:普希金的自画像不仅在数量上占比大,而且从艺术性和内在重要性上讲,自画像也占第一位,因此,这是普希金绘画中最杰出的东西,是它的核心。在俄罗斯,从 20 世纪早期起,就有人专门研究普希金的自画像,比如艾弗罗斯(А. М. Эфрос)的专著《普希金的自画像》,[②]托马舍夫斯基(Б. В. Томашевский)的同名文章,[③]恰甫洛夫斯卡娅(Т. Г. Цявловская)《普希金的画》[④]一书中题为"自画像"的一章等,足见其在普希金研究中的重要性。这也是我们关注诗人自画像的一个很重要的原因。

普希金的自画像画于不同时期,据有的研究者考证,最早的一幅画于 1816—1820 年间(也有人说最早的是另一幅,画于 1817—1818 年),而最后一幅画于 1836 年,前后跨度约 20 年。当然,91 幅自画像在作画时间上并非均匀地分布于这 20 年间,1823 年、1824 年、1826 年、1829 年这几个年份画得比较密集(分别为 14,15,9,12 幅),其他时间则相对零星(0—4 幅)。在这些自画像中,普希金画各色各样的自己:不同年纪、不同发式、不同着装、不同性别的。自画像的画风也颇为不同,有的严谨细致,一丝不苟,而有的夸张随性,漫画一般。诗人的这些自画像绝大部分——有 65 幅——是信笔由缰地画在文学手稿的页边和空白处的,其中在普希金的文学代表作——诗体长篇小说《叶甫盖尼·奥涅金》(Евгений Онегин)的手稿中就有 32 幅,剩下的则是画在纪念册上(7 幅)、书信中(5 幅)及记事簿、单独的纸或票据上(14 幅)。这些自画像以侧面头像居多,而正面像(4 幅)、半身像(4 幅)和全身像(5 幅)较少。有趣的是,在 4 幅自画像上,诗人把自己描画成了女性形象,还有几幅漫画式的自画像。当然,并非全部 91 幅自画像都是完成稿,其中有 22 幅是未完成或者有涂抹痕迹的。进行了上述简单的归类和数字统计之后,我们不由要问几个为什么:

1. 为什么是那时(почему тогда):为什么普希金的自画像在那几个年份密集出现? 那时发生了什么? 那时的自画像又意味着什么?

---

① *Жуйкова Р. Г.* Автопортреты Пушкина(каталог)/Временик Пушкинской комиссии,1981/АН СССР. ОЛЯ. Пушкин. комис. —Л. : Наука. Ленингр. отл-ние,1985.

② *Эфрос А. М.* Автопортреты Пушкина. М. : Гослитмузей,1945.

③ *Томашевский Б. В.* Автопортреты Пушкина. /Пушкин и его время. Л. 1962. вып. 1, с. 318—333.

④ *Цявловская Т. Г.* Рисунки Пушкина. М. : Искусство,1970.

2.为什么是那样(почему так)：普希金为什么把自己描画成老人、女人、农夫、哥萨克的样子？是单纯的想象游戏还是别有深意？

3.为什么是那里(почему там)：为什么绝大部分自画像是画在文学手稿上？它们与文学创作有无关系？如果有，是什么样的关系？

下面我们就以自画像创作的高峰期1823—1824年为例，尝试从中找出这些问题的答案。

# 一、自画像与人生际遇

对照普希金的生平纪事，我们发现：1823年初，普希金在南俄流放地基什尼奥夫(Кишинев)。他忧郁而痛苦，于是给外交部长写信请求休假2—3个月。4月初，他被告知不准假。郁闷之情只有作诗排遣：

| 小鸟 | Птичка |
|---|---|
| 身在异乡，我心仍虔诚， | В чужбине свято наблюдаю |
| 恪守祖国古老的风俗： | Родной обычай старины： |
| 当明媚的春的节日来临， | На волю птичку выпускаю |
| 我给一只小鸟以自由。 | При светлом празднике весны. |
| | |
| 我开始感到几分宽慰， | Я стал доступен утешенью； |
| 为什么我要埋怨上帝， | За что на бога роптать， |
| 既然我能把自由赠给 | Когда хоть одному творенью |
| 哪怕只一个生灵作礼！ | Я мог свободу даровать！ |
| 1823年4月 | |
| (顾蕴璞译) | |

好在上司英佐夫(И. Н. Инзов)比较和善，4月底准他去敖德萨(Одесса)待上一个月左右。但5月初亚历山大一世(Александр I)下令解除英佐夫的职务，任命沃隆佐夫(М. С. Воронцов)主管地方事务，总督宅邸设在敖德萨。可能与这一人事变动有关，普希金在敖德萨没有待满一个月，5月9日就从敖德萨返回了基什尼奥夫。也就是在这一天，他开始写《叶甫盖尼·奥涅金》，应该也是寄情于文学创作以解郁闷之情。1823年最早的自画像就画在《叶甫盖尼·奥涅金》第一章的手稿上，时间是5—6月间[①]。在一页手稿的底部画着两幅自画像，都是侧面像：一幅是一张

---

① *Кушниренко В. Ф.* «В стране сей отдаленной … » Летопись жизни А. С. Пушкина в Бессарабии и связанных с ним событий. 1989. (Иллюстрация С. 26)

年少的、干净的面庞，眉目清秀，头发卷曲；另一幅靠右侧，而且是横向的，鼻子嘴巴明显前凸，脸上和前额有了皱纹，脸颊咬肌处有胡须，没有头发，一张明显带着老态的脸。或许是之前休假请求被拒的隐忧，如今又加上换总督的事所带来的前途未卜之感，让他产生了一种对未来的思虑：21 岁被贬到南俄这块与彼得堡相比的荒蛮之地，说不准要在这里困守到耄耋之年了。

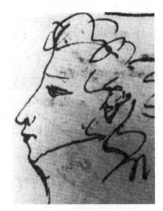 

图 1　普希金之家，第 834 号，第 9 页背面。第 712 号底片。1823 年 5—10 月。

　　普希金的自画像不仅常常成双成对地出现在手稿上，而且往往与其他人物侧面像或者各种物事挤在一起。1823 年 8 月初，普希金被新总督调到了黑海之滨的港口城市敖德萨。在这里，诗人结识了一位富商并与他的妻子阿玛丽娅·里兹尼奇（Амалия Ризнич）产生了一段恋情。10 月底，在《叶甫盖尼·奥涅金》第二章的手稿上，"成为莫斯科普希金博物馆'招牌'的、诗人最有名的浪漫主义肖像之一"[1]的自画像出现了：一个青年人，留着一头长长的卷发，目视前方，头微微后仰，神态自信。同一张纸上还画有三位女性的画像，中间的那幅画像被涂抹了。普希金绘画的研究者认为，两幅清楚的女性画像中，上面的一位是玛利亚·尼古拉耶夫娜·拉耶夫斯卡娅-沃尔康斯卡娅（Мария Николаевна Раевская-Волконская），她是普希金在许多诗行里歌颂的对象，下面的一位就是阿玛丽娅·里兹尼奇。前者代表了天上之爱，后者代表了地上之爱。为什么在自画像的下面普希金又画了她们的形象呢？结合《叶甫盖尼·奥涅金》第二章的内容刚好写的是连斯基的爱情幻想这一情况，不难理解诗人此刻的思绪是在围绕着爱情这个主题发散，因而具象到他爱慕的这两个女性身上也就不足为奇了。这也是普希金自画像的又一个特点：常常是与其他人物的画像放在一起勾画，它们仿佛一起构成了诗人思维轨迹的一个个里程碑。

---

① *Цявловская М. Г.* Рисунки Пушкина. С. 371. 引文为本文作者所译。

当我们聚焦自画像的时候,其他人物的画像与同一页纸上的诗行字迹、花纹、草木、山石、飞鸟、奔马一样,自动变成了自画像的某种背景;同样地,当我们聚焦画页上的其他东西时,也会产生类似的透视效果。普希金诗画结合、图文并茂的文学手稿总是给人一种整体感,从整体性这一点上来说,普希金的文学手稿与中国古代图文并茂的文人画很有几分相似之处。不同的是,文人画中的诗文、绘画和书法的熔于一炉是一种有意识的艺术构造,其整体性是一种艺术上的自觉追求,而普希金手稿中的整体性则是另一个范畴,是一种个体生命与艺术思维相互关联的整体性,具体而言,其手稿中的笔迹和线条共同保留着,确切地讲,是封存着诗人写作时的风月、心境、思绪、感悟以及周遭的人际、氛围等,是一种自然而然、浑然天成的整体性。用艾弗罗斯的话说,"普希金的画不是作为目的本身出现的,而是创造普希金诗歌的那种思想和心灵状态的辅线。普希金的画出现在创作的停顿当中,写诗的短暂间歇里,在危机性的停滞之时,在诗歌能量的积聚或者放电之时。普希金的画——是联想之子,有时很贴近,有时很遥远,带着几乎被扯断了的联系。但是它总

**图2**　《叶甫盖尼·奥涅金》第二章十一—十二诗节草稿上的普希金自画像。
下面是拉耶夫斯基家的玛利亚和叶卡捷琳娜及阿玛丽娅·里兹尼奇。
普希金之家,第834号,第27页背面。第748张底片。1823年10月底。

是能够放进沿着诗歌产生的线路延伸的联想序列之中。"①普希金的"自画像中有日常生活的、实际触摸普希金命运大大小小阶段的热度。"这种"实际触摸的热度"跨越岁月和空间的阻隔，向我们传递着难以言说的讯息，所以，观察、研究、参悟这些线条画，将它们与普希金的文学作品相互印证，不失为深入理解普希金的一条蹊径。

## 二、自画像与情感轨迹

普希金自画像出现的时机和样式不仅与诗人的生活，而且与他的情感关联度很高，正如艾弗罗斯所说："自画像的大量出现是在普希金面临生活上的麻烦或者内心的震动之时。"②通过对普希金生平纪事的研究，我们发现，事实的确如此。比如，1823 年 10—11 月间，普希金与阿玛丽娅·里兹尼奇之间感情上有了裂痕，同时开始与总督夫人伊丽莎白·沃隆佐娃（Елизавета Воронцова）来往，这使得他与上司的关系变得复杂起来。我们看到，1823 年 11—12 月间画在《叶甫盖尼·奥涅金》第二章草稿上的画像，样式上发生了变化——已经没有浪漫主义的长长的发卷，样子很严肃，甚至带有几分苦恼的神情，可以说是普希金当时的境遇和心绪的传神表达。

不过，普希金天性不是不苟言笑的方正之人，相反，他非常跳脱。据凯恩的回忆："他待人的态度很不稳定：时而喧嚷快活，时而忧郁，时而胆怯，时而放肆，时而无边地殷勤，时而恼人地乏味，而且无法猜透，下一分钟他会是什么样的情绪状态……总之应该说，他不善于隐藏自己的情感，总是真诚地表达它们，而且当有什么愉快的事情让他激动时，他好得难以形容……要是他决心献殷勤，那没有什么东西能与他谈吐的那种闪光点、机智和魅力相比。"③普希金这样的个性在他的自画像中也有所体现。除了上述一板一眼的自画像之外，他还恶作剧地把自己画成完全不同的形象——女人、宫廷仆役、法国公子哥、伏尔泰、罗伯斯庇尔、但丁，甚至把自己的脸画成马脸或猴脸的形状。所以说，普希金的自画像并不都是生平日记或伴随着紧张的创作思考，也体现着他休闲玩乐的一面。那些画在手稿上的漫画式的自画像，是普希金创作上的某种中场休息，是对灵感之风的等待，一如其他涂鸦式的小画。对此，他在诗中直言不讳地写道：

爱情结束了，缪斯已来访，　　　　Прошла любовь, явилась муза,

---

①　Эфрос А. М. Рисунки поэта. 2-е изд. М., 1933. С. 18. 引文为本文作者所译。

②　Эфрос А. М. Автопортреты Пушкина. // Эфрос А. М. Мастера разных эпох. — М.：«Советский художник», 1979. С. 119. 引文为本文作者所译。

③　Ярн (Маракова-Виноградсая) А. П. Воспоминания о Пушкине. Сост., вступ. ст. и примеч. А. М. Гордина. М.：Сов. Россия, 1987. 引文为本文作者所译。

| | |
|---|---|
| 昏沉的头脑也已清醒。 | И прояснился темный ум. |
| 我轻松愉快,又寻求起思想、 | Свободен, вновь ищу союза |
| 感情同奇妙音响的和声。 | Волшебных звуков, чувств и дум, |
| 我写着,心里不再忧烦, | Пишу, и сердце не тоскует, |
| 我的笔沉醉于手下的诗篇, | Перо, забывшись, не рисует |
| 不复在未经写完的诗句旁 | Близ неоконченных стихов |
| 画上女人的小脚和头像。 | Ни женских ножек, ни голов… |

（《叶甫盖尼·奥涅金》第一章第五十九节,冯春译）

1824 年 5—6 月普希金在《叶甫盖尼·奥涅金》第三章手稿上留下三幅自画像。这三幅自画像画得很细致,很强调服饰、发型的细节。左边的一幅神情略显桀骜不驯,中间的那幅则平和中带有一丝忧郁,右边的一幅显得有些落寞和沉郁。他们的穿着都是法式服装,而且是 18 世纪末的样式。《叶甫盖尼·奥涅金》第三章的题引也是法国 18 世纪诗人马尔菲莱特尔的诗句:"她是个少女,她堕入了情网"。为什么画穿着 18 世纪末法国服装的自己?

图 3　普希金的画。《为什么以及是谁将你派遣来的……》
一诗的草稿。普希金之家,第 835 号,第 6 页背面。1824 年。

我们知道,18 世纪末的法国大革命的时代,乃多事之秋。由普希金"不善于隐藏自己的情感,总是真诚地表达它们"的个性,我们可以推断出,他在这时想起法国，不是与他的情绪不相干的偶然联想。那么他画这几幅自画像的背景是什么呢？

1824年，他与总督夫人的情史让他不见容于上司。这一点我们从沃隆佐夫1824年3月6日写给外交部长的信中可以看得很清楚："说到普希金，我二周与之说不上4个字；他怕我，因为他很清楚，一有关于他不好的传闻，我就会把他从这里遣走，而那时已经没有人会愿意背负这个累赘了；我完全确信，他表现得好多了，而且言谈也比先前他在和善的英佐夫将军那里收敛了很多……他现在很是明智和收敛；若非如此，我会让他走并为此而欣喜若狂的，因为我不喜欢他的做派，也已经不是那个他天才的崇拜者了。"①从中我们可以想见，普希金在敖德萨的日子要比在基什尼奥夫难过得多，让一个"不善于隐藏自己的情感，总是真诚地表达它们"的人收敛自己的言谈，这对普希金而言是多么的违背本性，因而是多么的压抑啊！就在几个月之前，沃隆佐夫还很在意普希金的诗名，"普希金经常出入他的官邸，出席他家的沙龙聚会、聚餐会等。"②也正是那时诗人与沃隆佐娃有了较多的接触。而我们从凯恩那里已经了解到，要是普希金"决心献殷勤，那没有什么东西能与他谈吐的那种闪光点、机智和魅力相比"。沃隆佐夫在情场上败给了诗人，于是寻了些不是给普希金奏了一本：1824年3月24日沃隆佐夫上告彼得堡，说普希金思想有问题，尽管他表现得明智和收敛，但游泳季的到来使他的很多崇拜者日益聚集，溢美之词会使诗人飘飘然。沃隆佐夫请求将诗人调走，而且不能再让他回到英佐夫手下了，得远离敖德萨。③5月，沃隆佐夫收到答覆，调走普希金已成定局，只是要等沙皇的最后指令。接着又传来普希金崇拜的英国诗人拜伦逝世的消息，这是对他精神的又一重打击。

正是在这样困顿难耐的境遇中，他陷在被困与脱困，激情与理智，沉迷与清醒的矛盾情感之中，这几幅自画像应该是普希金在某一时刻"心灵挣扎"的表征。联系完稿于7月的诗篇《致大海》中的诗句"你期待，你召唤……我却被束缚，／我的心灵徒然地挣扎"（顾蕴璞译），我们可以约略地想见诗人在那时对摆脱现状、打破桎梏的向往。

三幅自画像下方手执台球杆的人像就是沃隆佐夫，而沃隆佐夫头上的未完成的男子侧面像和球杆末端的面具，据研究者考证，画的都是拿破仑死后的石膏面膜。他们的存在佐证了我们上述对普希金情感流动的推测：从沃隆佐夫尖利的鼻

---

① Одесский год Пушкина. Одесса, 1979. С. 207. *См.*：*Кушниренко В. Ф.* «В стране сей отдаленной … » Летопись жизни А. С. Пушкина в Бессарабии и связанных с ним событий. 1989. С. 284. 引文为本文作者所译。

② 高莽：《普希金绘画》，漓江出版社，2016年版，第234页。

③ 参见：*Цявловский М. А.* Летопись жизни и творчества А. С. Пушкина. М.，1951. С. 450. *См.*：*Кушниренко В. Ф.* «В стране сей отдаленной … » Летопись жизни А. С. Пушкина в Бессарабии и связанных с ним событий. 1989. С. 288.

子和阴鸷的眼神可以折射出普希金对他的嫌恶而又无可奈何,而拿破仑的面具出现在这里,不仅因为前面谈到的法国,也与拿破仑的不世荣光与凄惨结局有关。三年前,即 1821 年,得知拿破仑去世的消息后,普希金就写下了一首题为《拿破仑》的抒情诗,其中写到了拿破仑的功与过,睥睨天下的狂傲和遭流放囚禁的悲伤。而后,在《致大海》一诗中,普希金把拿破仑与拜伦放在一起缅怀,说拿破仑"在痛苦中长眠",而拜伦是"另一个天才"。酷爱自由的人却要忍受围困,受官僚的磋磨,怎不叫人有英雄末路之慨叹!

　　1824 年 11 月,普希金在写给弟弟的信中画了自己和奥涅金在涅瓦河畔的全身画像:背对观众的是诗人自己,左肘支在河堤的围栏上,右手插在裤兜里,姿态悠闲。头上戴着宽檐礼帽,卷曲的头发披散在肩头。其时,他已经从南方城市敖德萨被调到北方普斯科夫省他父母的领地米哈伊洛夫斯克村,由地方政府和父亲监管。只是在米哈伊洛夫斯克村的头几个月,普希金与家人关系紧张,父亲拆他的信件,指责他不敬神,怕自己受儿子的牵连。他与父亲吵架,企图逃往国外。11 月,父母带着弟弟妹妹搬走了,留普希金一个人在米哈伊洛夫斯克村,只有一个老奶娘相伴。

图 4　普希金之家,第 1261 号,第 34 页。第 7612 张底片。1824 年 11 月初。

这种孤寂无依的心情在普希金同期的诗作《致亚济科夫》(К Языкову)一诗中有所

体现："入睡后，我不知道，会在哪里醒。/总是被驱逐，而如今是在流放中"（Уснув，не знаю，где проснусь. / Всегда гоним, теперь в изгнанье）。可以想见，年仅 25 岁的普希金，孤身一人在乡下面对旷野寒风，那种萧索怎一个愁字了得！所以诗人是多么渴望回到久违的彼得堡，在涅瓦河畔和朋友闲谈散步啊！

# 三、自画像与文学构思

上文提到 1823 年 5—6 月间普希金把年轻和年老的自画像描绘并置一处，我们联系诗人的生平分析了其中反映出来的心理因素。而联系自画像所处的环境——《叶甫盖尼·奥涅金》第一章的手稿，那么这两幅自画像的画法应该还与普希金的文学构想不无关联。我们知道，在《叶甫盖尼·奥涅金》这部作品里，对照的手法无处不在：无论是情节结构安排，还是人物形象设置，甚至是意象选择上，都处处渗透着对照的理念。这部诗体长篇小说的前一部分写女主人公——乡下地主的女儿塔基亚娜渴慕男主人公——从都市来的贵族子弟奥涅金，给他写了一封坦白而感人至深的情书，遭到他当面拒绝和劝诫，而后一部分则反转为奥涅金从国外归来，见到嫁进豪门成为贵妇人的塔基亚娜，爱慕不已，四处追逐，给她写了一封情真意切的情书，却遭到她的拒绝和劝诫。这是《叶甫盖尼·奥涅金》在情节结构上的镜像对称，一种纵向的对照。与此同时，诗体长篇小说还安排了两条情节线——奥涅金与塔基亚娜的错时之爱和连斯基与奥尔迦的适时之爱，这两条线是横向的对照。整部作品又是在都市与乡村两种截然不同的生活方式的对照中展开情节的。与之相关联的是两个好朋友（奥涅金与连斯基）和一对姐妹（塔基亚娜和奥尔迦）相互映射的人物形象设置。作品中很多具体而微的意象也是彼此对立的，如在写到奥涅金和连斯基相识时，诗人这样写道：

| | |
|---|---|
| 他们结识了，可波浪和巉岩、 | Они сошлись. Волна и камень, |
| 诗歌和散文、冰雪和火焰， | Стихи и проза, лед и пламень |
| 也无有他们偌大的差异， | Не столь различны меж собой. |

（《叶甫盖尼·奥涅金》第二章第十三节，冯春 译）

如此看来，画在作品第一章手稿上的这两幅形成对照的自画像，细想起来，还真是意味深长，将之视为具象版的文学构思也不为过。

而更有说服力的是，像这样成双成对的自画像在《叶甫盖尼·奥涅金》的手稿上并非绝无仅有，而且它们总是形成对照。正如普希金绘画的第一位研究者艾弗罗斯对此所作的评论那样："青年和老年时代、现实和虚构形象的对比一个跟着一个轮换。这是那个时候自画像的主线。"①

进一步而言,可以佐证普希金的自画像与他的文学作品构思有关联的还有文学与绘画之间,尤其是文字与线条画之间天然的相近之处。德米特里耶娃(Н. А. Дмитриева)早在 20 世纪 60 年代就曾指出:"造型艺术在线条画中最大限度地与语言艺术相近。线条画——这是最为文学的绘画;既然在绘画中文学倾向在加强,那么它们就形成了线条表达法。"②德米特里耶娃认为这种表达法不仅易行,而且线条语言的特性接近词语的功能,所以当画家想要给一个想法赋形时,就会诉诸线条画。③尽管德米特里耶娃是从另一个角度——文学对于绘画的影响来看问题的,但是恰恰因此反而印证了线条画与文学之间存在着密切的关系——两种艺术在语言上的相似性是它们关系的基础。可见,普希金的自画像也有充分的理由被视为是在以线条画的语言记录他的文学想法,为之赋形。

1823 年 5—6 月间在手稿上画的这两幅毗邻的自画像旁边,也就是年轻的那幅自画像的左侧,实际上还有一幅只画了个侧面轮廓线和腮处的胡须就被诗人涂抹掉了的自画像,这应该原本是上述第二幅老年画像的位置。大概是诗人有什么不满意的,因而涂掉,不得已在右侧重新画了一幅横着的自画像。根据艾弗罗斯的观察和研究,这种涂抹也是普希金自画像的一个独有的特点,在画其他人物的时候却少有这种现象,只有未完成的,鲜见涂掉的。另一位研究者斯塔罗斯坚柯(Т. Н. Старостенко)对这个特点的解释是:抹掉的动作反映了普希金内心对自己的认定——我不是连斯基那样的诗人,我是另一个!④且不论普希金是单纯对自己的笔触和线条不满,还是落笔后有了新的想法,抑或如斯塔罗斯坚柯所认为的那样,是内心深处的自我意识(即自我定位和自我评价)的外化,总之,这些被涂掉的自画像实质上同样在以绘画语言向我们讲述普希金这个人,诉说着他的性格,他的审美,他的心理,他的情绪和情感。因而,普希金的自画像,甚至是这些被诗人自己涂掉的半途而废的自画像,对于我们理解诗人的文学作品也无疑是非常有益的。

窥一斑而见全豹,虽然我们这里只选取了普希金 1823—1824 年所绘自画像中的几幅进行分析和解读,便已经可以看出,普希金的自画像的确具有某种形象日记的功能,与他的生活经历关联度较高;而更为重要的是,它们与诗人的文学创作关系密切,因为其中留下真实自然的情感和思想的印迹——反映出出其不意的联想、思维的过程、思绪的飘移游离,从中可以探知作者没有诉诸文字而是留在画作里的

————————

①　*Эфрос А. М.* Автопортреты Пушкина. // *Эфрос А. М.* Мастера разных эпох. — М. : «Советский художник», 1979. С. 127.引文为本文作者所译。

②　*Дмитриева Н. А.* Изображение и слово. М. , 1962. С.278.

③　*Дмитриева Н. А.* Изображение и слово. М. , 1962. С.282—286.

④　*Старостенко Т. Н.* Автопортреты А. С. Пушкина в критике А. М. Эфроса. https://www.docme.ru/doc/991488/t. n. -starostenko-avtoportrety-a. s. -pushkina-v-kritike-a,访问时间:2019 年 9 月 8 日。

思想、形象、情感，他的画也因此具有独特的文学意义。这种文学意义也体现在艺术风格上——普希金的画风走的是简洁、轻盈而又精准捕捉和呈现本质特征的路线，这与他的文风是和谐一致的，对其画风的关注可以使我们在探讨普希金的文学风格时，有一个新的抓手。

当然，说自画像重要，不是说普希金其他内容的绘画就不值得研究了，他为自己的文学作品所画的插图，他在创作过程中思绪所至，信笔勾勒的奔马、飞鸟和小船、草木都有很大的信息量，与他的文学创作有着千丝万缕的联系，正如艾弗罗斯所认为的那样：普希金的绘画和文学创作非常紧密地交织在一起，造就了一个不可分割的创造空间，普希金在其中扮演的是画家—诗人的角色，其图像遗产也是他对文学作品的自我插图，是用形象写就的日记，是诗人对自己的视觉注解，是思想和情感的特殊笔记，对人和事的独特总结。因此，对普希金的绘画与文学之间的关系可以并且有必要做进一步的探讨，这种探讨不仅对普希金的文学研究有意义，对于文学与图像的整体研究也能够提供一定的佐证材料。

作者简介：
刘洪波，黑龙江人，北京大学外国语学院俄罗斯语言文学专业教授。

# 《人生拼图版》的图像空间:反思视觉文化

## 程小牧

**摘　要**　《人生拼图版》(*La Vie mode d'emploi*，1978)①是法国 20 世纪小说家佩雷克(Georges Perec，1936—1982)的集大成之作。小说以一座巴黎居民楼的剖面图为结构,以棋盘格跳步的顺序穿过楼内每个房间,每间为一章描述其中的物与人,共 99 章构成整部小说叙事。该书的构思来源之一是索尔·斯坦伯格的一张漫画作品,书中亦描写了极为繁多的图像,如游戏拼图、家居装饰的图画照片、家具摆设的纹饰、刊物及印刷品图片、海报广告张贴、商品包装图案等,尤其是大量实存或虚构的绘画艺术作品。这些图像描叙,一方面是小说空间塑形的基本方式,另一方面,也是叙事本身所表现和探讨的主题——20世纪日益占据人类生活主导地位的视觉文化。图像不仅是小说的表现对象,亦是小说的结构形式,也就是说,小说完全突破了"写画"(ekphrasis),致力于仿造空间艺术或视觉艺术的空间构成。对每一个既定空间的描写不仅通过图像展开,其本身也构成一幅图像。这种尝试,不应仅被理解为文学形式的创新,而是一种新型视觉文化的表征。本文试图通过对《人生拼图版》叙事过程中图像作用的讨论,考察图像与视觉艺术与该小说空间塑形的同构性,并指出佩雷克对于自己身处其中的一种新型视觉文化的超前认识,对其背后的消费主义秩序的思考,以及借助艺术的否定性精神去抵抗这种秩序的努力。

**关键词**　《人生拼图版》　图像　空间　视觉文化　否定性

从早年详尽描绘消费社会物质现实的小说《物》,到加入"乌力波"文学团体后遵循限制性规则而创作的《空间种种》《W 或童年记忆》《穷尽巴黎的一个地点》等,再到集大成之作《人生拼图版》,特别是直接以绘画艺术为题材的小说《佣兵队长》和《爱好者的收藏室》,佩雷克的写作在不断创造与变化中,似乎始终保持着一种基

---

① 书名的法语原意为"人生使用说明",可以理解为"如何使用人生的说明书"。本文参照了目前国内的通译本《人生拼图版》,丁雪英、连燕堂译,中信出版集团,2018 年版,故使用了该译本的书名。中译本书名大约是原自小说中不断出现,并隐喻着小说结构的拼图板游戏,书名中"拼图版"写作"版"字而非"板",可能是出于对上述隐喻意的考虑。

本的共性：视觉化的陈列和并置。比如对海量物品的繁冗描述、对图像和各种视觉形象的描绘。对事物外观的叙述似乎远超对人物的塑造，而后者恰恰是传统小说的目的和根本。

《人生拼图版》卷首引用了儒勒·凡尔纳一句话："睁大你的双眼，看，看吧！"①小说是写和读的，诉诸声音和文字，而佩雷克在此呼唤我们用眼睛去看，诉诸视觉感官。这既是佩雷克作对自己小说写作法的概括，亦是向读者发出的吁求。长久以来，小说被视为"时间艺术"。其叙事遵循的次序从外部来看即事件发展演化直至结局的过程，这一过程与客观世界的时间顺序相呼应；即便叙事以倒叙、插叙或意识流的手法展开，内部依然遵循着以因果律等为主导的逻辑秩序，一条隐在的线性法则。同时，小说作为语言艺术，其文字的展开方式，无论写作和阅读，同样是一条前后相继的语言流。早在 18 世纪，美学家莱辛在《拉奥孔，或论诗与画的界限》就对"诗"与"画"②的不同特性作了系统性的探讨，两者的矛盾主要就建立在它们作为时间艺术和空间艺术（或造型艺术）的不同本质之上。佩雷克的写作，通过将图像、视觉形象、艺术作品——所谓"画"纳入叙事的实验，有意识地打破某种区分，试图开拓小说可能的形式与结构。

# 一、《人生拼图版》构思布局中的图像作用

将《人生拼图版》作为讨论佩雷克通过图像进行小说实验的核心文本并非出于个人趣味或随意为之，这部作品与图像或视觉艺术的关联远远超过了直接以绘画为题材的作品《佣兵队长》和《爱好者的收藏室》。前者写了一个天才赝品画师的悲剧，后者研究了一种流行于 17 世纪的绘画题材类型。虽然这两部作品都大量围绕图像展开叙述，但相较而言，《人生拼图版》中的图像有着更为复杂的结构性作用，甚至表现出将整部小说视觉化和空间化的野心。

《人生拼图版》的构思与写作延续了十年之久，1967 年佩雷克开始有了最初的想法，1969 年设定了写作规则③，经过严密的题材收集、构思，于 1976 至 1978 年集

---

① 法语原文为："Regarde de tous tes yeux, regarde."引自凡尔纳的名著《沙皇信使》，见 La Vie mode d'imploi, Georges Perec：Roman et Récits，Paris：Le Livre de Poche，2004，p.651.

② 莱辛所说的"诗"是指史诗，或泛指叙事性文学，他具体讨论的是维吉尔的《埃涅阿斯纪》。而"画"则泛指造型艺术，书中主要讨论的并非画，而是古罗马时代希腊罗德岛的雕塑作品"拉奥孔"。参见莱辛：《拉奥孔》，朱光潜译，商务印书馆，1979 年版。

③ 佩雷克于 1967 年经雅克·鲁波的介绍遇见"乌力波"文学团体的雷蒙·格诺及其他作者，开始加入"乌力波"的写作实验，发表了全篇不出现字母"e"的漏字文小说《消失》(1969) 等作品。从此开始，佩雷克在几乎每部作品中都会运用"乌力波"的基本写作方法，即引入某种限制并以此设立规则。《人生拼图版》的基本构思即棋盘格式的空间限制及人为设定的顺序。佩雷克很快成为与雷蒙·格诺和卡尔维诺齐名的最成功的"乌力波"作家。参见 Claude Burgelin, Georges Perec, Paris：Éditions du Seuil，1990，pp.53—65.

中写作完成。小说最初的构想和整体布局即来自两幅图像：一张漫画（图 1）和国际象棋的"骑士巡逻"图（图 2）。

图 1

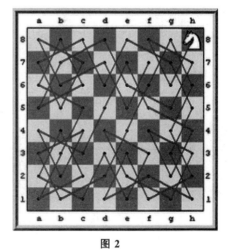

图 2

　　漫画是美国插画家索尔·斯坦伯格（Saul Steinberg, 1914—1999）的作品，描绘了一幢公寓大楼的剖片图，原本私密的内部空间，每一层每一间的物与人都展示在我们眼前。这幅画可以说是《人生拼图版》小说结构的最直观呈现。佩雷克正是基于此将一幢公寓楼每一间里的物与人依空间顺序纳入一部小说中。[①] 佩雷克在构思小说时，无疑也想到了他所喜爱的模型玩具"玩偶之家"（maison de poupée，即"娃娃屋"）（图 3），这是一种欧洲传统玩具，一整幢房屋的模型，可以打开立面，在里面放置家具物品的微缩模型和小人偶。佩雷克在小说的第 23 章写到莫罗夫人的"吸烟室书房"时，书房的第四个橱柜里就摆放着这样一个娃娃屋，行文详细列举了这件 19 世纪的微缩工艺品中所有的物件：

　　"在第四个橱柜里，布置了一个高一百厘米、宽九十厘米、深六十厘米的六面形娃娃屋。这是一件十九世纪末的作品，每个细节都模仿英国式农村小别墅的样子：

---

　　① 佩雷克在 1974 年发表的作品《空间种种》中，谈到了《人生拼图版》的写作计划，并用文字详尽描绘了斯坦伯格的这幅作品。见 Georges Perec, *Espèces d'espaces*, Paris: Galilée, 1974，p. 135.

一间带落地窗的会客厅（双尖拱穹隆），里面挂着温度计；一个小客厅；四间卧室；两间佣人房，一间铺地砖的厨房，里边有炉灶和配膳室；一间敞厅，里面有衣橱，还有一列浅色橡木书架，上面放着《大不列颠百科全书》和《新百年词典》、几套中世纪东方军队的甲胄、一面锣、一盏大理石雕刻灯、一个挂式花盆架、一部橡胶电话机（旁边放着电话号码本）、一块带网状边饰的奶油色长羊毛桌毯［……］一架三联日本屏风、一幅带水晶坠子的金字塔形分枝蜡烛架、一只养着鹦鹉的鸟笼，还有几百件非常逼真的微型常用物品、小摆设、餐具、服装等［……］"①

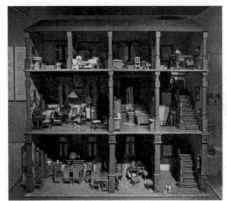

图 3

　　以上引述的这段小说原文极具代表性，小说对每一个房间的叙述几乎都有这样巨细无遗的物品陈列。佩雷克的小说构思似乎也正循着这样一个过程，如同一个手工艺人制造一座屋宇，在其中摆放进各种家什玩意和装饰，让人偶在其中静默或活动，引出交汇于其中的人生故事。这一章节先描述一个书房的橱柜，进而又写到了其中一个橱柜中摆放着的一个房屋模型里的橡木书架，这种嵌套结构（mise en abyme）是佩雷克非常喜爱的结构方法②，从空间中再引出空间，这种空间设置所引向的是一种充满细节的丰富而迷幻的视觉体验。

　　设置一个封闭空间，将其分割成小空间，对每一个空间进行叙述，这是第一步。佩雷克设定了一座极具巴黎特色的公寓楼，位于巴黎十七区一条虚构的道路西蒙—克鲁贝利埃街十一号。公寓楼包括地窖共十层，每层十间，所有这些房间构成

---

　　① ［法］乔治·佩雷克：《人生拼图版》，丁雪英、连燕堂译，中信出版集团，2018 年版，第 98 页。本文中所引用的小说译文均以此版为参照，个别字词稍有修正。

　　② 在《人生拼图版》其他章节和《爱好者的收藏室》中，大量出现画中画的图像。如一张奶酪包装纸上的图画，馋嘴的僧侣拿着同款奶酪，他拿着的奶酪上包着同款的包装纸，于是再次出现他和奶酪的形象。再如，一张巨大的油画着一个贵族收藏的所有的画，画面中右下角的那一幅画就是这张画。

了大大小小的三十多个套房或单间，即三十多户人家。这个 10 乘 10 的棋盘格式的空间（图 4），既是佩雷克小说的空间背景，又是其叙述对象。然而，以怎样的顺序去对这个空间结构进行叙述，佩雷克颇费心思。他认为，按照传统的上下左右的顺序对每一套房的一户户人家进行叙述，既无趣又没有打破惯有的叙述法则。如何进行突破，如何在这一空间中组织叙述链条，可以说佩雷克再次诉诸某种图像经验。这个图像就是被称为"骑士巡逻"的路线图。① 所谓"骑士巡逻"即在国际象棋棋盘上，按照骑士的跳步走法，让骑士走遍整个棋盘的每一个方格，而且每个方格只能经过一次。"骑士巡逻"其实是一个著名的数学问题或算法问题，即 64 个棋盘上，按照上述法则，骑士共有多少种走法，如何编写方程式进行计算。和其他"乌力波"成员类似，佩雷克对数学、组合数列、填字游戏、数独、象棋、围棋以及《人生拼

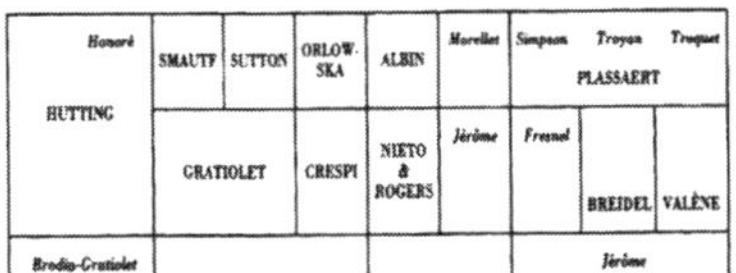

图 4

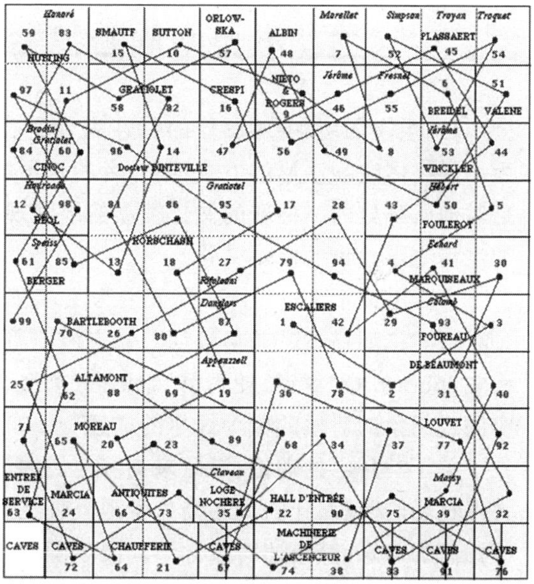

图 5②

图版》中最重要的"拼图游戏"等都有着浓厚的兴趣，这些游戏均可以图像（表格）的

---

① George Perec：*Cahier des charges de La Vie mode d'emploi*，sous la direction de Hans Hartje，Bernard Magné et Jacques Neefs，Paris：CNRS Éditions，coll. «Manuscrits »，1993，p.67. 佩雷克在构思写作《人生拼图版》的过程中做了大量的笔记，这些笔记手稿后整理成书出版，即本注释的《〈人生拼图版〉工作手册》。这一资料为读者和研究者揭示了小说极为精巧的结构之谜。

② 图 4、图 5 均为 1974 年小说发表时，佩雷克附在书后的自制图表。

方式呈现,带有视觉经验,它们带给他一种突破文学语言规则的写作法的启示,并被巧妙地引入小说结构。于是,佩雷克彻底打破了惯常的叙述顺序,以每个房间为空间单元,不重复地进入这个 10 乘 10 的空间网格,以跳马步的顺序对每一个格进行叙述。(图 5)除了一格留白,小说共 99 章,分成 6 个部分——骑士每走遍四条边框即划分为一个部分。

　　小说的构思与布局来自图像,而叙事过程中出现的图像更是不胜枚举。总体来说,这些图像分为几大类:一是实存或虚构的绘画雕塑等艺术品。二是家具、装饰品及手工艺品的纹样图案。三是地图、图标、说明图纸等实用性图样。四是书报杂志图片、广告招贴、照片、明信片、绘画复制品及版画等大量的复制图像和印刷品。其中,第四类图像数量最大。对小说中图像的归类及其作用的讨论,这里暂不详述。这些形形色色的图像将每一个叙述片段视觉化,不断在我们的头脑中即时想象和呈现这些画面的同时,还原了一个我们身处其中图像时代的真实景象,以及在这样的时代的人类生活。

# 二、小说空间塑形与视觉文化的包围

　　《人生拼图版》中对图像的叙述完全突破了传统"写画"(ekphrasis)的范畴,成为小说整体空间塑形的方式;而作者的意图绝不仅限于空间化小说的形式创新,更是对他所身处的一种新的文化类型的敏锐观察与反思,这就是 20 世纪日益占据人类生活主导地位的视觉文化。

　　古希腊词汇 Ekphrasis 今天成为文本图像学的一个重要概念,即所谓"写画"(或译作"造型描述""艺格敷词")。它原本是一个修辞学术语,由词根 phrazo 和 ek 构成,phrazo 指"解说、使理解",ek 指"彻底、达到极限",组合起来即指"对一个现实的或想象的对象的极为详尽的描述"[1]。3 世纪罗马帝国的拉丁语修辞学家们建立了关于"写画"的理论,以此来训练他们的学生,要求他们以细致生动的语言描述并不在场的事物,让它们栩栩如生地浮现在眼前,令听众仿佛亲眼看到一般。根据"写画"的本意,其描述对象并不局限于画面或艺术品,将这个词转化为特定涵义并发展为今天的图像学概念的是法国人。至 19 世纪,法国批评家贝特朗(Edouard Bertrand)、布戈(August Bougot)等人用它特指"对艺术的描摹"(description d'art),这一特指意义的反复使用,使得这个词逐渐成为专门术语,专指对视觉艺

---

① Charlotte Maurisson: «Ecrire la peinture: l'ekphrasis », *Ecrits sur la peinture*, anthologie et dossier par Charlotte Maurisson, Paris: Gallimard, coll. Folio plus, p.180. 引文为本文作者译。

术作品的语言描摹。① 广义和狭义的"写画"，大量出现在后世各类文学作品之中，尤其是小说中，如巴尔扎克的《邦斯舅舅》《不为人知的杰作》中对艺术品的描绘、于斯曼在《逆天》中所再现的古斯塔夫·莫罗的绘画，普鲁斯特《追忆似水年华》中通过虚构的画家埃尔斯蒂尔之眼所观赏到的印象派名作，都是狭义"写画"的典型。"写画"往往镶嵌在文学作品中，是叙事的一些小小片段，它连结着故事、推动着情节，尤其是烘托情景与氛围，最终是为了凸显人的性情品味或某种精神气质，通过图像描绘来塑造人。

佩雷克的"写画"则完全超越了这样的规模和目的。《人生拼图版》整个就是一部广义的"写画"，小说由对一个个空间中的几乎所有物与人的外观的详述构成。"写画"不是片段，而是小说题材和内容本身，呈现为一整个图像世界，这种"写画"也不是附属于写人，恰恰相反，人成为构成图像的一部分。我们试看小说第二十章对莫罗家的描写：

> 二楼大套间的一间卧室。地上铺着烟色割绒地毯，四周是浅灰色麻布护墙板。
>
> 房间里有三个人。上了年纪的妇人是套间的主人莫罗夫人。她躺在一张船形大床上，盖着白底蓝花踏花被。
>
> 站在窗前的是莫罗夫人的童年好友特累凡太太。她穿着一件风衣，围着一条开司米围巾，从手提包里拿出一张她刚收到的明信片给莫罗夫人看。明信片上画着一只戴鸭舌帽的猴子，开着一辆小卡车。车上方展开一个粉红色的卷轴形方框，里面写着"埃翁河畔圣穆埃齐留念"。
>
> 床右边的床头桌上放着一盏黄绸灯罩的床头灯，一杯咖啡，一盒布列塔尼酥油饼干，盒盖上是一幅农耕图，一个类似古代墨水瓶的非常完美的半球形香水瓶，一个小碟上放着一些干果和一块蒸过的红波奶酪，还有一个菱形金属镜框，四角饰有月亮形石头钉，里边放着一张四十多岁男人的照片，他穿一件毛皮领上衣，坐在露天的农家桌旁，桌上堆满了食品：牛肉、内脏、猪血香肠、烩鸡块、苹果汽酒、一块水果馅饼，还有一些酒浸李子。
>
> 床头桌底层上放了一堆书。最上面的那本是《斯图亚特的爱情生活》，胶膜封面上印着一个穿着路易十三时代服装的男人，戴着假发，羽饰帽，宽大的花边翻领［……］
>
> 第三个稍靠后坐在床的左边的是一位护士，她正随便地翻着一本画报。画报封面上是一位穿着奇装异服的魅人的男歌星，他汗流满面，双臂交叉，两

---

① 参见 Charlotte Maurisson：«Ecrire la peinture：l'ekphrasis »，*Ecrits sur la peinture*，anthologie et dossier par Charlotte Maurisson，Paris：Gallimard，coll. Folio plus，p. 180.

腿分开，跪在热烈如狂的观众面前。①

这样的描写在整部小说中十分典型，可以说类似的叙述构成了小说的主干，逐渐令我们习以为常。然而细究起来，实在令人惊异。在这里，人与物在同一个层次上被描述，人成为一个静态的、被动的，被物所包围的形象，作为整个图像世界空间关系的构成部分而存在。在写到了割绒地毯、麻布护墙板之后，房间中的人物被以同样的方式列举出来，共三个人，第一位莫罗夫人呈现出完全静止的姿态。另一个人有一个简单的动作，"拿出一张明信片给莫罗夫人看"，但这个动作一笔带过，并不具有任何行动的意义，只是作为"开司米围巾"和"明信片"这两个物件的过度。前者是对特累凡太太的衣着描写，后者是一个简单的图像描写，继续列举明信片上的事物。之后又是一段床头桌上物品的描写，其中有一张人像照片和一张书封人像画，对人像的描写与对活人的描写是完全一样的陈列。给人的感觉是，前面的两个人物被切削刨平，归入了物的世界。当我们习惯了这样的物象陈列，当第三个人物出现时，我们也将不再报以人性的期待。对这位护士的描写，确实也与对她所阅读的画报封面的描写完全融合，对一个活人的审视与对一个印刷图片中的人像的审视毫无差别，更具讽刺意味的是，人像甚至比活人更加主动热情。在整个段落中，人与物一样，都是空间中的并列项，一目了然，他们之间的关系仅是空间关系，如同漂浮在宇宙中的星体，时远时近，参差互现。人与人之间其他的复杂关系，几乎完全被忽略，仅剩下外在形象可指示的那一部分。而作者所看到的并不比我们更多。如，莫罗太太可见的特征是"上了年纪"，而护士形象的人出现在房间里，暗示了她应该是莫罗太太的护工。我们只能想象她们之间的身份关系。除此之外，文中再也没有任何对她们关系与行动的交代。

在如何实现小说叙述的空间性转化方面，我们可以把佩雷克的小说视为空间小说的杰作。这一考察往往是从文学内部的形式革新以及作家主动的文本实验的角度出发的，它所延续的方法，是如约瑟夫·弗兰克等美国学者提出的现代文学在"空间形式"方面的突破。如在《现代文学中的空间形式》一文中，弗兰克通过对《包法利夫人》《尤利西斯》《追忆似水年华》等作品的分析，指出小说叙事如何以"同在性"取代"顺序"，如何以并置、意象的前后参照、意识活动的自由联想等构建语言的空间、故事的物理空间和读者的心理空间。② 这种考察，承袭着巴赫金的"时空体"概念，后与叙事学研究相融合，如梅克·巴尔对小说空间的表征、内涵、功能及与其

---

① ［法］乔治·佩雷克：《人生拼图版》，丁雪英、连燕堂译，中信出版集团，2018 年版，第 71 页。

② 参见 Joseph Frank ："Spatial Form in Modern Literature"，*Theory of the Novel*：*A History Approach*，edited by Michael McKeon，Baltimore：John Hopkins University Press，2000，pp. 784—802.

他叙事成分的关系的研究。① 从这方面来看，佩雷克比上述研究者所聚焦的任何一位小说家，都更为创造性地颠覆了小说结构，他从图像出发，通过图像描写的空间顺序，将小说结构彻底转化为与视觉同构的形式。然而，我们并不想将讨论停留在这一层面，《人生拼图版》更重要的意义在于，它最早以小说手法完整地勾勒出一种新型的视觉文化。这与佩雷克的成名作《物》被视为第一部讨论消费社会的小说类似，②具有超出文学之外的认识意义。《人生拼图版》既是佩雷克的主动创造，也是他对自己身处其中的一新的文化时代的回应和表征。这一时代可以追溯到1936年本雅明在《机械复制时代的艺术作品》③（以下简称《机械》）中所描绘的景象——摄影术和照相印刷术的发明对文化生活的空前变革，一种新兴的视觉文化开始逐渐渗透人类生活的各个领域，并悄然改变着人的感知方式和创造活动。随着大众传媒和广告业的迅速发展，图片和影像在日常生活中的疯狂激增，视觉文化在二战之后的西方社会取得前所未有的统治地位。佩雷克的同代人居伊·德波将之描绘为"景观社会"。上述描写莫罗家的引文，通过佩雷克暗含讥讽的观察，已表现出"景观社会"的某种冷酷现实，在其中，人与物平齐，淹没在与物等观的外观与形象之中，失去了任何可辨识的个性特征。

　　"从生活的每个方面分离出来的图像（images）汇入一种共同的洪流，在其中，生活的统一性不再可能被重建。被局部地认识的现实，作为另一个伪世界、作为仅仅被凝视的对象，在它整体的统一性中展开。世界图像的专门化，在自治的图像世界中逐渐完善，谎言欺人也自欺。作为生活之具体颠倒的景观，总体上是非生命之物的自发运动。"④居伊·德波在《景观社会》的开头，提出了与佩雷克小说几乎完全一致的命题：图像对现实的改换与僭越、图像的自治与仿真、非生命物对主体的颠覆。《景观社会》发表于1967年，与佩雷克开始创作《人生拼图版》恰好是同一年，他们对当时法国的社会情境和文化现状作出了类似的观察。德波以激烈的批判和箴言式的文体，简短地宣告了一个新的社会类型的出现，即资本主义拜物教时代已过渡到一个视觉表象篡位为社会本体的颠倒世界。他借此概括自己看到的当代资本主义社会的新特质，当代社会主要体现为一种被展示的图像景观，人们因对

---

① Mieke Bal：*Narratology：Introducing to the Theory of Narrative*，Toronto：Toronto University Press，1997，pp.132—142.

② 参见龚觅：《〈物：六十年代纪事〉译后记》，[法]佩雷克：《物》，龚觅译，新星出版社，2010年版，第112—117页。

③ 参见[德]瓦尔特·本雅明：《机械复制时代的艺术作品》（第三稿），收入《艺术社会学三论》，王涌译，南京大学出版社，2017年版，第41—95页。该文1968年被译为英文发表，对英国艺术史家约翰·伯格影响极大，他对该文观点的阐释和推进，建立了视觉文化研究的问题意识，并使得本雅明迅速成为文化研究的理论经典。

④ Guy Debord，*La Société du spectacle*，Paris：Editions Gallimard，Collection Folio，1992，p.12，引文为本文作者译。

景观的入迷而丧失自己对本真生活的要求，而资本家则依靠控制和变换景观的商品生产来操纵社会生活。居伊·德波的思考仍循着马克思主义的路径，展开政治经济学批判，揭示战后西方社会表现出的一种新形式的异化。而佩雷克则以小说的方式精细地呈现了视觉文化时代的冗杂环境和人的处境，思索了人在这种困境中难以逃遁的未来，是一种文化研究式的反思。这种反思在后来约翰·伯格、尼古拉斯·米尔佐夫等研究者那里发展为一种系统性的视觉文化理论。

## 三、反思视觉文化：巴特尔布思的抵抗

继《视觉文化导论》(1999)之后，米尔佐夫在新近的著作《如何观看世界》(2017)中，回顾了视觉文化的认知历史。本雅明的《机械》一文，分析了摄影术所带来的图像产生方式的变革，艺术品可以被快捷高效地无限复制，这使得图像生产和消费前所未有地便利和廉价，它开启了视觉文化大众化的时代：我们越是容易得到图像，越是感到艺术的"灵韵"消逝和世界的祛魅。[1] 1968 年，本雅明的文章被翻译成英文出版，英国艺术史家约翰·伯格从此文中得到了启示，展开了他对视觉文化的研究。1972 年，英国广播公司邀请约翰·伯格制作了一部电视节目《观看之道》，并出版了配套的同名书。节目和书所获得的巨大成功使"图像"这个概念进入了大众传播领域。伯格将图像定义为"重造或复制的视象(sight)。这是一种表象或一整套表象，已脱离了它当初出现并得以保存的地点与时间"[2]。米尔佐夫认为伯格通过这样的定义取消了艺术的等级，使得一件绘画作品、一件雕塑与一幅照片、一个广告的图像是相同的，伯格的这一观点对"视觉文化"观念的形成具有重要的作用。[3] 上文所引述佩雷克对莫罗家的描写，体现了同样的观察，其中所出现的明信片、包装盒上的图画、生活照片、书封配图和画报封面的明星照以无差别的方式并举出来。

这些被取消了等级的图像，无论数量多么惊人都可以被快速消化，这指向了消费社会日常生活的某种特征。随着消费社会的飞速发展，其深层的资本规律和商品逻辑集中体现在广告图像中，广告不断制造着新的需求和诱惑，以支持整个资本系统的运转。广告是当代社会为什么能消费如此海量图像的秘密所在。相较而言，贵族社会所消费的主要图像类型——绘画，简直是沧海一粟。约翰·伯格在

---

① ［德］瓦尔特·本雅明：《机械复制时代的艺术作品》(第三稿)，收入《艺术社会学三论》，王涌译，南京大学出版社，2017 年版，第 51 页。

② ［英］约翰·伯格：《观看之道》，戴行钺译，广西师范大学出版社，2015 年版，第 5 页，本文作者对原译文稍有修正。

③ 参见［美］尼古拉斯·米尔佐夫：《如何观看世界》，徐达艳译，上海文艺出版社，2017 年版，第 22—23 页。

《观看之道》的最后一章谈道："没有任何别的图像像广告这样俯拾皆是。历史上没有任何一种形态的社会，曾经出现过这么集中的图像、这么密集的视觉信息。"①广告遍及招贴、报刊、影视、网络等不断更新的媒介。不再有等级区分的图像，可以被随时随地无差别地消费，并直接与市场及资本的运转完美连接起来。图像已从失去"灵韵"而进一步失去语境、参照性意义和精神性的深度。

佩雷克在《人生拼图版》中对上述问题都进行了极具个人化的思考，尤其是通过巴特尔布思这个人物。虽然《人生拼图版》本身是去中心化的，小说有意识地取消主人公和情节主线，但巴特尔布思无疑是小说的灵魂所在，也是作家本人的投射以及理想的寄托。这幢居民楼里多位人物的行动都围绕着这位传奇的外来者，如画家瓦莱纳、手工艺人温克勒、制作黏合剂的莫尔莱、巴特尔布思的管家斯莫夫特等。而这位英国富家子之所以住进此地，正是为了向瓦莱纳学水彩画，从而实现他人生大计的第一步。这是怎样一个人和怎样一种人生呢？——"想象一下吧，一位亿万富翁，对钱财的普通用法已不再动心，他更大的奢望是领略、描摹、穷尽世界［……］起初，他的想法还很空泛，只是提出一个问题：'干什么呢？'他得出一个答案：'什么也不干。'金钱、权势、艺术、女人对他都没有吸引力，他对科学、赌博也不感兴趣。"②

巴特布特思决心尽其一生完成一项独一无二的计划，遵从精神、逻辑和美学三方面的指导原则。他的想法逐渐清晰，具体如下：从 1925 年到 1935 年，也就是他25 岁至 35 岁期间，用十年时间学画水彩画。从 1935 年到 1955 年，用二十年的时间周游世界，每半个月换一个地方，在那里画一幅水彩海景画，一共画五百幅同样大小的画。画好后寄给工匠温克勒，让他把画贴在一张薄木板上，分割成七百五十块的拼图板。从 1955 年到 1975 年，回到法国，按顺序把每幅拼图板拼起来，也就是"复原"一幅海景画。然后使用莫莱尔制作的黏合剂把画从薄板上揭下来，让管家斯莫夫特将画送回二十年前画这幅水彩画的地方，在那里把画放进一种褪色的溶剂里，重现一张雪白的好像没有用过的图画纸。③

用五十年的时间，几乎是穷其一生，完成一个最终不留下任何痕迹的计划，小说标题"人生使用说明"，其实就是指巴特尔布思所设想的这个奇特的活法。这个不可思议的计划，初看会令读者感到十分费解，令人联想到禅宗哲学对空无的彻悟，然而其象征意义显然不在于此。如果我们联系上文对视觉文化的讨论，会发现佩雷克是在借由巴特尔布思的人生，对围困着他的图像化的物的世界进行深刻的反思，并试图以一种逆向的、反讽的方式去对抗它的消费主义逻辑。首先，巴特尔

①　[英]约翰·伯格：《观看之道》，戴行钺译，广西师范大学出版社，2015 年版，第 184 页。
②　[法]乔治·佩雷克：《人生拼图版》，丁雪英、连燕堂译，中信出版集团，2018 年版，第 117 页。
③　同上书，第 118 页。

布思不去消费任何现成的图像,虽然这种图像唾手可得。他不惜成本地自己去生产图像,花十年时间去学习绘画这种最传统的制图技艺,创作出像艺术品一样的作品。巴特尔布思是个糟糕的学生,对绘画毫无天分,瓦莱纳开始觉得十分奇怪,一个人花十年什么都能学会,可巴特尔布思为什么想要精通一项与自己的天资毫无关系的艺术呢?① 直到他知道了巴特尔布思的整个计划。巴特尔布思就是要亲自画出一幅幅独一无二的画。在《机械》一文中,本雅明认为照片破坏了图像的唯一性观念,因为任何一张照片都可以无限复制完全相同的摹本并进行传播。② 至本雅明的时代,照相术已有一百年的历史,早已不是新事物,但在报纸、杂志、书籍中大批量印刷高品质图像的新技术,使得图像急遽衍生。而每一次新媒介的产生都会引起图像的爆炸式增长,原作的"灵韵"进一步消散,世界更彻底地祛魅。巴尔布特思拒绝所有的复制媒介,他执意回到绘画,回到原作,回到唯一的图像,这正是佩雷克对图像本原的溯源和回归。其次,巴特尔布思所创作的画作,仅仅用来游戏,它几乎没有被任何观众看见,没有进入任何传播领域,也就没有转变为可消费的图像,终于从无处不在的商业逻辑中逃逸出来。这也是为什么,当一位最有权势的艺术评论人和收藏顾问得知了巴特尔布思的计划,把他视为一位伟大的行为艺术家,想要收藏他的水彩画作品时,巴特尔布思不惜提前销毁作品来抵制这种收编与驯服。他所有的努力正是要突破看似无懈可击的消费主义秩序,以一己之力哪怕只是制造一个小小的缺口。佩雷克所虚构的最有力的段落,是巴特尔布思的态度激起了收藏顾问更狂热的欲望,他们之间展开了一场真正的追逐和躲避的较量,负责帮巴特尔布思销毁作品的代理人甚至被谋杀。③ 最后,巴特尔布思的计划可以被视为复原艺术精神的逆向努力。在完成了拼图游戏的过程之后,画作被送回创作它的地方,放入褪色溶剂,重新变回一张白纸,这其中的寓意尤其值得深思。约翰·伯格在定义"图像"时,强调它脱离了当初产生和保存它的时间和地点,在这个意义上,哪怕是原作脱离了它的时空,也可被视为是一种"重造"。正是这种脱离,使得一幅画、一件雕塑与一幅照片、一个广告招贴可能化为无差别的图像。巴特尔布思把画作送回原地,送回曾经产生它的时空,可以被视为恢复其价值的仪式,一个从图像回归原作的逆向过程。本雅明的《机械》一文预言了从艺术作品到复制品的转变所引起的一系列重大后果,当原作被移出神龛,丧失它的神秘仪式和神圣性,曾经的艺术价值必将式微。④ 巴特尔布思的行动,是通过某种仪式化的逆转,

---

① [法]乔治·佩雷克:《人生拼图版》,丁雪英、连燕堂译,中信出版集团,2018 年版,第 116 页。

② [德]瓦尔特·本雅明:《机械复制时代的艺术作品》(第三稿),收入《艺术社会学三论》,王涌译,南京大学出版社,2017 年版,第 54—55 页。

③ [法]乔治·佩雷克:《人生拼图版》,丁雪英、连燕堂译,中信出版集团,2018 年版,第 429—431 页。

④ [德]瓦尔特·本雅明:《机械复制时代的艺术作品》(第三稿),收入《艺术社会学三论》,王涌译,南京大学出版社,2017 年版,第 59—60 页。

将图像恢复为艺术，重现其尊严和精神性。然而没有经过大众消费的艺术品就像未曾存在过一样，好像在褪色溶剂中化为白纸，这正寓言了艺术在当代社会的虚妄。巴特尔布思只可能以一种绝对非功利的方式、"什么都不干"和不留任何痕迹的态度去对抗消费主义的图像世界，然而这样的对抗除了对他自己的人生而言是实在的，并无其他任何意义。他最终未能完成他的计划。在把所有拼图版拼完之前，他的眼睛已经失明，而他试图销毁的画作可能已被抢掠。临终时，他仅完成了五百幅拼图板中的四百三十九幅。

巴特尔布思究竟是谁？已有不少研究者已经指出，这个人物的名字Bartlebooth 是 Bartleby 和 Barnabooth 的合二为一。[①] 前者是美国作家麦尔维尔的中篇小说《书记员巴特比》[②]中的人物，后者是法国诗人瓦勒里·拉博的化名，拉博曾用这个名字出版了他的日记，一位富家子乘豪华邮轮环游各国的笔记。[③] 如果说后者对应了巴特尔布思的经历，那么前者则通向巴特尔布思的灵魂。麦尔维尔笔下的巴特比是华尔街一家律师事务所的书记员，开始是个安静本分的年轻人，但有一天他对上司交给他的工作不再执行，不是公开拒绝，而只是说自己"宁愿不做这事"。"I would prefer not to"，这句话成为一句著名的口头禅。渐渐地，巴特比不再做任何工作，对一切都加以拒绝，甚至拒绝老板的解雇，他也不再吃任何东西，除了姜汁饼干。佩雷克对巴特比这个人物确实无比珍爱，在 1962 至 1964 年期间他与英文教授、翻译家德尼斯·盖茨勒的通信中，他大量谈到麦尔维尔的这部小说和这个人物。[④] 他写到，"对我来说，巴特比最特别的地方，就是他整个被包含在一种惶惑之中——陌生、疏离、不可纠正、无法达成、空无……他就是这些东西的表达。"[⑤]"是什么构成了巴尔比的特征？否定。"[⑥]

---

①　Frédéric Yvan：«Figure(s) de l'analyste chez Perec»，*Savoir et clinique*，n°6，2005/1，Paris：Editions Erès，p.143.

②　小说原名为《书记员巴特比：一个华尔街的故事》(*Bartleby, the Scrivener：A Story of Wall Street*)，1853 年首次发表于《普特南月刊》(*Putnam's Monthly Magazine*)，1956 年收入小说集《阳台故事集》(*The Piazza Tales*)。中译本参见[美]赫尔曼·麦尔维尔：《阳台故事集》，张明林译，漓江出版社，2019 年版，第 25—71 页。

③　Valéry Larbaud，*A. O. Barnabooth*，*son journal intime*，Paris：Editions Gallimard，1982. 瓦勒里·拉博(1881—1957)，法国诗人和小说家。1908 年拉博先用 Barnabooth 这个名字出版了一部诗集，诗集中附上了虚构的作者简历，一位富翁和诗歌爱好者，在自己环游欧洲的豪华旅行中进行诗歌写作。1913 年，拉博又以这个名字出版了日记，写自己在旅行中遇到的人与事，徜徉在古老的城市和历史遗迹中的细腻感受。Barnabooth 的生平和拉博本人有很多重合，可以视为作家自己的文学分身。佩雷克参考这个人物虚构了巴特尔布思的部分经历。

④　Georges Perec：«Lettre inédite»，*Littératures n°7 Georges Perec*，printemps 1983，Paris：Editions Persée，pp.61—78.

⑤　Ibid，p.63. 引文为本文作者译。

⑥　Ibid，p.65. 引文为本文作者译。

巴特比后来成为一个极为重要的文学形象,被很多批判性思想家视为消极抵抗和否定性存在的原型,一个以逃避策略对抗资本主义秩序的反英雄。德勒兹在为《书记员巴特比》法语本撰写的后记中写到,"逃跑吧,但在逃跑中寻找一个武器。"①他将"I prefer not to"视为一句伟大的口号,"一个瘦弱苍白的男子说出的这句话惊扰了整个世界"②它的法语翻译"Je préférerais ne pas"回荡在每个热爱巴特比的法国读者嘴边。在战后的青年运动如 1968 年五月风暴中,这种不合作的否定性精神成为一种号召。

巴特尔布思是佩雷克所塑造的另一个巴特比,他拥有巴特比所有没有的财富和优渥条件,而他的反抗也更富于悲剧色彩。在佩雷克的笔下,人所面对的物的世界化为一种虚假的图像,巴特尔布思从中抽身返回,借由艺术的否定精神撕开了这个世界的一角。

作者简介:

程小牧,北京大学外语学院世界文学研究所研究员。主要研究方向:法语世界文学古文化,文学与视觉文化。

---

① Gilles Deleuze, «*Bartleby ou la formule* », *Critique et clinique*, Paris: La Minuit,1993, p. 92. 该文先是作为后记发表于 Flammarion 出版社 1989 年版的法语译本 *Barthleby*。引文为本文作者译。

② Ibid, p. 89. 引文为本文作者译。

中国文学图像研究

# 基于"形似"与超越"形似":魏晋南北朝诗画理论的会通

张 威

**摘 要** 魏晋南北朝是中国文学和艺术发展的"自觉时代",这一时期不仅在诗歌和绘画创作方面名家辈出、佳作频现,在诗论和画论方面也成就斐然。本文主要关注这一时期诗画理论中的"形似"理念,旨在研究诗论的"形似"与画论的"形似"之间的复杂关系,试图论述魏晋南北朝诗画理论之间的会通,二者的会通关系主要体现为基于"形似"的相通性与超越"形似"的差异性。
**关键词** 魏晋南北朝 诗画理论 形似 诗画会通

魏晋南北朝时期是中国古代诗歌与绘画艺术均取得辉煌成就的时代,不管是曹植、陶渊明、谢灵运等人对诗歌艺术的探索,还是顾恺之、宗炳、谢赫等人对绘画技法的创新,抑或是刘勰、钟嵘、陆机等人对这一时期艺术规律所进行的辩证总结,其理论深度和思想高度都远超前代,并且达到了后世难以企及的程度。魏晋南北朝时期通常也被称为"艺术的自觉时代",诗歌和绘画在社会变革中逐步实现了与政治的脱离。诗歌创作经历了"诗运转关"的新变,玄言诗逐渐被山水诗取代,并导致了"文贵形似"论的最终出现;在绘画实践中,画家们不仅在人物画创作时讲究"神韵",也自觉将山水元素引入,并在"形""神"观念的争锋中最终确立了"形神兼备"的审美标准。宏观来看,从刘勰评价山水诗的"文贵形似"论、顾恺之论及人物画的"以形写神"说,到宗炳讨论山水画功能的"以形媚道"说,它们都涉及"形似"这一醒目的艺术命题。

## 一、基于"形似":魏晋南北朝诗画理论的相通性

所谓"形似",表面上看是用语言、线条、色彩等媒介对客观物象进行精准描绘,实质上却是一种对人与自然关系深层次的审美思考,即当山水或人物成为独立的审美对象,如何能够借助具体的形象描摹来展现本真的自然之美。山水画和山水诗同步出现在晋宋之际的原因在于老庄思想的影响和不断扩大的庄园经济为士人

提供了经济和物质的基础，在这种前提条件下，士人们为了逃避现实而将关注点转移到了自然山水上也就成了必然选择。这一时期的山水画虽然并不成熟，还会偶尔出现"群峰之势，若钿饰犀栉"的面貌，但整体上已经完全区别于山海经图。顾恺之的《画云台山记》、宗炳的《画山水序》及梁元帝的《山水松石格》等山水画论的出现显示了山水画已经成为当时独立的创作科目。① 宗白华在《美学与意境》中曾说："晋人向外发现了自然，向内发现了自己的深情。山水虚灵化了，也情致化了"②，这一时期的士人明显属于代表艺术觉醒的艺术家，他们为了更好地展现心中的自然图景，不约而同地选择了"形似"的艺术手段，这在诗歌中主要体现为别具特色的物色观，在绘画中则体现为对线条搭配和空间范式构建的重视。

魏晋南北朝时期文图关系的显著特征之一便是艺术家的觉醒与诗画创作主体的合流，这也成为魏晋南北朝诗画融合的重要原因。当时的知识分子敢于突破传统礼教的束缚，普遍具有鲜明的"群体自觉"和"个体自觉"。他们的这种特质与东晋之后门第社会新秩序的重建关系密切。魏晋士风的整体特征可以被概括为"突破秦汉以皇权为核心的帝国文化模式，由依附皇权转向依附政治集团，由主体意识的社会化转向主体意识的心灵化，由追求生命价值转向追求生命情调"③，这种对内心世界的关注使得当时的文人艺术家开始尝试运用各种艺术手段来诠释自身的审美感受，这也使得诗歌与绘画的创作者们产生了群体的交叉与重叠，因此推进了这一时期山水画与山水诗歌的深度融通。

汉代以来的文人群体，不仅通过汉大赋来歌颂大一统的帝国气象同时也会通过抒情小赋来表达内心的不满和愤懑，除此之外，他们中的一部分文人也利用一些图像符号来表达自己的内心诉求，一些汉画像石、汉画像砖及部分云台图的原型就出自他们之手，这就使得文字符号和图像符号的传播逐渐统一到这一特定群体手中。而到了魏晋时期，诗歌与绘画创作的主体同样集中到特定的一批人手中，他们就是对当时动乱的社会环境抱有无奈态度的士人群体，当这批知识分子不仅从事诗歌创作，而且也对绘画产生兴趣之后，藉由文人对山水的钟情，山水景物自然成为他们不厌其烦地描写与呈现的对象。这种从东汉以来兴起的寄情山林的隐居理想终于在魏晋南北朝时期得以尽情释放，士人们终于可以尽情创作能够"缘情"的山水诗歌，降低了对文学艺术性与实用性的要求。与之对应地，绘画在这一时期被突出强调的是其色彩的艳丽和线条的和谐勾勒，整体而言士人们开始在注重绘画装饰性的前提下追求其怡养性情的情感功能。同时擅长诗歌和绘画的文人数量越来越多，为了更好地进行诗歌与绘画创作，文人雅集成为当时世家大族的高雅风

---

① 汪军：《魏晋南北朝的艺术批评》，安徽师范大学出版社，2012年版，第26页。

② 宗白华：《美学与意境》，人民出版社，1987年版，第189页。

③ 刘运好：《魏晋哲学与诗学》，"序言"，安徽大学出版社，2003年版，第4页。

尚,这在客观上更是促进了艺术家们以群体的方式互相交流切磋,在谈论诗歌技巧与绘画技法中不断提高审美的标准。魏晋南北朝时期的艺术创作者们逐渐摆脱儒家传统思想的束缚,开始追求"声色大开"的感官享受,尤其是在玄学的影响下注重精神上的解脱与超然。从表面上看,这是对动荡社会的刻意回避,但从思想实质来看,这正是对汉代儒学控制人欲的反拨,是对艺术服务于政治的超越。

　　由此,魏晋时期产生了一批极其注重艺术形式的诗人和画家,曹丕在《典论·论文》中宣称"诗赋欲丽"和"文以气为主",这种文学的审美原则是作家的人生现实与艺术理想密切结合的体现,即深刻的内容应该与完美的艺术形式相结合,这正是文学艺术自觉的标志。如阮籍可以将精美的骈体文自如地运用于书信写作,刘勰的《文心雕龙》和陆机的《文赋》同样也是文采斐然的骈体作品。顾恺之作画、论画讲求生动传神,"以形写神而空其实对","有一毫小失,则神气与之俱变矣",他的"传神论"和对"骨法"的重视都体现了当时的艺术家对绘画艺术的自觉。张彦远在《历代名画记》中曾引用陆机与曹植对绘画的基本看法:"记传所以叙其事,不能载其容,赋颂有以咏其美,不能备其象,图画之制所以兼之也。故……'宣物莫大于言,存形莫善于画'。"①可以说,正是这种对文学和绘画功能的体认和重视,使得魏晋南北朝时期为数众多的文人士大夫们对艺术有着强烈的兴趣爱好。他们多才多艺,能诗善画,从而使诗歌与绘画艺术的完美融合成为可能。与此同时更是将文学与图像艺术从经学的附庸地位中解放出来,成为宣扬艺术家个性的重要载体,在艺术家群体的共同努力之下,不只是文学和绘画,书法和雕塑等艺术形式也一同发展到一个繁荣的历史阶段。正是因为魏晋时期艺术家的觉醒和创作群体的合流,使得文人兼善诗歌与绘画成为当时普遍的现象,导致这一时期的文图关系呈现出复杂的关系,出现了一批文图有机融合的艺术作品。从魏晋开始,就出现了一批诗歌、书法、绘画的"全能型"艺术家,如嵇康、司马绍、王羲之、王献之、顾恺之、宗炳、王微、萧绎等,在他们的艺术作品中出现了文学与图像有机融合的会通式创作,这些作品将诗歌和绘画有机整合在同一个文本中,称得上是"诗画双绝",较有代表性的例子就是顾恺之绘制曹植的《洛神赋》,增加了图画文本的文献功能,开创出文图结合的传统。

　　魏晋南北朝时期的文图关系主要包括以下特点:首先是出现了一批诗歌、绘画、书法均擅长的艺术大家,他们在从事艺术创作的过程中善于运用形象思维,将感知到的对象和想要抒发的情感相结合,综合运用不同的艺术形式在作品中展现独特个性,这也使得文图之间的融合更加充分鲜明。其次是强调艺术的自觉性,不管是诗歌艺术、绘画艺术还是书法艺术,都逐渐脱离了汉代经学的束缚,成为表达人性欲望、塑造理想人格的载体。最后,实现了文学理论和艺术理论的会通,在诗

---

①　张彦远著,俞剑华注释:《历代名画记》,上海人民美术出版社,1964年版,第4—5页。

歌与绘画领域中表现出相类似的审美诉求，形成了一套自洽且完整的话语体系，为两种艺术形式的共同繁荣奠定了理论根基。

章尚正曾对魏晋南北朝时期山水画与山水诗同步兴起的原因做出过如下精彩分析："玄学道释浸润士人之心，肥遁朝隐风靡官场士林，依山傍水庄园的大量兴建，借观山水而体玄悟道成为文人审美新潮，并由此而廓开了藉山水表现自我的文艺新风。凡此种种，便是山水诗画胎动于晋的共有基因，也是中国山水诗画比西方自然诗风景画早千年而诞生的重要条件。"①可以说正是魏晋时期一大批士人的思想觉醒，才最终促成了大批山水诗和山水画的创作实践，但如果思考这一时期山水诗与山水画普遍追求"形似"的原因，则可以追溯到当时散怀自然的时代新风尚。

在东晋玄学中，不管是"玄对山水"还是"即目游玄"，都体现出了一种重视自然的倾向，南朝山水诗画在发展时间上的同步，概括来讲主要有两大原因：一是"山水的发现"打破了以往的单一观看模式，在空间范围上扩大了诗人和画家的表现范围，品读玄言诗的理过其辞与欣赏人物画的近观瞻仰逐渐被包罗万象的山水景物所取代，这也导致了这一时期兼擅诗画的士人们将山水作为重要的描写对象引入诗歌与绘画之中，运用不同的观看手法去体悟自然之美。二是刘勰"文贵形似"论促进了山水诗的创作实践，而宗炳提倡的"以形媚道"与"以形写形，以色貌色"的山水画也同样需要"形似"作为其呈现方式，山水诗和山水画就这样拥有了极为类似的创作思维模式，这种共通的思维模式对提高两种不同艺术形式的表现力奠定了基础。

张甲子在《"形似"与南朝山水诗的空间感》一文中评价道："无论是文学理论上的支持，抑或是绘画理论中的完善，'形似'均处于南朝山水艺术风尚的核心地位"②，对魏晋南北朝时期山水诗画理论重视"形似"的特质给予了充分肯定。在这种艺术理念的影响下，刘勰提出了"文贵形似"论，虽然由于刘勰对"宗经"的推崇和文质论的倚重，他对很容易"义华声悴""理拙文泽"的过度修辞也持有批判态度，但"文贵形似"论在一定程度上确实肯定了重视形式与技巧的山水诗创作及其在诗运转关中所发挥的积极作用。刘勰重视山水诗歌的再现功能，将其效果比喻为"巧言切状，如印之印泥，不加雕削，而曲写毫芥"。面对客观的山水景物，如何能够像"印泥"一般完全"拷贝"，达到"瞻言而见貌，印字而知时"的效果，这正是对诗人细致观察力和语言表达能力的极大挑战。与刘勰同时期的钟嵘也十分推崇"形似"，他从诗歌鉴赏的角度将"形似"列为评价诗歌艺术的重要标准，并在《诗品》中对具体四位诗人进行评点：

---

① 章尚正：《山水诗与山水画》，《天府新论》1996年第3期。
② 张甲子：《"形似"与南朝山水诗的空间感》，《唐山学院学报》2015年第1期。

晋黄门郎张协诗,其源出于王粲。文体华净,少病累。又巧构形似之言。雄于潘岳,靡于太冲;风流调达,实旷代之高手。调采葱茜,音韵铿锵,使人味之亹亹不倦。"①

宋临川太守谢灵运诗,其源出于陈思,杂有景阳之体。故尚巧似,而逸荡过之,颇以繁芜为累。嵘谓若人兴多,才高博,寓目辄书。内无乏思,外无遗物,其繁富宜哉!"②

宋光禄大夫颜延之诗,其源出于陆机。尚巧似,体裁绮密。情喻渊深,动无虚散。一句一字,皆致意焉。又喜用古事,弥见拘束,虽乖秀逸,是经纶文雅才。雅才减若人,则蹈于困踬矣。"③

宋参军鲍照诗,其源出于二张。善制形状写物之词。得景阳之諔诡,含茂先之靡嫚,骨节强于谢混,驱迈疾于颜延。总四家而擅美,跨两代而孤出。嗟其才秀人微,故取湮当代。然贵尚巧似,不避危仄,颇伤清雅之调。故言险俗者,多以附照。"④

张协、谢灵运在钟嵘《诗品》中位列上品,颜延之和鲍照位列中品,谢灵运、鲍照和颜延之当时被称为"元嘉三雄",他们诗歌的风格与内容各不相同。谢灵运主要进行山水诗创作,语言讲究富丽精工,诗句风格表现为鲜丽清新;鲍照长于七言诗的创作,讲究对仗和辞藻;颜延之的诗歌创作则主要着意于谋篇琢句,风格谨严厚重,但是钟嵘将他们三人均被钟嵘用"形似"一语概括,充分说明了"形似"的风格在诗歌审美风尚一直从刘宋延续到齐梁时期,反映出一种超越玄言诗的美学追求。

## 二、超越"形似":魏晋南北朝诗画理论的差异性

从古至今,中西方有关艺术门类是否具有相通性的讨论几乎从来就没有停止过。在西方,德国著名戏剧家莱辛在其名作《拉奥孔——论诗与画的界限》中就曾对文学和美术两者之间的差异进行了探讨。莱辛认为:一切艺术皆是对现实的再现,因此也都是"摹仿自然"的客观结果,这是艺术的共同规律。但是绘画以色彩和线条为媒介,通过视觉的统摄,其特有的效果之一就是可以完成对人物性格及其特征的描绘。美国学者韦勒克和沃伦合著的《文学理论》一书中,不仅厘清了文学与非文学的界限,更提出了与以往不同的文学分野,将文学与其他学科的关系的研究归于"外部研究",把对文学自身因素的研究归于"内部研究",在文学研究领域产生

---

① 张怀瑾著:《钟嵘诗品评注》,天津古籍出版社,1997年版,第213页。
② 同上书,第224—225页。
③ 同上书,第308页。
④ 同上书,第328页。

了极大的影响。

在中国，从魏晋南北朝时期开始，诗画之间就存在着互相融合的趋势，文人艺术家们总结诗论和画论之时也有彼此借鉴的情况，历来被广泛接受的一个观点是：中国诗与中国画之间具备那种画之不足以诗明之，诗之不足以画绘之的关系。如果我们继续深入思考，为何这一时期的诗画理论可以超越"形似"概念的范畴？魏晋时期的中国诗歌中（包含部分玄言诗与山水诗）是否包含着视觉化的图像？在这一时期的山水诗画理论中，"言""象"与"意"之间究竟存在着怎样的配合关系？这些问题都是我们思考魏晋南北朝诗画理论之间存在的差异性的主要切入视角。笔者认为：在魏晋南北朝诗画理论的背后，贯穿着一套深层次的"言象意"系统，不管是诗歌的"文贵形似"论还是绘画的"以形写形，以色貌色"，都是在追求一种"尽意"的效果，但是二者之间最大的差异性在于：魏晋南北朝诗歌中的"形似"理念主要是通过"立言"来表达，而绘画理论中追求的"形似"则主要是通过"立象"来实现，二者的不同之处可以被概括为："文学语象如何外化和延宕为视觉图像，视觉图像在何种意义上可以被言说"①这一文图关系的核心问题。

文学是语言的艺术，更是注重"立言"的艺术，因为文学语言的符号性质，这种善于拟象的特征中具有某种视觉化的元素，但是随着后来汉字象形性的弱化，如果想通过这种语言来表达形象就必须借助于一定的"象"。刘勰在《文心雕龙·情采》中总结的："故立文之道，其理有三：一曰形文，五色是也；二曰声文，五音是也；三曰情文，五性是也。五色杂而成黼黻，五音比而成《韶》《夏》，五性发而为辞章：神理之数也。"②刘勰认为构成"文"的几种方法分别为"形文""声文"和"情文"三大类，它们存在的意义在于促进符号编码为诗歌等文学形式的具体表达，但是三种方法也存在一定的地位差别。"情者文之经"，这是文章得以立意的本源，"声文"主要讨论的是文学中对于声音的美感追求，刘勰对于"形文"的关注侧重于"以形为文"，通过对物象的具体形貌、状态和色彩来"写气图貌"。刘勰的观点具有一定的启发性，语言固然是构成文学的主要质料，但要想发挥出语言文字的符号属性，就必须通过声音、韵律的组合构造出"形文"之美，这种突出文学"写物图貌，蔚似雕画"的形式美感也是刘勰的首创，从这个角度出发，考察以刘勰为代表的"文贵形似"论就更能察觉到这是一种对汉字"拟象"思维的拓展，文字的符号性质在这里得到了有效的突破。

绘画是以"形"为核心的造型艺术，魏晋南北朝时期影响最大的当属形神论的提出，顾恺之提出的形更多指向一种工具，宗炳的"神本亡端，栖形感神"之说认为两者只是交互相通的手段之一，王微则发展为"形者融灵"，这一时期的画论中就这

---

① 赵宪章：《"文学图像论"之可能与不可能》，《山东师范大学学报》（人文社会科学版），2012 年第 5 期。
② 刘勰著，黄叔琳注，戚良德辑校：《文心雕龙》，上海古籍出版社，2015 年版，第 193 页。

样勾勒出了形神论的结构。魏晋南北朝时期的诗画理论虽然在"形似"这点上实现了会通，但是如何呈现出最好的效果却需要在不同的媒介中进行。总而言之，诗歌这种语言艺术通过文字符号进行"立言尽意"，绘画则通过造型艺术进行"立象尽意"，二者通过不同的途径和方式实现了对"形似"的最终超越。

早在《周易》中，就有对言意关系的简要讨论："子曰'书不尽言，言不尽意'。然则圣人之意，其不可见乎？子曰：'圣人立象以尽意，设卦以尽情伪，系辞焉以尽其言'。"①王弼针对言象意三者之间的关系，曾做过如下论述：

> "夫象者，出意者也。言者，明象者也。尽意莫若象，尽象莫若言。言生于象，故可寻言以观象，象生于意，故可以寻象以观意。意以象尽，象以言著。故言者所以明象，得象而忘言；象者，所以存意，得意而忘象。犹蹄者所以在兔，得兔而忘蹄；筌者所以在鱼，得鱼而忘筌也。然则，言者，象之蹄也；象者，意之筌也。是故，存言者，非得象者也；存象者，非得意者也。象生于意而存象焉，则所存者乃非其象也；言生于象而存言焉，则所存者乃非其言也。然则，忘象者，乃得意者也；忘言者，乃得象者也。得意在忘象，得象在忘言。故立象以尽意，而象可忘也；重画以尽情，而画可忘也。"②

王弼是在充分肯定言象意三者关系的基础上，探讨了"尽意"的方法和"得意"的具体过程。也就是说，"意"是根本，"言"和"象"都是为了"尽意"而采取的具体手段，如果最终目的是"立意"，那么采取的顺序进应该是"立意→立象→立言"，相反地，如果最终指向的目的是"得意"，则需要先寻"言"，后找"象"，最终求得"意"。王弼是魏晋时期"言意之辨"的代表人物，他的理论解决了长期以来"言不尽意"的窘境，这就启发了钟嵘在《诗品序》中将客观物体与主观情感的融合总结成借物生象的情志表现理论，也启发了刘勰在《文心雕龙》中将创作的缘起归因于"情与物迁，辞以情发"，刘勰在《知音》篇中谈道："夫缀文者情动而辞发，观文者披文以入情"，刘勰在言象意三者关系基本确定的前提下对文学的本源问题进行了追根溯源，让"象"真正成为文学中独立的概念。他在《文心雕龙》中采取古人惯常使用的"取象"方法，找寻人文之象的参照系，采用"神用象通"的具体构思方式，较为完美地将主体与客体进行了融合。

魏晋南北朝文学最大的贡献之一就在于将"立象以尽意"的理念落实到了实践中，一批理论家在总结赋体写作技巧之时，进一步对如何与物融为一体进行了认真细致的观察，通过这种描摹方式更好地为书写"情志"寻找到了最为密切的切入方法。在人物绘画阶段所追求的"形似"指的当然就是人物的各种形貌，不仅包括各

① 李道平：《周易集解纂疏》，中华书局，1994年版，第609页。
② 王弼：《王弼集校释》，中华书局，1980年版，第609页。

种言谈举止,也包含"骨法""尺寸"等绘画技法,尤其是对服饰、眼神等的强调更是体现了一种神秘化的倾向。当绘画发展到了山水画阶段,这一时期的"形"主要指的则是山水的具体形态,只有运用"形灵一体"的摹写原则才能最终实现"以形媚道"的目的。

　　绘画作为一种造型艺术,其表现的对象通常要有对应的客观实体。不管是顾恺之人物画创作中强调的"以形写神",还是宗炳对山水画创作实践提出的"以形媚道",都是为了更好地提高绘画艺术的表现力。绘画莫过于存形,鉴赏者如果能够通过绘画作品中的具体形体去求得真意,进而得道、悟道,这当然是对绘画功能的充分肯定。透过种种具象描绘去观照自然之精神,也成为魏晋南北朝时期文图关系的一大特点。

作者简介:

　　张威:女,吉林舒兰人。南京大学文学院文艺学专业硕士,现就职于南京市金陵中学河西分校国际部。硕士期间发表论文《先秦文学与先秦壁图之间的关系》《论〈词语与图像〉期刊的"中国问题"》。

# 克孜尔石窟智马本生壁画研究

## 王乐乐

**摘　要**　克孜尔石窟是本生故事壁画的宝藏。智马本生壁画是克孜尔石窟特色的本生故事壁画。现搜集到三幅克孜尔石窟智马本生壁画，分别存于114窟、17窟和14窟。从构图方式、色彩运用和装饰图案三个方面分析克孜尔石窟智马本生壁画的艺术特色，进而探讨克孜尔石窟智马本生壁画之间的似与不似问题，可为同一题材本生故事图像研究提供一个新的观察视角。

**关键词**　克孜尔石窟　智马本生　本生壁画　艺术特色

国内学者对于克孜尔石窟本生故事壁画的内容、题材和艺术风格等论题多有研究，尤其对于尸毗王本生、舍身饲虎本生等热门本生故事的探讨已有较多篇幅。[①] 从国内对于本生故事图像的研究情况来看，智马本生是学界关注较少的一个本生故事。

智马本生，学界亦有称之为"智马舍身救王命"[②]，主要讲述一日国王梵授与大臣和宫女在外游玩，邻国进犯，国王乘智马迎战，智马遭长矛刺中，肠胃流出。为救国王，智马不顾身命，背负国王腾跃大浴池，将国王放入宫中。国王下马，智马命绝。

克孜尔石窟是本生故事壁画的宝藏。窟中"本生故事画共有题材135种，画面有442幅，分绘于36个窟内。其题材种类之多，画面之多，分布之广，皆居世界的

---

① 国内关于克孜尔石窟本生故事壁画的研究主要有：张荫才、姚士宏：《克孜尔石窟佛本生故事壁画》，新疆人民出版社，1991年版。高金玉：《克孜尔石窟的本生壁画研究》，南京艺术学院硕士论文，2004年。姚士宏：《克孜尔石窟本生故事画的题材种类》，载张国领、裴孝曾主编，《龟兹文化研究》编辑委员会编：《龟兹文化研究》（三），新疆人民出版社，2006年版，第341—363页。朱冀州：《论克孜尔石窟本生故事壁画的艺术风格》，陕西师范大学硕士论文，2010年。于亮：《克孜尔石窟壁画舍身饲虎题材研究》，载学愚主编：《汉传佛教文化研究》，宗教文化出版社，2017年版，第1—14页。周菁葆：《丝绸之路上的克孜尔石窟本生壁画艺术》（上、下），《新疆艺术》2018年第1、2期。高海燕：《舍身饲虎本生与睒子本生图像研究》，甘肃教育出版社，2018年版。

② 张荫才、姚士宏：《克孜尔石窟佛本生故事壁画》，新疆人民出版社，1991年版，第188页。

首位(不包括毁坏被湮没的部分)"①。根据《克孜尔石窟内容总录》附录一"克孜尔石窟本生故事一览表"(三),可知克孜尔石窟有四个洞窟藏有智马本生故事壁画,即 14 窟、17 窟、114 窟和 157 窟。② 通过梳理已出版的克孜尔石窟本生壁画图录③,现已搜集到克孜尔石窟中 14 窟、17 窟和 114 窟的智马本生壁画,157 窟的智马本生壁画还未有见。根据《敦煌石窟内容总录》附录二"敦煌石窟本生、因缘、戒律故事画一览"④,可知敦煌石窟没有智马本生题材壁画。研究克孜尔石窟智马本生壁画对于了解智马本生故事具有重要的图绘价值。

# 一、汉译佛典中智马本生的故事内容

汉译佛典中记载智马本生故事的佛经数量较其他本生故事少。智马本生在佛经中较弱的"流行程度"与智马本生在石窟中相对较少的表现数量和表现程度有一定的相关性。

唐代义净法师翻译的《根本说一切有部毗奈耶杂事》卷第三十八有关于智马本生故事的记录:

> 乃往古昔婆罗疟斯时有国王名曰梵授,以法化世广如经说。王有智马预知前事,邻国敬畏悉来朝贡。马既命终,时诸小王令使报曰:"汝梵授王今可输税分与我等,若不尔者不得出城。如见违者,我等同来破灭其国。"王告使曰:"我不送税亦不出城。"遂于国内访求智马,后于异处遂便获得。时属春序卉木敷荣,群鸟和鸣甚可爱乐,王乘智马将诸婇女游适芳园欢娱受乐。时诸小王闻梵授王与诸臣佐及宫婇女,在外游戏情无所惧,未即入城相与谋计,各严四兵至城门首。大臣白王:"诸小国王不恭朝命,敢兴逆乱来扣城门,愿见警备。"王既闻已勅索智马:"速严四兵,我自讨击。"时王乘马严兵誓众共彼斗战,王恃威力独处先锋,遂被贼军以槊中马,肠胃皆出受诸楚毒,众苦难堪形命无几,仍作是念:"王遭困厄,我若不救是所不应,宜忍苦楚令王免厄,得至城门到无畏处。"作是念已周顾望无入城路,然此城外有大浴池名曰妙梵,近王宫阙,于其池中有四莲华,青黄赤白皆悉遍满。于时智马不顾身命,腾跃池中践荷叶

---

① 姚士宏:《克孜尔石窟本生故事画的题材种类》,载张国领、裴孝曾主编,《龟兹文化研究》编辑委员会编:《龟兹文化研究》(三),新疆人民出版社,2006 年版,第 349 页。

② 新疆龟兹石窟研究所编著:《克孜尔石窟内容总录》,新疆美术摄影出版社,2000 年版,第 293 页。

③ 《中国新疆壁画艺术》编辑委员会编:《中国新疆壁画艺术》第一二三卷《克孜尔石窟》,新疆美术摄影出版社,2009 年版。

④ 敦煌研究院编:《敦煌石窟内容总录》,文物出版社,1996 年版,第 300 页。

上,负王渡难直入宫中。时王才下,马便命绝。①

《根本说一切有部毗奈耶杂事》中记载的智马本生故事简单说即"智马施身救王命"的故事。"施身"为布施生命之意。经文详细描述了"智马救王命"这一动作发生时的季节和环境,"时属春序卉木敷荣,群鸟和鸣甚可爱乐,王乘智马将诸婇女游适芳园欢娱受乐",恬静放松的心情与后文智马施救过程的惊心动魄形成强烈的对比。同时,智马施救过程文字描述画面感较强,"城外有大浴池……近王宫阙,于其池中有四莲华,青黄赤白皆悉遍满。于时智马不顾身命,腾跃池中践荷叶上,负王渡难直入宫中。时王才下,马便命绝。"文字描述充满动作感和色彩感,"文学语言本身所具备的视觉转化、视觉延续、视觉意象形态"②为智马本生故事从文本到图像的转化提供了较好的基础。故事的结尾"时王才下,马便命绝"点明"施身"主题,此种命绝具有强烈的、无畏的奉献含义,是佛教宣扬、赞扬的"非常之施"③。

## 二、克孜尔石窟 114 窟、17 窟、14 窟智马本生壁画的艺术特色

克孜尔石窟 114 窟、17 窟和 14 窟④智马本生壁画主要刻画了"智马不顾身命,腾跃池中践荷叶上,负王渡难直入宫中"的故事情节。三幅壁画中,"国王梵授骑坐在智马上"居于画中,占满菱格画幅。三幅壁画刻画的智马身体完好,身姿平静,并没有表现"肠胃皆出受诸楚毒"的形象,一定程度上弱化了智马施身救王命的血腥、悲壮场面。亦表现出画师对智马本生故事的"再叙事"方式,即弱化文本故事中的悲壮叙事,通过"文图互映"实现教化大众的目的。

### (一) 构图方式

克孜尔石窟三幅智马本生壁画都采用克孜尔石窟经典的"菱格"构图方式,然菱格同亦有不同,"同"表现在构图方式是菱形格形状,"不同"则表现在构成菱格表示"须弥山"的山头形状和组合方式有差异。王伯敏先生在《克孜尔石窟的壁画山

---

① 《大正藏》第 24 册,第 397 页下栏至第 398 页上栏。

② 刘巍:《文学的图像接受及其意义之流转》,载《文学评论》2013 年第 3 期,第 123—131 页。

③ 施舍物可以大分五类,即生活必需品、非必需品、公益事业、宗教奉献和非常之施。其中,非常之施表现为聚落、城邑、国土、王位、妻子、儿女、头、目、髓脑、五官、身肉、手足乃至性命等。参见刘建、朱明忠、葛维钧:《印度文明》,福建教育出版社,2008 年版,第 162—163 页。

④ 114 窟、17 窟和 14 窟窟号的排列顺序,一是遵循克孜尔石窟的年代分期,二是遵循智马本生壁画在《中国新疆壁画艺术》中的安排顺序。参见《中国新疆壁画艺术》编辑委员会编:《中国新疆壁画艺术》第一二三卷《克孜尔石窟》,新疆美术摄影出版社,2009 年版。

水》一文中列举了克孜尔石窟不同的山头形状和山头组合。山头形状包括四种,即尖峰、圆头山、平顶山和花瓣山。① 山头的组合方式包括五种,叠鳞式、莲花式、合抱式、山中有山和花树点缀山。②

克孜尔石窟114窟和14窟智马本生壁画菱格山头的形状和组合方式基本一致。山头形状属于圆头山中的小圆筒形,组合方式采用叠鳞式,此种组合使得菱格画幅具有立体感和层次感。17窟智马本生壁画菱格山头形状较为模糊,"似一瓣花,这种山形,头尖中胖,下部收缩,有的头略圆,即如圆头山的马奶形"③,用莲花式组合,较114窟和14窟智马本生壁画显得平面、简洁。霍旭初先生在研究中认为克孜尔114窟"还保留着初创期菱格重峦叠峰的结构"④,可见菱格结构在不同时期不同石窟的艺术表达中也在发生变化。

### (二) 色彩运用

《关于青绿山水》一文记录了刘曦林先生与牛克诚先生的对话,牛克诚先生回忆"看到(克孜尔)壁画后,非常吃惊,吃惊了它的美、它的大胆、它的强烈。当地的色彩观念和色彩意识与中原很不一样,色彩比敦煌要强烈得多,头青、头绿、土红这几种色彩特别耀目。这大概和当地的审美意识及其风俗等有关,也受到了外来艺术的影响"⑤。

具体到克孜尔石窟的三幅智马本生壁画的色彩运用,可谓是既低调又大胆。"低调"主要指114窟智马本生壁画的色彩运用,"大胆"主要指14窟和17窟智马本生壁画的用色观念。

114窟的智马本生壁画以褐色为基色,菱形格、人物形象与大浴池采用不同明度的褐色,菱形格"须弥山"明度较高,国王梵授与大浴池明度较低,智马色彩相似,红色成分增加,使得智马形象突出出来。此种色彩运用方式使得画面的色彩具有隐约的层次感,色彩看似一样,实则存在一定的差异。

14窟和17窟的智马本生壁画采用克孜尔石窟特色的蓝绿色彩。"龟兹石窟壁画历经千年后几种颜色仍很鲜亮,主要是运用了矿物质颜料。其中青金石、氯铜绿、土红、白色等颜料经久不变。壁画所用的青金石颜料最为珍贵,其色彩厚重、深

---

① 王伯敏:《山水画纵横谈》,山东美术出版社,2010年版,第173—174页。

② 同上书,第174—175页。

③ 同上书,第174页。

④ 《中国新疆壁画艺术》编辑委员会编:《中国新疆壁画艺术》第一卷《克孜尔石窟》(一),"前言",新疆美术摄影出版社,2009年版,第11页。

⑤ 牛克诚:《美术文语》,北京时代华文书局,2015年版,第313页。

邃又十分亮丽。"①蓝绿色彩大胆、明亮、不褪色,是因为使用了青金石和氯铜绿等颜料。具体分析壁画色彩,可注意到 14 窟和 17 窟智马本生壁画在菱形格背景、大浴池和国王梵授衣服的色彩运用上有一个特点,即蓝绿色互换。以菱形格背景色彩为例,14 窟智马本生壁画的菱格是蓝色,相对应,17 窟智马本生壁画的菱格是绿色。不同点在两个石窟蓝绿色明度不同,14 窟蓝绿色明度较低,17 窟较高。大浴池和国王梵授衣服的色彩设计上亦如是。

### (三)装饰图案

智马本生壁画涉及的装饰图案包括三种:"花树"、大浴池和莲花。

"克孜尔石窟壁画的树,最大的特色是'亦树亦花',画的既是树,但同时犹如一朵(一枝)花。"②遂学界有"花树"一说。克孜尔石窟三幅智马本生壁画中花树的造型有相似之处,只是在经营位置上有一定的不同。可以说,花树位置有定与不定两种,"定"的是菱格山头部分——一对应一颗"花树";"不定"的是无山头部分"花树"的数量和位置,此观点可以与王伯敏"花树"的三种作用观点相呼应,"一是作为一座山头的装饰;二是作为一铺壁画的装饰;三是用作壁画边角的填空与补气。"③

佛经中记载智马本生故事"城外有大浴池……池中有四莲华,青黄赤白皆悉遍满。于时智马不顾身命,腾跃池中践荷叶上",里面涉及两个物象——大浴池和莲花。

克孜尔石窟三幅智马本生壁画呈现的"大浴池"有借鉴亦有创新,14 窟和 17窟智马本生壁画的大浴池如条带状河流,左右方向贯穿菱格画面,这两幅壁画的大浴池差异性表现在其中的装饰图案不同,14 窟的智马本生壁画条带状浴池由左右重叠旋转的波浪纹装饰,而 17 窟的智马本生壁画由深褐色"十"字装饰于水流两侧,此种观点亦有学者谈及,"凡池边,皆作一圈深褐色,褐色之上画'小十字',表示池岸小草,池水一般涂粉绿色,有的在池中画线纹,表示水波。"④

克孜尔石窟智马本生壁画根据经文"池中有四莲华……智马不顾身命,腾跃池中践荷叶上"刻画莲花图案。三幅壁画中,第 14 窟的四莲花刻画细致入微,最为真实、生动、立体,同时,画师刻意将莲花做正面设计,考虑了受众的读图效果,易于受众了解故事内容和佛经义理。114 窟智马本生壁画马蹄下有五个似"花树"的圆形深色色块,并以白色修饰,为画师独特创造的莲花造型。17 窟智马本生马蹄下有五个深色色块,并以白色线条勾画,表示莲花意象。

① 王征:《龟兹佛教石窟美术风格与年代研究》,中国书店,2009 年版,第 32 页。
② 王伯敏:《山水画纵横谈》,山东美术出版社,2010 年版,第 177 页。
③ 同上。
④ 同上书,第 178 页。

## 三、克孜尔石窟智马本生壁画的"似与不似"

关于克孜尔石窟的分期问题,学界多有探讨。霍旭初在《丹青斑驳照千秋——克孜尔石窟壁画艺术览胜》一文中指出,克孜尔石窟的"年代问题是学术界最关注的",并将克孜尔石窟艺术大致分为四个时期,即初创期(3 世纪末至 4 世纪中)、发展期(4 世纪中至 5 世纪末)、繁盛期(6 世纪至 7 世纪)和衰落期(8 世纪)。[①] 其中,114 窟是发展期的代表性石窟,14 窟和 17 窟属于繁盛期。对于 14 窟和 17 窟的形成时间谁先谁后,文中并未专门谈及。廖旸在《克孜尔石窟壁画年代学研究》一书中亦将克孜尔石窟划分为四个时期,第一期(4 世纪晚期至 5 世纪中叶)、第二期(5 世纪中叶至 6 世纪中叶)、第三期(6 世纪中叶至 7 世纪上半叶)、第四期(7 世纪中期)。[②] 此种划分方法较前一种划分方法,第一期晚了一个世纪,第四期又早了半个世纪。廖旸在书中认为克孜尔 14 窟和 17 窟智马本生壁画都属于第二期,"从碳十四年代测定数据与艺术风格两方面分析,13、14、38 等窟较早,而 17、171、172 等窟较晚"[③]。根据上面两位学者的观点,从壁画分期角度可以做出一个基本判断,即克孜尔石窟的智马本生壁画,114 窟智马本生壁画形成时间最早,14 窟智马本生壁画其次,而 17 窟的智马本生壁画的形成时间最为晚近。此种推算为探讨克孜尔石窟智马本生壁画"似与不似"问题提供了一个相对合理的时间背景。

克孜尔石窟三幅智马本生壁画在构图方式和内容设计方面基本一致,皆为菱格构图,刻画了国王梵授乘智马回城门的故事情节,此为三幅壁画之间的"似"。若将智马本生壁画按 114 窟、14 窟和 17 窟创作时间顺序先后排列,从线性时间创作角度,可以说 114 窟和 14 窟的智马本生壁画有"似",而 17 窟智马本生壁画较前期 114 窟和 14 窟的智马本生壁画亦有"不似"。

114 窟与 14 窟智马本生壁画的"似"首先表现在构成菱形格山头的形状和组合方式上。其次,国王梵授的甲胄设计与动作亦有相似之处。两幅壁画中梵授的甲胄都为色块相间设计,其中一种色块都运用了克孜尔石窟独特的绿色;故事主人公之一的国王梵授的动作也有相似性,114 窟智马本生壁画国王梵授乘智马将左臂伸出,14 窟智马本生壁画梵授则将右臂伸出,使得刻画的人物形象静中有动,将受众快速拉入故事中的紧张氛围。关于这两幅壁画还有一个细节,即 114 窟和 14 窟智马本生壁画中国王梵授腰间右侧都系胡禄,"胡禄和弯韬在中国的出现,可以

---

① 《中国新疆壁画艺术》编辑委员会编:《中国新疆壁画艺术》第一卷《克孜尔石窟》(一),"前言",新疆美术摄影出版社,2009 年版,第 1—29 页。

② 廖旸:《克孜尔石窟壁画年代学研究》,社会科学文献出版社,2012 年版,第 271—295 页。

③ 同上书,第 276 页。

追溯到 5 世纪,最初见于新疆地区的石窟寺壁画"①,"这种箭囊呈口窄底宽的简形,唐人称之为胡禄"②,可见这两幅壁画在艺术创作上有承袭关系。

17 窟智马本生壁画较前期 114 窟和 14 窟的智马本生壁画亦有"不似",这种不似亦可说明 17 窟的智马本生壁画有一定的创新性,这种创新可以完全是新元素,亦可是"旧元素,新组合"③。从菱形格设计上,17 窟智马本生壁画菱格山头下圆上尖,同时组合紧凑,更符合菱形格的形状。17 窟智马本生壁画中的大浴池为条带状,与 14 窟有相似性,不同在 14 窟智马本生壁画中大浴池的水流用层叠波浪纹表示,而 17 窟中的水流则通过条带水池两侧两排"十"字表示,在沿袭前者的同时又有新的创造。另外,17 窟智马本生壁画在国王梵授人物形象刻画上有创新,即在人物造型上受到印度阿旃陀石窟壁画的影响,运用天竺遗法——凹凸法处理人物形象。凹凸法是"一种外来的壁画敷彩技法,主要用来绘制人物画,实现方式是叠染和晕染"④。17 窟中的国王梵授的人物造型采用凹凸晕染法创作,人物形象飘逸、流畅,突破具体形象创作,给予观者一定的想象空间。

# 四、小结

克孜尔石窟作为龟兹石窟的代表,藏有丰富的佛本生故事壁画,其中,智马本生是一个重要的故事题材。龟兹石窟包含克孜尔石窟、库木吐喇石窟、森木塞姆石窟、玛扎伯哈石窟、克孜尔尕哈石窟等 10 余个石窟遗址(见图 5)。新疆龟兹石窟研究所已出版克孜尔、库木吐喇、森木塞姆和克孜尔尕哈四个石窟的内容总录,经过整理,根据《克孜尔尕哈石窟内容总录》附录二《克孜尔尕哈石窟本生故事一览表》,可见克孜尔尕哈石窟已辨识出第 11 窟、16 窟和 21 窟藏有"智马舍身救王命"壁画⑤,库木吐喇石窟和森木塞姆石窟未发现智马本生题材壁画。前文提及敦煌石窟亦没有智马本生题材壁画。某种程度可以说,智马本生是克孜尔石窟和克孜尔尕哈石窟一个特色的本生壁画题材。

唐代玄奘所著《大唐西域记》卷第一记载"三十四国",其中一国即"屈支国"。

---

① 许新国:《新发现的都兰叶蕃墓出土漆器》,载文化遗产研究与保护技术教育部重点实验室、西北大学文化遗产与考古学研究中心编:《西部考古》(第 2 辑),三秦出版社,2007 年版,第 236 页。

② 钟少异:《古兵雕虫·钟少异自选集》,中西书局,2015 年版,第 192 页。

③ 此种说法来自美国广告大师詹姆斯·韦伯·扬关于创意的观点,"创意其实就是以前要素的一个新的组合"。参考[美]詹姆斯·韦伯·扬:《创意》,李旭大译,中国海关出版社,2004 年版,第 26 页。

④ 段南:《再论印度绘画的"凹凸法"》,载《西域研究》2019 年第 1 期,第 120 页。

⑤ 新疆龟兹石窟研究所编:《克孜尔尕哈石窟内容总录》,文物出版社,2009 年版,第 95 页。通过查阅已出版的中国新疆壁画艺术图录,还未找到克孜尔尕哈石窟智马本生壁画的相关图片,可以参见《中国新疆壁画艺术》编辑委员会编:《中国新疆壁画艺术》第五卷《森木塞姆石窟、克孜尔尕哈石窟》,新疆美术摄影出版社,2009 年版,第 133—214 页。

王邦维教授认为:"屈支国即今天中国新疆的库车,在中国古代的史书中,更多地被称作龟兹。龟兹一名,最早见于西汉时代。"①《大唐西域记》中载屈支"国东境城北天祠前有大龙池。诸龙易形,交合牝马,遂生龙驹,𢙐戾难驭。龙驹之子,方乃驯驾,所以此国多出善马。"②又"古代屈支国或者龟兹国的龙驹与龙马的故事,在今天新疆各族流传的民间故事中,依然隐约能够找到一些踪迹。"③可以说,古代和今日新疆(龟兹)对于"马"这一动物形象都有一种文化上的特殊情绪,而克孜尔石窟和克孜尔尕哈石窟智马本生壁画的较多刻画可以算是对于这种文化心理的一种艺术表达。

学界对于佛本生经典故事——智马本生故事及壁画研究较少,研读《根本说一切有部毗奈耶杂事》卷第三十八中的智马本生故事,并从艺术特色角度分析克孜尔石窟 114 窟、17 窟和 14 窟中的智马本生壁画,对于智马本生故事及图像研究具有一定的探索意义。克孜尔石窟中的三幅智马本生壁画既有共性,亦有自身特色,在似与不似间"纠缠",给受众呈现了佛教故事和图像的深层次性和启发性。本文对于智马本生故事和克孜尔石窟智马本生壁画的探讨还处于初步研究阶段,需要学界从多层次、多角度进行更加深入、广泛的关注,以丰富智马本生故事和图像的研究。

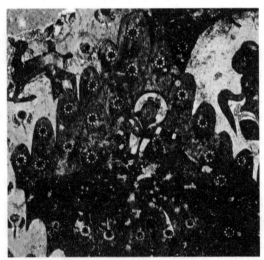

图 1    4 世纪中至 5 世纪末,《智马本生》,第 114 窟,主室券顶右侧。④

---

①  王邦维:《〈大唐西域记〉:历史、故事与传奇(二)龙驹、龙马与金花王》,载《文史知识》2014 年第 5 期,第 102 页。

②  玄奘、辩机:《大唐西域记校注》(上),季羡林等校注,中华书局,2007 年版,第 57 页。

③  王邦维:《〈大唐西域记〉:历史、故事与传奇(二)龙驹、龙马与金花王》,载《文史知识》2014 年第 5 期,第 105 页。

④  图片来源自《中国新疆壁画艺术》编辑委员会编:《中国新疆壁画艺术》第一卷《克孜尔石窟》(一),新疆美术摄影出版社,2009 年版,第 191 页。

图2 6世纪至7世纪,《智马本生》,第17窟,主室券顶右侧。①

图3 6世纪至7世纪,《智马本生》,第14窟,主室券顶左侧。②

---

① 图片来源自《中国新疆壁画艺术》编辑委员会编:《中国新疆壁画艺术》第二卷《克孜尔石窟》(二),新疆美术摄影出版社,2009年版,第52页。

② 同上书,第116页。

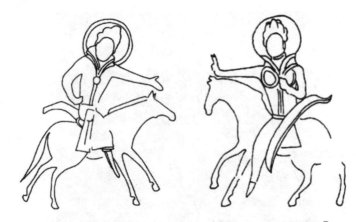

图4  克孜尔石窟114窟和14窟智马本生壁画线描图①

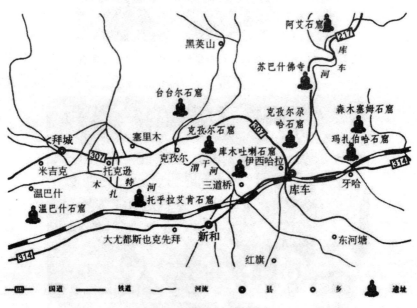

图5  龟兹石窟分布图②

作者简介:

　　王乐乐,山东人,北京大学东方文学研究中心/北京大学外国语学院在读博
士生。

---

①  图片来源自钟少异:《古兵雕虫·钟少异自选集》,中西书局,2015年版,第192—193页。

②  图片来源自新疆龟兹石窟研究所编:《库木吐喇石窟内容总录》,文物出版社,2008年版,第12页。

# 辽宁阜新海棠山旃檀瑞像之图像源流考<sup>*</sup>

## 陈粟裕

**摘 要** 辽宁省阜新市海棠山摩崖石刻群中的旃檀瑞像,秉承着一种古老的造像样式。从对敦煌、四川、日本的同类材料的梳理,可知这种衣纹绵密、一手置于胸侧、一手下垂的造像为旃檀瑞像所特有的一种样式。这种样式可以在1世纪犍陀罗地区的造像中找到大量实例。从直接来源上看,海棠山旃檀瑞像直接传承于北京弘仁寺瑞像,保持了弘仁寺瑞像的样式特征,也体现了清代北京与阜新地区的宗教文化交流。

**关键词** 海棠山 旃檀瑞像 优填王 敦煌 弘仁寺

## 一、海棠山的旃檀瑞像

中国辽宁省阜新市的海棠山摩崖石刻群保存了大量清代藏传佛教造像,是研究清代佛教艺术与信仰的重要资料。对于此处摩崖石刻的研究最早为吕振奎先生的《阜新海棠山摩崖造像考察报告》[①],按照摩崖造像分布的区域对于主要造像的题材、内容进行了辨识。其后李翎的《海棠山摩崖造像与阜新地区清代密教特征》[②]、哈斯朝鲁的《海棠山摩崖造像中文殊菩萨的造型》[③]、斯日古楞的《海棠山普安寺摩崖造像文化艺术研究》[④]等文章对造像的风格细节、单个题材考释、造像所体现出的藏传佛教特征等问题进行了研究。此外另有《辽宁阜新海棠山发现契丹小字造像碑》[⑤]、《海棠山契丹小字墓志残石补释》[⑥]两篇研究海棠山契丹文墓志的

---

* 本文系中国社会科学院创新工程"学者资助计划"2022年青年学者资助项目,项目名称"于阗佛教艺术研究"(XQ2022001)的阶段性成果。

① 吕振奎:《阜新海棠山摩崖造像考察报告》,《辽海文物学刊》1995年11月。
② 李翎:《海棠山摩崖造像与阜新地区清代密教特征》,《中国藏学》1999年5月。
③ 哈斯朝鲁:《海棠山摩崖造像中文殊菩萨的造型》,《五台山研究》2010年9月。
④ 斯日古楞:《海棠山普安寺摩崖造像文化艺术研究》,《世界宗教文化》2017年2月。
⑤ 吕振奎、袁海波:《辽宁阜新海棠山发现契丹小字造像碑》,《考古》1992年8月。
⑥ 吕振奎:《海棠山契丹小字墓志残石补释》,《民族语文》1995年8月。

**图1 海棠山栴檀瑞像**

文章,对研究海棠山的民族文化有重要意义。

在海棠山的众多造像中,有一身栴檀瑞像颇引人注目(图1),该造像为正面立像,头戴莲花宝冠,缯带飘扬于头侧,面部五官刻画细致,脸庞圆润,身着宽大的通肩大衣。一手置于胸侧面,为施无畏印,一手自然下垂,掌心向外,掌心中隐约可见法轮状图案,赤足立于莲台之上。四川大学的李翎女士在《海棠山摩崖造像与阜新地区清代密教特征》对于此尊造像进行了记录与题材判断。

栴檀瑞像又被称为优填王造像或优填王瑞像,为一种古老的造像题材。传说释迦上忉利天为母说法,优填王思慕释迦以栴檀木摹写释迦形象。关于此像来历的记载有《增一阿含经》《观佛三昧海经》《经律异相》《法苑珠林》等典籍。据《增一阿含经》载:

> 是时,波斯匿王、优填王至阿难所,问阿难曰:"如来今日竟为所在?"阿难报曰:"大王,我亦不知如来所在。"是时,二王思睹如来,遂得苦患。尔时,群臣至优填王所……群臣白王云:"何以愁忧成患?"其王报曰:"由不见如来故也。设我不见如来者,便当命终。"是时,群臣便作是念:"当以何方便,使优填王不令命终,我等宜作如来形像。"是时,群臣白王言:"我等欲作形像,亦可恭敬承事作礼。"是时,王闻此语已,欢喜踊跃……优填王即以牛头栴檀作如来形像高五尺……波斯匿王闻优填王作如来形像高五尺而供养。是时波斯匿王复召国中巧匠,而告之曰:"我今欲造如来形像,汝等当时办之。"……波斯匿王纯以紫磨金作如来像高五尺。①

优填王与波斯匿王分别以栴檀和紫磨金造释迦像,而在如《外国记》②等后世典籍的记载中,当释迦从忉利天返回时,优填王所造之像竟然跪拜迎接。因此此像又被认为是最早的瑞像。关于优填王所造的栴檀瑞像传入汉地有诸多说法与记载,③尤以梁武帝时传入说流传最广、影响最大。如道宣所著的《集神州三宝感通录》对其就有较为详细的记载:

> 梁祖武帝,以天鉴元年正月八日,梦檀像入国。因发诏募人往迎,案佛游天竺记及双卷《优填王经》。云:佛上忉利天,一夏为母说法,王臣思见,优填国王遣三十二匠及赍栴檀,请大目连神力运往,令图佛相。既如所愿,图了还返

---

① 瞿县僧伽提婆译:《增一阿含经》卷28,《大正新修大藏经》第2册,第705—706页。
② 道世:《诸经要集》卷8《兴福部第十五》,《大正新修大藏经》第54册,第76页。
③ 参见尚永琪:《优填王栴檀瑞像流布中国考》,《历史研究》2012年第2期,第163—173页。

座,高五尺,在祇桓寺,至今供养。帝欲迎请此像。时决胜将军郝骞、谢文华等八十人应募往达,具状祈请。舍卫王曰:"此中天正像不可。"乃令三十二匠更刻紫檀人图一相,卯时运手至午便就。相好具足而像顶放光,降微细雨并有异香。故《优填王经》云:"真身既隐次二像现。"普为众生深作利益者,是也。[①]

文中讲述了旃檀瑞像的来历以及入华的经过。优填王以旃檀图写佛相,梁武帝遣使以紫檀图刻而回。而后,旃檀瑞像在汉地广为传播,伴随着大量灵验故事,为民众所信仰。

# 二、旃檀瑞像的不同类型

梁武帝求得的旃檀瑞像究竟形貌如何,还有待讨论,但是在历史长河之中,对于旃檀瑞像的表现主要有三种表现方式:一、叙事型,主要表现旃檀瑞像跪迎释迦的场景。二、正面倚坐像。三、一手结印一手下垂的正面立像。

第一种类型主要见于 8 世纪后期至 11 世纪的敦煌莫高窟。这一个时间段的敦煌分别为吐蕃与张氏、曹氏归义军统治。由于频繁的战乱与不稳定的社会环境,具有护持国土、庇佑平安功能的瑞像广为流行。不少洞窟都在主龛的盝顶四披与甬道顶,绘制瑞像图或佛教圣迹图。旃檀瑞像跪迎释迦则是其中必不可少的部分。如吐蕃统治敦煌时期营建的 237 窟西龛盝顶四披绘满了来自印度、新疆各地的瑞像,其中西披最北侧的两格利用三角形的位置刻画了从天而降的释迦与双手合十,跪地迎接的旃檀瑞像(图 2)。而在张氏、曹氏归义军时期流行的《佛教圣迹图》中,则有较为复杂的表现。如完工于唐景福二年(893)九月前后[②]莫高窟第 9 窟甬道上方的《佛教圣迹图》以凉州瑞像为中心绘制了印度、西域、汉地各处著名的佛教圣地、著名高僧、灵验故事。

**图 2　莫高窟 9 窟佛教圣迹图**

整个画面中,共有四个细节部分共同表现了旃檀瑞像的灵验故事。并且在《瑞

---

①　道宣:《集神州三宝感通录》,《大藏经》第 52 册,第 419 页。
②　荣新江:《归义军史研究》,上海古籍出版社,1996 年版,第 90 页。

像记》中有相应的记录。S.2113A 中载:"佛在天,又王思欲见,乃令目健连日三十二匠往天图佛,令匠□取一相。非从降下,其来檀(像)乃迎本形礼拜。"第一个位于画面西南上角,为一身在云端飞行的比丘,其身上托着数人。为目健连带领三十二工匠前往天宫图写释迦。关于此处的单独榜题,《瑞像记》所载较多,如同为 S.2113A 中就有"大目健连已通神力,将三十二匠,往天各貌如来一相。"P.3033 中有同样的记载,并有标明方位的"已东"字样存在。根据画面的结构,此图固定位于凉州瑞像的右上角,可知此处文字当来源于自西向东的画面或是位于洞窟内南壁的壁画。第二个位于与第一个相对称的位置,为释迦在云端飞身向下。第三个位于凉州瑞像上方,同样为旃檀瑞像跪迎释迦,释迦立于云端,右手伸向旃檀瑞像;旃檀瑞像匍匐于地,为磕头状。第四个位于凉州瑞像南侧,与第三个不同的是,旃檀瑞像为胡跪状,双手合十,仰头凝视释迦。四个部分采用了异时同构的方式将优填王瑞像跪迎释迦的故事表现了出来,让人一目了然。但是这种叙述性的优填王瑞像故事仅流行于张氏、曹氏归义军时期的敦煌石窟,其他地域未曾见到。

**图 3　龙门石窟旃檀像**

第二类为唐贞观十九年(645)玄奘西行带回的旃檀瑞像。据《大慈恩寺三藏法师传》载,玄奘东归携回的物品中有"刻檀佛像一躯,背光座高尺有五寸,拟侨赏弥国出爱王(优填王)思慕如来,刻檀写真像。"此后这种造像在龙门石窟与巩县石窟中广为图刻,多数伴随有造像题记。如敬善寺北龛比丘□□造像记:"比丘□□,为亡父母敬造优填王一躯,法界共同斯福德。永徽六年十月十五日。"又如李大娘造像记:"显庆四年七月□□,李大娘为亡夫斯德造优填王像一坩,愿托生西方及法界众生,共同斯福。"据统计龙门石窟中优填王造像龛至少有 42 处之多,造像数目不少于 70 尊。巩县石窟凿刻有 5 身,现存 1 身。[①] 这类优填王造像的样式非常统一,均为正面端坐的倚坐佛像,身着袒右式袈裟,衣纹光洁,左手置于左膝之上,右手置于胸前,为说法印,两腿下部袈裟下方系有一衣穗。整个造像形体简练,有明显的程式化倾向(图 3)。

第三类为正面立像,其常见造型为佛像身着通肩袈裟,一手于胸前结说法印,一手自然下垂或握住袈裟下摆。这种类型的代表性作品为日僧奝然于雍熙三年(986)从台州摹刻、带回日本京都清凉寺的旃檀瑞像(图 4)。根据奝然弟子盛算编撰的《优填王所造旃檀释迦瑞像历记》载,此像摹刻自北宋汴京启圣禅院:

---

① 参见李文生:《我国石窟中的优填王造像——龙门石窟优填王造像之早之多为全国石窟之最》,《中原文物》1985 年第 4 期,第 104—105 页。

图4　日本清凉寺
藏旃檀像

　　明年（雍熙元年）正月……入滋福殿，大师并一行人礼
拜瑞像……心欲奉造之间，其像移以安置内里西化门外新
造启圣禅院。院是今上官家舍一百万贯钱所造也。于是，
招雇雕佛博士张荣，参彼院奉礼见移造。彼朝雍熙三年，
载台州客郑仁德船，奉迎请像耳。[①]

　　这尊现藏于日本京都清凉寺的旃檀瑞像高160厘米，为正
面立像，由魏氏樱桃木雕造而成，佛头肉髻高耸，波浪纹卷发，
面庞圆润，长眉细目，双颊鼓出，身着紧贴身体的通肩袈裟，一
手举于胸侧，为施无畏印，一手下垂于身侧，掌心向外。虽然在
盛算编撰、抄写的文字中，对于此尊旃檀瑞像的来源、传承记录
混乱，但是整尊造像体现出了浓厚的唐代造像风格。而瑞像所
遵循的样式则是一种沿着丝绸之路传播的古老佛教造像样式，
海棠山的旃檀瑞像也正是这种样式的传承。

# 三、海棠山旃檀瑞像的样式源流

　　身着通肩袈裟，一手举于胸侧，一手下垂的造像在早期的犍
陀罗艺术中是较为常见的一种，如图5所示的释迦如来立像出
自今巴基斯坦白沙瓦地区，就是采用这种身姿。这尊造像为波
浪纹卷发，高鼻深目，为典型的犍陀罗造像特征，通肩袈裟从左
至右包裹住身体，衣纹绵密、贴体，能够看到衣纹之下身体的起
伏。一手自然下垂，微微握住袈裟角，一手曲肘举于胸侧，虽然
手部残损，但是手置于胸侧施手印当是无疑。在犍陀罗造像中，
此种样式的立像存世较多，散藏于世界各大博物馆，虽然其身份
尚不明确，学者们多以"释迦像"称呼，1世纪左右流行的这种造
像样式沿着丝绸之路与海上丝绸之路传入汉地。

　　位于丝绸之路西域南道的于阗就有为数不少的这种样式的
立像发现，如5世纪的喀拉赛遗址与8世纪的喀达里克遗址均
出土了这种样式的泥塑立佛像，可见在于阗这种左手下垂、右手
结印的佛像在相当长的时间中较为流行。同样，丝绸之路西域

图5　新德里
博物馆释迦像

　　① 盛算：《盛算记》，高楠顺次郎：《大日本佛教全书》第14册《优填王所造旃檀释迦瑞像历记》，京都
清凉私藏本，东京：共同印刷株式会社，1931年，第319页。此处转引自尚永琪：《优填王旃檀瑞像流布中国
考》，《历史研究》2012年2期，第172页。

北道上的克孜尔石窟，也留存有大量这种样式的壁画。甚至是云冈石窟第 20 号窟旁边的立佛像，尽管手部残损，但是依然能看出相似之处。

图 6　杜僧逸造像

在中国南方地区，南梁时此种造像以"阿育王像"的名称从海上丝绸之路传播而来。据《高僧传》载：

> 又昔晋咸和中丹阳尹高悝，于张侯桥浦里掘得一金像，无有光趺，而制作甚工。前有梵书云：是育王第四女所造。悝载像还至长干巷口，牛不复行非人力所御。乃任牛所之，径趣长干寺。尔后年许，有临海渔人张系世，于海口得铜莲华趺浮在水上，即取送县。县表上上台，勅使安像足下，契然相应。后有西域五僧诣悝云：昔于天竺得阿育王像，至邺遭乱藏置河边，王路既通寻觅失所。近得梦云：像已出江东为高悝所得，故远涉山海欲一见礼拜耳。悝即引至长干，五人见像欷歔涕泣，像即放光照于堂内。五人云：本有圆光今在远处。亦寻当至。①

图 7　莫高窟 231 瑞像

相似的资料还见于《南史》卷七十八"列传第六十八""南海诸国"条，可见南朝时有阿育王像传入的记载。这段资料同样有实物加以印证，四川成都万佛寺出土的窖藏佛像中就有十余尊这种造像，如图 6 所示的杜僧逸造像即是典型，此像呈现出典型的笈多式特征，螺髻，面短而圆，身着通肩大衣，衣纹线条呈"U"字形层层下坠，双手屈肘置于腰部两侧，可惜双手不见，但是样式的基本特征还是保留了下来。

这种样式的造像再次流行，是在 8—9 世纪的敦煌。吐蕃统治敦煌时期，由于战乱频繁，瑞像救世的思想一度流行，在莫高窟的 231、237 窟中就汇集了来自印度、西域等各地的瑞像。其中相当多的一部分为一手自然下垂，一手曲肘举于胸侧的立佛像。根据榜题，可知各自的名号与来源如"中天竺摩诃菩提寺造释迦瑞像"（图 7）、"迦叶佛从舍卫城腾空于固城住瑞像""于阗坎城瑞像""此牛头山像从耆山履空而来""于阗国石佛瑞像""释迦牟尼真容从王舍城腾空住海眼寺"这几身瑞像虽然名为于阗瑞像，但是也标明了印度的来源。而这些瑞像在造型、身姿上都几乎一样。

---

① 慧皎：《高僧传》卷第十三，《大正藏》第 50 册，第 409 页。

　　而与海棠山旃檀瑞像更为接近的是,敦煌石窟中也出现了将立佛像佩戴以头冠、项圈、璎珞等装饰的瑞像。如于阗故城从舍卫国腾空而来的微波施佛就是身着通肩袈裟,头戴吐蕃统治敦煌时流行的山字型宝冠。这种以宝冠装饰佛像的行为可以从《大唐西域记》找到依据。

> 王城行至三百余里,至勃伽夷城,中有佛坐像,高七尺余,相好允备,威肃巍然,首戴宝冠,光明时照。闻诸土俗曰:"本在迦湿弥罗国,请移至此。"……(王)与迦湿弥罗王谢咎交欢,释兵而返,奉迎沙弥时所供养佛像,随军礼请。像至此地,不可转移,环建伽蓝,式招僧侣,舍宝冠置像顶。今所冠者,即先王所施也。[1]

　　在对于以上材料的梳理之后,可以发现,身着通肩袈裟、一手下垂、一手于胸侧结印的立佛像为一种非常古老的样式,在犍陀罗时期有一定的流行度,而后沿着南北丝绸之路传入中国,到了唐代,这种造像以瑞像的方式重新流行在敦煌、西域地区。值得注意的是,供奉在大昭寺的释迦牟尼等身像在层层金箔的包裹之下,依然能够看到所穿着的紧贴身体的通肩袈裟。此尊造像为文成公主入藏时带入,反映出唐代对于古老样式、古老造像的尊崇。

# 四、清代蒙古地区旃檀瑞像的信仰

　　在藏传佛教的系统中,对旃檀瑞像也有大量记载,据学者们的研究,北京版《藏文大藏经》中的"旃檀于中国身像来记"(1263)为萨迦班智达的信徒安藏答纳思(Amtsang Danasi)由畏兀尔语转译成藏文。[2] 在此之后,成书于1346年的《红史》、1388年的《西藏王统记》中均有优填王以旃檀木造释迦像的记载。作为一种特殊的帝王造像,元代宫廷中对旃檀瑞像的信奉盛极一时。最为著名的就是至元九年(1272)为安置旃檀瑞像建造的大圣寿万安寺。元代程矩夫撰写的《敕建旃檀瑞像殿记》详细撰写了旃檀瑞像的来源、流传、传入中国的经历、至元二十六年(1289)世祖忽必烈将其从万寿山仁智殿迎至大圣寿万安寺的过程:

> 北至燕京,居今圣安寺十二年。北至上京大储庆寺二十年。南诏燕宫内殿居五十四年。大元丁丑岁三月,燕宫火,尚书石抹公迎还圣安寺居。今五十九年而当世祖皇帝至元十二年乙亥,遣大臣孛罗等,四众备法驾仗卫音伎奉迎万寿山仁智殿。丁丑建大圣万安寺二十六年己丑,自仁智殿奉迎于寺之后殿,

---

①　玄奘、辩机:《大唐西域记》,季羡林等校注,中华书局,1985年版,第1015—1016页。
②　王尧、陈庆英:《西藏历史文化词典》,西藏人民出版社,1998年版。

世祖躬临,大作佛事。①

此尊旃檀瑞像在元代受到极大的尊崇,元贞元年(1295)元成宗铁穆耳在大圣寿万安寺亲自供奉旃檀瑞像,并做大佛事。随着统治者的推广,旃檀瑞像的传说也在蒙古贵族中流行开来。清代康熙四年(1665)将此像从鹫峰寺迎自弘仁寺,自此直到1900年法国侵略者将此寺焚毁,此寺一直是清王朝重点经营的对象。每年新年的第一天,皇帝都要亲自到弘仁寺参拜旃檀佛像,因此此寺又被俗称为旃檀寺。更为重要的是,据《蒙藏佛教史》记载,此寺为章嘉活佛驻锡之地,17世纪章嘉活佛亲自著有《旃檀佛像史略及绕礼功德》。在清帝与章嘉活佛的推动下,对弘仁寺的旃檀瑞像信奉流行于满、蒙、藏地区。北京的旃檀佛像也成为蒙古人入京朝圣的重要圣像。例如,1892年11月14日,俄罗斯东方学家阿·马·波兹德涅耶夫(A. M. Pozdneev)在蒙古国杭爱山脉(Khangai Mountains)遇到两个蒙古族徒步旅行者,他们说正要去往北京朝拜旃檀佛。② 此外,多位蒙古的高僧大德都曾到弘仁寺参拜,如1698年一世哲布尊丹巴呼图克图扎纳巴扎尔、1738年二世哲布尊丹巴都曾膜拜该像。

虽然这尊著名的旃檀瑞像已经随弘仁寺一同被焚毁。但是我们从清代的版画作品中依然可以看到此尊瑞像的形象,如《鸿雪因缘图记》中旃檀寺的插图,可以看到这尊造像为正面立像,头戴五佛冠,一手举于胸侧,掌心向外,一手下垂。而据清代文人的记载,如《日下旧闻考》卷41引《金鳌退食笔记》:"弘仁寺在太液池西南岸,……旃檀佛像高五尺,鹄立上视,后瞻若仰,前瞻若俯,衣纹水波骨法见其表,左手舒而直,右手舒而垂,肘掌皆微弓……相传为旃檀香木,扣之声铿锵若金石,入手不濡,轻如桼漆,……万历中慈圣太后始傅以金。"③可见这尊造像身着紧贴身体的袈裟,秉承着旃檀瑞像所特有的造像样式。留存至今的雍和宫旃檀瑞像为乾隆帝的母亲钮祜禄氏所供奉,从其样式来看很可能为弘仁寺旃檀像的摹本。

据嘉木扬·凯朝在《中国蒙古族地区藏传佛教》中的论述,"海棠山摩崖造像开始于道光年间。在摩崖题记中发现造像最早的时间也是道光年间,共有五处,其中一处摩崖题记只雕刻有藏历土鼠年,未刻皇帝纪年……定为道光八年(1828)。……四世活佛丹毕道尔吉主持寺院期间,普安寺向本旗百姓特别是富人家,化缘集资。"④嘉庆元年(1796)四世活佛被授予"莫日根堪布呼图克图"称号,可见清代宗教事务对普安寺的重视。在这种情况之下,弘仁寺旃檀瑞像的样式传播至海棠山,

---

① 念常:《佛祖历代通载》卷22《敕建旃檀瑞像殿记》,《大正新修大藏经》第49册,第730—731页。

② [法]沙怡然:《从北印度到布里亚特:蒙古人视野中的旃檀佛像》,郭丽平、贾维译,《故宫博物院刊》2011年第2期,第87页。

③ 转引自金申:《汉藏佛教中的旃檀瑞像》,《文物春秋》2005年第4期,第35页。

④ 嘉木扬·凯朝:《中国蒙古族地区佛教文化》,民族出版社,2009年版,第234页。

是完全有可能的。

# 小　结

　　以上,通过对旃檀瑞像源流、样式的梳理,可知海棠山的旃檀瑞像为一种非常古老的造像样式,其特点为身着通肩袈裟,衣纹绵密,一手置于胸侧、一手下垂的立佛像。唐代的敦煌莫高窟、南梁时的成都万佛寺、平安时代的日本京都清凉寺都能够找到这种样式的瑞像,这种样式甚至可以远溯到巴基斯坦白沙瓦犍陀罗时期的佛教造像。可见旃檀瑞像流行的区域之广、为民众信仰之深。从具体的传承而言,海棠山与雍和宫的旃檀瑞像都为北京弘仁寺瑞像的摹刻,充分反映了清政府在宗教层面对蒙古地区的经营。而阜新地区与北京之间在宗教、艺术上的交流也使得优秀的传统文化得以保存。

　　作者简介:
　　陈粟裕,中央美术学院美术史博士,现为中国社会科学院世界宗教研究所副研究员,主要从事新疆与敦煌佛教艺术研究。

# 纪念苏轼：传乔仲常
# 《后赤壁赋图》再研究*

[英]Francesca Leiper

**摘　要**　传乔仲常《后赤壁赋图》是一幅北宋图文结合的长卷山水画，描绘苏轼脍炙人口的《赤壁赋》。本文将史料中宋代苏轼肖像画与此画中苏轼的相貌进行比对，并通过辨析画面的题识文字与跋文，探讨此画所体现的纪念性意义及描绘苏轼《后赤壁赋》的深层原因。在北宋末苏轼翰墨数次被禁毁的情况下，《后赤壁赋图》不仅为后世保存了苏轼的文学和精神，而且通过画面的笔墨、图像及画中体现出的思想，作为纪念苏轼最适合的方式。

**关键词**　后赤壁赋图　乔仲常　梁师成　纪念性

## 引　言

现藏于美国纳尔逊·阿特金斯艺术博物馆的《后赤壁赋图》是一幅纸本墨笔长卷山水画，描绘苏轼脍炙人口的《赤壁赋》。该卷分为九个场景，图像和文本并置于在画面上，在笔墨表现形式上具有写意和文人画的特点。根据画尾宣和五年（1123）的跋文和《石渠宝笈》的记载，大部分学者将其定为北宋画家乔仲常之作。《后赤壁赋图》不仅是现存最早，最接近苏轼在世时间的一幅赤壁图，而且也是现存唯一将赋文分段题识在画面上的赤壁图。因此，此画在中国流行的赤壁图传统中是非常值得研究的，并且作为早期作品，更应是有特殊的创作动机和意义。

《后赤壁赋图》画心和跋文中有多方北宋梁师成（？—1126）之款印，他是宋徽宗在位时的宦官，也自称是《赤壁赋》作者苏轼的"出子"。① 在北宋末年苏轼翰墨数次被禁毁的情况下，梁师成仍然热衷于收集和保护苏轼的墨迹文章，并与苏轼的

---

*　本文为作者硕士毕业论文的部分研究成果。

① 王称：《东都事略》（卷一百二十一），10b，《景印文渊阁四库全书》（第825册），台湾商务印书馆，1983年版；徐梦莘：《三朝北盟会编》（卷三十二），16b，《景印文渊阁四库全书》（第350册），台湾商务印书馆，1983年版；苏过：《苏过诗文编年笺注》（附录一），舒星校补，蒋宗许、舒大刚校注，北京：中华书局，2012年版。

儿子苏过有密切的关系。[①] 因此，学者薛磊在他 2016 年的文章中首次提出《后赤壁赋图》可能有纪念苏轼的作用，认为这幅画是梁师成专门为了纪念所谓的父亲苏轼而组织创作的一幅画。[②]

本论继续延展这个主旨，将史料中宋代苏轼肖像画与此画中苏轼的相貌进行比对，并通过辨析画面的题识文字与跋文，探讨此画所体现的纪念性意义及描绘苏轼《后赤壁赋》的深层原因。在苏轼翰墨被禁毁的情况下，《后赤壁赋图》不仅为后世保存了苏轼的文学和精神，而且通过画面的笔墨、图像及画中体现出的思想，作为纪念苏轼最适合的方式。

# 一　宋代苏轼的画像

在欣赏《后赤壁赋图》时，观者很容易就能觉察到主角苏轼在画中多次被细致地描绘。他在画中的相貌具有个性，前后的衣冠、相貌保持一致，易于辨认。除此之外，画家还将赋文未提到的有关苏轼在黄州生活的细节加入画中。因此，我们可以把《后赤壁赋图》理解为一种肖像画进行研究。

北宋时，中国肖像画经历了巨大的改变。根据画像在不同场合的使用方式，其意义和作用有很大的区别，因此画像在表现形式上变得越来越丰富。文以诚（Richard Vinograd）曾指出肖像画与仪式关系尤为密切，其意义取决于周围的真实或隐含的仪式空间和使用背景，因此在研究肖像画时，必须对画像的使用背景充分了解以免误判。[③] 北宋以来，文献中有关苏轼画像的记录甚多，但保存于世的却很少。下面将苏轼像分为三种类型进行分析：宫廷画像、宗教性画像和文人画像。这些类别并非相互独立，但是有助于推测出《后赤壁赋图》的特殊意义所在。

## （一）宫廷画像

宋朝时，有更多的官员不是皇亲而是通过科举进入官府，因此官吏在宫廷内的权势和影响与日俱增。随着官府的改革，除了帝王画像之外，官吏的肖像创作逐渐频繁了。这种帝王、官吏画像通常以立像表现被挂在宗庙或寺庙中，[④] 有纪念先世

① 何薳：《春渚纪闻》，张明华点校，北京：中华书局，1983 年版，第 96—97 页。

② Xue, Lei（薛磊）. The Literati, the Eunuch, and a Memorial: The Nelson-Atkins's Red Cliff Handscroll Revisited. *Archives of Asian Art*, Duke University Press, 2016, 66 (1): pp. 25—49.

③ Vinograd, Richard. *Boundaries of the Self: Chinese Portraits, 1600—1900*. Cambridge: Cambridge University Press, 1992. p. 5.

④ Fong, Wen C（方闻）. *Beyond Representation: Chinese Painting and Calligraphy, 8th—14th Century*. New York: Metropolitan Museum of Art; and New Haven: Yale University Press, 1992. p. 46.

或在世代表人物的作用，引起民众的崇拜。帝王像从技法上讲应为难度最高的肖像画，因为"画像不但要在画面中捕捉到帝王外貌的形似，还需要展示出皇帝的天子气息，这不仅要求画家有突出的再现能力，也要求他对于中国人的相面法有完整的了解"①。从汉代以来，人们开始用画像纪念历代帝王，例如山东嘉祥武梁祠运用肖像系列的方式记录五位古代帝王（图1）。唐代时阎立本沿用了这种表现形式在《历代帝王图》中绘制了十三位历代帝王的形象。

图1　东汉晚期，《古帝王画像位》，山东嘉祥武梁祠石室画像，拓片，规格不详，普林斯顿大学藏。

由于宫廷画像的政治敏感性，宫廷画家在画面程式感和笔墨形式上，有一种正规的皇家风范。宋人郭若虚在《图画见闻志》中提到过不同地位的人被写像时，对于表现的要求有所区别："画人物者必分贵贱气貌、朝代衣冠。释门则有善功方便之颜。道像必具修真度世之范。帝王当崇上圣天日之表。外夷应得慕华钦顺之情。儒贤即见忠信礼义之风。"②人物的衣冠具有重要的代表作用，因此画家经常把对象的全身表现出，背景简单或留空，以人物为画面的核心部分。

作为北宋重要官员之一，苏轼的肖像被宫廷画家画过也不例外。根据记载，熙宁十年（1077）曾经为皇帝写像的宫廷画家妙善给苏轼画像。当时苏轼在徐州任知州，在他的《赠写御容妙善师》一首诗中记载：

忆昔射策干先皇，珠帘翠幄分两厢。　紫衣中使下传诏，跪捧冉冉闻天香。
仰观眩晃目生晕，但见晓色开扶桑。　迎阳晚出步就坐，绛纱玉斧光照廊。
野人不识日月角，仿佛尚记重瞳光。　三年归来真一梦，桥山松桧凄风霜。
天容玉色谁敢画，老师古寺昼闭房。　梦中神授心有得，觉来信手笔已忘。
幅巾常服俨不动，孤臣入门涕自滂。　元老侑坐须眉古，虎臣立侍冠剑长。

①　方闻、郭建平：《宋、元、明时代的帝王像》，《东方收藏》2008（4），第103页。

②　郭若虚：《图画见闻志》（卷一），黄苗子点校，人民美术出版社，2016年版，第8—9页。

平生惯写龙凤质,肯顾草间猿与獐。都人踏破铁门限,黄金白璧空堆床。

尔来摹写亦到我,谓是先帝白发郎。不须览镜坐自了,明年乞身归故乡。①

　　在这首诗中,苏轼首先是回忆朝宫以前的事情,表达他对先皇的怀念,然后中间部分称赞妙善的画像。"天容玉色谁敢画"一句说明妙善因为曾为皇帝写过真,他画像的技艺一定很精彩。"梦中神授心有得,觉来信手笔已忘"是指妙善的画像栩栩如生,有神授、传神之笔。最后两句是关于妙善给苏轼画像,说苏轼是先帝侍从官,头发已经开始发白。妙善把他画得如照镜子一样相似,所以我们可以想象这幅画在细节和表现技法上非常精致。苏轼因被妙善写真而感到很荣幸,但也有一点骄傲的寓意。诗中讲到许多与皇帝画像相关的内容,以及妙善"平生惯写龙凤质",实际上苏轼是把自己跟皇帝比较。1077 年这幅画像创作的时候,"乌台诗案"还没有发生,而苏轼还是朝宫尊重的官吏,因此这幅画的作用应该是为了纪念苏轼作为代表性官员之一。

图 2　北宋,佚名《睢阳五老图·毕世长像》,册页,绢本,
设色,32.1 × 40 cm,大都会艺术博物馆藏。

---

① 苏轼:《苏轼诗集》(卷十五),孔凡礼点校,王文诰辑注,中华书局,1982 年版,第 770—772 页。

　　由于以上苏轼像已经不存在了,我们只能根据现存宫廷画像想象这幅画在表现形式上的特点。北宋正规画像保存到现在极为罕见,但有一幅《睢阳五老图》(图2)仍然存在。此画原来是一幅完整的手卷,现在分为五张册页,纪念五位八十岁以上的重臣。画面构图以人物为核心,"五老"为四分之三侧视立像单独表现。每位重臣表情庄严文雅,头戴方帽,面部的皱纹和衣服的褶皱被细致地描绘出。在每个人物的眼神上方有文字说明姓名、官员级别及年龄。北宋时做官非常坎坷又不稳定,所以即能够达到高级官员地位又能够长寿在那个时期确实罕见。① 这幅画采用唐代肖像系列的表现形式并不偶然,据江居玉(Scarlett Jang)研究,这是专门为了反映先帝画像的表现形式。该画一方面是尊老敬贤,但另一方面是运用"五老"代表宫廷的伟大,因为这些重臣只能在良好的宫廷环境下达到如此高的教育地位和年龄。② 虽然作为横卷此画不适合挂在宗庙或寺庙中,但是五人像后原有北宋欧阳修、范仲淹、司马光、苏轼、黄庭坚、苏辙等十八个名家的题跋,证明此画有重要的展示作用。

　　《睢阳五老图》和妙善的苏轼像两幅都重视人物外貌的形似,而宫廷画像使用的超自然表现主义对于宋代之后其他正规人像带来深远的影响,包括在所谓的顶相和祖先肖像画。③ 虽然无法知道妙善为苏轼画像在表现形式、笔墨、构图等方面具体如何,但可以想象该画应该运用正式的画像形式,并犹如《睢阳五老图》一样应有代表官府的目标作用。

### (二)宗教性画像

　　宋代以来肖像开始使用在皇家祭祖礼仪中,据伊沛霞(Patricia Ebrey)研究,这是因为受到佛教的影响。④ 也许因为如此,除了皇家肖像之外,世俗人物画像出现的场所越来越广泛,因此肖像画被赋予了新的意义和功能。史料中关于苏轼像在宗教和祭祀环境中的记载亦不在少数。他的画像在各种公共场合悬挂,例如家庙、

---

　　① Fong, Wen C (方闻). *Beyond Representation: Chinese Painting and Calligraphy, 8th—14th Century*. New York: Metropolitan Museum of Art; and New Haven: Yale University Press, 1992. p. 46.

　　② Jang, Scarlett (江居玉). *Representations of Exemplary Scholar-Officials, Past and Present*. In: Liu, Cary Y. and Dora C. Y. Ching, eds. Arts of the Sung and Yuan: Ritual, Ethnicity, and Style in Painting. Princeton, NJ: Art Museum, Princeton University, 1999. pp. 56—58.

　　③ 方闻、郭建平:《宋、元、明时代的帝王像》,《东方收藏》2008(4),第 103 页。

　　④ Stuart, Jan and Evelyn S Rawski. Worshiping the Ancestors: Chinese Commemorative Portraits. Washington, D. C.: Freer Gallery of Art / Arthur M. Sackler Gallery, Smithsonian Institution, 2001. p. 38.; Ebrey, Patricia (伊沛霞). Portrait Sculptures in Imperial Ancestral Rites in Song China. T'oung Pao, Second Series, 1997, 83 (1): p. 57.

佛寺、生祠等。《邵氏闻见后录》记载苏轼好友李公麟为他画的庙像:"晁以道言:当东坡盛时,李公麟至,为画家庙像。后东坡南迁,公麟在京师遇苏氏两院子弟于途,以扇障面不一揖,其薄如此。"①这幅画像是苏轼活着的时候使用的,而当时人们认为活着人的精神能存在于肖像画中。② 尤其苏轼南迁之后,这幅家庙画像为该地方的人保护苏轼的记忆。

李公麟为苏轼写貌不仅一次,根据记载佛寺中也有他的画像。建中靖国元年(1101)苏轼被朝廷大赦了之后,他从海南北归的路上,在镇江金山寺中遇见过一幅自己的画像。苏轼在《自提金山画像》一文中留下了感想,说:"心似已灰之木,身如不系之舟,问汝平生功业,黄州、惠州、儋州。"③据查注中《金山志》,此图是李公麟画的:"李龙眠画东坡像留金山寺,后东坡过金山寺,自题云云。"④

虽然苏轼和李公麟关系密切,但是跋中并没有提及李公麟,而苏轼是因为被这幅画感动了所以反思自己的一生。在石慢(Peter Sturman)看来,苏轼短短的一句话其实涵盖了肖像画的两大特质:一是"现实表现"(representation),即李公麟对于表现苏轼真实相貌的技艺,易于苏轼辨认画中是自己;二是"象征表现"(presentation),即李公麟使用他的技艺表达苏轼相貌之外的个人特质。因此苏轼在金山寺观察此画之后,他所看的不是图像化的自己,而是真实的自己。这时候他才会深刻地反思:我是谁? 我代表什么? 此点说明李公麟的画不仅把苏轼相貌画得很像,而且画像也能够传神。⑤ 1101 年在苏轼逝世不久之前,他认为一生最有代表性的功业是他三次被贬到黄州、惠州和儋州。北宋政治对苏轼生涯的影响在另一幅苏轼像有体现。苏轼被贬惠州时(1094—1097)赠给其子苏迈一幅自画像,背面写"元祐罪人,写影示迈"⑥。

苏轼画像在寺庙和家庙中的呈现说明人们把他如神一样敬仰。这些画像在宗教性环境中具体使用方式无法确定,但有关寺庙的画像可以参考宋代盛行的另外一种画像,即顶相。佛寺中的肖像有可能受到顶相的影响。顶相是佛教中为祖师画的肖像画,最早是葬礼使用的核心象征物品。宋朝时,顶相的形式和使用方式变得更丰富,不一定只用在葬礼和纪念仪式中,而且为庙中在世的各种地位的人而做

---

① 邵博:《邵氏闻见后录》(卷二十七),李剑雄、刘德权点校,中华书局,1983 年版,第 215 页。

② Schafer, Edward H.. T'ang Imperial Icon. Sinologica, 1963, (7): p. 160.

③ 苏轼:《苏轼诗集》(卷四十八),孔凡礼点校,王文诰辑注,中华书局,1982 年版,第 2641—2642 页。

④ 同上。

⑤ Sturman, Peter C (石慢). *In the Realm of Naturalness: Problems of Self-Imaging by the Northern Sung Literati*. In: Hearn, Maxwell K. and Judith G. Smith, eds. Arts of Sung and Yuan. New York: The Metropolitan Museum of Art, 1996. p. 165.

⑥ 曾枣庄、刘琳主编:《全宋文》(卷三五五三),上海辞书出版社、安徽教育出版社,2006 年版,第 389 页。

的。① 顶相流传至今极为罕见,但从史料中记载顶相赞语能够对其有所了解。十一世纪中期祖师开始在画像题"自术真赞",而到了十一世纪晚期顶相记录中的真赞超过一百多个也很常见。② 可见,除了顶相作为画像在仪式中的使用之外,题赞亦然为顶相组成的重要部分之一。

　　北宋以来,之所以画像在家庭仪式中逐渐频繁使用,原因之一是因为受到顶相的影响。③ 人像用来替代死者在中国艺术史上历史悠久,如马王堆汉墓帛画上有死者辛追的画像。画像经常被用在公共仪式当中,但从什么时候画像在民间家里的祭祀仪式中使用则不明确。东汉"丁兰刻木事亲"应为现存最早例子,在东汉武梁祠中石室画像,并配合文字"丁兰二亲终殁,立木为父。邻人假物,报乃借与"(图3)。图中丁兰跪在地上向木像磕头表示尊敬和孝义。丁兰将木像以活着的人对待,说明他认为肖像还能够保留母亲的神。"丁兰刻木事亲"为典型孝顺的故事之一,被郭居敬编入《全相二十四孝诗选》中。

**图3　东汉,山东嘉祥武梁祠石室画像,拓片,规格不详。**

　　对于苏轼像在民间家里的使用也有史料证明。《宋史》有记载:"轼二十年间再莅杭,有德得于民,家有画像,饮食必祝,又作生祠以报。"④文中提到的"生祠"表示此图使用时苏轼还在世,而居民向画像献饮食证明苏轼像在当时的老百姓将其使

---

① Foulk, T Griffith and Robert H Sharf. On the Ritual Use of Chan Portraiture in Medieval China. Cahiers d'Extreme-Asiae, 1993, 94: p.196.

② Ibid., p.197.

③ Xue, Lei(薛磊). The Literati, the Eunuch, and a Memorial: The Nelson-Atkins's Red Cliff Handscroll Revisited. Archives of Asian Art, Duke University Press, 2016, 66 (1): p.30.

④ 《宋史》(卷三百三十八),中华书局,1985年版,第1081页。

用在私人家礼仪中，表示对他的崇拜和敬仰。

可是《后赤壁赋图》是苏轼逝世之后才制作的，一旦人去世，其画像被赋予了新的意义。北宋新旧党争中，司马光强烈反对王安石的变革，苏轼也是因为反对新法被贬。元祐元年(1086)司马光因病去世，开封居民因此争抢他的印制画像，放在家里祭祖。① 可见在北宋时期，尤其新旧党争中，老百姓用代表人物的画像表达自己的政治倾向，并且画像被家庭用于祭祖和祭奠。在人们已经无法接触到死者的情况下，通过与画像的互动，在观念、感情、道德等层面上依然可以保持联系。并且随着宋代印刷技术的发展，著名人物的画像更容易得到。

苏轼逝世之后，他的好友黄庭坚(1045—1105)悬挂苏轼像并每天向其尊奉，《邵氏闻见后录》记载："赵肯堂亲见鲁直晚年悬东坡像于室中，每蚤作，衣冠荐香，肃揖甚敬。"②黄庭坚家中悬挂的东坡像说明此画为立卷，而"晚年"只能是苏轼1101年去世和黄庭坚1105年去世之间的四到五年的时间。黄庭坚选择把苏轼像挂在家中原因之一，可能是因为1103—1111年期间宋徽宗禁止刊印和收藏苏轼之文字墨迹，因此自然会阻碍苏轼像在寺庙等公共场合的出现；原因之二，由于苏轼与黄庭坚关系非常密切，再加上此图也许是苏轼圈子的文人所画的，因此其纪念性意义就更明显。

### (三) 文人画像

北宋的文人圈子里也有写像和题跋的习惯。学者衣若芬针对北宋肖像画题画诗的分析，表明人像在文人之间的交换作为一种社会的交往。她认为画家为文人写像共有四种原因："有些画家是受文人之托而写像……；有些是基于朋友的情谊……；有些则因迎慕文名而特为文人留影……；还有的画家为求文人笔墨而作画。"③北宋时也有苏轼像为这种原因而创作的，并引起了苏轼的题画诗，例如文士何充为苏轼画像。据衣若芬，此画为了迎慕苏轼的文名，虽然画作已经不存在，但是被苏轼的《赠写真何充秀才》记录至今，诗中云：

> 君不见潞州别驾眼如电，左手挂弓横揽箭。
> 又不见雪中骑驴孟浩然，皱眉吟诗肩耸山。
> 饥寒富贵两安在，空有遗像留人间。

---

① Twitchett, Denis and Paul Smith, eds. *The Cambridge History of China*, vol. 5: *Part One: The Sung Dynasty and its Precursors*, 907—1279. Cambridge: Cambridge University Press, 2009. p.509.

② 邵博：《邵氏闻见后录》(卷二十一)，李剑雄、刘德权点校，中华书局，1983年版，第162页。

③ 衣若芬：《北宋题人像画诗析论》，《中国文哲研究集刊》1998(13)，第128页。

　　此身常拟同外物，浮云变化无踪迹。

　　问君何苦写我真，君言好之聊自适。

　　黄冠野服山家容，意欲置我山岩中。

　　勋名将相今何限，往写褒公与鄂公。①

　　诗中前两句提到两位著名人物。根据清代王文诰辑注，"潞州别驾眼如电，左手挂弓横撚箭"是指善于射箭的唐玄宗（712—756 在位），在位前曾担任过潞州别驾。第二句提到孟浩然，因为以前向玄宗寻求仕官让皇帝不满，所以离开了长安。孟浩然（689—740）在雪中骑驴"皱眉吟诗肩耸山"涉及他弃官之后追求隐逸的生活。② 苏轼将自己与两位比较，说自己如"外物"在浮云中消失无踪了。接下来描述苏轼被何充画得如山人一般穿"黄冠野服"，意欲将他置于山岩中。

　　在范如君所见，孟浩然的意象彰显苏轼"对理想隐士的追求"以及"隐逸心志"。③ 但石慢认为苏轼的意思并没有如此简单，他认为苏轼在讽刺何充，虽然何充"好之聊自适"，但实际上画面使用孟浩然在雪中骑驴是典型的表现方式。"勋名将相今何限，往写褒公与鄂公"一句中苏轼劝何充不要被典型模式所限制，否则写真难以表达出他的神采。④ 与上述宫廷画像相比，这幅画像应该不只是表现苏轼的相貌，而何充"意欲置我山岩中"可能是指苏轼被画在山水的背景中。如此，画家试图运用人物之外的物象和背景表达苏轼的自然的状态，让他在画中传神。

　　有关写像与传神，苏轼在《传神记》中曾经写道："传神与相一道，欲得其人之天，法当于众中阴察之。今乃使人具衣冠坐，注视一物，彼方敛容自持，岂复见其天乎！"⑤苏轼强调传神要得出对象天然的神情和气概，而方法是在平时生活背景中观察对象。如果画家为了写真让人正襟危坐盯着一处，无法抓住和表现对象的精髓。苏轼在评价陈直躬画的野雁时用具体的例子表达了这个意思：

　　野雁见人时，为起意先改。

　　君从何处看，得此无人态。

---

　　① 苏轼：《苏轼诗集》（卷十二），孔凡礼点校，王文诰辑注，中华书局，1982 年版，第 587 页。

　　② Sturman, Peter C（石慢）. *In the Realm of Naturalness: Problems of Self-Imaging by the Northern Sung Literati.* In: Hearn, Maxwell K. and Judith G. Smith, eds. Arts of Sung and Yuan. New York: The Metropolitan Museum of Art, 1996. p. 165.

　　③ 范如君：《乔仲常后赤壁赋图卷研究——兼论苏轼形象与李公麟白描风格的发展》，台湾师范大学硕士学位论文，2001 年，第 60 页。

　　④ Sturman, Peter C（石慢）. *In the Realm of Naturalness: Problems of Self-Imaging by the Northern Sung Literati.* In: Hearn, Maxwell K. and Judith G. Smith, eds. Arts of Sung and Yuan. New York: The Metropolitan Museum of Art, 1996. pp. 166—167.

　　⑤ 苏轼：《苏轼文集》（卷十二），孔凡礼点校，中华书局，1986 年版，第 400—401 页。

无乃槁木形，人禽两自在。①

　　野雁如果知道被人观察，它们的状态会受到影响，而陈直躬所画的野雁之所以能够传神是因为画家产生"无人态"，也就是苏轼说的"于众中阴察之"。传王诜的作品《柳溪闲憩图》似乎实现了无人状态，描绘一位文人依靠着柳树休息（图4）。文人的眼神往画面背景的方向看，这样观画者的焦点并没有停留在人物身上，而跟随者文人的目光往画面之外延展。

**图4　宋，佚名《柳溪闲憩图》，册页，绢本，设色，29 × 29.2 cm，故宫博物院藏。**

　　在文人的肖像画中，背景物象另外有象征意义。到了元代时，人物的表现被植物、动物完全替代，例如郑思肖所画的《墨兰图》（图5）。此图中的"无根墨"代表宋亡后民族的沦丧，以及画家自己由不臣服元朝而失去官吏地位。

————————

① 苏轼：《苏轼诗集》（卷二十四），孔凡礼点校，王文诰辑注，中华书局，1982年版，第1286—1287页。

图 5    元,郑思肖《墨兰图》,纸本,水墨,25.7 × 42.4 cm,日本大阪市立美术馆藏。

从以上分析可以看出宋代时肖像画多式多样。苏轼不仅是宋代重要官员之一,而且是宋代著名的文人,因此史料中所提及的苏轼画像具有不同的表现形式和使用方式,下面回到《后赤壁赋图》对画中苏轼的相貌进行分析。

## 二 《后赤壁赋图》中对苏轼的表现

《后赤壁赋图》中苏轼的图像一共出现了八次(图 6(a)—6(g)),作为画中的主角,苏轼的身体大过其他人。画家将苏轼的相貌细致地描绘出,如稀疏的头发梳了发髻,鼻子直耳朵大,眼睛稍微往上斜,颧骨也较高。苏轼在图中被画得如真人一样被跋文者所点出,首先毛注跋中写道:"一如游往,何其真哉。"另外第五篇跋文者看到这幅画认为如见到苏轼一样:"披图似与相逢迎。"

图 6 (a)    《后赤壁赋图》中苏轼的表现

图 6 (b)　《后赤壁赋图》中苏轼的表现

图 6 (c)　《后赤壁赋图》中苏轼的表现

图 6（d）　《后赤壁赋图》中苏轼的表现

图 6（e）　《后赤壁赋图》中苏轼的表现

图 6(f)　《后赤壁赋图》中苏轼的表现(图中苏轼出现了两次)

图 6(g)　《后赤壁赋图》中苏轼的表现

    至于苏轼在此画中的形象,有学者认为应该比较接近苏轼的真实长相,[1]但是因为现存宋代以前苏轼像极少,难以用图像资料证明。目前学界认为现存最为可信的东坡像是赵孟頫(1254—1322)在元大德五年(1301)所绘的一幅(图7)。薛磊曾经指出,《后赤壁赋图》中的苏轼相貌与赵孟頫所画的有所相似之处,例如他的鼻子直且高,眼睛眉毛往上斜,颧骨比较突出。[2] 南宋马远的《西苑雅集图》中另外有苏轼的画像(图8)。因为马远生活在南宋,画家看到可靠的苏轼像比赵孟頫多,所以梁培先认为这是现存最接近苏轼的画像。[3] 与《后赤壁赋图》相比,在两幅画中苏轼的文人衣饰以及上面弯曲拐杖类似(图9)。然而,元人赵孟頫在苏轼去世接近两百年之后根据的苏轼画像进行创作,而马远距离苏轼生活的时代至少八十年,两位只能按照民间流传的苏轼像,因此不一定非常贴近原人长相。关于苏轼真实相貌,可参考史料中苏轼本人和身边的朋友描写他的文字笔记。

**图7    元(1301),赵孟頫《苏轼像》,纸本,墨笔,27.2 × 10.8 cm,台北故宫博物院藏。**

---

    ①  范如君:《乔仲常后赤壁赋图卷研究——兼论苏轼形象与李公麟白描风格的发展》,台湾师范大学硕士学位论文,2001 年,第 58—68 页;Xue, Lei (薛磊). The Literati, the Eunuch, and a Memorial: The Nelson-Atkins's Red Cliff Handscroll Revisited. Archives of Asian Art, Duke University Press, 2016, 66 (1): p.29.
    ②  Xue, Lei (薛磊). The Literati, the Eunuch, and a Memorial: The Nelson-Atkins's Red Cliff Handscroll Revisited. Archives of Asian Art, Duke University Press, 2016, 66 (1): p.29.
    ③  梁培先:《以图证史:苏轼的真实长相》,《中国书画》2015(2),第 13 页。

**图 8**　南宋,马远《西园雅集图》(局部),纸本,设色,29.3 × 302.3 cm,
美国纳尔逊·阿特金斯艺术博物馆藏。

**图 9**　《后赤壁赋图》(局部)

通过对文献记载分析,可了解苏轼相貌的某些特点,首先他有比较特殊的颧骨和面颊，证据一是苏轼对于自己长相的描述："传神之难在目。……其次在颧颊。吾尝于灯下顾自见颊影，使人就壁模之，不作眉目，见者皆失笑，知其为吾也。"①二是苏轼《表弟程德孺生日》一文中提及苏轼与表弟"寿骨遥知是兄弟"。② 范如君曾对此句进行考证证明"寿骨"是指颧骨的意思，并在上文表示苏轼确实有比较特殊的颧骨。③ 另外，孔武仲的诗中描写苏轼的面貌比较奇怪说，"华严长者貌古奇，紫瞳奕奕双秀眉"，④也许是指他的颧骨。《后赤壁赋图》中的苏轼由于眼睛和眉毛往上斜显得颧骨高耸，可见此点是符合史料的。

图 10    南宋，马远《画水二十景》(局部)，绢本，设色，25.8 × 801 cm，台北故宫博物院藏。

图 11    明，仇英《赤壁图》(局部)，绢本，设色，26.1 × 292.1 cm，辽宁省博物馆藏。

---

① 苏轼：《苏轼文集》(卷十二)，孔凡礼点校，中华书局，1982 年版，第 400—401 页。
② 苏轼：《苏轼诗集》(卷三十六)，孔凡礼点校，中华书局，1982 年版，第 1501 页。
③ 范如君：《乔仲常后赤壁赋图卷研究——兼论苏轼形象与李公麟白描风格的发展》，台湾师范大学硕士学位论文，2001 年，第 60—61 页。
④ 苏轼：《苏轼诗集》(卷二十八)，孔凡礼点校，中华书局，1982 年版，第 1501 页。

图 12　明,文嘉《赤壁图卷并书赋》(局部),纸本,设色,28.2 × 137.6 cm,
台北故宫博物院藏。

再者,板仓圣哲曾指出画中苏轼稀疏的头发与黄庭坚《病起荆江亭即事十首》其七描写苏轼一致。[1] 因为苏轼屡遭贬谪的迫害,黄庭坚把他称为"儋州秃鬓翁"。[2] 苏轼两鬓秃发在画中有明显的表现,尤其苏轼从侧面看头发是从耳朵后面开始长,此点与文献说法完全一致。另外值得指出,《后赤壁赋图》中苏轼不戴苏轼典型的"东坡帽",因为当时苏轼的相貌还没有形成定式,画面的苏轼则是力图符合真人形象。到了南宋和明朝苏轼在画中戴方形帽已经变成典型的表现形式,但不一定符合实际,如南宋《画水二十景》(图 10)、明代仇英《赤壁图》(图 11)、文嘉《赤壁图卷并书赋》(图 12)等作。

以上史料与《后赤壁赋图》描绘的相似性,说明画家可能对苏轼真实长相的熟悉,但因为有关画家记载的稀缺,无法推论他是否亲眼见过苏轼。乔仲常和梁师成生活在北宋和南宋之交,而苏轼建中靖国元年(1101)逝世,所以假如乔仲常是此画的画家,他实际亲眼见过苏轼的可能性仍然比较小,画家更可能是按照当时现存的苏轼像作为依据的模本。

苏轼在世时,他身边的朋友和学生已经有不少为他写真,包括乔仲常的师长李公麟,如翟汝文《东坡远游并序》记载:"龙眠居士画东坡先生,黄冠野服,据矶石横策而坐。"[3]可惜的是,文献中所有的苏轼写真已经流散无踪了。然而,班宗华(Richard Barnhart)认为还现存一幅李公麟画的苏轼像,在《孝经图》第十二章画"广要道"中(图 13)。他认为此图中,李公麟画了当时最为著名的苏轼与苏辙兄

①　Masaaki, Itakura (板仓圣哲). *The Words and Images Surrounding The Ode on the Red Cliff—With Qiao Zhongchang's Handscroll of the Second Red Cliff*. In: Richard, Naomi Noble and Donald E. Brix, eds. Conference on the History of Painting in East Asia. Taiwan, 2002. p. 425.

②　黄庭坚:《黄庭坚诗集注》(卷十四),刘尚荣点校,中华书局,2003 年版。

③　苏轼:《苏轼文集编年笺注》(卷一九),李之亮笺注,巴蜀书社,2011 年版,第 86—87 页。

弟,为了代表亲戚之间的尊重以及儒家的家庭理念。① 假如此图中的主角确实是苏轼,他穿的文人衣饰以及类似东坡帽很合理,再加上面部颧骨画得颇为突出,也符合以上有关苏轼相貌的史料。其次,任何画家都是按照所见过、所熟悉的视觉资料而创作,这是画家在创作中不可避免的现象。班宗华继续说,画家是故意把苏轼像配上背景中的竹子和岩石,因为这些物品能够代表苏轼所倡导的文人画。他认为当时观画者能够依据这些意象辨认出画中的人物为苏轼和苏辙兄弟。

图 13　北宋,传为李公麟作,《孝经图》(局部)。

从以上分析可以看出,《后赤壁赋图》中苏轼的形式表现应该比较贴近原人的真实相貌,因此这幅画创作的时候,苏轼还是当时人们记忆中的真实形象。虽然乔仲常亲眼见过苏轼的可能性较小,但是北宋时已经有李公麟等画家为苏轼写真,而这些都有可能作为画家参考的模本。

---

① Barnhart, Richard（班宗华）ed., Li Kung-lin's Classic of Filial Piety. New York：Metropolitan Museum of Art, 1993. pp. 127—31.

## 三　题识文字与《后赤壁赋图》纪念性意义的关系

宋代以来，有许多画家将苏轼前后《赤壁赋》进行绘画创作，其中传乔仲常的《后赤壁赋图》是现存唯一将赋文写入画面的，因此其题识文字应具有特殊意义。假如这幅画确实是在梁师成组织下合作完成，那么画面题识文本与该画作为纪念苏轼的功能可否有关系？北宋时，在绘画上题字越来越频繁，而绘画与文字的关系和功能在不断地演变。以宋徽宗为例，在大师画作上题文一方面是归属标志，另一方面代表了宋徽宗对艺术史的鉴赏。加之宋徽宗招罗专门人才题文的事实表明，这种系统性的收藏和题写工作具有政治性的目的，而不仅仅是一种娱乐或兴趣。对于新兴的文人社会，绘画题跋成为一种文人间的交往手段，而文字的物质痕迹反过来改变了绘画的外观。梁师成对于文字在两种环境中的不同作用和力量应该都有所了解。他在睿思殿文字外库，掌管御用书文，并得到皇帝的恩宠，同时梁师成还通过私人收藏与文人圈子保持密切关系，并私下提拔优秀书家，证明他很注重题文的价值。① 因此，在如此的情况下《后赤壁赋图》题识文本所具有的纪念性意义，是一个值得思考和探讨的问题。

文字与纪念性礼仪往往存在密切的关系，纪念碑及墓志铭不仅有记录信息的作用，而且其运用的不同书法风格也使其具有某种视觉或艺术性的价值。除了文字以外，书写的过程在一些宗教性场景中有一定的纪念之意及超度亡灵的作用，例如抄写《金刚经》《地藏菩萨经》等佛经。哈莉·奥尼尔（Halle O'Neal）将中世纪日本的"重写本"（palimpsests）作为研究对象，探讨抄佛经的纪念意义。文中探讨熙仁亲王为了纪念其父后深草天皇去世一年，在他与父亲信函背面抄佛经。在抄写的过程中，这些信函形成一种多层意义的物品，让父亲写的文字从信函转向为纪念性的作用。② 《后赤壁赋图》画面题写文本的行为或许有类似的功能意愿，而佛经被诗文所替代，成为一种苏轼的纪念性文本。

在非宗教性的情况下，书写的过程也有向他人崇拜和学习的作用。人们通过临摹别人的书法，包括皇帝和大书法家的作品，对一件艺术作品进行第二次创作，同时试图学习书法家的技艺。若想真正欣赏一件文学或者书法作品，仅用眼睛观察或朗诵它还不如临摹，亲手临摹才能够深入领略其中的艺术魅力，同时可以扩展某种书法或文学作品的传播。

---

① 《宋史》（卷四百六十八），中华书局，1985 年版，第 13662—13663 页。

② O'Neal, Halle（哈莉·奥尼尔）. Inscribing Grief and Salvation: Embodiment and Medieval Reuse and Recycling in Buddhist Palimpsests. Artibus Asiae, 2019, (1): pp. 9—12.

　　根据记载，苏轼至少五次自书《赤壁赋》，①其主要目的应为向亲戚朋友传达他被贬黄州的生活状况和心境。前面讨论过梁师成组织绘制《后赤壁赋图》，其中一个动机可能是为了后人保护苏轼作品，因此画面通过书写苏轼赋文加强这种作用。在苏轼文学墨迹多次被禁之下，为了纪念苏轼，书写原文能够表示对苏轼的瞻仰和崇敬，作为苏轼的"出子"的梁师成想强调他对于苏轼作品的一种权利。此画在苏轼逝世几十年后开始创作时，他的身体已经消失了，他的精神靠仅有的书画得以留存，但这些遗物在禁令下也面临灭绝的危险。因此，梁师成组织绘制和题文这幅作品，不仅保存了苏轼文学的实际文本，通过图文一体的绘画还保存了苏轼文学的精神。

**图 14　北宋，张先《十咏图》（局部），绢本，淡设色，**
**画心 52 × 125.4 cm，故宫博物院藏。**

　　现存北宋画中有另外一幅图文结合的作品具有纪念性意义，即张先（990—1078 年）熙宁五年（1072）创作的《十咏图》（图 14）。② 著名词人张先为了纪念已经去世的父亲张维（956—1046），选出十首他的诗文进行绘画创作并在画面配上原文。据薛磊的观点，这种罕见的北宋书画受到北宋用文学话题作画风尚的影响，同时具有肖像画的怀念性质。③ 张先创作这幅图被人评价为十分孝顺，对后代传播张维的文学有一定贡献。图上有北宋人孙觉（1028—1090）一跋言："取公平生所自爱诗十首，写之缣素，号《十咏图》，传示子孙，而以序见属。余既爱侍郎之寿，都官之孝，为之序而不辞。"④该图和《后赤壁赋图》两幅都采用纪念人物的文学作品为

---

　　①　王兆鹏：《宋代〈赤壁赋〉的"多媒体"传播》，《文学遗产》2017(6)，第 4—9 页。
　　②　据孙觉跋文，"都官字子野，盖其年八十有而云"，说明此图在张先（字子野）八十二岁创作的，即熙宁五年(1072)。跋文可见：曾枣庄主编：《宋代序跋全编》（卷一二），齐鲁书社，2015 年版，第 312—313 页。
　　③　Xue, Lei（薛磊）. The Literati, the Eunuch, and a Memorial: The Nelson-Atkins's Red Cliff Handscroll Revisited. Archives of Asian Art, Duke University Press, 2016, 66 (1): p. 31.
　　④　曾枣庄主编：《宋代序跋全编》（卷一二），齐鲁书社，2015 年版，第 312—313 页。

题材,以图像诠释文学并且把原文融入画面中。由于梁师成自称是苏轼的"儿子",并热衷收藏苏轼的翰墨,因此他可能如张先一样,想表达孝子的义务而组织创作《后赤壁赋图》来纪念苏轼。

《后赤壁赋图》政治性的取向也不可忽略,尤其因为梁师成得到皇帝的恩宠。通过题文和印章,宋徽宗钦定了自己认为是画史上最优秀的作品和书画家,并将其收藏记录在《宣和画谱》中。苏轼的翰墨因当时受贬未被宫廷收藏,因此梁师成通过收藏苏轼之作以及组织绘制与他相关的画作,以此保存其"父"的文化遗产。他不仅收集了有形的物质东西,还记录了苏轼的无形的精神和记忆。

同时,在文人领域中,梁师成用此卷将自己定位为有文化有品位的人,企图引起士人的追捧和关注。虽然禁令之下收藏苏轼文章墨迹有巨大的政治风险,但背诵苏轼之文反而在文士中逐渐流行,变成一种身份认同。① 如朱弁《曲洧旧闻》卷八所记载:"崇宁、大观间(1102—1110)……是时朝廷虽尝禁止,赏钱增至八十万,禁愈严而传愈多,往往以多相夸,士大夫不能诵坡诗,便自觉气索,而人或谓之不韵。"②在禁令之下,苏轼的文学作品通过吟诵的传播自然也会有遗漏或错字的传达。根据《宋史》记载,由于梁师成反对皇帝诏令,因此有少数东坡作品流传出来,而梁师成为了保护苏轼的作品,肯定会尽可能地寻求《赤壁赋》等名作。

作为该卷的收藏者,我们可以推想梁师成在宣和五年(1123),邀请苏轼的亲朋和瞻仰者欣赏《后赤壁赋图》以纪念苏轼。在这个过程当中,各位在卷尾留下自己的墨迹强调了该卷的纪念作用,而这些跋文成为后世的视觉证据。书法与书写的行为是梁师成所注重的,所以除了在画面上每个接纸处钤上自己的一枚印,他作为苏轼所谓的"儿子",在画面上自书文本形成纪念苏轼最适合的方式。

# 四　《后赤壁赋图》体现的纪念性意义

通过将《后赤壁赋图》中的苏轼形象作为肖像画进行研究,对该图可以有新的认识。这幅图一方面是对苏轼文学作品的图像诠释,另一方面是对一个真实人物的致敬和怀念。下面将《后赤壁赋图》与北宋肖像画进行对照,探讨该卷所体现的纪念性意义,并推测将《后赤壁赋》作为题材的原因。

若与宫廷画像进行比较,《后赤壁赋图》并没有将苏轼表现为代表性的官员模样。虽然苏轼像为该卷的核心部分,但山水仍占用画面的最大部分,苏轼像在画中的比例比较小。与《睢阳五老图》相比,《后赤壁赋图》中的苏轼不穿官服,且没有戴官帽,但从表现形式上两幅画均细致地描绘出了苏轼的相貌。妙善为苏轼画

---

① 王兆鹏:《宋代〈赤壁赋〉的"多媒体"传播》,《文学遗产》2017(6),第 8 页。
② 朱弁:《曲洧旧闻》(卷八),孔凡礼点校,中华书局,2002 年版,第 204—205 页。

像时,苏轼仍然被宫廷重用,而到了北宋末年《后赤壁赋图》创作时苏轼的翰墨被
禁毁,而且该卷的横卷形式也不利于悬挂或展示在公共场合中,所以更可能是一
个收藏品。

图 15    《后赤壁赋图》(局部)

图 16    《后赤壁赋图》(局部)

图 17　传李公麟《陶渊明归隐图》(局部)

图 18　《后赤壁赋图》(局部)

《后赤壁赋图》中的苏轼反而具有浓厚的文人气息。他被描绘在赤壁山水中用以表达苏轼对隐士精神的追求,并表现出苏轼的《传神记》中阐述的理念。苏轼登上赤壁是被侧面表现,他的眼神如王诜的《柳溪闲憩图》(图 4)一样带动观者沿着山路的方向看,经过拱门形的岩石超越画面之外,形成"于众中阴察之"的状态(图 15)。除了形象表现之外,画中具有文人所欣赏的各种物象和典故,用以代表苏轼的性格、思想和艺术风格。关于此点在本文第一部分已经举过例子,如马和马夫反映了苏轼《迁居临皋亭》的内容,山石运用淡墨的皴法类似苏轼《枯木怪石图》的笔墨等。上文所述水墨竹子有代表苏轼文人画的作用,在《后赤壁赋图》中临皋亭院子后侧有所描绘(图 16)。学者板仓圣哲曾指出临皋亭前侧的两棵柳树与《陶渊明归隐图》第一景相似,表达画家试图用柳树代表陶渊明的象征意义(图 17、18)。陶渊明因为对官场不满,放弃了官位追求隐士生活,因此受到苏轼崇拜。[①]

题跋也是文人画像的重要部分,而《后赤壁赋图》在画心和跋文两部分都有多方梁师成之印,证明对画心和跋文的重视。第一篇跋文记录的日期是宣和五年(1123)八月七日,与苏轼的忌日七月二十八日相差不远,这很可能不是偶然的,而是与该卷的纪念性意义密切相关。我们可以想象宣和五年梁师成邀请苏轼的亲朋或崇拜他的文人,到他的"外舍"一起赏画,并举行一种小型的祭奠,用该图作为纪念的物品之一。画中苏轼接近真人长相保留了亲切的记忆,并足以引起跋文作者回想苏轼而留下真诚又悲伤的跋文,尤其苏轼的好友赵令畤。薛磊认为赵令畤的跋文可能被当时的人了解为赞语,因此反映此图纪念苏轼的特质。[②] 跋文或许是梁师成为收集与苏轼相关的墨迹,提高自己在文人中的地位,同时作为苏轼所谓的"儿子",强调梁师成对苏轼表达的孝义。

图 19　《后赤壁赋图》(局部)

---

① Masaaki, Itakura (板仓圣哲). *The Words and Images Surrounding The Ode on the Red Cliff—With Qiao Zhongchang's Handscroll of the Second Red Cliff*. In: Richard, Naomi Noble and Donald E. Brix, eds. Conference on the History of Painting in East Asia. Taiwan, 2002. p.430.

② Xue, Lei (薛磊). *The Literati, the Eunuch, and a Memorial: The Nelson-Atkins's Red Cliff Handscroll Revisited*. Archives of Asian Art, Duke University Press, 2016, 66 (1): p.31.

图20　传为李公麟作《陶渊明归隐图》（局部）

图21　唐，《金刚般若波罗蜜经》（局部），大英图书馆藏。

据文献记载，梁师成热衷于收藏苏轼的作品，以此表达对苏轼的纪念和崇拜。在苏轼翰墨多次被禁的情况下，梁师成试图为后人保留先人的文学，同时重现先人的形象和精神。《后赤壁赋图》运用传统的方法将苏轼形象画得大过其他人，表明他是画中的主角，同时对苏轼表达崇敬之情。第三景中苏轼与客人在江边席地而坐，很明显如一佛二胁侍的图像组合模式，并且施禅定印，结跏趺坐，这种姿势已与佛像无异（图19）。如此，画中的苏轼被提升为佛一样，引人敬仰。伊莉萨白·布拉泽顿（Elizabeth Brotherton）曾指出《陶渊明归隐图》也运用这种方法，在该卷第一景中陶渊明的姿势类似于释典卷首插图的佛像姿势（图20、图21）。①

若《后赤壁赋图》确实是梁师成所组织绘制的为了纪念苏轼的一幅画，最后值得考虑的问题是何故选择《后赤壁赋》作为题材？再回头探讨张先所创作的《十咏图》（图14），会发现两幅图都描绘某一个人的文学作品，而且强调他与某一个真实地方的密切关系。张先为了纪念其父张维，选出他的十首诗作，以图像进行绘画创作，而这些诗中表达诗人对吴兴风物人情的怀念。画中共出现三次张维的形象，记录了张维生活中的实际场景，如南园雅集或送别朋友。学者洪再新对诗人与吴兴之间的关系有以下的分析：

> 张先作为"三影郎中"已经名垂青史，可怎样使他平凡的父亲身后也不寂寞呢？这就是以代表吴兴绘画风格的"燕家景"来重现乃父的精神世界，并将其作为对先人的最好纪念，使其先父和作品同时成为地方史的遗产。②

洪再新认为画家所运用同乡吴兴画家燕文贵的山水风格，为了表现出父亲诗中对故乡生活的感悟，是最适合纪念父亲对乡居抒发的怀念。③ 就《后赤壁赋图》而言，赤壁虽然不是苏轼的故乡，但黄州期间对其文学生涯影响巨大，是他一生中的转折点。他的别号"东坡居士"来自于在黄州买的一块地的名字。苏轼在黄州时写过不少代表之作，其中《赤壁赋》记录了他两次前往赤壁的实际经历以及在黄州生活的各种细节，并且表现出他当时的思想和心境。由上述提到的苏轼《自题金山画像》可见，苏轼去世不久前反省一生觉得最能代表自己功业的，就是三次被贬黄州、惠州和儋州。虽然苏轼去的赤壁与三国赤壁战场不同，《赤壁赋》同样是将他与某一地形成关联。《后世赤壁图》成为流行画题强调了苏轼与赤壁的重要关系，逐渐成为赤壁地方史遗产的组成部分。《后赤壁赋图》作为现存最早的赤壁图，组织创作该卷的梁师成选择描绘此赋有不可忽略的重要意义。如《十咏图》运用燕文贵

① Brotherton, Elizabeth（伊莉萨白·布拉泽顿）. Beyond the Written Word：Li Gonglin's Illustrations to Tao Yuanming's 'Returning Home'. Artibus Asiae, 2000,（59）：p. 255.

② 洪再新：《〈十咏图〉及其对宋元吴兴文化圈的影响》，《故宫博物院院刊》2003,105(1)，第26页。

③ 同上文，第23页。

的山水风格，《后赤壁赋图》除了描绘苏轼文学作品，通过绘画再现苏轼的文人精神和绘画风格，例如山石用的笔墨与苏轼《枯木怪石图》相似，并在多方面模仿李公麟的画风。洪再新另外指出，张先"作为词人……他欣赏王维'诗画一律'的观点，以画作作为对先人最好的纪念"。① 《后赤壁赋图》同样是一幅诗书画结合的作品，纪念苏轼倡导的文人画以及诗书画为一体的理论。

张先为表达孝子的义务以父亲之作进行创作，而梁师成可能同样是把自己视为苏轼的儿子为他作画。假如《后赤壁赋图》确实是他所组织合作完成的，那么他选择《赤壁赋》题材有一定的意义。该图的长卷形式适合做收藏品，而不利于如画像被用来悬挂展示。除了后赋的文学内涵之外，赋中还充满了实际的人物、地方和物品，与前赋相比其叙事性更强。这些实际的物象让画家更容易以绘画来诠释文学作品，画家将赋文分成一系列场景并加上原文。就张先而言，他对吴兴及父亲常去的场景比较熟悉，而《后赤壁赋图》描绘赤壁及临皋亭的根据？文献记载曾多次提到过梁师成与苏过密切的关系，而苏轼被贬黄州时苏过陪伴其父，因此他也许给梁师成或画家提供有关临皋亭等具体内容的信息。

最后，从赋文的内容来看，《后赤壁赋》较为悲凉的情绪作为纪念苏轼更容易理解。首先，《后赤壁赋》采用的第一人称视角，与《前赤壁赋》所用的第三人称视角相比，强调了《后赤壁赋》自身的特征，因此更适合用来纪念苏轼。赋中的某些具体意象或许对选择《后赤壁赋》作为画题有一定影响。有意思的是，《十咏图》和《后赤壁赋图》中根据文学题材都出现了一只鹤，而鹤在道教中有长寿的象征意义，此图像能够衬托该卷的纪念性意义。另外，《后赤壁赋》所提到的虎和龙经常出现在墓室壁画中，有保护墓主的作用。前后《赤壁赋》不仅是苏轼的代表之作，而且涉及苏轼一生中的重要阶段，其中充满悲情的《后赤壁赋》提到了各种具体内容及象征图像，容易被画家绘成一幅叙事性的长卷画，作为纪念苏轼最合适的文学题材。

# 结　论

本文从史料和文献记载的一系列苏轼肖像画中，探讨苏轼画像所具有的特殊表现形式和意义。通过对《后赤壁赋图》接近真人相貌的苏轼形象的分析，阐明对其亲切的记忆，而当时李公麟多次为苏轼画像，或许成为画家所参考的依据。史料证明北宋时期苏轼画像常出现在纪念性的环境中，《后赤壁赋图》将苏轼描绘成令人崇拜和敬仰的人物，衬托他在黄州的生活状况和情怀，以及他与黄州和赤壁两地的重要关系。北宋时绘画与文字关系在不断地演变，而梁师成在宫廷内外的两个

---

① 洪再新：《〈十咏图〉及其对宋元吴兴文化圈的影响》，《故宫博物院院刊》2003，105(1)，第33页。

文人圈子都交往密切,所以对图文互注有所兴趣。《后赤壁赋图》的题识文本在另一方面犹如《十咏图》能够表现出这幅画特有的怀念之意,表达梁师成对苏轼的一种孝义和纪念。在北宋末苏轼翰墨数次被禁毁的情况下,该卷不仅为后世保存了苏轼的文学和精神,而且通过画面的笔墨、图像及画中体现出的思想,作为纪念苏轼最适合的方式。

作者简介:

Francesca Leiper,英国爱丁堡人,南京艺术学院中国美术史专业硕士研究生毕业。

# 明清小说戏曲刊本插图图像主题认知若干问题的探讨

颜 彦

**摘 要** 本文以明清小说戏曲刊本插图为对象,从图像主题的角度切入图文互动关系的探讨。小说戏曲插图虽然有文本作依托,但是其图像主题的生成和阐释却超出文本的局限,图像在回应文本内容的基础上,也在对文本内容进行重建,甚至是对文本之外的历史史事的回响。它使我们认识到图像与文本之外的图像史料和视觉载体有着更加广泛的关联,诸如频发性主题图像、图像主题传统、典故主题图像等一系列问题成为图像主题认知中的关键性议题,深入发掘其中的关系和内涵,有关文本图像主题的探讨才更加具有图像史的意义和价值。

**关键词** 插图 图像 主题

## 一、问题的提出:从文本主题到图像主题

在论及古籍插图本中图像和文本的关系时,二十世纪初几位较早进行插图研究的学者最初确立了"图文配合"的观点,如郑振铎先生云:"插图是一种艺术,用图画来表现文字所已经表白的一部分的意思。"[①]李致忠先生云:"书籍的插图,是对文字内容的形象说明,它能给读者清晰的形象的概念,加深人们对文字的理解。"[②]这一观点已获得学界认可,并对其后研究起到重要影响。从插图发生的角度看,呈现在典籍中的插图的确是以文本为依托进行绘制的,于是,基于文本内容的限制,插图绘制内容一般不会超出文本内容的涵盖范畴,"图文配合"的结论也正导源于此。不过,也正是图像诞生的这一文本局限性容易误导我们掉入这样一种陷阱,即根据文本内容进行绘制的小说戏曲插图,其图像内容对应的应该就是文字内容,在

---

① 郑振铎:《插图之话》,见《郑振铎艺术考古文集》,文物出版社,1988年版,第3页。
② 李致忠:《中国古代书籍史话》,商务印书馆,1996年版,第99页。

此基础上，经过提炼和升华的图像主题应该就是文本主题。事实的确如此吗？回答和解决这一问题，我们不妨从主题学的视角切入图文关系探寻答案。

关于插图主题的认知，有两个领域的概念需要我们借鉴和辨析，一是比较文学学科中的主题学（thematology），二是文学作品中的主题（theme）。就前者而言，主题学发轫于十九世纪中叶德国的民俗学，西方学者对主题学概念的确认经历了逐步细化的过程①，H. 肖（Harry Shaw）主编的《文学术语辞典》将"主题"界定为"一部文学作品中的中心观念或支配性观念（central and dominating idea）"②。二十世纪以来，伴随比较文学在国内的传入和研究的渐次深入，以中国文学为中心的主题学研究的框架和范式逐步得到确立。③ 陈惇和刘象愚的《比较文学概论》指出："作为主题学研究的对象，并不是个别作品中的题材、情节、人物、母题和主题，而是不同作品中，同一题材、同一人物、同一母题的不同表现以及它们之间的联系。因此主题学经常研究同一题材、同一母题、同一传说人物在不同民族文学中流传的历史，研究不同作家对它们的不同处理，研究这种流变与不同处理的根源。"④乐黛云教授也指出："主题学还研究不同时代、不同文化地区的人何以会提出同样的主题；同时也研究有关同一主题的艺术表现、创作心态、哲学思考、意象传统的不同并对其继承和发展进行历史的纵向研究等等。会通中西文学，开展有关主题的研究应该是一个很有潜力的领域。"⑤

从文学作品的角度来看，尤金·H. 福尔克则认为，"主题可以指从诸如表现人物心态、感情、姿态的行为和言辞或寓意深刻的背景等作品成分的特别建构中出现的观点，作品中的这种成分，我称之为母题；而以抽象的途径从母题中产生的观点，我称之为主题。"⑥陶东风先生界定主题的概念是："人生观念、价值观念在文学中的集中体现，它以审美的方式昭示了人对人生及世界之意义所持的态度。"⑦

从上述两个学科对主题概念的定义来看，我们可以发现二者的共性，即主题研究的核心是从抽象中抓取某种观念或情感，它是人类心理和态度在文学作品中的深层反映。不同的是，文学作品中的主题研究以文学文本为依托，而比较文学学科

---

① 西方主题学发展线索可参看陈鹏翔：《主题学研究回笼——序王立的〈中国古代文学十大主题〉和〈中国古典文学九大意象〉》，《文艺理论研究》1994 年第 4 期，第 88—91 页。

② Harry Shaw：*Dictionary of Literary Terms*，New York，1972。见陶东风：《文学史研究的主题学方法》，《文艺理论研究》1992 年第 1 期，第 2 页。

③ 中国主题学研究的发展线索可参看王立：《20 世纪主题学研究的价值定位》，《广东社会科学》2011 年第 1 期。王春荣：《20 世纪文学主题学研究的三个历史阶段》，《社会科学辑刊》2006 年第 5 期，第 185—191 页。

④ 陈惇、刘象愚：《比较文学概论》，北京师范大学出版社，1988 年版，第 247 页。

⑤ 乐黛云：《我的比较文学之路》，见《中外文化与文论》，四川大学出版社，1998 年版，第 15 页。

⑥ ［瑞士］弗朗西斯·约斯特：《比较文学导论》，廖鸿钧等译，湖南文艺出版社，1988 年版，第 235 页。

⑦ 陶东风：《文学史研究的主题学方法》，《文艺理论研究》1992 年第 1 期，第 7 页。

中的主题研究则建立在跨越地域、时代、民族等领域的交叉背景下。两种学科理论和方法提示我们,图像主题学的研究也要聚焦于在直观视觉材料的基础上抽象出图像活动背后的观念和情感,其研究的背景则应当是图像、文字、其他艺术形式以及更加广阔的社会文化背景。

## 二、图文对应与图像重建

1. 图像主题与文本主题的契合或错位

从动态的传播链条来看,小说戏曲插图的绘制是绘刻者在文本接受基础上的一种创作行为,而读者接受的插图则是绘刻者的创作成果,在"阅读"这一事件中,插图的创作者是文本第一层次的接受者,而插图本的读者则是第二层次的接受者。当然,这并不是说读者对文本的叙述一定是先文字,后插图,而是说存在这样一种可能性,即插图加入刊本之后至少在一定程度上改变了从文字直接到读者的阅读序列,读者很可能从只接受文字到从文字经由插图或者文字和插图同时阅读,甚至先插图后文字。

**插图本传播序列示意图**

插图掺入文本,使阅读行为变得更加复杂化。从时间顺序上来看,绘图者对文本内容的提炼在前,读者对插图内容的提炼实际上是在绘图者提炼过的文本主题基础上的二次提炼。问题就产生在这个过程中。J. A. 卡顿(J. A. Cuddon)在其所编的《文学术语辞典》中界定主题概念时指出:"恰当地说,一部作品的主题不是它的论题(subject),而是它的中心观念(central idea),这个中心论题可以直接说出,也可以不直接说出。"[①]主题既是抽象的,又可能是隐喻性的,也就是说主题的发现需要人为的探寻和升华,这个过程就存在发现主体的受制因素。所谓"一千个读者就有一千个哈姆雷特",即便面对同一个阅读对象,也会因为个体间不同的审美感受、成长经历、教育背景等方面的差异而产生不同的主题解读。这一现象在中国文学作品主题阐释中屡见不鲜,最典型的如四大名著的解读,四部作品都出现过主题的多元解读。

---

① J. A. Cuddon:*A Dictionary of Literary Terms*,New York:Penguin Books Ltd,1986,p.695。见陶东风:《文学史研究的主题学方法》,《文艺理论研究》1992 年第 1 期,第 2 页。

　　具体到文本中，小说插图基本以回/则为创作单位，每一回/则文字有其相应的主题，这个主题可能通过文字叙述直接展示出来，如每回/则的回目，也可能并不直接表达，而是隐含在文字书写背后。以一折/出或几折/出为结构单位的戏曲同样如此。很明显，单位篇幅中的有限插图，图像内容的概括以及图像主题的提炼往往会受到限制。这时图文之间就会出现多种关系，一是图像内容与文本主题相契合，准确无误地表现文字内容，图像主题的体现也没有任何障碍，水到渠成；二是图像内容与文本内容不同步，发生错位，或者是绘刻者概括的图像内容与文字内容不符，或者是在包含多样内容、涵盖多重主题的作品中，绘刻者描绘的内容和提炼的主题只是其中之一，并不全面。早期上图下文式插图本如《三国志演义》中图文相异的情况就十分普遍。① 经过了这一步，读者要对绘刻者展示的内容再次概括，对其抽象过的主题再次抽象，这种间接的提炼方式自然而然地会受到绘图者这一制约因素的影响，其提炼的图像主题很可能会与文本主题发生错位。当然，也并不排除绘图者主题提炼出现偏差而读者主题提炼重新回归文本的可能性，出现负负得正的效果。

　　2. 频发性主题图像

　　陈惇等人主编的《比较文学》讲道："主题学探索的是相同主题在不同时代以及不同的作家手中的处理，据以了解时代的特征和作家的'用意'，而一般的主题研究探讨的是个别的主题的呈现。"② 这里提出了主题学研究中值得我们关注的第二个点，即主题的研究对象。它既可以是一个作品的单独对象，也可能是辐射到不同作品的群体对象。主题学研究试图跨越时空的界限，探索具有共同主题的不同对象之间的关系。从个体和集体的扩展，往往涉及"不同作家""不同时代""不同文化地区"，因此，它首先提示我们要关注"类"的概念。如果说认识到文本主题和图像主题之间存在契合或错位这一现象是图文关系认知的第一步，那么更进一步的，就是要深入这一现象中，在从零到整的过程中，思考图像主题选择和筛选这一行为背后内在和外在的驱动力。

　　说到分类，以章回小说为例，基本可以分为历史演义、英雄传奇、神魔小说、世情小说四类。戏曲则可分为神仙道化、忠臣烈士、孝义廉洁、悲欢离合、烟花粉黛、风花雪月等类别。从宏观上看，每一个类别因为故事内容的相似性，很可能拥有共同的主题，如历史演义与忠臣烈士的兴亡主题，英雄传奇和孝义廉洁中的忠义主题、神魔小说和神仙道化中的幻化主题、世情小说和烟花粉黛中的市井主题，而具体到每部作品中，暴力、复仇、报恩、家族、生死、思乡、怀古、隐逸等主题也是古代文学作品中十分常见的歌咏主题。文学作品中这些相似的题材、相同的主题提示我

---

① 见拙文：《〈三国志演义〉图文相异现象考论》，《中国典籍与文化》2011年第1期。

② 陈惇、孙景尧、谢天振：《比较文学》，高等教育出版社，1997年版，第115页。

们,在中国古代历史长河中,有一些主题是以反复出现的形式被人们所记忆和咏叹的。与此相呼应,插图对文本的再现很多时候也抓住了这些主题,以图像语汇的形式加以呈现。于是,图文对应关系中就会出现这样一种情况,针对不同情节、不同人物、不同场景所创作的图像,尽管画面不同,但却拥有相同的主题。这类反复出现并拥有相同图像主题的插图,我们不妨称其为"频发性主题图像"。如明代建本小说插图,以历史演义和英雄传奇为主要题材的两类小说,其打斗、战争、审讯等故事情节的"暴力"元素相当突出,无论是就每部作品还是整个建本图像系统而言,在暴力主题的呈现上皆有典型意义。①

罗杰·福勒(Roger Foweler)在其主编的《现代批评术语辞典》中解释主题的含义:"(主题的)传统含义是不断重复出现的题材因素,但在现代它同时涉及内容与形式,并强调这个词的形式方面。"②内容和形式是文学作品不可或缺的两个方面,作为一个整体,任何作品的完型都需要合理的结构形式予以支撑。同样的,作为观念层面的主题,其表达也必然有其相适应的形式。这一点其实与英国文艺批评家克莱夫·贝尔(Clive Bell)提出的"有意味的形式"不谋而合。克莱夫·贝尔认为:"在每件作品中,以某种特殊的方式组合起来的线条和色彩,特定的形式和形式关系……以及这些在审美上打动人的形式称作'有意味的形式',它就是所有视觉艺术作品所具有的那种共性。"③在小说戏曲插图中,由不同情节人物所表达的频发性主题,其图式表现是否存在常用的构图元素的固有配置,其图像组织结构是否存在固有的模式,图像语汇的运用和组织是否构成图式范式,这些都是研究图像主题应该思考的重要问题。④

3. 图像主题传统

在文学主题研究领域,陶东风先生曾经总结中国文学中的一些重大主题:如死亡、情爱、隐逸、思乡、怀古;⑤王立先生也曾经总结中国古代文学的十大主题:惜时、相思、出处、怀古、悲秋、春恨、游仙、思乡、黍离、生死。⑥ 在西方,门罗·K.比尔兹利也指出西方文学领域几大主题:战争的无益、欢乐的无常、英雄主义、丧失人性的野蛮。⑦ 处在不同时间、不同地区的中西方学者对探寻各自文学中常见的重大

① 见拙文:《明代建本小说插图"暴力"主题的视觉阐释》,《中国古代小说戏剧研究》,甘肃人民出版社,2017 年版。

② Roger Fowler:*A Dictionary of Modern Criticism*,London,1973. 见陶东风:《文学史研究的主题学方法》,《文艺理论研究》1992 年第 1 期,第 3 页。

③ [英]克莱夫·贝尔:《艺术》,薛华译,江苏教育出版社,2005 年版,第 4 页。

④ 相关问题的探讨可参见拙文:《明清小说戏曲刊本插图风格特征及成因分析》,《艺术学研究》2019 年 4 期。

⑤ 陶东风:《文学史研究的主题学方法》,《文艺理论研究》1992 年第 1 期,第 7 页。

⑥ 王立:《中国古代文学十大主题》,文史哲出版社,1994 年版。

⑦ 王立:《主题学的理论方法及其研究实践》,《学术交流》2013 年第 1 期,第 163 页。

主题都投入了极大的热忱。那我们不仅要发问为什么要花费如此多的时间和精力致力于此呢？主题作为凝聚着一部作品最深沉、最精华的价值观念和情感意蕴，具有超过个别作品的范畴而升华为整个文学传统的涵盖性和共通性。正因如此，当我们提到某些反复出现的主题时，我们关注的已经不仅仅是文学作品本身，而是跨过作品的边界，进入整个民族文化的历史长河中，发现和反思各自民族文化中的民族意识以及核心价值理念，而文学主题恰恰是人类情感和普遍经验在文学领域中的抽象和升华。

从这个角度看，主题不仅仅是图文关系研究的一个切入视角，同时作为一种研究方法，它对梳理插图历史以及阐释图像在哲学、思想、文化层面中的意义具有重要作用，而这正是我们建构插图史以及图像理论不可或缺的重要命题。当某一频发性图像主题和传统文学主题相一致时，由于文字和绘画的不同属性，其实也就构成了某种观念意识在跨媒介、跨时代的接榫和延续，说明了民族集体意识中核心观念在历史中的流动，在插图历史的脉络中，这一主题也便成了富有传统内涵的图像主题。这时，该主题已经不仅仅是文学的，或者图像学的，而是相互渗透和互相见证的。广而言之，它可能在音乐、雕塑、建筑等文艺样式中也同样具有普遍性。

前文提到，图像内容也存在与作品文字内容错位的可能性，这种错位很可能并非某个插图的个别现象，而是以相同的形式重复出现，这也就构成了频发性主题的集体错位。群体共生的现象往往很难让人忽视，易于促进深入思考和分析。在形式上，这种错位不论是插图对文本内容及其主题提炼得不完整，抑或是偏差或不契合，这些针对不同内容、不同主题文本的插图却共同指向一个相同的图像主题，它首先说明了图像和文字两种不同文艺形式在主题提炼思维模式上存在差异，图像主题的筛选和表达具有共通性。在体现民族文化的传统中，一方面，与文本相契合的图像主题证明了相同的思想价值观念具有不同的文艺表现形态；另一方面，与文本不相契合的图像主题则恰恰呈现出图像抽象行为的独有特质，是有别于文学主题、具有绘事特色的语汇形式的特别运用。两者相比较，后者也成为构成插图史中的具有图像标示意义的图像主题，小说戏曲刊本插图中反复出现的乐舞等图像就具有这样的标示意义。

乐舞这一融合演奏、歌舞等表演形式于一体的艺术形式自原始先民时期就已产生，春秋时期的铜壶、汉代画像石、唐代陶俑、敦煌壁画都保留了丰富多彩的乐舞图像。图1是敦煌壁画经变图中的乐舞场景，双人居中共舞，衣袂飘飘，婀娜多姿，美轮美奂，四周乐器演奏者座次井然有序，舞者与演奏者动静结合，画面富有节奏和韵律，灵动而肃穆。

图 1　《乐舞图》敦煌莫高窟第 220 窟

　　明万历间顾曲斋刊本《唐明皇秋夜梧桐雨》第二折图(图 2)描绘的是唐明皇观霓裳羽衣舞,清康熙间刊本《蟾宫操传奇》第十六出《赐元》图(图 3)描绘的是忽必烈观乐舞,二者皆属宫廷乐舞。明崇祯间云林聚锦堂刊本《西湖二集》第十六回《月下老错配本属前缘》图(图 4)描绘的是魏夫人设宴观舞,属家宴乐舞。从舞者来看,插图中的舞者与敦煌壁画经变图中的舞伎在身形、动作、服饰的勾勒上有相似之处,都展示了舞者长袖善摆、妖娆妩媚的身姿;从场景构图来看,舞伎居中、乐伎分列两边的布局也和经变画一致,说明了历时时空中乐舞活动持之以恒的展演方式。当然,小说戏曲插图和敦煌壁画中的身份属性、表演场合、表演目的都存在很大差异,小说戏曲的通俗性也促使图像中的人物卸去了宗教人物身上的崇高感,而变得更加亲切,但是我们依旧可以在这些差异中发现诸多共通之处。

　　具体到文本来看,朱淑真是我国历史上有名的才女,诗词书画兼善,传世作品有《断肠诗集》《断肠词集》等,可惜红颜薄命,这样一位才气出众的女子却爱情不幸,抑郁早逝。这样一位才情绝佳、命运多舛的女子在短篇小说中被敷衍成一段姻缘命定的故事《月下老错配本属前缘》。而图画乐舞场景仅仅是这回末的小插曲,讲朱淑真之才情终于被魏夫人所识,引为知己。所对应文字叙述,也只有“置办酒肴以邀淑真,命丫鬟队舞,因要淑真面试”寥寥数字而已。很明显,从图文再现的角度来看,图像再现的自我筛选和决策舍弃了正文大段主体内容的描绘,图像主题与文本主题出现了断层现象,造成了图文对应关系上的错位。不过,如果我们将图像再现放置于广义上的“图”的范畴中,就会发现这种错位以背离文本的代价接续上了自古以来绵延不绝的“乐舞”主题,并使得“乐舞”成为图像领域中历久弥新的一个主题表现,构成了一种富有传统意味的图像主题。

图2　　　　　　　　　　　图3　　　　　　　　　　　图4

# 三、典故主题图像：图史对应与图像实录

在上文探讨的图文关系中，我们认识到图像再现和文本情节内容之间存在相辅相成或错位背离的现象，小说戏曲的创作虽然以虚构为本质，但是脱离不了其所依托的历史环境，因此，即便是虚构的故事内容很多时候也有本事可考或现实依据。从这个层面来看，以文本为依托的插图绘刻也与社会历史环境有着千丝万缕的联系，会受到时代背景、社会环境、文化思想等多种因素的影响。这些直接或间接的影响因子进入古代典籍这一媒介形式后是沉淀下来还是出现变异，插图在哪些方面、多大程度上进行吸收借鉴，其化用的结果在主题表现的方式和风格上具有怎样的功效。关注这一点，也就意味着我们必须把图像背后承载的社会层面、历史层面和插图个体层面联系起来，图像主题的研究也就具有动态考察的立体形态以及史的意义和价值。

典故主题图像为我们进行这样一种图史关系的探究提供了一个恰到好处的视角和案例。中国古代的典故大多以固定的一个或几个人物构成一段简单明了的故事，这些故事在岁月的流淌中逐渐沉淀下来，成为民族文化中的一种"约定俗成"。这些典故在融入本文叙事的肌理中时，一方面可以增强文本内涵的多层次性，另一方面也因其自身具有独立情节内容的特质，促使文本的叙事形态出现了"故事（文本）中的故事（典故）"的书写模式。就小说戏曲插图而言，插图虽然以文本为依据进行创作，但是典故作为一种"约定俗成"，早已在民间耳熟能详，可以说即便没有对应文本的存在，绘图者依然可以描绘出相应的图像。从这个意义上看，与其说小说戏曲插图在依据文本叙事顺序在相应的位置冠以图像，不如说是以一帧又一帧图绘的形式将历史上这些经典故实从文本中抽离出来重新进行塑造和再现。换言之，典故主题图像主要反映了中国古代小说戏曲插图的古典型特质。

历史题材的小说可以说在裹挟典故上具有独特的优势，春秋战国时期是产生典故的繁盛时期，明万历间龚绍山刊本《新镌陈眉公先生批评春秋列国志传》就以这一时间段为故事背景。此书为明余邵鱼编，假托陈继儒批评，凡十二卷二百二十三则，插图六十幅，每卷十幅。从图文编纂形式来看，回目与图像并非一一对应，但是有意思的是在典故故事出现时往往配以插图，这一现象却相当明显。秋胡戏妻、孔子周游列国、范蠡西施泛舟五湖、苏秦游说六国、完璧归赵、荆轲刺秦（图5至图10）等典故主题插图皆应运而生，这些图像的罗列充分展示了小说插图对典故的特别倾心和钟爱。

图 5　　　　　　　　　图 6　　　　　　　　　图 7

图 8　　　　　　　　　图 9　　　　　　　　　图 10

　　典故之所以能够在漫长的历史叙事中脱颖而出，是因为每一个典故均以集成的形式用最精简的人物和故事蕴含了一种哲理，即每个典故都有其自身的主题，当然，伴随社会思潮和文学书写的发展和变迁，这个主题的内涵或外延可能会发生变化，但是其中一定会保存某一最核心的主旨。插图中的典故主题图像，其实就是对包含人类情感和思想在内的某一故事所承载的主题的追溯。图像在复制、还原、再现的过程中，来一次次确认它不会从民族记忆里消失和遗忘，这也是为什么不同作品在遇到相同典故时都不约而同地将其筛选出来进行绘制的根本原因，尽管其图式、内容不尽一致。如明万历年间龚绍山刊本《新镌陈眉公先生批评春秋列国志传》（图 10）和明金阊五雅堂刊《片璧列国志》的荆轲刺秦图（图 11），二图绘画一取静态，一取动态，形式虽有不同，但在表现荆轲刺秦的舍生忘死、侠义之心上却是共通的。明双峰堂三台馆刊《列国前编十二朝传》和明崇祯间麟瑞堂刊《开辟衍绎通俗志传》的后羿射日图（图 12、13），一为上图下文式中的单人式，一为单页大图中的全景式，构图视角虽不同，但在追溯上古时代先民生存状态的心理上亦是相通的。在这些具有共同主题所指的插图中，图像修辞的差异即"怎样画"退居其次，而其主题的同一性即"画了什么"则更能说明问题。

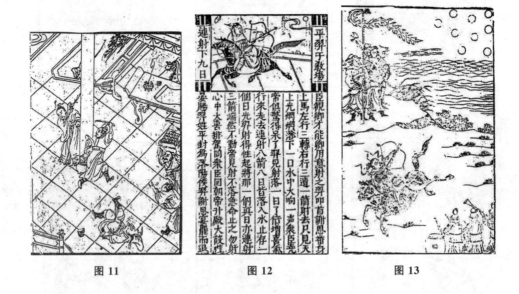

图 11　　　　　　　　　　图 12　　　　　　　　　　图 13

　　典故作为民族智慧的结晶，其涉及领域自然不会仅仅局限在小说戏曲插图单一的艺术样式内。在图像传统的意义层面上，通过对跨媒介共时性以及历时性图像经验的梳理，可以促使我们对小说戏曲插图传统的填充和书写更加丰富和饱满。来自各个文学艺术领域的工艺者以不同的图像修辞手段共同分享并不断重塑着较早历史阶段中就已产生的典故。

在中国历史上,苏武以民族气节著称于世,在流放匈奴十九年回归中原后,获封麒麟阁功臣。这样一位"义重与天期"的名臣获得了包括班固、李白、文天祥等众多史学家、文学家、爱国将领等人的交口称赞。民间更是以小说戏曲等多样文艺形式对其生平经历广为传唱,并建立祠庙以示敬意。在视觉文化领域,图像修辞也塑造了许多苏武牧羊的作品。在印刷文本中,小说、类书、画谱等题材领域都出现了这一主题图像。如明万历十六年(1588)余氏克勤斋刊《京本通俗演义按鉴全汉志传》图《汉苏武持节牧羊》(图14),上图下文式构图配合故事情节以展示牧羊场景为主。明万历二十八年(1600)余氏萃庆堂刊《大备对宗》图《苏武牧羊》(图15),插图以紧密排列的点为构图主要特色,配合两侧帆幢题句"十九年来凛凛雪毡持汉节,八千里外迢迢云雁寄孤忠",强化了塞外艰苦生存环境中一介忠臣的孤独和寂寞。清康熙间刊《无双谱》由金古良绘、朱圭刻,是清初浙派力作,人物形象,构图摒除人物以外其他一切背景,以流畅简练的白描线条凸显了暮年苏武目光愁苦但却坚定从容(图16)。除此以外,还有很多艺术样式也曾经集中于苏武牧羊这一典故,如清代画家任颐在光绪年间绘《苏武牧羊图》(17),人物塑造吸取明代画家陈洪绶的折线画法,洗练富有力度,辅以墨色浓淡渲染,展现了恶劣环境中依然坚定刚毅的精神。清代《苏武牧羊》玉雕山子摆件(图18),玉质细腻温润,人物造型清癯干练,与玉器形制、颜色浑然一体。

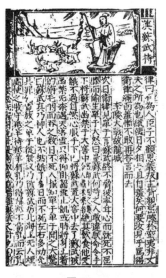

图14　　　　　　　图15

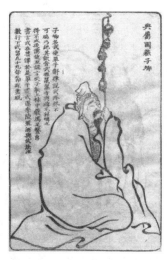

图16

图 17　清,任颐《苏武牧羊图》,
纸本设色,149.5 × 81 cm,故宫博物院藏。

图 18　苏武牧羊玉雕山子
武汉博物馆藏

　　这组具象艺术尽管从艺术品质上看有高低之别,但是其主题的同质性却为我们审视一种典故主题的流传提供了参照。在跨越媒介的视觉表现范畴中,既有民间知名刻工和不具名的绘刻者,也有传统绘画的著名画家、传统工艺的制作者。除了以上所举之例,在刺绣、粉彩、核雕、陶器等其他传统工艺美术制品中也都可以看到这一主题作品。可以说,同一典故在不同艺术视域内的流动造成该典故在相应领域内的始终在场。出现在不同时间、不同地域中的几组视觉载体都在以视觉手段讲述同一个故事,它在充分说明不同视觉媒介间具有流动性和共通性的同时,表明拥有和制作这些视觉艺术品的主体,即文化艺术领域话语权的掌控者在有意识地向精英群体和普罗大众分享和传达着以典章故实为核心的传统文化信息,无论其表征的是雅致化倾向的阳春白雪,抑或是约定俗成的下里巴人。在这个意义上看,典故主题图像是公开的、普遍的、非私密性的,以展示、陈列等方式实现其在公共空间的流通和普及。小说戏曲插图与其他视觉图像共同作为支撑典故传播的重要载体而存在,是促使其一遍遍焕发生机的持久动力之一。

　　当我们认识到某一主题图像可以在不同视觉领域中相互参照、借鉴和流动时,重新聚焦于小说戏曲插图中的典故主题图像时,就会意识到这一内在于文本的典故("故事中的故事")承担的不仅仅有情节链条上承上启下的叙事功用,同时也隐喻着其文本之外与之共享同一主题的一大批作品。换言之,典故主题图像其故事内容及其图像自身媒介形式分别指向作品之外一众相关的文学史料和图像史料,而每种史料都有其生成的社会文化动因。因此说,通过图像修辞来讲述一个故事的形式,也就串联起了一组有关文学史、图像史和社会史的历史关系。从这个意义上说,以典故作为主题的插图是具有"实录性"意义的图像。

　　上述我们对图像主题和文本主题关系问题的追问和探讨,实际上已经涉及图像学和主题学交叉领域中图像主题学中有关概念范畴、研究任务、意义价值等学科本质问题。它使我们认识到小说戏曲插图虽然有文本作依托,但是其图像主题的生成和阐释却超出文本的局限,与文本之外的图像史料和视觉载体有着更加广泛的关联,深入发掘其中的关系和内涵,有关文本图像主题的探讨才更加具有图像史的意义和价值。

　　作者简介:

　　颜彦,吉林人,国家图书馆副研究馆员,主要研究方向为古籍插图和明清小说戏曲。

# 论《水浒传》的簪花现象及其图像再现<sup>*</sup>

### 赵敬鹏

**摘　要**　《水浒传》书写了大量簪花现象,这一行为绵延春夏秋冬、涵盖士农工商所有社会阶层,从而具有提示故事时间,丰富小说人物状态,预示梁山聚义结局等叙事功能。进一步研究表明,簪花现象既是宋人对自然美的发现,也是日常生活审美化的具体表征,同时还体现出《水浒传》沉郁的美学风格。如果说插增诗词保留《水浒传》文本发生学的踪迹,那么,插图便延展了小说的接受与传播。从地域、类型、时段等三个方面考察《水浒传》插图发现,簪花现象仅在明代江南地区刊刻的全图、绣像中得以集中再现,明代的福建建阳以及清代之后刊本则大多了无踪迹。究其根源,除了受制于插图空间之外,男子簪花现象在清代社会的式微当属主要原因,以至于这一时期的《水浒传》插图即便再现了簪花,也不过是一种装饰而已。

**关键词**　《水浒传》　簪花　语象　图像

《水浒传》的成书虽然经由文人之手,但同时保留了"说话"传统。这种保留不仅体现在艺术形式层面,而且还有大量鲜活的、重要的文化现象。[①]《水浒传》集中书写了宋代"簪花"现象,却鲜有学人考察其特殊的叙事功能与美学意蕴。如果我们转变观念、更新视角,将插图"副文本"视为小说的有机组成部分,那么,进一步探讨明清刊本《水浒传》插图对簪花的再现,则有助于完善这一现象的文学接受史。

---

　*　本文系江苏高校"青蓝工程"阶段性成果。

　①　包括题目、篇首、入话、头回、正话、篇尾等部分的宋元话本体制,深刻影响了明清通俗小说的创作,这已是小说史研究的常识(胡士莹:《话本小说概论》,商务印书馆2011年版,第174页),除此之外,《水浒传》还具有"社会风俗史"意义。参见李时人:《〈水浒传〉的"社会风俗史"意义及其"精神意象"》,《求是学刊》2007年第1期。

# 一、作为"事件"的《水浒传》簪花现象

巴迪欧在《存在与事件》的英译本序言中说，"真理只有通过与支撑它的秩序决裂才能被建构"，这种开启真理的决裂可以命名为"事件"。[①] 事实上，"官逼民反"似乎是《中国文学史》教科书关于《水浒传》主题的统一口径，[②]这未免遮蔽了小说的全貌或原貌。就此而言，簪花现象可谓一则"文学事件"，因为与其说我们通过这一事件同"官逼民反"主题学研究路径决裂，毋宁说由此揭示《水浒传》的存在，进而敞亮作品意义的视域。[③] 鉴于《水浒传》的版本复杂，且后世主要流传"繁本"而非"简本"，所以，我们对簪花现象的文本调查不妨以"繁本"系统为主，如有文本比勘之需处再旁及"简本"系统。"簪花"即插花于冠或头发戴花，这并不是零零星星的闲笔，而是遍布整篇小说的文化现象（详见附表）。

纵观全书，《水浒传》共书写了二十八次簪花现象，小说正文出现十三次，插增诗词出现十五次；其中，第四十回与第六十二回小说正文及其插增诗词重复出现簪花；第七十二回正文的"翠叶花""宫花""花帽"，实际上都是指称簪花于帽。故总体看来，插增诗词中的簪花现象多于小说正文。簪花现象出现最多的回目，是第七十六回"吴加亮布四斗五方旗宋公明排九宫八卦阵"，而且全部集中在插增诗词。有意思的是，出现在一百回之后的簪花现象只有一处；百二十回本与百回本《水浒传》之间，仅第八十二回插增的两首赋存在差异，其余关于簪花现象的书写皆同。[④] 这只是我们对簪花现象粗略的文本物质性分析，接下来将展开更为细致的类型学归纳。

首先，《水浒传》簪花的品种众多、不拘一时。就簪花的品种而言，既有真正的鲜花，也有人工制造的假花：前者如陪同周通入赘刘太公家的小喽啰"头巾边乱插着野花"（第五回），阮小五"鬓边插朵石榴花"（第十五回）、杨雄"鬓边爱插翠芙蓉"（第四十四回）等；后者如周通"鬓旁边插一枝罗帛像生花"（第五回）、宋江与戴宗临刑前"各插上一朵红绫子纸花"（第四十回）等。文本调查的结果显示，《水浒传》的簪花现象能够绵延春夏秋冬——周通的小喽啰们簪戴野花恰逢暖春二月，阮小五

①　Badiou, A. ,*Being and Event*, O. Feltham trans. , London: Continuum, 2006, p. xii.

②　无论是 20 世纪末由袁行霈先生主编并产生较大影响的《中国文学史》，还是当前通行全国的"马克思主义理论研究和建设工程重点教材"，均持此观点。参见袁行霈主编：《中国文学史》（第 4 卷），高等教育出版社，2014 年版，第 40 页；《中国古代文学史》编写组：《中国古代文学史》（下），高等教育出版社，2016 年版，第 74—75 页。

③　孙周兴选编：《海德格尔选集》（上册），上海三联书店，1996 年版，第 286—287 页。

④　百回本《水浒传》的文本调查对象同样是现行校注本（以容与堂本为底本），参见施耐庵、罗贯中：《水浒传》，人民文学出版社，1975 年版，第 1128—1131 页。

鬓边的石榴花怒放于五月,杨雄钟爱的荷花盛开在七月,而随从们"锦衣花帽"地陪同宿太尉上朝则出现在暮冬正月间。

值得注意的是,鲜花的花期在小说中起到了提示故事时间的作用。如金圣叹于阮小五"鬓边插朵石榴花"处夹批道"恐人忘了蔡太师生辰日,故闲中记出三个字来"①。小说此前已铺垫出梁中书为蔡京六月十五日过寿准备了十万生辰纲这一线索,中间又加入"晁天王认义东溪村""吴学究说三阮撞筹"等情节,金圣叹由此指出,农历五月仲夏的石榴花旨在提醒读者留意故事的发生时间。再如,杨雄初见石秀之际的插增诗词是"鬓边爱插翠芙蓉",而此时的故事时间是"秋残冬到"之前"两个月有余"的七月,正值荷花的花期;更何况,小说还在介绍潘巧云时专门解释其"巧云"之名的来由,"原来那妇人是七月七日生的"(第四十四回),这一系列的巧合恐怕不能不被视为作者之匠心。

其次,《水浒传》簪花场合繁多、人群广泛。小说所书写的簪花现象,既出现在婚礼、升职、节日、死刑、御宴等场合,还存在于日常生活之中。例如,索超、杨志升职时"头上亦都带着红花"(第十三回);梁山好汉被朝廷招安之后,得赐天子筵席、"至暮方散","宋江等俱各簪花出内"(第八十二回),可见,强调仪式感的重要场合均有簪花现象。但是另一方面,我们还看到阮小五、孙二娘、李鬼之妻、燕青等人,即便是在日复一日的平常生活中,仍然簪戴各式花朵。而第一百一十四回赞美杭州富贵奢华的插增诗词,"访友客投灵隐去,簪花人逐净慈来"一句则反映了宋代市民簪花现象之普遍。这种普遍性鲜明地体现在《水浒传》全书:既有落草梁山前的索超与杨志等官吏,也有阮小五、李鬼之妻等渔农山民,还有燕青、宿太尉随从等家仆百工,以及孙二娘这样的酒店商人。可以说,《水浒传》簪花人群不仅超越男女性别之限,而且还全部涵盖了中国古代社会的士农工商四个阶层。

不分人群、不分场合地簪花,堪称《水浒传》惯用的夸饰手段,以至于即便是在战斗行动中,人物也要打扮得"花枝招展"。例如第七十六回"绛罗巾帻插花枝""一个头巾畔花枝掩映""金翠花枝压鬓旁""鬓边都插翠叶金花""锦衣对对,花帽双双",纵然延宕出类似于戏曲舞台上群英纷纷登场亮相的效果,却严重违背现实常理。之所以出现这一情况,当是《水浒传》胎息于宋元"说话"的传统使然。因为话本越在热闹处"敷衍得越久长",诸如首次"战童贯"这样的重大场面,逐一介绍梁山好汉参战便是需要"敷衍"之处,所以这一回共出现了多达二十四首描写人物出场的插增诗词,占整个章回四分之一的篇幅。这些诗词描写人物造型的方式明显存

---

① 《金圣叹全集》(三),凤凰出版社,2008年版,第279页。

在程式化倾向，①或者成双成对地引出两名将领，或者从头到脚描述好汉的每一处部位及其穿戴。而包括英雄好汉在内的人物如此集中地"簪花"，②主要为了丰富小说人物及其生活环境的状态。③ 我们知道"讲述"与"呈现"是两种基本的叙事方式，明清通俗小说的插增诗词或者描写人物及其场景，或者评论是非成败，或者抒发情感、表达意志，简言之，这些"有诗为证"大多属于"呈现"，之于《水浒传》的"讲述"非但多无实际功用，反而还中断了小说正文原有的叙事节奏，所以在金圣叹腰斩《水浒传》过程中遭到了大量删除。

再次，梁山好汉们仿佛更加偏爱簪花。在文本调查所统计的二十八次簪花现象中，梁山好汉们出现了三次集体活动：分别是"梁山泊英雄排座次"后的菊花之会，因重阳节而簪戴黄菊（第七十一回）；梁山好汉为争取招安有利条件而迎战童贯的部队，他们首次在战场上亮相时多有簪花（第七十六回）；宋江等梁山好汉接受招安后，以簪花的姿态参加御赐筵席（第八十二回）。除此之外，小说正文和插增诗词还单独叙述了簪花的梁山好汉：周通、索超、杨志、阮小五、孙二娘、宋江、戴宗、杨雄、燕青、李逵、蔡庆、柴进、焦挺、徐宁、郑天寿等十五人。其中，周通、索超、杨志、阮小五、孙二娘、杨雄、焦挺、徐宁、郑天寿全部因战事而亡；宋江、李逵加官晋爵后被朝廷毒酒谋杀。只有戴宗得胜还朝后辞官去往泰安州岳庙，数月后大笑而死；蔡庆、柴进返乡为民；燕青挑了一担金银隐遁江湖，尚属善终之结局。

被单独书写簪花的梁山好汉中有七成未能善终，而这恰是所有梁山好汉的缩影，因为小说结尾所述南征方腊牺牲、死于非命的好汉共计七十六人，同样为七成的比例。如是，簪花现象也就具备预叙的功能，或者说作为被叙述的预设信息而散落在小说各处，正如《水浒传》第一百一十回宋江与公孙胜分别时所言，"我想昔日弟兄相聚，如花始开；今日弟兄分别，如花零落"。因为梁山泊英雄好汉在小说中以簪花形象出场时，往往是其第一次亮相，或者是其人生最为耀眼、最为得意或者最为辉煌的瞬间；但无论好汉所戴之花的真假，终末都会衰败凋零，亦如他们在整个故事中的死亡。

---

① 胡士莹：《话本小说概论》，商务印书馆，2011年版，第129—130页。明清通俗小说的插增诗词可归纳出多种程式或者格套，例如从额、眼、鼻、嘴等部位一直描述到脚的程式，可以追溯至敦煌变文，例如《破魔变》所云，"眼如珠（朱）盏，面似火曹（燋），额阔头尖，胸高鼻曲，发黄齿黑，眉白口青，面皱如皮裹髑髅，项长一似箭头绳子"（参见项楚：《敦煌变文选注》，巴蜀书社，1989年版，第477页）。

② 簪花可谓宋元话本书写人物的"标配"，例如《夔关姚卞吊诸葛》云"忽见堂下，紫衫、银带、锦衣、花帽从者十数人"。又如《志诚张主管》描写刘使君，"平生性格，随分做些春色，沉醉恋花陌。虽然年老心未老，满头花压巾帽侧。鬓如霜，须似雪，自磋侧"。再如《戒指儿记》："人人都到五凤楼前，端门之下，插金花，赏御酒，国家与民同乐。"参见欧阳健、萧相恺编订：《宋元小说话本集》，中州古籍出版社，1987年版，第130页、第170页、第268页。

③ ［美］杰拉德·普林斯：《叙事学：叙事的形式与功能》，徐强译，中国人民大学出版社，2013年版，第64页。

由是观之，《水浒传》所书写簪花现象具有令人印象深刻的叙事功能，即鲜花的花期提示故事时间，程式化的簪花"呈现"意在丰富小说人物状态，而簪花好汉多不得善终犹如梁山聚义结局的预设信息。通过对簪花现象的文本调查，以及叙事功能的分析，我们发现《水浒传》在"官逼民反"这一宏大主题之下竟然仍有新意。

## 二、簪花风尚的多重美学意蕴

《水浒传》所书写的簪花现象绵延一年四季、涵盖士农工商，充分说明这已成为流行的风尚行为，并非作者的一己虚构。因为簪花不仅大量出现在以宋代为叙事背景的《水浒传》，而且还出现在直接影响《水浒传》的《宣和遗事》，其中"十二月预赏元宵""罢灯夕之乐"两节所写到的"禁苑瑶花"①，与《水浒传》第七十二回"柴进簪花入禁院"所描写的翠叶金花简直如出一辙；更为重要的是，簪花现象广泛存在于宋代诗、词、文以及笔记等文献。所以，我们有必要对《水浒传》簪花现象作进一步的美学考察。

首先，簪花风尚是对自然美的发现。簪花并非孤立事件，而是宋人观照自然美的具体表象与有机构成，如张镃《赏心乐事》所载，从正月"赏梅""赏山茶"，二月"赏缃梅""赏红梅""赏千叶茶花"，一直到十二月"赏檀相腊梅""观兰花"等，涉及大量的赏花之事，其中三月与四月最为集中：

三月季春

生朝家宴、曲水修禊、花院观月季、花院观桃柳、寒食祭先扫松、清明踏青郊行、苍寒堂西赏绯碧桃、满霜亭北观棣棠、碧宇观笋、斗春堂赏牡丹芍药、芳草亭观草、宜雨亭赏千叶海棠、花苑蹴秋千、宜雨亭北观黄蔷薇、花院赏紫牡丹、艳香馆观林檎花、现乐堂观大花、花院尝煮酒、瀛峦胜处赏山茶、经寮斗新茶、群仙绘幅楼下赏芍药。

四月孟夏

初八日亦庵早斋随诣南湖放生食糕糜、芳草亭斗草、芙蓉池赏新荷、蕊珠洞赏茶蘼、满霜亭观橘花、玉照堂尝青梅、艳香馆赏长春花、安闲堂观紫笑、群仙绘幅楼前观玫瑰、诗禅堂观盎子山丹、餐霞轩赏樱桃、南湖观杂花、欧渚亭观五色莺粟花。②

此两月间，张镃先后观赏了月季、绯碧桃、牡丹、芍药、千叶海棠、蔷薇、紫牡丹等二

① 《古本小说集成》编委会编：《古本小说集成》（第四辑）87册，上海古籍出版社，1994年版，第103页。
② 周密：《武林旧事》，浙江古籍出版社，2011年版，第209—213页。

十余种鲜花,与《梦粱录》"春光将暮,百花尽开。……花种奇绝,卖花者以马头篮盛之,歌叫于市,买者纷然"的表述,形成了相互印证。①

进而言之,赏花当属自然美这一"形式(仅是主观的)的合目的性"的主要对象,②而与赏花同频共振的现象是,宋人每月都有可簪之花,春夏秋冬皆不中断,如"手插海棠三百本,等闲妆点芳辰"(刘克庄《临江仙》)、"簪荷入侍,帕柑传宴"(洪咨夔《天香·寿朱尚书》)、"鬓重不嫌黄菊满,手香新喜绿橙搓"(苏轼《次韵苏伯固主簿重九》)、"帝乡春色岭头梅,高压年华犯雪开。……从车贮酒传呼出,侧弁簪花倒载回"(司马光《和吴省副梅花半开招凭由张司封饮》)等。为了最大限度摆脱花期的限制,宋代还流行鲜花的替代品——像生花,例如话本小说《花灯轿莲女成佛记》的张元善夫妇,"家传做花为生,流寓在湖南潭州,开个花铺"③,即以制作像生花为业。藏于台北故宫博物院的《宋仁宗后坐像轴》,可以提供像生花的直观形象:皇后头戴游龙珍珠钗冠,面贴珠钿、神情肃然地端坐中间,其左右两侧立有两名头戴花冠的侍女,图像左侧侍女花冠以盛开的红、黄、白三色花朵为主,辅以紫色花苞及蓝叶与绿叶;图像右侧侍女花冠以白色花朵为主,夹杂黄、蓝、紫三色小花,辅以蓝叶与绿叶为背景,并以两朵大红花作为点睛之笔,皆意在包揽四季常见花色,堪称一年之景。

其次,簪花表征了日常生活的审美化。中国古代的簪花现象由来已久,四川郫县宋家林出土的东汉执镜陶俑,便是一个头戴两朵花的女性形象。《晋书》卷三十二载"先是,三吴女子相与簪白花,望之如素奈,传言天公织女死,为之著服,至是而后崩"④,民间的簪花竟然是成恭杜皇后去世的先兆,这当属史书关于簪花集体行为的首次记录。时至隋唐五代,我们可以看到周昉《簪花仕女图》等以再现簪花女性的美术作品,以及诸多描写簪花的诗歌,如"丑妇竞簪花,花多映愈丑"(司空图《效陈拾遗子昂感遇三首》)、"菊花须插满头归"(杜牧《九月齐山登高》)。《旧唐书》卷一百九十七载林邑国王"卷发而戴花"的造型,⑤但并未明确记录唐朝皇帝、士人等人群的簪花现象。反倒是五代的《开元天宝遗事》对簪花予以了浓墨重彩的描绘:"开元末,明皇每至春时旦暮,宴于宫中,使嫔妃辈争插艳花;帝亲捉粉蝶放之,随蝶所止幸之。后因杨妃专宠,遂不复此戏也。"又及"御苑新有千叶桃花,帝亲折一支插于妃子宝冠上,曰:'此个花尤能助娇态也。'""长安春时,盛于游宴……帝览之嘉赏焉。遂以御花亲插颈之巾上,时人荣之。"⑥

①　吴自牧:《梦粱录》,中华书局,1985 年版,第 14 页。

②　[德]康德:《判断力批判》(上卷),宗白华译,商务印书馆,1963 年版,第 25 页。

③　洪楩:《清平山堂话本》,岳麓书社,2019 年版,第 108 页。

④　《晋书》(四),中华书局,1974 年版,第 974 页。

⑤　《旧唐书》(十六),中华书局,1975 年版,第 5269 页。

⑥　《开元天宝遗事十种》,上海古籍出版社,1985 年版,第 68 页、第 74 页、第 91 页,

　　宋代以前的簪花主体多为女性,而且涌现于宫廷生活与节日氛围之中,但这一情况却在宋代发生了重要变化。《宋史》卷一百五十三"舆服志"载:"簪戴。幞头簪花,谓之簪戴。中兴,郊祀、明堂礼毕回銮,臣僚及扈从并簪花,恭谢日亦如之。大罗花以红、黄、银红三色,栾枝以杂色罗,大绢花以红、银红二色。罗花以赐百官,栾枝,卿监以上有之;绢花以赐将校以下。太上两宫上寿毕,及圣节、及锡宴、及赐新进士闻喜宴,并如之。"①这是正史关于簪花的首次详细记录,涉及簪花的类型、形制、场合等制度性规定,而且显而易见的是,簪花的主体多为男性,所以我们可以发现宋代书写男性簪花的诗文不计其数,甚至以韩琦、王珪、王安石、陈升之为主角的"四相簪花"故事,成为被文学与图像反复摹写的主题。②

　　除了簪花主体超越性别限制之外,更为重要的现象是簪花阶层的扩大。无论前文所述的贵族上流社会,还是平头百姓,无论节日、宴会,还是日常生活,皆以簪花为尚。我们从宋代话本、《武林旧事》《梦粱录》等笔记等文献可知,大量民间的簪花行为催生了鲜花生意、像生花作坊等产业,足见宋人簪花的普及。宋代绘画可以为此提供足够的佐证,例如藏于故宫博物院的李嵩《货郎图》,年轻的货郎头巾上插有花朵等饰品,显然是招揽村民前来购物的促销手段,从而再一次说明簪花现象已经飞入寻常人家。就此而言,宋代的簪花现象突破了以往囿于某一人群、某一阶层的惯性。面对日常生活这一以重复性思维占主导地位的实践领域,宋人的簪花行为不仅描绘着"自然的社会化",还描绘着"自然的人化的程度和方式"③,从而赋予了日常生活的审美化。

　　再次,《水浒传》英雄簪花现象主要体现为沉郁的审美风格。金圣叹认为"晁盖七人以梦始,宋江、卢俊义一百八人以梦终",而在"万死狂贼!你等造下弥天大罪,朝廷屡次前来收捕,你等公然拒杀无数官军。今日却来摇尾乞怜,希图逃脱刀斧!我若今日赦免你们时,后日再以何法去治天下!"处夹批道,"不朽之论,可破续传招安之谬"④,堪称"腰斩"《水浒传》的叙事学动因。事实上,腰斩《水浒传》虽然删除了招安行动,但是在最大限度上保留或者凸显了小说的英雄传奇色彩。如果我们检视单独书写簪花的《水浒传》英雄好汉,其首次出场既是给读者的第一印象,也是他们人生的耀眼写照。

　　例如百二十回本中的孙二娘,自从亲手为武松缝制了存放度牒的锦袋后,便开始在小说中长时间沉寂——无论是到二龙山入伙,还是梁山聚义后的招安行动中,始终只是一个可有可无或者临场调度而来的角色,直到清溪县攻打方腊时死于杜

① 《宋史》(十一),中华书局,1977 年版,第 3569—3570 页。
② 郭薇:《"四相簪花"在清代翰林院中的认同与书写》,《北京社会科学》2019 年第 10 期。
③ [匈]阿格妮丝·赫勒:《日常生活》,衣俊卿译,重庆出版社,2010 年版,第 4 页。
④ 《金圣叹全集》(四),凤凰出版社,2008 年版,第 1249—1250 页。

微的飞刀。我们对于孙二娘的印象,却似乎仍然停留在"母夜叉孟州道卖人肉　武都头十字坡遇张青"一回,眼前浮现出那个泼辣胆大、为人爽快、看重朋友义气的孙二娘,正簪花坐在乡间酒店的窗前。除宋江以外的其他小说人物,梁山聚义前后的描写判若两人:上山聚义之前被刻画得极为细腻,上山聚会后往往只是小说叙事的"材料"与"填充物",并无多少实质性描写。造成这一现象的原因,可能与《水浒传》世代累积的成书过程有关。如果我们联系簪花之于这些英雄好汉的叙事功能,那么,小说以此预示他们的生命将在不久的招安行动中陨灭,令人深感低回委婉、深沉悲慨的沉郁之气。

要言之,《水浒传》所书写的簪花现象既是对自然美的发现,也是宋代日常生活审美化的具体表征。而小说所单独书写簪花的人物形象却体现出沉郁的审美风格,则隐约折射出对英雄好汉命运的关切。

## 三、明清《水浒传》插图中的簪花及其装饰意味

就明清通俗小说而言,插增诗词与插图当属两种重要的副文本,如果说前者是源自宋元"说话"传统的世交,后者就是小说文体在明清时段的新朋。插增诗词保留了文本发生学的踪迹,而插图则延展了小说的接受与传播,因此,接下来需要考察的问题是,明清时期的《水浒传》插图有没有再现出簪花现象,以及能否传达其多重的美学意蕴。鉴于插图本《水浒传》数量惊人、版本繁复,而且各版本插图之间多有因袭,我们不妨从插图的地域、类型、时段等三方面因素加以考察。

首先,再现簪花的《水浒传》插图主要集中江南刻本,闽刻本并不多见。由政府、藩府与私人书坊组成的明代刻书版图格外壮观,仅就私人书坊刻书来说,也有南京、杭州与建阳等三个集中地,其中福建建阳从宋代开始便"一直是全国重要的刻书地之一","其刻书数量之多,堪称全国之首"。但是需要补充说明的是,建阳刻书以坊刻为主,而且刻书种类齐全"经、史、子、集无所不包,尤以小说、戏曲等通俗文学作品为最多"①。万历、泰昌年间新刊小说约 40 种,其中建阳刊 27 种,金陵刊 5 种,苏州刊 4 种,其他地区刊 4 种,称建阳为小说出版之重镇并不为过,②然而我们检视建阳出版简本系统的《水浒传》插图(双峰堂刻本《京本全像插增田虎王庆忠义水浒全传》《京本增补校正全像忠义水浒志传评林》牛津大学图书馆藏《全像水浒》等),却并没有发现簪花的身影。

①　赵前编著:《明代版刻图典》,文物出版社,2008 年版,第 8—29 页。
②　冯保善:《明清江南小说文化论》,《明清小说研究》2013 年第 4 期。

**图1　吴学究说三阮撞筹**

　　而万历三十八年的杭州容与堂刻本(1610)、万历四十二年的袁无涯刻本
(1614)等江南地区的《水浒传》插图,却再现了英雄簪花的模样。例如第五回"小霸
王醉入销金帐 花和尚大闹桃花村"的首幅回目图,周通右鬓簪花,正被鲁智深摁在
地上。再如第十五回"吴学究说三阮撞筹 公孙胜应七星聚义"的首幅回目图(图
1),背水而坐的人物头戴儒巾、长衫,显然是前来石碣村说服阮氏兄弟入伙的吴用;
与吴用长衫、儒巾形成鲜明对比的是三位衣着短褐的农民,那么如何分辨他们的具
体身份呢? 坐在吴用右手边的人物是阮小七,因为其装扮与小说的描述相符——
"戴一顶日黑箸笠,身上穿个棋子布背心";坐在吴用左手边的人物是阮小五,因为
其右鬓插有一朵花,与小说所描述的"鬓边插朵石榴花"相符;很显然,坐在吴用对
面的即为阮小二。一个目不识丁的渔民,竟然在日常生活中簪花饮酒,其审美心态
留给读者以无限的赞叹与遐想。此外,第二十七回"母夜叉孟州道卖人肉 武都头
十字坡遇张青"的首幅回目图、第七十二回"柴进簪花入禁院 李逵元夜闹东京"的
首幅回目图,也再现出了孙二娘簪花、柴进簪花的情形。
　　其次,之所以江南刻本多再现簪花现象,根本原因在于这一地域的插图类型以全图为主,而闽刻本《水浒传》插图以全像为主,这就涉及"全图""全像"与"绣像"等插图类型的差异。① 闽刻本插图没有再现簪花,恐怕很大程度上受限于书籍插图刻版的物质性因素。因为明代福建建阳的插图本通俗小说版式以"上图下文"为主,即每叶以版心为界分为左右两个半叶,每半叶上部为插图,下部为文本,插图与文本的比例在1∶2至1∶3之间,此为"全像"。像双峰堂刻本《京本增补校正全像忠义水浒志传评林》的插图上方是"评释栏",插图两侧还有榜题,因此可以想见如此狭小逼仄的插图空间,根本无法供刻工绘制细小的花朵。即便像容与堂刻本、杨定见本这样每一章回前插置回目图,而且插图分别占满半叶的全部版面,也不能保证所绘簪花清晰到可以辨识花朵具体品种的地步,遑论建阳面积如此狭小的全像。

图 2　燕青(《水浒叶子》)　　　图 3　柴进(《水浒叶子》)

　　较之"全像"与"全图","绣像"专门以再现人物像为旨归,其物质性空间相对最大,因而不仅能够再现簪花现象,还清晰地绘制出花朵形态的细节。例如在陈洪绶

① "全图"指的是依据回目标题所创作的"回目图"以及模仿每回故事的"情节图",二者都占据书籍的整个版面,而且鲜明地有别于约占版面面积三分之一或四分之一的"偏像"与"全像"。参见鲁迅:《连环图画琐谈》,《鲁迅全集》(第 6 卷),人民文学出版社,2005 年版,第 28 页。

《水浒叶子》这一著名的绣像册页中，燕青（图2）、柴进（图3）、石秀均为簪花的造型。柴进所戴之花的花瓣宽大平展，花瓣二到三轮，且以椭圆长型绿叶为衬，似为牡丹，这与陈洪绶所绘《花鸟草虫册》中的"蝶戏牡丹"造型一致。赞语"哀王孙，孟尝之名几灭门"，以"孟尝"指称广招宾客的柴进，然而，即便如此富贵之家竟然在《水浒传》中几乎横遭灭门之祸。象征富贵的牡丹花，似乎反讽柴进家族的衰败。而燕青所戴之花当是菊花，因为《水浒叶子》中的长型花瓣呈分散状，且以边缘有缺刻及锯齿状绿叶为衬，这与陈洪绶《折枝菊图》等菊花造型相似（图4）。自清代以降，金圣叹删改后的七十回本《水浒传》流行于世，集中书写簪花现象的插增诗词多遭删除。书坊主往往选取陈洪绶、杜堇等绣像，插置在小说开卷部分，借此引起读者的兴趣。甚至还有的书坊主受到这些绣像的启发并加以重新绘制，例如光绪三十三年（1907）的《评注图像五才子书》安排燕青侧坐在石头上吹笛，右鬓簪戴一朵花；会文堂刻本绣像中，燕青以站立姿势簪花吹笛；民国六年（1917）刊行的铸记书局《评注图像五才子书》亦是侧坐簪花吹笛，当是模仿了前者的燕青绣像，却忽略了这位浪子"鬓畔常簪四季花"的爱好。

图4　陈洪绶：《折枝菊图》

　　再次，如果说地域、类型属于我们对明清《水浒传》插图再现簪花现象的横向考察，那么时段则是综合上述两方面的纵向考察。纵观清代《水浒传》插图，仿制容与堂刻本插图的康熙五年（1666）石渠阁修补本，"柴进簪花入禁院"回目图对柴进簪花予以了绘制；仿制杨定见本插图的康熙年间芥子园刻本、三多斋刻本等，亦再现了柴进簪花。① 然而,光绪以来的石印本《水浒传》颇值得注意,一方面,书籍大多采用"绣像＋回目图"的插图方式,即在小说第一卷放置绣像,此后在每一章回放置回目图,例如光绪三十三年石印本《评注图像五才子书》有二十八幅绣像,一百四十幅回目图,插图数量异常庞大、蔚为壮观。另一方面,书籍还采用压缩插图数量的方式,将两位乃至更多数量的人物集中到同一幅绣像,并将每一章回的回目图简约为一幅图,例如扫叶山房刻本、会文堂刻本等即是如此。但颇为遗憾的是,这些版本的插图质量较低,往往是为了插图而插图,或者说仅将插图视为装饰书籍的噱头,甚至将西门庆、潘金莲、武大郎等本不属于《水浒传》绣像传统的人物刻画出来。至于插图对簪花现象的再现,则时有时无,全然没有明代容与堂刻本插图、《水浒叶子》绣像那样细致入微。②

如果考虑到同样以宋代为故事背景的《金瓶梅》,我们就会发现小说存在大量的男女赏花、簪花现象,据不完全统计,书写簪花现象的章回多达二十八回,以至于靠卖翠花为生的薛嫂,经常带着她的花笼出现在故事中。男子簪花这一习俗"经宋代的鼎盛时期,至明代已经减弱"③,而清代小说对簪花现象的热情则更不如明代,例如《水浒传》的续作《水浒后传》,便没有书写英雄好汉们的簪花,纵然是以簪花著称的燕青,作家描述其出场时也不过是手持折花一支。再如同样以宋代为故事背景的英雄传奇小说《说岳全传》,也看不到簪花的任何描写。作为世情小说巅峰的《红楼梦》,虽然叙述了很多赏花的情节,但仅有一处涉及簪花的描写。可以说,簪花风尚在清代的衰败,速度之快令人难以想象,至清中期已几乎不见男子簪花情形,恰如赵翼所说"今俗惟妇女簪花,古人则无有不簪花者",但殿试传胪日时,"一甲三人出东长安门游街,顺天府丞例设宴于东长安门外,簪以金花,盖犹沿古制也"④。金榜题名之际以簪花为礼,与《清史稿》卷一百一十五所载一致,"新进士释褐,坐彝伦堂行拜谒簪花礼"⑤,恐怕这是清代男子簪花为数不多的仪式性场合。

综上所述,《水浒传》所描写的簪花现象具有令人印象深刻的叙事功能,同时还表现出丰富的美学意蕴,但是,这一现象在明代江南刊刻的全图和绣像中得以再现,明代福建建阳地区的全像以及清代以降的插图本大多没有再现。之所以造成上述情况,有插图类型的原因,例如全像插图空间狭小逼仄,限制了花朵形状的绘制。但更为重要的是,男子簪花现象在清代社会式微,仅仅出现在仪式性场合,插

① 颜彦:《中国古代四大名著插图研究》,社会科学文献出版社,2014 年版,278—282 页。
② 《水浒传》插图在明清时期的历史演变,可视为明清通俗小说的一个缩影,特别是光绪以来的石印本插图,绘制技术与传统木刻插图存在显著区别,由此导致小说与插图关系发生了质的转变。关于这一问题,我们将另文探讨。
③ 赵连赏:《明代男子簪花习俗考》,《社会科学战线》2016 年第 9 期。
④ 赵翼:《赵翼全集》(第 3 册),曹光甫点校,凤凰出版社,2009 年版,第 574—576 页。
⑤ 《清史稿》(十二),中华书局,1976 年版,第 3319 页。

图者不理解《水浒传》小说描述英雄好汉簪花的用意，以及明代全图与绣像对簪花的再现，最终导致簪花成为清代《水浒传》插图中可有可无的装饰元素。

附表    《水浒传》簪花现象文本调查（百二十回本）①

| 出现回目 | 文本位置 | 簪花称谓 | 簪花人物 | 人物职业 | 簪花场合 |
|---|---|---|---|---|---|
| 第五回 | 小说正文 | 野花 | 小喽啰 | 盗匪（游民） | 婚礼 |
| 第五回 | 插增诗词 | 罗帛像生花 | 周通 | 盗匪（游民） | 婚礼 |
| 第十三回 | 小说正文 | 红花 | 索超、杨志 | 官吏 | 升职 |
| 第十五回 | 小说正文 | 石榴花 | 阮小五 | 渔民 | 日常生活 |
| 第二十七回 | 小说正文 | 纸花 | 王婆 | 商人 | 死刑（受刑） |
| 第二十七回 | 小说正文 | 野花 | 孙二娘 | 商人 | 日常生活 |
| 第四十回 | 小说正文 | 红绫子纸花 | 宋江、戴宗 | 官吏 | 死刑（受刑） |
| 第四十回 | 插增诗词 | 白纸花 | 宋江、戴宗 | 官吏 | 死刑（受刑） |
| 第四十三回 | 小说正文 | 野花 | 李鬼之妻 | 农民 | 日常生活 |
| 第四十四回 | 插增诗词 | 芙蓉 | 杨雄 | 官吏 | 死刑（执刑） |
| 第六十一回 | 插增诗词 | 四季花 | 燕青 | 家仆 | 日常生活 |
| 第六十一回 | 插增诗词 | 金花 | 李逵 | 盗匪（游民） | 战斗 |
| 第六十二回 | 小说正文 | 一枝花 | 蔡庆 | 官吏 | 监狱 |
| 第六十二回 | 插增诗词 | 一枝花 | 蔡庆 | 官吏 | 监狱 |
| 第七十一回 | 插增诗词 | 黄菊 | 梁山好汉 | 盗匪（游民） | 重阳节 |
| 第七十二回 | 小说正文 | 翠叶花 | 班直人 | 官吏 | 元宵节 |
| 第七十二回 | 小说正文 | 宫花 | 班直人 | 官吏 | 元宵节 |
| 第七十二回 | 小说正文 | 花帽 | 柴进 | 盗匪（游民） | 元宵节 |
| 第七十六回 | 插增诗词 | 花枝 | 焦挺 | 盗匪（游民） | 战斗 |
| 第七十六回 | 插增诗词 | 花枝 | 蔡庆 | 盗匪（游民） | 战斗 |
| 第七十六回 | 插增诗词 | 花枝 | 徐宁 | 盗匪（游民） | 战斗 |

① 由于七十回本《水浒传》系金圣叹腰斩百二十回本而成，且百回本与百二十回本的插增诗词大多相同，故文本调查主要依据现行校注百二十回本《水浒传》（以郁郁堂本为底本），参见施耐庵、罗贯中：《水浒全传》，上海古籍出版社，1976年版。除特别说明者外，本文所引《水浒传》原文均据《水浒全传》，为避繁琐，下文仅括注回目。

续表

| 出现回目 | 文本位置 | 簪花称谓 | 簪花人物 | 人物职业 | 簪花场合 |
|---|---|---|---|---|---|
| 第七十六回 | 插增诗词 | 翠叶金花 | 金枪手<br>银枪手 | 盗匪（游民） | 战斗 |
| 第七十六回 | 插增诗词 | 花帽 | 金枪手<br>银枪手 | 盗匪（游民） | 战斗 |
| 第七十六回 | 插增诗词 | 翠花 | 燕青 | 盗匪（游民） | 战斗 |
| 第八十一回 | 小说正文 | 花帽 | 宿太尉随从 | 家仆 | 上朝 |
| 第八十二回 | 插增诗词 | 花 | 郑天寿 | 官吏 | 招安 |
| 第八十二回 | 小说正文 | 簪花 | 宋江等好汉 | 官吏 | 御宴 |
| 第一百一十四回 | 插增诗词 | 簪花 | 游客 | 市民 | 日常生活 |

作者简介：

赵敬鹏，山东莘县人，文学博士，江苏第二师范学院文学院副教授，主要从事形式美学、文学与图像关系研究。

# 明代戏曲刊本插图研究*

[日]小松谦 著　陈世华　洪晓云 译

**摘　要**　明代戏曲刊本附有各种样式的插图。其样式由书坊迎合的目标读者层来决定。我们从中可以看出，这些刊本的插图，有从文中插入许多拙劣的插图的模式，向在卷头插入少量高水准的插图模式转变的倾向。这一方面反映明代戏曲刊本因读者层的多样化而产生的书籍层级分化，另一方面反映明末因知识分子参与白话文学，白话文学的地位得到提升。通过明代戏曲刊本的插图，我们可以看出作为书籍顾客的人群阶层。

**关键词**　明代戏曲　刊本　插图

## 一、最早期的戏曲出版物

戏曲的刊行始于元代，现存最早的戏曲出版物是《元刊杂剧三十种》。该书记载了三十种杂剧，从内容来看，这三十种杂剧实际上是不同刊本的汇集。然而，在各具特色的多种刊本中，作为后世戏曲刊本常见物的插图，我们却始终没有看到，个中原因值得深究。

这是一个与这些出版物的刊行目的相关的问题。《元刊杂剧三十种》虽然是戏曲文本，但舞台提示和科白等曲词（中国的戏剧原则上是歌剧，其歌词部分）以外的要素只是简略记载，有的甚至全无记录。这一事实意味着这些戏曲文本在这里并不是作为戏剧脚本而存在的，而是作为鉴赏曲词的书籍来刊行的。在当时，曲是知识分子参与创作的重要文学体裁。和鉴赏诗歌一样，《元刊杂剧三十种》是为喜爱阅读杂剧的人们而刊行的书籍。显然，刊行者是在假定读者对故事不关心的情形下而进行的出版。既然不具有可读性，该书自然也不会出现诗集中常有的那类插图，也就自然成为所谓"禁欲性"的书物了。

也就是说，插图的有无及其存在形态，是由读者的特点和关注点，更准确地说，

---

　　* 本文原刊于泷本弘之、大塚秀高编：《中国古典文学与插画文化》，勉诚出版，2014 年。本译文受 2018 年度南京工业大学社科研究基地"国外中国热点问题研究"资助。

是由刊行者根据自设的读者特点来决定的。明代所刊行的戏曲刊本的插图状况，就清楚地表明了这一点。

# 二、明代初期的戏曲出版物
## ——戏曲刊本插图的诞生

明代最早的重要戏曲出版物，是明朝开国皇帝朱元璋的孙子周宪王朱有燉（1379—1439）自创的杂剧集《诚斋乐府》。与《元刊杂剧三十种》一样，该刊本也没有插图。究其原因，是因为身居周王地位的朱有燉财力雄厚，足以支持刊行其自己创作的杂剧。他刊行杂剧很可能只是出于喜爱，没有所谓的商业目的，所以也就不需要以维系读者兴趣为目的的插图了。与其形成鲜明对比的是刘东生的杂剧《娇红记》，现存的版本是由南京一个名为积德堂的书坊于宣德十年（1435）刊行的，分上下两本。该版本是中国现存的最古老的戏曲插图本出版物。

《娇红记》具有非常特殊的形式。在中国的书籍中，用一块木版印刷而成的一张纸称作一叶。《娇红记》的正文，其一叶的右侧全都是插图。从正文和插图的对应关系看，右侧的插图与同一叶左侧的正文相对应（图 1）。元代到明初的这个阶段是装订方式从蝴蝶装（将纸的印面朝内对折后，再用浆糊将中缝部分粘住的方法。因为是单面印刷，所以每两页，白纸和印刷面就交替出现）向包背装（将纸的印面向外对折，用纸或布包起后两边粘在书脊上的方式）转换的过渡期。或许出版商

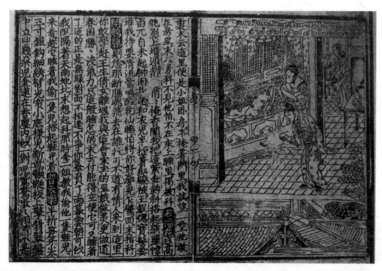

图 1　出自积德堂刊《新编<u>金童玉女娇红记</u>》，主人公申纯悄悄到女主人公王娇娘那里偷鞋的场面。（刊名中标下划线部分是戏剧的题名，其他为宣传词，下同。）（京都大学文学部收藏）

是有意做成双面连式,将插图和正文相对应,所以这一时期的《娇红记》采用的是将纸叶向外对折的线装方式;但在我看来,原来进行蝴蝶装刊行的可能性更高。也就是说,在这个文本中,插图和正文完全占了相同的比重。元代刊行的《全相平话》虽然在书页设计上采用上插图下正文的编排方式具有重要意义,但并不像《娇红记》这样将插图和曲文完全并列对等。这一时期,在图解本之外采用这种编排形式的书籍是非常特别的。那为何采用这种形式呢?这或许也和《娇红记》的刊行目的相关。反过来说,从编排形式推测书籍的刊行目的具有一定的可行性。

《娇红记》在正文中经常采用特殊,甚至可以说是奇妙的风格,详细内容请参考拙文《读物的诞生——关于初期戏剧文本的刊行要因》(《吉田富夫先生退休纪念中国学论集》,汲古书院,2008年)。与元代刊本不同,该文本包含了丰富而详细的舞台提示、科白和大量的诗词,还包含了许多以正末(男主人公)吟咏诗词为主的篇幅较长的道白。

实际上,这种安排是为了保留该剧蓝本——元代文言小说《娇红记》——中的诗词。杂剧一般由四折构成,因此由两种杂剧汇编而成的《娇红记》也不过只有八折,自然就无法容纳由诸多章节构成的蓝本小说的所有内容。然而,由于小说《娇红记》的诗歌故事性特征,人物自作诗词构成了小说文本的重要内容,因此这些诗词也就成为杂剧《娇红记》着力保留的重点。为了在杂剧中吟咏小说《娇红记》中未被舞台化的诗词,刊行者无视戏剧常识,采用了一个出场人物绵绵不断地道白其场面内容这一按常识难以理解、不可思议的形式。那么,刊行者为什么想要吸取全部诗词呢?

如前所述,杂剧《娇红记》的刊行者是南京一家名为"积德堂"的书坊。由于该书坊刊行的其他书籍无从查找,所以有关积德堂的具体情况,我们也无从知晓。但从《娇红记》粗糙的正文和插图,可以看出该书坊并没有花费很大的成本,因此,我们可以推断出它是一间以盈利为目的的书坊,该书也是以盈利为目的而刊行的出版物。从这一点可以看出,《娇红记》与《诚斋乐府》的刊行性质完全不同。另外,它与《元刊杂剧三十种》也有着明显的区别,具体体现在以下两个方面:一、虽然《元刊杂剧三十种》可能也是以盈利为目的的出版物,但与《娇红记》不同的是,《元刊杂剧三十种》刊本中完全没有插图。这点不同与刊行者所设定的目标读者群相关。如前所述,《元刊杂剧三十种》非常轻视科白,通常被认为是为乐于欣赏杂剧曲辞的文人而专门刊行的书籍,也就是说,其目标读者是知识水平相对较高的人群。二、与《元刊杂剧三十种》相比,《娇红记》不仅有完整的曲文,而且包含了大量杂剧中原本不存在的道白和诗词,出现了诸多与传统戏剧文本不同的元素。面对这一类型的戏曲出版物,与其说读者将其作为戏剧文本,不如说读者将其视为一种包含了很多曲、诗、词的读物。

　　那么,作为杂剧的《娇红记》,其读者会是哪些人呢? 从刊本中曲文和插图完全并列对等的编排模式,我们可以获得启发,推断出《娇红记》的读者可能是不能忍受纯文字阅读的儿童。他们追求视觉上的刺激,在阅读时,一边看正文,一边借助插图确认故事内容。也就是说,《娇红记》是绘本,虽说正文和插图的编排形式不同,但与江户时代的黄表纸等特点相近。而且,这种绘本必须以戏剧文本为底本。像小说《娇红记》这类文言作品,对儿童读者来说负担过重。而元末明初时期,白话文本的创作还处于摸索阶段,无法出现如《水浒传》那样具有流畅优美文字的白话小说。于是,为了让文化程度不高的读者也能够理解小说的内容,具有白话性质的杂剧曲文就成为首选。在杂剧中,难以理解的文言不复存在,取而代之的是以人物科白出现的白话以及符合人物特点的诗词。

　　那么,这种书籍的读者到底是怎样的群体呢? 从恋爱故事的内容来看,刊行者定位的读者有可能是上层社会中的女性以及处于中下层的受教育程度不高的武官、宦官及上流商人等。在元代,与这一读者群体相近的刊本,还有与《娇红记》体裁不同但整页编排插图(插图的水平明显比《娇红记》高)的《全相平话》。《娇红记》应该是纯粹作为娱乐书籍而刊行的。当时的人们无疑没有小说、戏曲这些体裁意识的,有的只是对包含许多韵白的带图白话读物的认知。

　　由此,我们能够看清中国出版史上的一些重要变化。这些书籍的刊行,说明上至上层社会识字率不高的女性,下至没有太高学识的读者(如果算上通过插图享受阅读的人群,可能也包含不识字阶层),读书风气在其间不断传播;不以学习和教养的取得为目的,而以纯粹娱乐为目的的阅读现象在这些群体中不断增加;这些刊本中插图成了不可或缺的内容。以上变化标志着以往时代没有的新状况的出现。明代的戏曲刊本就是根据这些状况而出版刊行的。

# 三、南京戏曲出版物的插图
## ——作为读物的戏剧文本

　　明代后期,特别是进入万历年间(1573—1620),出版物的数量戏剧性大增。这个趋势在戏曲、小说,即在所谓的白话文学方面尤其明显。这个时期,戏曲文本由南京、杭州、建阳(福建)、徽州(安徽),以及刊行数量较少的北京等地的书坊刊行。在这里之所以没有提到与南京、建阳出版业规模相当的苏州,是因为此地盛行小说,相比之下,戏曲文本则刊行较少。不过,在苏州的周边地区,则有一些士大夫身份的出版者刊行重要的戏曲文本。比如,隶属苏州府的常熟地区就出现了由毛晋的汲古阁刊行的《六十种曲》这种大部头丛书,但该刊本没有插图。再如,比邻的湖州不仅有臧懋循刊行的《元曲选》,还有凌濛初等人刊行的套印本等加入了插图(多色印刷出版物)的戏曲文本。

这些刊行地各具特色。比如在徽州,万历十六、十七年(1588、1589),大量被称作"古名家本"的杂剧文本由新安徐氏刊行,这些文本刊刻精美,没有插图。鉴于当时主张以汉文、唐诗为标准的复古派潮流,又考虑到元曲作为与汉文、唐诗并称的文学体裁而在知识分子间广受好评的状况,可以推测这些刊本的目标读者是高级知识分子。徽州盛产高级墨汁与纸张,优秀刻工辈出的黄氏一族的世居地虬村也在其境内,因此,此地具备了刊行面向知识分子的高级本的条件。另一方面,随着汪廷讷等当地富豪刊刻的超高级本成为流行,带有精美插图的戏曲刊本也应运而生。但在这些刊本中,戏曲只是作为高级版画的创作题材而被采用。与正文相比,显然插图才是重点。也就是说,徽州的戏曲刊本呈现出了两极分化的刊刻趋势。顺便说一下,关于湖州的出版物,凌濛初等人的套印本也应该是面向上层社会的趣味性豪华本。

另一方面,南京是《娇红记》的刊行地,后来在这里出版的戏曲文本,大都受到《娇红记》刊行本的影响。也就是说,与其说读者接受的是戏剧的脚本,倒不如说接受的是加入韵白的读物文本。

这一点可以从刊本内容中看出来。这些地方刊行的戏曲,几乎都不是属于北曲的杂剧,而是被列入南曲的传奇。传奇与基本上由四幕构成的杂剧相比,没有幕数的限制,通常为三十幕左右,也有长达六十幕的情况。于是,南京和苏州刊行的文本,将传奇庞大的内容全部用科白和舞台提示进行文字化处理。也就是说,人们阅读这些刊本,就可以了解戏曲故事的全部内容。这在今天被认为是理所当然的事情,在当时未必如此。比如在建阳,各类戏曲精彩片段合集的刊刻工作一直持续到清代才完成。也就是说,在当时,由于戏剧文本庞大,演出无法顾及所有内容,而是节选其中一段(称为"折子戏"),这种转变成为当时戏剧演出的一种趋势。而且,收录所有场幕的文本,未必就与戏剧现场相契合。这难道不就说明了南京的戏曲刊本是作为读物而被接受的吗?

能够对此进行证明的还有插图及其存在形态。南京的知名出版业者——唐氏一族,其刊刻的许多戏曲文本都有插图。唐氏经营的书坊富春堂和世德堂,尤其是前者因刊行众多戏曲而广为人知。在这些戏曲刊本中有相当多的插图,比如,富春堂刊刻的《千金记》(图 2)是一部以韩信为主人公的传奇,全书共有九十九叶,其中半叶篇幅的插图有二十八张。也就是说,本书近百分之十五的内容都是插图。每隔数页出现插图,即使不及插图占半壁江山的《娇红记》,该书插图数量也占有了相当高的比例。虽然插图占有较高比重,但与只有八幕的杂剧《娇红记》相比,五十幕的传奇《千金记》的正文分量又显得格外重。如果像《娇红记》这样插图占据刊本一半的话,《千金记》的刊本页码就会变多,价格也会随之增长。因此,为了减少成本,出版商不得不在一定程度上减少插图的数量。这不仅限于《千金记》,所有的传奇刊本都存在这种情况。富春堂和世德堂刊行的戏曲文本只要是传奇,插图和正文的比例基本都是如此。换句话说,富春堂和世德堂在刊刻戏曲文本时,在可能的范围内最大限度地插入了插图。从这一点上,我们可以做出如下推测:这些文本在刊刻之前就已经设定了目标读者,而这些读者都是需要插图的。实际上,插图在当时似乎已成为戏曲刊本的一大卖点,刊本题名都会冠以"出像"一词作为其附加插图的标识。

更令人感兴趣的是插图形式。富春堂和世德堂刊行的戏曲文本,与以上图下文为传统的建阳本不同,书中的插图沿用了江南刊本的传统,全部采用的是半叶整面形式。插图图像和世德堂刊行的《西游记》等小说类似,水平较为拙劣,习于将人物尤其是人物的脸画大。可能是为了易于刊刻,唐氏戏曲刊本中的插图基本上有一个共通之处,就是人物的帽子等处的黑色非常显眼。由此可以看出,唐氏戏曲刊本中的插图及其刊刻状态并不太好,这也说明唐氏刊本只是些普通的出版物。也就是说,按照当时的出版常识,这种刊刻状态表明唐氏刊本的读者并不是高级知识分子。而且,正如各幅插图所绘内容一目了然,图题也在图的上方以大号字体标写出来。这是一种出版方预设的图文小说式的阅读方式。

另外,富春堂的出版物还有一个明显的特征,即所用木版皆每半叶一换,文字边框的部分加入了雉堞形的图案(一般不加入插图部分。参照图2)。在世德堂的

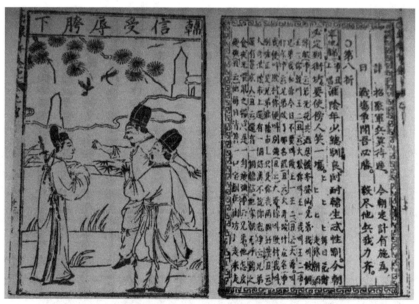

图2　出自富春堂刊《新刊出像音注花栏韩信千金记》第八折,
韩信受胯下之辱的场面。(出自《古本戏曲丛刊初集》)

刊本中也有部分相同情况，但好像基本上都原是富春堂的刊行本。前面提到的《千金记》，题名中大大地写着"花栏"（边框加入图案）字样，这也被认为是一大卖点。为什么是卖点呢？当然可能是因为看起来好看。但是，在面向知识分子的书籍中，还没有发现含有这种装饰的例子。也就是说，富春堂出版的戏曲刊本，其定位的读者对象并不是以简洁高雅为审美价值取向的知识分子，而应该是与《娇红记》定位的读者对象相同的读者群体。

那么，为什么这种书籍会在江南地区大量刊行呢？关于这一点，也许可以从书坊定位的读者对象进行推测。如前所述，这些书籍的活跃读者不可能是当时的男性高级知识分子，即所谓的士大夫们。另外，刊行出来的传奇多是恋爱故事。众所周知，比起北曲的杂剧，在南曲的传奇中，恋爱故事的比例明显较高，但这并不意味着明代以后的戏剧上演的仅仅是恋爱故事；比如在现代京剧中，恋爱故事所占的比重实际上并不高。这其中一个原因可以归结于明代后期形成的属于现代形式的昆曲，这一南曲剧种诞生于苏州郊外的昆山，是面向上层社会，尤其是面向高级知识分子的戏剧；由于恋爱故事在上流阶级很受欢迎，因此恋爱故事占据了昆曲剧目的很大比重。此时的南京作为明王朝的副都，拥有大规模的官僚机构，许多高级知识分子云集于此；同时又离昆山较近，所以南京成为刊行昆曲的主场地。在书籍价格高昂的那个时代（在明代，还不能确认有租借书店的存在），能够有实力购买戏曲刊本的无疑只限于上流家庭。而且，在恋爱故事中，有很多女性活跃的场景。

从以上事实，以及富春堂被认为为吸引女性读者而过分装饰刊本的行为综合考虑，这些书籍的主要读者，是包括士大夫阶层在内的上层阶级的女性及孩童。但是在当时，女性的识字率很低，高级知识分子家庭也不例外，这是因为当时的观念认为女性识字没有益处。比如，在《金瓶梅》的主人公西门庆的六个妻妾中，只有潘金莲一人识字。而且，潘金莲被塑造为最大恶女，一定意义上说也是女子识字无用的一种象征。但是，在《金瓶梅》第四十八回中，有这么一个场景：有武官头衔的西门庆和担任管家职务的外甥（此处为作者笔误，应为"女婿"）陈经济，因官报上的难字太多而不会念时，南方出身的书童过来将官报毫不费力地读了出来。以上情节反映了当时人们对"南方有教养者居多"的一种认知，这种认知在某种程度上无疑也适用于南方女性。正因如此，江南的出版商刊行了许多面向女性的戏曲刊本。假定女性和孩子是主要读者群的话，这其中无疑包含了不识字及识字能力低的人，因此插图就愈发显得不可或缺了。只要有插图，不识字的人再通过聆听识字者的朗读等方法，又或是其本身知晓故事内容，以看图解文的形式阅读，那他们也就能享用这些书籍。

如果这种推断正确的话，那可能就有必要修正"传奇中恋爱故事甚多"这一认识了。在现存传奇刊本中，恋爱故事确实很多，就连原本不应是恋爱故事的题材也引入了恋爱要素,这种例子不在少数。这可能是书坊观察到恋爱书籍在女性读者中的畅销,总是刊行女性读者占比较高的传奇作品,因而引起了上述情况的发生。

　　然而,有一点我们必须要注意到,就是不同江南刊本的特点存在差异。首先,世德堂的刊本出自唐氏手笔,虽然戏曲文本中的插图和文字采用各占半叶的编排形式,但文字部分基本上不使用"花栏",而是在边栏上设置了富春堂刊本所没有的空间,用以添加相当详细的注释(图3)。各类引经据典的注释,乍一看像学术性内容,但仔细研究就会发现是水平不高的一些文字。由此可以推断,世德堂刊本和富春堂刊本各自的目标读者层存在微妙的差异。世德堂刊本用文人们看不上眼的粗疏注释替代了装饰,反映了其读者群体是女性之外那些能识字但文化教养不太高、又对知识怀有憧憬的阶层,也就是前文提到的武官、宦官及上流商人等这类男性读者对象。

**图3　出自世德堂刊《新刊重订出像附释标注音释赵氏孤儿记》第三十三出,**
**反面人物屠岸贾杀死赵氏孤儿的替身儿童的场面。(出自《古本戏曲丛刊初集》)**

　　另外,同为唐氏手笔的文林阁戏曲刊本也具有完全不同的特点。以《胭脂记》(图4)为例,全书共六十七叶,其中六叶是插图。与富春堂本《千金记》比起来,该书插图有了大幅度减少。但实际上,这六幅插图全部是一叶的分量,只是不是用同

图4　出自文林阁刊《新刻全像胭脂记》第三十七出，女主人公王月英
思念不得眷属的恋人郭华的场面。（出自《古本戏曲丛刊初集》）

一块木板印制而成，而是在采用包背装或线装装订的时候，将书背包裹起来后，前一叶的背面和后一叶的正面合页形成的双面连式插图。也就是说，插图的占比约为百分之十八，分量上也稍有减少。虽说插图变大了，插图的数量，也就是说刊本中出现插图的频率却大幅减少了。从图像一看便知，与富春堂和世德堂刊本相比，文林阁刊本更加精练。从人物方面来说，文林阁刊本插图中的人物头小、腿长、眼细，与头大、眼大的富春堂及世德堂刊本插图中的人物画像形成鲜明对比，并与后述杭州刊本插图相似。在当时，优秀的刻工和写工在南京、苏州、徽州、建阳、杭州等地兼任差事，所以文林阁刊本的插图可能是出自杭州派刻工和写工之手的作品，但即使如此，各书坊的营业方针有别这一点是毫无疑问的。文林阁刊本边栏上所附的注释，标注的也仅仅是较难文字的读音，不像世德堂本的注释那样，呈现出来的是一种学识不高、半调子水平的炫学趣味。另外，题名也不像富春堂刊行的刊物那样随意添加宣传词语，而仅仅简单地冠以"新刻全像"字样。由此可见，即使文林阁与富春堂、世德堂同属唐氏一族，经营方针也并不相同。

　　值得注意的还有富春堂、世德堂与文林阁刊本之间的字体差异。与意欲再现毛笔字痕迹的富春堂、世德堂刊本不同，文林阁刊本的字体横细竖粗，收笔和提笔均被图案化处理。这种字体就是所谓的"明朝体"（图5），在没有高超技术的情况下，它的出现让印刷物变得易于阅读，可以称作是印刷史上划时代的事情。该字体的创造时间虽然确认起来比较困难，但一般认为是在明末万历后期。尽管是同族书

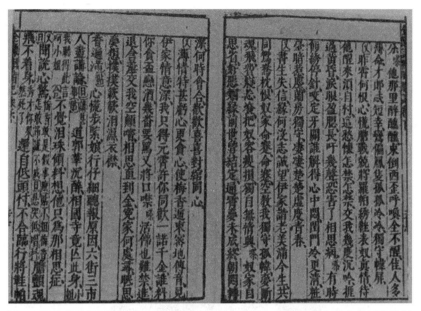

图5　出自文林阁刊《新刻全像胭脂记》第三十七出。（出自《古本戏曲丛刊初集》）

坊，文林阁使用的却是完全不同的字体，与其说是文林阁与富春堂、世德堂的经营方针不同所致，不如将其看作是时代性问题。虽然各书坊刊本的出版年代不详，但从字体可以推测出文林阁刊本的出版时间相对较晚。也就是说，万历后期以后，唐氏一族的出版方针发生了变化。这一点从唐氏之外的其他南京书坊也可看出，比如在万历后期之后留存了大量戏曲刊本的继志斋，采用的是和文林阁类似的刊刻形式。从插图设计接近杭州刊本这一点来看，这可能受到杭州的影响。那么，杭州的戏曲刊本具有怎样的特点呢？

# 四、杭州戏曲出版物的插图
## ——高级知识分子加入读者群

提到杭州刊行戏曲文本的大户书坊，首屈一指的是容与堂。容与堂的名气很大，其刊刻的《水浒传》是现存的最完整、最古老的刊本。在容与堂本《水浒传》中，每一回的正文中都编排了两张半叶的精美插图（图6），真实详尽地再现了小说内容。正文刊刻的质量也非常优良，是典型的精刻本。版型采用的是大版型，所以刊本的价格也是相当高。另外，该刊本中添加了"李卓吾批评"字样。所谓"批评"，是指与正文内容相关的解说和阅读指南等内容。

图 6　容与堂本《李卓吾先生批评忠义水浒传》第七回，鲁智深倒拔垂杨柳的场面。
（出自《中国古典文学插图集成　水浒传》游子馆）

　　虽然李卓吾（李贽）被称为中国思想史上最偏激的阳明学者，但对于刊行戏曲与小说的出版业者来说，他的思想具有非常好的一面。他的"童心说"认为纯洁无垢的幼儿是最理想的状态，因为人们在成长过程中随着接受教育、掌握知识会变得堕落。在他看来，文学也是如此，只有能够表现"童心"的才是真正的文学，比如《水浒传》和元杂剧（由五个杂剧组合起来的超大作品）《西厢记》。事实上，这两部作品在当时都饱受非议，《水浒传》通常被认为是"海盗"之书，而《西厢记》则是被责难为描写男欢女爱的"教淫"之书。李卓吾将二者置于比儒教经典还高的位置，在当时是石破天惊的见解和主张。但他的这种标新立异的批评，对于刊刻销售《水浒传》和《西厢记》的出版业者来说，无疑是雪中送炭。因为这两部作品虽然很受欢迎，但碍于当时的政治社会环境，却很难进行销售宣传。而李卓吾在当时不仅是著名学者，而且是畅销书作家，再加上他这种敢为人先的评注，对两部作品来说这绝对是最好的宣传，出版业者的销售业绩也大为可观。因此，当时的书坊都竞相刊行"李卓吾批评"的白话小说与戏曲（实际上一般认为大部分都与李卓吾无关。其中甚至有像《后三国志演义》那样，虽然有"李卓吾批评"的题名，但事实上完全没有批评的这种性质恶劣的例子）也不是没有道理的。

　　实际上,《水浒传》确实是令人期待的畅销商品。根据李开先(1502—1568)的《词谑》可知,早在万历之前的嘉靖年间(1522—1566),当时的知识分子唐顺之(1507—1560)、王慎中(1509—1559)就对《水浒传》有很高的评价。被称为"嘉靖八子"之一的李开先,将《水浒传》中的故事改编成为戏曲《宝剑记》,并在当地刊行(无插图),所以毫无疑问他对《水浒传》有很高的评价。这也说明,李卓吾的批评并不是空穴来风,而是有其基础的。容与堂本《水浒传》,明显是以高级知识分子及其身边的人为主要目标读者的;而其中被添加的"李卓吾批评",当然也不是李卓吾本人所写,据说是出自一个叫叶昼的不良文人之手。虽然其真伪难定,但批评本身是含有讽刺意味的知识性内容,所以可以认为该刊本是以知识水准较高的读者为阅读对象的。

　　容与堂刊行的其他戏曲刊本也添加了"李卓吾批评"一语。其中添加的批评内容,具有与《水浒传》相通的特点。插图是大型而精美的双面连式图(前叶的反面与后叶的正面合为一叶),上下二卷各七至十幅,添加了与各种场景相符的著名诗句,并全部置于卷头(图7)。

图7　容与堂刊《李卓吾先生批评琵琶记》第二出,主人公蔡伯喈夫妇
为父母祝寿的场面。所记诗句是王安石《书湖阴先生壁》中的名句,
但原诗的"送青来"改成了"青来好"。(出自《古本戏曲丛刊初集》)

　　容与堂的插图特点与富春堂、世德堂的插图有着明显的、根本性的区别。首先,将诗句置于插图卷头,说明容与堂的刊本并没有将读者的阅读方式设定为图文小说式的。其次,容与堂的刊本正文中还添加了以知识分子为对象的批评。从以上两点可以看出,容与堂刊行的戏曲刊本,成为"李卓吾"批评过的、面向高级知识分子的书籍。而插图质量的提高,也是为了让情趣高雅的知识分子更容易接受。

这个变化难道没有影响到南京吗？虽同属唐氏一族，但文林阁与富春堂、世德堂的刊本特点完全不同，这可以说是该变化的表现。也就是说，这表明了白话文学已经开始被高级知识分子接受，这是明末清初发生的一个重大变化。另外，身为一流知识分子的臧懋循，在湖州刊行的以高级知识分子为阅读对象的《元曲选》，(臧懋循曾因资金不足而向时任南京高官的友人写信，请求其帮忙在同僚间征集预购该戏本的意向。该书信至今尚存。)虽然没有双面连式插图，但也采取在卷头集合精美插图的类似编排。常熟毛晋的汲古阁在明末清初刊行的《六十种曲》是作为"十三经""十七史"等汲古阁刊行事业的一环而出版的丛书，因此，其没有插图的版式是面向高级知识分子刊行倾向进一步发展的结果。

另一方面，刊本中的插图还存在与此完全不同的情况。最后，我们来看一下在建阳刊行的戏曲刊本。

# 五、建阳戏曲出版物的插图
## ——在实用书潮流中

建阳在当时被称为大众性的商业出版圣地，在此地刊行的戏曲刊本，绝大多数都与南京、杭州两地的刊本有着截然不同的特点。

说到建阳本的插图，就会令人立刻想起上图下文的形式。在此类刊刻形式的戏曲刊本中，当属弘治本《西厢记》(图8)最为有名，然而它却与建阳本的特点完全

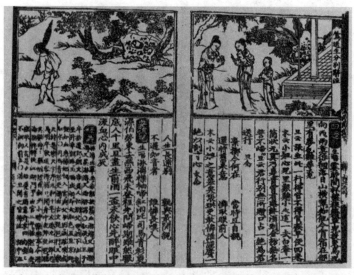

图8　金台岳氏刊《新刊奇妙全相注释西厢记》(即所谓弘治本)卷四第三折，主人公张君瑞为参加科举，与崔莺莺告别的场面，插图延伸到下一叶。(出自《古本戏曲丛刊初集》)

不同。关于该戏曲的文本内容,别处有专门论述,在此不加赘述。我们要提的是它的出版商,虽然它与建阳本的刊刻形式相同,但其出版商却不在建阳,而是北京的一个岳氏书坊。另外,虽说是书坊刊本,但从其声调符号(标示发音的记号)等特点来看,弘治本《西厢记》与内府本(由宫廷刊行的书籍)特征相同。因此,有一种说法认为,这一刊本有可能是内府本的复刻本。众所周知,声调符号是初学者广泛使用的一种符号,因此只由此还不能断定它来自内府本。但该刊本拥有精美的插图、合理编排的版面、详细但学术水平不高的注释,而且完整收录了《西厢记》的全篇,还添加了许多附录,无疑是一个豪华本刊物,很明显是为上流阶级而刊行的娱乐书籍。由此可以看出,该刊本与富春堂、世德堂刊本相比,除了刊刻形式不同以外,其他特点都相近。

建阳刊行的主流戏曲刊本是"散出集",一种汇集了各种戏曲精华的合集。因此,作为故事读物来讲,建阳刊本的可读性较差。也就是说,即使读了这些文本,也无法知晓戏曲的故事全貌。乔山堂刘龙田刊本《西厢记》虽然是刊行全本的例子,但其并非上图下文本,包括插图特征在内也与世德堂本具有非常相似的外观特征,而且近年上原究一在"世德堂本《西游记》版本问题再讨论初探——以和其他世德堂刊本小说、戏曲的版式比较为中心"(《东京大学中国语中国文学研究室纪要》第十二号)报告中指出世德堂和建阳的书坊两者间存在密切关系,由此看来,该刊本有可能是来自南京的版本。

在现存的建阳刊本中,最早的戏曲刊本通常被认为是詹氏进贤堂在嘉靖二十二年(1553)(此处作者笔误,应是"嘉靖三十二年")刊行的《风月锦囊》(图9)。但在

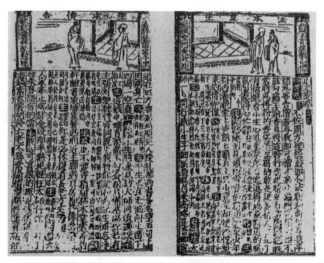

图9　出自詹氏进贤堂刊《新刊耀目冠场撮奇风月锦囊正杂两科全集》
的《全家锦囊北西厢》(《西厢记》的一部分),主人公张生意欲借宿寺庙的场面。
(出自《善本戏曲丛刊》,原本藏于埃斯库里阿尔修道院图书馆。)

这一时期,前面所提到的建阳戏曲刊本的特征还不明显。这部戏曲刊本全文由上下两栏构成,首卷下栏刊小令和戏曲的歌词,上栏刊以时兴俗曲为中心的短歌,其余卷的下栏以包含科白的形式编排了三十篇戏曲的大量文本,上栏则配以与之对应的插图,图题置顶,与内容相关的对句则左右排列。从插图来看,其粗糙的人物形象和公式化构图,与万历前期以前的建阳小说刊本类似;从文本来看,除首卷外,其余卷的内容在一定程度上追求故事性。基于这两点,这部刊本或许可以说是富春堂刊行的戏曲刊本的建阳版。不过,以摘汇形式荟萃多部作品这一点倒是典型的建阳刊本模式。

不过,到了万历时期,戏曲刊本的刊刻形式就变了,但总体上变化不太大。正文基本上由三栏构成,上栏是其他戏曲的片段,中栏是笑话和酒令(宴会的游戏),有时还会刊登流行歌和歌诀(为便于记忆知识而采用歌曲形式的口诀)等,下栏是包含科白的戏剧节选片段(图 10)。另外,插图也有置于目录部分下栏(《时调青崑》)(图 11)的例子,但大多是在一卷中插入几张或半叶插图(图 12)。也有像《乐府菁华》那样的刊本,戏曲文本不是由三栏,而是由上、下两栏构成,除了占半叶的插图以外,还会在上栏和下栏之间加入小的插图(图 13)。这种混搭的形式意味着什么呢?

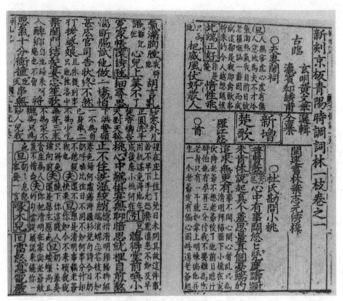

图 10    闽建书林叶志元刊《新刻京板青阳时调词林一枝》,上栏是《狮吼记》的片段,下栏是《五桂记》的片段,中栏是当时的流行歌。(日本国立公文书馆·内阁文库所藏)

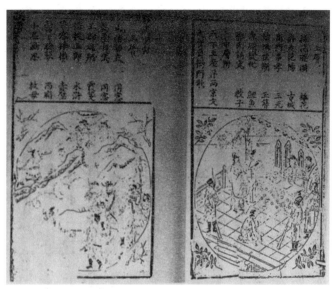

图 11　四知馆刊《新选南北乐府时调青崑》的目录。(出自《善本戏曲丛刊》)

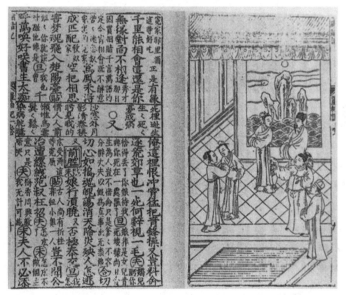

图 12　出自《词林一枝》,右边为《罗帕记》中一个场面的插图。

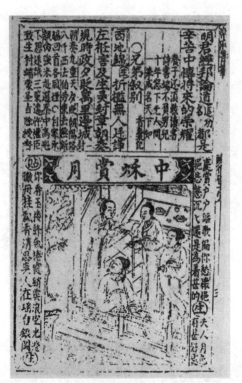

图 13　出自王会云三槐堂刊《新锲梨园摘锦乐府菁华》卷一，《琵琶记》的赏月场面。
（出自《善本戏曲丛刊》，原本为牛津大学 Bodleian 图书馆所藏）

实际上，与此刊刻形式类似的书籍，通常在体裁上不同。建阳的书坊，刊行的大都是面向大众的日用百科。这种"日用类书"，正文通常是两栏或三栏，插图位于各卷开头，上栏和下栏有时也会加入插图。另外很多情况下，每卷的上栏和中栏，有时是下栏，还会加入与体裁相关的歌诀（图 14）。这类刊本被称作"日用类书"，自然是以实用为目的来刊行的。但我们仔细研究就会发现，这类刊本与其说是起实际作用，倒不如说包含了许多趣味阅读的要素，当然也不排除是发行者将诸多要素强加于人。即使是散出集，其题材与日用类书籍相比虽会受到限制，但也有同样的倾向。而且，由于两者刊刻形式相同，乍一看会让人觉得是体裁相同的书籍。

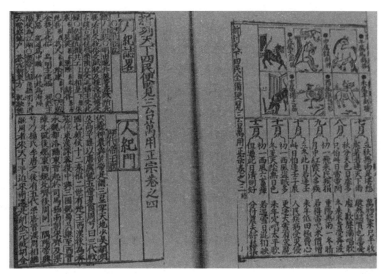

图14　出自余文台双峰堂刊《类聚三台万用正宗》，右边为卷三《时令门》末尾，
上栏是十二地支图，左边为《人纪门》开头，下栏是速记历代帝王的歌诀。（出自汲古书院
《中国日用类书集成》，原本为东京大学东洋文化研究所所藏。）

　　由此可见，建阳刊行的戏曲文本是在大众化商业出版的发展进程中所产生的，面向中下层知识分子的诸多书籍种类中的一种。对于这类书籍，出版者和读者大都没有明确的体裁意识。在他们看来，这些刊本只不过是在三栏构成的正文中加入了插图并包含了各种要素的书籍而已。

　　另一方面，从图的角度来说，作为建阳刊本，散出集的半叶式插图多为精美之品，这与刊本的内容有关。散出集所涉及的戏曲属于弋阳腔派系，一个以盛行于徽州一带且被称为"徽池雅调"的青阳腔戏曲为中心的流派。也就是说，散出集收录的戏曲，多为工于精美版画的徽州人所喜爱。另外，这些戏剧的主要欣赏者是新安商人，即经营盐业等业务的徽州政商们，前文所提到的汪廷讷就是一个很好的例子。他们中间虽然也涌现出许多高级知识分子，但总体而言，大多是一群拥有财富、教养不高，但追求高级趣味的人。在建阳刊行的散出集就是以他们为读者层的刊本。因此，为了引起教养不那么高的人们的兴趣，在附加各种趣味要素的同时，刊本也加入了比较高级的插图。就像之前所提到的那样，刻工和写工辗转于徽州和建阳之间谋事，还在南京和杭州活动，所以不同地域的书坊之间必然存在一定程度的合作关系。在适应出版者、购买者和技术者不断变化的关系的过程中，插图也动态变换着形式。

# 六、结语

如上所见,明代戏曲刊本的插图,每个地域都有不同特色,这是由发行者设定的读者层的特点而决定的。反过来说,插图讲述着阅读者是怎样一个群体的故事。向不同方向发展的戏曲插图,到了明末,趋同发展为带有少量考究插图的完备戏本。这是一种伴随知识分子参与白话文学,和白话小说刊行形态的变化联动的动向。另一方面,进入清朝,出现了可以说是单纯面向平民的、分量较少、价格便宜,有时还附有非常拙劣的插图的书籍,称之为"唱本"。书籍因为读者层的多样化而产生了层级分化,并附有与各自读者层相对应的插图,在近代石印本的出现使得插图状况发生变化之前,这种插图文化实现了多样发展。

作者简介:

小松谦,京都府立大学文学部教授,研究方向为元、明、清戏剧与小说。著有《中国历史小说研究》(汲古书院,2001 年)、《中国古典演剧研究》(汲古书院,2001 年)、《"现实"的表露——"科白"与"描写"的中国文学史》(汲古书院,2007 年)、《"四大奇书"研究》(汲古书院,2010 年)

译者简介:

陈世华,南京工业大学外国语言文学学院教授;洪晓云,南京工业大学外国语言文学学院硕士研究生。

# "世界文学的不可磨灭的一部分"

## ——论罗果夫俄文译本《阿Q正传》的插图[*]

## 杨剑龙

**摘　要**　由王希礼翻译 1929 年出版的《阿Q正传》是最早的俄文译本。此后，科金、罗果夫、波兹涅耶娃等分别翻译过《阿Q正传》，但是罗果夫的译本最为完整、影响最大。1960 年再版的罗果夫译本，由画家科冈装帧插图，成为俄译本中最别致最精美的。全书共有插图 15 幅，每章开篇有一幅题头图。以简约的线条勾勒绘出阿Q悲剧的全过程；以乡土气息的氛围，绘出中国乡村的背景；呈现出人物之间的关联，绘出国民性的某些特性。插图的缺憾为：人物面目的模糊，难以呈现人物性格特性；环境氛围的含混，缺乏浙东乡镇的特点。

**关键词**　罗果夫　鲁迅　译本　科冈　插图

鲁迅是具有世界影响的伟大作家，鲁迅的作品曾被翻译成多国文字。鲁迅的小说《阿Q正传》是具有国际影响的文学经典。苏联翻译家罗果夫曾说："《阿Q正传》——现代中国文学的第一部最优秀的作品——永远成为世界文学的不可磨灭的一部分。"[①]自 1929 年《阿Q正传》俄译本出版后，有诸多不同的俄译本出版，1960 年出版的俄译本《阿Q正传》，由苏联画家叶甫盖尼·科冈插图，呈现出该译本的不同风采，也见出画家以图释文的努力。

一

最早的俄文译本《阿Q正传》是由俄国翻译家王希礼[②]（Б. А. Васильев）翻译

---

　　[*]　该文为国家社科基金重大项目"中国现代文学图像文献整理与研究"16ZDA188 阶段成果，上海高水平大学建设上海师范大学中国语言文学创新团队成果。

　　[①]　罗果夫：《〈阿Q正传〉俄译本代序》，《苏联文艺》月刊，1947 年 2 月第 26 期。

　　[②]　王希礼：（1899—1937），俄罗斯人，1922 年毕业于彼得堡大学东方系，1924 年春来到中国实习，先后担任苏联驻华总领事馆和苏联驻华武官秘书，1937 年 11 月 24 日在苏联政治清洗中被枪决。

的。1925 年，来到河南开封的俄国顾问团里，有一位懂汉语喜爱中国文学的王希礼，他在河南开封国民第二军俄国顾问团当翻译，当时陪伴他们担任翻译的曹靖华送他一本鲁迅的小说集《呐喊》，让他读读《阿 Q 正传》。王希礼读后说："了不起！了不起！鲁迅，我看这是同我们的果戈理、契诃夫、高尔基……一样的！这是世界第一流大作家呀！了不起！"①王希礼决定将《阿 Q 正传》译成俄语。王希礼通过曹靖华向鲁迅求教翻译中的有关疑难问题，并请鲁迅写一篇序言和自传。鲁迅于 1925 年 5 月 8 日收到王希礼的信，十分认真地给王希礼复信，"鲁迅不但详尽地解答了所有疑难，而且关于赌博还绘了一张图，按图说明'天门'等等的位置及如何赌法"②。鲁迅于 1925 年 6 月 8 日将《阿 Q 正传序》《自叙传略》及照片一枚寄曹靖华

图 1　科冈插图《阿 Q 正传》俄译本封面

转王希礼。1925 年 10 月，王希礼到京拜访了鲁迅。王希礼翻译的俄文译本《阿 Q 正传》直到 1929 年才由列宁格勒的激浪出版社出版，译本除了《阿 Q 正传》外，还有卡扎克维奇（З. В. Казакевич）译的《高老夫子》、什图金（А. А. Шгукин）译的《头发的故事》《孔乙己》《风波》《故乡》《社戏》，成为鲁迅小说集译本。译本有鲁迅的《俄文译本〈阿 Q 正传〉序》，并有王希礼的"序文"，认为"鲁迅是中国作家中现实主义派的领袖"，指出"鲁迅在小说《阿 Q 正传》中，把自己的讽刺不仅指向中国 1911 年的假革命，而主要是指向旧中国的文化和旧中国的社会"③。

将鲁迅的《阿 Q 正传》译为俄语的第二位译者是科金（М. Д. Кокин），1929 年莫斯科青年近卫军出版社出版了《当代中国中短篇小说集》俄文译本，收入了鲁迅的《阿 Q 正传》《孔乙己》和郁达夫、塞先艾、滕固等人的小说。小说集有编者哈尔哈托夫撰的"序文"，书后有科洛科洛夫写的"后记"。该译本翻译的《阿 Q 正传》是节译本，不仅删去了第一章"序"，而且删节甚多，还被认为有一些误读。1938 年，鲁多夫（Л. Н. Рудов）、萧三、什普林青（А. Г. Шпринцин）三人合译的《阿 Q 正传》收入苏联科学院东方文化研究所编印的"纪念中国现代伟大的文豪论文译文集"《鲁

---

① 曹靖华：《好似春燕第一只》，孙苏编《曹靖华散文选集》，百花文艺出版社，2009 年版，第 65 页。

② 同上书，第 67 页。

③ 见岳巍：《王希礼与〈阿 Q 正传〉及其他》，《读书》2017 年第 8 期。

迅,1881—1936》一书中。1945 年,汉学家罗果夫①(Вл. Рогов)翻译的《阿 Q 正传》收入了苏联国家文学出版社编印的《鲁迅小说集》中,1947 年上海世纪出版社出版了罗果夫翻译的《阿 Q 正传》单行本,以丁聪的漫画为封面和插图。罗果夫在译本"代序"中评价说:"鲁迅以自己的含着新内容的,用群众都了解的语言写的现实主义的作品奠下了现代中国文学的开端。在新中国文学的最初的作品中第一个位置是属于中篇小说《阿 Q 正传》的。《阿 Q 正传》是用活的口语写成的。按照它的风格,它是论战性的和讽刺性的。"②1949 年 4 月,新中国书局又再版了罗果夫翻译、刘辽逸注释的中俄对照的《阿 Q 正传》。1950 年 6 月,生活·读书·新知三联书店再版了中俄对照的《阿 Q 正传》。罗果夫翻译的《阿 Q 正传》还被收入 1952 年苏联国家文学出版社出版的《鲁迅选集》、1954 年出版的《鲁迅选集》第一卷、1955 年儿童出版社出版的《〈阿 Q 正传〉及其他小说集》。1955 年苏联教育出版社出版的《二十世纪外国文学作品选读 (1917—1945)》,收有波兹涅耶娃(Л. Д. Поэлнеева)翻译的《阿 Q 正传》。

　　1948 年,罗果夫在鲁迅逝世 12 周年纪念时写道:"鲁迅的许多文艺作品已经译成俄文,并在我们的祖国得到广泛的承认。鲁迅的作品集曾在莫斯科和列宁格勒出版好多次。无论如何,所有鲁迅的基本作品都翻成俄文了。除了日文译本之外,鲁迅的俄译,远较译成其他文字者为多。"③1960 年,罗果夫翻译的《阿 Q 正传》的精装本由苏联国家文学出版社再版,书前印有鲁迅的《自叙传略》和《俄文译本〈阿 Q 正传〉序》,全书由画家科冈(Евг. КогАнА)装帧和绘制插图,这成为俄文译本《阿 Q 正传》中最别致最精美的一种。有学者将三本《阿 Q 正传》俄文译本作比较,认为 :"通过比较《阿 Q 正传》的三个俄语译本可以发现,在完整性方面,罗果夫的译本最为完整,王希礼的译本漏译了十几个句子,科金的译本删减很多,实际上是一个节译本。就译文准确度而言,罗果夫的译本最好,王希礼的译本次之,科金的译本则存在大量误译。就传播广泛性而言,罗果夫的译本影响最大,王希礼的译本次之,科金的译本又次之。"④这是切中肯綮的。

## 二

　　1960 年版的《阿 Q 正传》俄译本的插图作者为叶甫盖尼·科冈(ЕВг.

---

　　① 罗果夫:(1909—1988),俄罗斯人,苏联共产党员,1937 年任塔斯社社长兼驻中国记者,与鲁迅和中国现代文学结下不解之缘。

　　② 罗果夫:《〈阿 Q 正传〉俄译本代序》,葛达译,彭小苓、韩蔼丽编选《阿 Q 70 年》,北京出版社,1993 年版,第 467 页。

　　③ 罗果夫:《鲁迅——苏联的伟大朋友》,《时代》1948 年第 41 期,第 40 页。

　　④ 岳巍:《王希礼与〈阿 Q 正传〉及其他》,《读书》2017 年第 8 期。

KorAHA),1906 年出生于乌克兰,师从米特罗辛、拉德洛夫、法沃尔斯基等美术家,主要从事书籍的装帧与插图,擅长素描、版画、水粉画,其作品参加过巴黎、纽约等地举办的国际性展览,并曾在莫斯科办过个人美术展。科冈曾为诸多俄罗斯著名作家和外国作家的文学作品做过装帧插图,包括高尔基、马雅可夫斯基、普希金、法捷耶夫、歌德等。科冈于 1983 年去世。

　　1960 年版的《阿 Q 正传》俄译本为精装本,封面底色为黑色、金色书名、四角有红色花卉图案,封底为赭红色底色上白色花卉图案。译本开篇为鲁迅《自叙传略》《俄文译本〈阿 Q 正传〉序》,全书共 162 页。该译本的插图均为红色(唯阿 Q 上刑场为黑色),除了封面内里的插图、扉页两幅插图、序言后两幅插图、尾页一幅插图以外,均为每一章开篇的黑色方框中的题头图,全书共计插图 15 幅。

图 2　科冈插图《阿 Q 正传》俄译本扉页左图、右图

　　封面内里的插图为土黄色的布封上,绛紫色图案,荒草萋萋的田野上,一柳一槐两株树,柳枝婀娜、槐叶扶苏,树下戴斗笠的一位农人,弓背弯腰挑担吃力地前行。图案线条简约生动,人物勾勒得十分传神,树影描绘得婀娜多姿,显现出画家的老到与简约。译本扉页一左一右分别刻画了赵太爷、阿 Q 的形象。被红色方框框起来的肥胖的赵太爷,长衫马褂,戴地主帽,拖一根长辫,八字胡,右手握大竹杠,横眉怒目,好像准备向阿 Q 扑去,画框左侧绘着花瓶里一株盛开的梅花。右首的阿 Q 短衫短裤,戴斗笠拖长辫,赤足敞怀,右手握犁耙,画框右侧绘着三支草花,有一只蝴蝶在旁翻飞。译本正文前的插图,左图为柳树下行走的阿 Q,春风杨柳万千条,刚刚发芽的柳枝婀娜,柳树前有一朵野花正盛开,穿着有补丁短衣长裤的阿 Q,右手插在裤兜里,脑后的一根细长的辫子,在春风里飘荡,阿 Q 的脸上露出轻松惬

**图 3　科冈插图《阿 Q 正传》俄译本
34 页第二章插图**

意的表情。右图似一座庙宇，突出《阿 Q
正传》俄语译名。画家科冈在研读了鲁迅
小说《阿 Q 正传》后，分别结合每章内容，
绘一题头图。

第一章的题头图为未庄风景画：村舍
六七座，老树三株，远山连绵，白云几朵，
画家没有到过绍兴，更没有到过未庄，以
想象构想鲁迅笔下的未庄。第二章的题
头图为阿 Q 割麦。阿 Q 依然是短衣短裤，
依然头戴斗笠（画家肯定没有见过绍兴的
毡帽），阿 Q 弯腰弓背地割麦，左首一株枝
丫稀疏的老树，身后是一同割麦的农人，

远山连绵、白云飘荡。显然画幅表达了阿 Q"没有固定的职业，只给人家做短工，割
麦便割麦……"。

第三章的题头图为阿 Q 遭王胡揪打。
画幅中的王胡显然比阿 Q 孔武有力，满脸
络腮胡，他两手揪住阿 Q 背后的辫子，伸
开双手的阿 Q 向前奋力挣扎，想挣脱王胡
的揪打，却力不从心，展现出小说中描绘
的"立刻又被王胡扭住了辫子，要拉到墙
上照例去碰头"。第四章的题头图为阿 Q
向吴妈求爱。画幅中短衣长裤的阿 Q 跪
在吴妈面前，一根长辫直挺挺地荡在脑
后，伸出双手向吴妈表达他的爱慕之意：
"'我和你困觉，我和你困觉！'阿 Q 忽然抢
上去，对伊跪下了。"画幅中梳发髻穿对襟

**图 4　科冈插图《阿 Q 正传》俄译本
48 页第三章插图**

衫坐在条凳上的吴妈，身体倾斜着避开，双手高举着惊诧万分，圆形窗棂外竹影摇
曳。第五章的题头图为阿 Q 出外谋生，遭遇了"恋爱的悲剧"的阿 Q 走投无路进
城谋生，画幅中一根棍子挑着包裹搭在肩头，阿 Q 离开未庄，依然一根辫子挂在脑
后，远处一株大树下，一位农人在驾驭耕牛犁地，远山连绵、白云飘荡。第六章的题
头图为阿 Q 现钱打酒。画幅中从城里回来的阿 Q，长衣长裤，右手拿钱袋，左手
执酒碗，他右胳膊肘靠在方桌上。小说中的阿 Q："'现钱！打酒来！'穿的是新夹
袄，看去腰间还挂着一个大搭连……"画家显然没有看过中国南方小酒店的布
局，也不了解腰间的大褡裢，他只能凭空想象了。第七章的题头图为阿 Q 造反

了。画幅中的阿 Q 依然破衣烂衫,一根长辫耷拉在脑后,"他得意之余,禁不住大声的嚷道:'造反了! 造反了!'"阿 Q 抬头挺胸趾高气扬,赵太爷和另一位长衫客弯腰作揖,恭恭敬敬地叫"老 Q"。第八章的题头图为假洋鬼子对阿 Q 挥哭丧棒。画幅中的假洋鬼子西装革履,一副怒发冲冠状,他向阿 Q 挥起了哭丧棒,破衣烂衫的阿 Q 双手捂住脑袋抱头鼠窜。再现了小说中的情境:"'滚出去!'洋先生扬起哭丧棒来了。"第九章的题头图为阿 Q 受审。画幅上没有出现阿 Q 的

图5 科冈插图《阿 Q 正传》俄译本
62 页第四章插图

形象,正中的案桌前是一个光头长须的老者,符合小说中"上面坐着一个满头剃得精光的老头子",老头背后坐着一位穿官袍的官员,另一侧是一个穿制服戴铜盆帽持棍棒的士兵,审问官身后的墙上是一副对联和画幅。在该译本中,最为特别的是小说最后的一幅刑场上的阿 Q 黑色的插图:画幅中的阿 Q 被蒙住了双眼跪在地上,仍然是一根长辫拖在脑后,他上身套了一件背搭子,脚上蹬了一双布鞋,双手被反绑在背后,背后是一块夺命牌,画幅描画的是阿 Q 被枪毙前的情状。在译本的尾页上,画家又首尾呼应地描画了两株枯树下的两间瓦屋,那光秃秃伸展的枝丫,和满地的落叶,透露出阿 Q 的悲剧的不幸和悲哀,没有人影的瓦屋让人联想到文化传统的老旧和根深蒂固。

图6 科冈插图《阿 Q 正传》俄译本
109 页第七章插图

## 三

作为一位异国画家的作品,《阿 Q 正传》俄译本的插图,在整体上有其特点与成功之处。(一)以简约的线条勾勒,绘出了阿 Q 悲剧的全过程。科冈的插图有类似版画的特点,线条简约粗放,循着鲁迅小说文本的情节,在每一章插入一图的构思中,通过未庄世界、阿 Q 真能做、王胡揪打阿 Q、阿 Q 向吴妈求爱、阿 Q 离开未庄、阿 Q 现钱打酒、阿 Q 叫喊造反、阿 Q 革命遭打、阿 Q 被捕受审等,十分清晰地

绘出了阿 Q 悲剧的全过程。

图 7　科冈插图《阿 Q 正传》俄译本 79 页第五章插图

（二）以乡土气息的氛围,绘出了中国乡村的背景。科冈精心琢磨阿 Q 生活的乡村背景,他的插图努力想象细心勾画乡村风物:柳树、屋舍、麦田、耕牛,斗笠、镰刀、竹影、犁耙,酒店、方桌、条凳、案桌,在对于乡村风景风物的描绘中,呈现出中国乡村的背景,为阿 Q 的悲剧故事营造出老中国的乡村氛围。

图 8　科冈插图《阿 Q 正传》俄译本 92 页第六章插图

（三）呈现出人物之间的关联,绘出国民性的某些特性。科冈在为俄文译本插图前,细致研读鲁迅的小说文本,梳理人物之间的关系,确定插图的人物场景,尤其关注人物之间的关联。如俄译本扉页左右分别描绘赵太爷与阿 Q 的形象,突出了赵太爷与阿 Q 之间的矛盾关系,赵太爷手执竹杠,阿 Q 手持犁耙,显现出不同身份

图 9　科冈插图《阿 Q 正传》　　　　图 10　科冈插图《阿 Q 正传》
俄译本 141 页第 9 章插图　　　　　俄译本 125 页第 8 章插图

的不同地位。如王胡从背后揪住阿 Q 的辫子,呈现出短衣帮的恃强凌弱。如阿 Q 给吴妈下跪求爱,导致了阿 Q 的恋爱悲剧的走投无路。如阿 Q 的大叫造反,导致赵太爷的低声下气作揖叫"老 Q"。如阿 Q 投奔假洋鬼子投奔革命,却遭到假洋鬼子的举棒斥责。这些插图或多或少形象地揭示出阿 Q 与未庄人们国民性麻木愚昧的某些特性。

　　叶甫盖尼·科冈为苏联画家,他缺乏中国乡村的经验,尤其缺乏对于绍兴农村的了解,缺乏对于绍兴农民的了解,因此科冈画笔下的插图呈现出一些明显的缺憾。

　　(一)人物面目的模糊,难以呈现人物性格特性。在科冈的插图中,人物的面目大多模糊,因此难以呈现人物性格特性。插图中除了扉页赵太爷的造像有几笔面部勾画以外,人物的勾画大多没有面容的描绘,扉页阿 Q 造像和第二章题头图阿 Q 割麦脸部都是黑乎乎的一团,阿 Q 求爱、阿 Q 出走、阿 Q 打酒、阿 Q 造反等描绘,阿 Q 的面目也是含糊不清的,阿 Q 精神胜利法的麻木健忘、恃强凌弱、自轻自贱等,都难以生动呈现。

　　(二)环境氛围的含混,缺乏浙东乡镇的特点。在科冈的插图中,虽然绘出了中国乡土的背景,但是严格地说却并没有浙东乡镇的特点,呈现出环境氛围的含混。画家科冈应该没有到过

图 11　科冈插图《阿 Q 正传》
俄译本 158 页阿 Q 被枪毙

绍兴,因此他给阿 Q 的头上戴上了斗笠,而非绍兴的乌毡帽;因此阿 Q 在酒店的方桌上饮酒,而非酒店的八尺柜台;因此阿 Q 在竹影摇曳下跪倒,而非乡村的灶台前;因此阿 Q 受审时居然有身披官袍者出现,而非现代的官员。赵太爷的像裙子般的长袍,假洋鬼子红领巾般的领带,吴妈花哨的对襟衫,都与绍兴乡村人物的衣饰有出入。

作为一部俄文译本,科冈为《阿 Q 正传》俄译本作插图,让该译本呈现出与其他俄译本不同的生动和光彩,简约的线条勾勒,乡土气息的氛围,人物之间的关联等,让该译本具有对于鲁迅小说阐释的生动与深刻,使该译本成为鲁迅《阿 Q 正传》翻译的经典。

作者简介:

杨剑龙,上海市人,上海师范大学光启国际学者中心驻院研究员、人文学院教授、文学博士、博士生导师,上海师范大学文化转型与现代中国创新团队成员。

# 素简的视觉力量与鲁迅的插图理念

## ——以《语丝》《莽原》《未名》为例<sup>*</sup>

万士端

**摘　要**　《语丝》《莽原》《未名》这三种现代文学期刊的封面插图之前很少有人关注,本文将在完整的图像文献整理的基础之上,考察其封面插图的基本样态,总结它们在图像美学上的共同特质,关注它们与鲁迅在插图理念上的深刻互动,从而更好地认识现代文学期刊一种素简的图像类型,深入探讨鲁迅与现代文学期刊图像及装帧艺术之间的关系。

**关键词**　《语丝》《莽原》《未名》　封面插图　鲁迅　插图理念

创刊于 1924 年 11 月 17 日的《语丝》,以其独特的"语丝文体"的辐射力在中国现代文学史上声名卓著,其办刊却缘起于一次"事故":彼时,《晨报副刊》编辑孙伏园不忿于鲁迅的一首打油诗《我的失恋》被代理主编无理撤稿,便辞职另办刊物,商定由鲁迅、周作人、钱玄同、顾颉刚、李小峰、孙伏园等十六人长期撰稿,是为《语丝》创始诸子。《语丝》先后由北京大学新潮社和北新书局出版发行,最初每期仅 16 页,十六开本,1927 年 10 月 22 日在北京出版至第 154 期被查禁,后迁往上海的北新书局印行。1927 年 12 月 17 日鲁迅接编《语丝》第四卷第一期,改为二十四开本。在编完第四卷后,1928 年底鲁迅推荐柔石续编《语丝》。1929 年 9 月柔石编完第五卷前半卷(一至十六期)后交由李小峰编辑,1930 年 3 月 10 日出至第五卷第五十二期终刊。《语丝》在京沪两地合计出版 260 期。据初步统计,鲁迅在《语丝》上共发文 147 篇,平均不到两期一篇文章;周作人在《语丝》上发表的数量更是惊人,其以各种笔名发表的文章达 369 篇之多。① 周氏兄弟在《语丝》中的核心位置是显而易见的,在上海时期《语丝》的办刊上,从写稿、组稿、编稿到刊物的封面设计,鲁迅则付出得更多。

---

　　*　本文系 2016 年国家社科重大项目"中国现代文学图像文献整理与研究"(立项编号 16ZDA188)阶段性成果。本文图片来自全国报刊索引数据库。

　　①　张新民:《期刊类型与中国现代文学生产(1917—1937)》,中国社会科学出版社,2014 年版,第 110—111 页。

　　《莽原》初为周刊,1925 年 4 月 24 日创刊于北京,由鲁迅编辑,附《京报》发行。同年 11 月 27 日出至第三十二期停刊。1926 年 1 月 10 日复刊,改出半月刊,由未名社发行,刊物上署"未名社编辑部"编,实际上仍由鲁迅编辑,该年 8 月鲁迅离京赴厦门任教,由韦素园接编,1927 年 12 月 25 日出至第二卷第二十三、二十四期合刊号终刊。《莽原》半月刊共出版两卷四十八期,周刊、半月刊都是三十二开本。《莽原》办刊史上鲁迅始终居于主导位置,主要撰稿人亦是师从鲁迅的一帮热血的未名社的青年们。

　　《未名》半月刊,未名社主办,1928 年 1 月 10 日创刊于北京。出版《未名》半月刊,是未名社后期的重要活动之一,该刊实际上早有酝酿,1926 年 10 月,高长虹等从莽原社分裂出去,11 月鲁迅在致韦素园的信中就谈道:"如出期刊,当名《未名》,系另出,而非《莽原》改名,但稿子是另一问题,当有在京之新进作者中坚,否则靠不住。"1926 年 12 月韦素园罹患肺结核后,后期未名社以李霁野为核心继续展开活动。1927 年末《莽原》半月刊停刊后,1928 年初即创办《未名》,署"未名半月刊社"编,实际编者是李霁野等。《未名》半月刊,三十二开本,1930 年 4 月 30 日出至第二十四期终刊。1931 年 5 月,未名社因内部矛盾滋生、经济困窘加之人事变迁终于解体,鲁迅后来对此多次表达过惋惜之情,毕竟未名社成立伊始,鲁迅便参与发起并给予过许多指导,对《莽原》《未名》办刊的诸种事务更是深度介入过。

　　研究者之前对《语丝》《莽原》《未名》的研究多从社团、文体等角度切入,较少关注这三种现代文学期刊的封面插图。事实上,较之其他现代文学期刊的封面插图而言,上述三种文学期刊的图像内容并不丰富,但给人的印象却很深刻,足以代表现代文学期刊在刊物形态、装帧、面貌上的一种图像类型,即在审美风格上不尚繁复,带给读者一种素简的视觉力量。这种对刊物封面插图的审美追求,反映出的不仅仅是一批现代文学诸子及未名青年们的鲜明的时代文学形象,更与鲁迅的美术观,尤其是他的插图理念密切关联。因此,考察《语丝》《莽原》《未名》这三种现代文学期刊的封面插图的基本样态,总结它们在图像美学上的共同特质,关注它们与鲁迅在插图理念上的深刻互动,对于我们更好地认识现代文学期刊一种素简的图像类型,深入理解鲁迅与现代文学期刊图像及装帧艺术之间的关系,将是一种有趣的尝试,也值得深入探讨。值得一提的是,由于这三种刊物图像数量并不多,所以本文将提及它们全部的封面与插图,并在此图像文献整理的基础上再作进一步探讨。

# 一、《语丝》《莽原》《未名》的封面设计与青年画家

北京时期的《语丝》的样态更近于一种"小报",开始时只有八个版面,后增至二十个版面,又扩到三十个版面。这一时期的《语丝》版式简单,基本无图像,也谈不上有什么封面设计。即以《语丝》第一期第一版为例(见图1),较为醒目的是右上方的"语丝"二字;其下条目清晰地列出地址、报费、广告费;本版登有两篇文章:其一,《发刊词》,其二,《生活之艺术》;左下方以一小方块的位置刊载简明的"本期目录"。这种刊物形态一直持续到第八十期,版式基本无变化。到了第八十一、八十二期方有了变化,封面正中是十分简洁的"语丝"两个略大的字,其下是具体的期数(见图2),当期目录则转至第二页。从第八十三期开始,一直到北京时期的倒数第二期暨第 155 期,《语丝》有了一种较为正式

图1

的封面(见图3)。这个封面正上方约占三分之一的是刊名"语丝"两字,其下空几行是期号,正中位置的是疏朗的竖排的"本期目录",目录以左是对"报费"的简要说明,封面最下方的两行分别是出版日期和出版书局的名称。

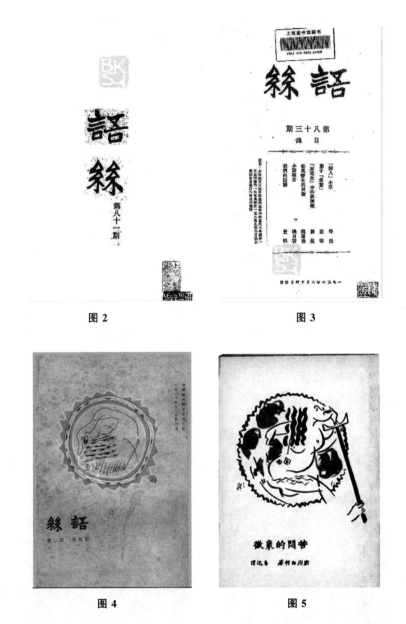

图 2　　　　　　　　　　图 3

图 4　　　　　　　　　　图 5

　　综上可见，北京时期的《语丝》封面设计是十分简单的，甚至可以说基本上是在履行着"版权页"的一般职能。这种简素的刊物风貌与内容的丰富相映成趣，此时的《语丝》刊载的有散文、诗歌、小说、游记、通信、杂文、随感、评论、论文，亦及人物风俗、鸟兽虫鱼、学术考证、政治艺术等。《语丝》的封面到了上海时期鲁迅主持的第 4 卷第 1 期焕然一新，开始有了图案画。它也成为《语丝》的一种标志性"面孔"，人们后来提到《语丝》,首先想到的就是这个封面(见图4)。《语丝》封面与整体刊物风貌从第四卷开始的这种变化,显然是编者有意为之。在第四卷第一期的《启示》中,编者指出从本卷起"扩充内容,改良形式,纸张印刷,力求美观,价目亦略加提高"。四卷二期这个封面上文字占比很少(由于笔者获取到四卷一期封面图像质量一般,这里以四卷二期封面展开分析,两者在图像元素上基本相同),黑色的刊名"语丝"二字居于左下方,字体并不大,但很醒目,刊名下一行字体更小的红色文字"第四卷第二期"。封面右上方还有两行竖写的文字:一行是"中华邮政局立券的报纸",表明其出版的合法性;另一行是"一九二七年十二月廿四日",明确出版日期。封面中最引人注目的还是由青年画家陶元庆所作的一幅图案,这个图案有不规则的圆形外框,里面再放置插图,插图是用线条勾勒的形象,似河流,似湖泊,又像女人飘逸的头发,中间还有眼睛的形象,画意介于抽象与具象、可解与不可解之间,惹人遐思,余韵绵长。此种设计样式是陶元庆封面设计中喜欢用到的,相类的著名的还可举出两例:一则是他为日本学者厨川白村著鲁迅译的《苦闷的象征》(《未名丛刊》之一,作于1924年底至1925年)所作的封面(见图5),封面画上一个在圆形禁锢中挣扎扭曲到变形的半裸的妇人的狂躁不安的形象引人注目;另一则是他为俄国作家安德列夫著李霁野译的《往星中》所作封面,同样是圆形外框里放置插图,这一次插图是用写意的手法描绘的女神在月光下吻着凤箫的形象。

　　陶元庆为《语丝》所作的这个封面从第四卷第一期开始,一直使用到第五卷第二十六期,成为《语丝》的一种经典形象。《语丝》第五卷第二十期换了一种封面(见图6),这个封面以黑色柱形置于正中央,上书刊名"语丝"二字,周围则辅以红黑相间的祥云和火焰图样。这个封面沿用了十一期,到了第五卷第三十八期《语丝》又换了一种新封面(见图7),这个封面一种使用到了终刊,封面图案由几种几何图形

图6　　　　　　　　　　　　　　　　　　图7

构成,图形中面具和月亮的形象重复出现。《语丝》这后两种封面的知名度不高,没能引起多少关注,作图的人也不详。

　　众所周知,陶元庆的绘画艺术,尤其是他的书刊装帧艺术成就受到鲁迅先生的极大肯定,其封面设计在鲁迅先生的亲自指导下,已经形成了独特的原创品性。也正是基于鲁迅的高度肯定,《未名》全部十二期封面都使用了陶元庆所作的同一种封面(见图8),每一期只在着色上有所区别。陶氏为《未名》所作的这个封面,用美丽的色彩营造出梦一般美的世界,在无限苍茫中寄寓着对未名青年们未来的美好的祝福。

图 8

图 9

　　1925年《莽原》周刊时期的样态,基本上与《语丝》北京时期的形态一致,每期八个版面,第一版极类"报头"。有意味的倒是刊头题字(见图9),据鲁迅说,出于一个八岁孩子的手笔,稚拙中并无特别的深意,大概取其近于旷野之意。《莽原》半月刊时期有两种封面,皆为司徒乔所绘。1926年《莽原》第一卷所用封面,画面近处为一片杂草丛生的荒原,远端的地平线上有一株幼树在旭日的光辉里昂首挺立(见图10)。到了1927年的第二卷封面,第一卷封面上的幼树已经成长为一大片蓬蓬勃勃的茂林(见图11)。司徒乔为《莽原》所作封面笔墨飞舞、线条粗犷雄健,粗糙中蕴含着无限生机和激情,受到鲁迅的高度赞赏。司徒乔为《莽原》半月刊第一卷所作的这个封面有着更为广泛的影响力,封面画意呼应着刊物的题旨,大地苍凉中充满了希望,画笔有力,没有丝毫追求纤巧的痕迹,似乎也能传达出鲁迅办刊的意愿：希望中国的青年勇敢地站出来，"对于中国的社会,文明,都毫无忌惮地加以批评"，"继续撕去旧社会的假面"。①

图 10　　　　　　　　　　　　　　图 11

　　为《语丝》《莽原》《未名》作封面的两位青年画家陶元庆、司徒乔与鲁迅之间的关系非同一般,鲁迅不仅赏识他们的封面装帧艺术,而且处处关心、提携他们,甚至还亲自指导他们的艺术成长与发展。其中,陶元庆最得鲁迅推崇,鲁迅的许多著译如《彷徨》《坟》《工人绥惠列夫》《苦闷的象征》《出了象牙之塔》《唐宋传奇集》诸书,其封面皆出自陶元庆之手。鲁迅对陶元庆的创作非常重视,1925 年 3 月 19 日,陶元庆作品展成功举办,共展出水彩、油画作品 23 幅。19 日当天,鲁迅曾先后两次亲临观展,每次都在"大红袍"和"农女"两幅画作前长时间停留。不久他就把陶元庆的这幅《大红袍》用作了其为许钦文选编的小说集《故乡》的封面(见图 12),他曾对许钦文说："璇卿(陶元庆)的那幅《大红袍》,我已看见过了,有力量;对照强烈,仍然调和,鲜明。握剑的姿态很醒目!"他又说："这幅难得的画,应该好好地保存。钦文,我打算把你写的小说结集起来,编成一本书,定名《故乡》,就把《大红袍》用作故乡的封面,这样,也就把《大红袍》做成印刷品,保存起来了。"②1926 年 10 月 29 日,鲁迅在给陶元庆的信中说："《彷徨》的书面实在非常有力,看了使人感动。但听说

　　①　姜德明：《司徒乔的封面画》,转引自孙艳、童翠萍编《书衣翩翩》,生活·读书·新知三联书店,2006年版,第 17—19 页。

　　②　沈珉：《现代性的另一副面孔——晚清至民国的书刊形态研究》,中国书籍出版社,2015 年版,第 249页"附录"。

第二版的颜色有些不对了,这使我很不舒服。"同年 11 月 22 日,他又去信陶元庆,告诉他一位研究美学的德国人对他的《彷徨》封面画也颇为赞赏(见图 13)。①

图 12

图 13

　　《莽原》半月刊的封面是鲁迅请青年画家司徒乔绘制的。司徒乔曾经说过,他的绘画是在鲁迅先生的影响下完成的。1924 年,他到燕京大学读书,"我在校旁小巷里散步时,随处都看见祥林嫂、闰土、阿 Q、小栓……"等。鲁迅也看到他"不管功课,不寻导师,以他自己的力,终日在画古庙,土山,破屋,穷人,乞丐……"(见《三闲集·看司徒乔君的画》)。司徒乔认为书除了是一件商品外,更主要的也是一件艺术品。1929 年,韦素园在病中出版了翻译小品集《黄花》。司徒乔所作的封面,以淡雅之笔速写了几株黄花、几片秋叶。画意取自该书中俄国诗人梭罗古勃的短诗,一朵嫩黄的小花可以燃起"一粒嫩黄的、美丽的、纯金的小火!"司徒乔为了保持封面画面的纯净,把书名藏在枝条的一角,译著者姓名、出版社名称、出版时间全部转移到书的扉页和版权页上去了。②

　　① 邱陵:《书籍装帧艺术简史》,黑龙江人民出版社,1984 年版,第 76 页
　　② 姜德明:《司徒乔的封面画》,孙艳、童翠萍编:《书衣翩翩》,生活·读书·新知三联书店,2006 年版,第 18—19 页

# 二、《语丝》《莽原》插图的基本样态与 《莽原》所载鲁迅自制插图

《语丝》所载插图不多,基本无卷首插页,亦无栏花、题花、尾花、补白等装饰性图案画。少量的一点插图,皆是配合所刊内容的"有用"之图。初步整理下来,把《语丝》全部插图,按时间和类别略作区分,大致有以下几种情况:

其一,器物图录类。《语丝》第六期,载有署名何庚的文章《散氏盘的说明》,对当时清室善后委员会在故宫养心殿所见散氏盘的"前世今生"详加考辨,并随文附了两张关于此盘的拓本(见图14、图15)。

图 14

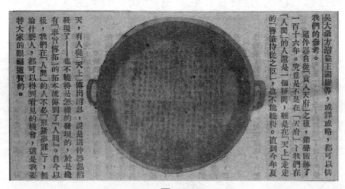

图 15

《语丝》第十期,载有周作人的《希腊陶器画两幅(附说明)》,文中对希腊陶器画的图案式样的变迁作了饶有趣味的"科普"说明,所附录的两幅精美的希腊陶器画可以让读者对这说明有更加直观的认知(见图16、图17)。

**图 16**

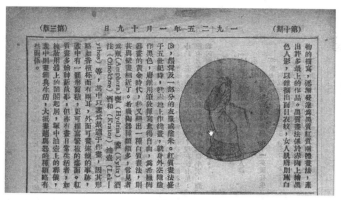

**图 17**

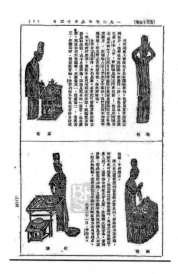

**图 18**

《语丝》第三十五期,刊有俞平伯作《美人画砖拓本(附说明)》,文中附录了要介绍说明的四张难得的中国古代美人画砖,依次为整髻、涤盏、煮茗、作绘(见图 18)。这三篇关于文物的说明文字,与北京时期的《语丝》兼容并包的文化容量是相契合的,所附几幅文物图片是行文所必须,如果没有这些图片,这些文章的存在也就失去了正当性。

其二,诗文配图类。《语丝》第九期,俞平伯的《忆之第三十五》是一首回忆童年月夜的小诗,诗中配有一幅诗意图(见图 19),从画中签名"TK",可判定作画者是丰子恺。

图 19

　　丰子恺将中国传统文人画的灵韵融入到漫画中，这幅画只是简单描绘了诗中几个关键意象：杨柳、圆月、长廊、孩童，传达出来的意味却深长，与俞平伯的诗句一起给人一种脱离俗尘的清新静谧之感。《语丝》第十六期，周作人译了一则日本"狂言"，名为《花姑娘》。狂言是日本四大古典戏剧之一，兴起于民间，是一种穿插于能剧剧目之间即兴表演的简短笑剧。周作人曾留学日本，热爱日本文化且颇有研究，随文附录所选的这幅插图从服饰、情态、构图来看都具浓郁的东瀛气息，与周氏所译狂言形成了一种积极的互补、互动（见图 20）。

图 20

图 21

　　《语丝》第十七期,《〈两条腿〉序》是周作人为李小峰翻译的丹麦科学童话《两条腿》所作的一篇序言。在这篇序言的最后,周作人写道:"(译本)所据系麦妥思(A. Teixeira de Mattos)英译本,原有插画数幅,又有一张雨景的画系丹麦画家原本,觉得特别有趣,当可以稍助读者的兴致,便请李君都收到书里去了。"①序中所附这幅插画(见图 21),当是周作人"觉得特别有趣"的那张丹麦画家原本的雨景画了。

　　以上就是北京时期《语丝》的诗文配图的全部,数量虽不多,但所择的图片却精当,有趣,增加了读者的阅读兴致。这与《语丝》"文学为主,学术为辅"的刊物定位是相称的,亦与周作人在《发刊词》中言称创办《语丝》以"提倡自由思想,独立判断,和美的生活"的主张遥相呼应。

　　上海时期的《语丝》插图亦不多见。《语丝》第四卷第十三期,卷首刊有一幅画

①　周作人:《〈两条腿〉序》,《语丝》第 17 期,1925 年 3 月 9 日出版。

作《灭吧,残烛》(见图 22),这是青年画家司徒乔
根据莎士比亚一句话的意蕴而作,莎翁的这话的
原文为:"Out, Out, Brief Candle, Life is but a
Walking Shadow"。有意思的是,画家画完之后
意犹未尽,还有话要说,于是写了一篇短文《写在
一个老头子的牙上》也刊在这幅画后面。文中写
道:"果然,我是感到狗的生活的起端了,因为我
觉得,……不许我过人生活阿!——这或许是无
聊的吧,画是画了还要这样瞎说,像话刚说完又
再说似的。但是,也不仿,因为这一类的画(话)
是不会画得完的。"[①]把司徒乔的画和话(文)对
照着来读,读者应该颇有一番不同的滋味在心
头,并获得一种全新的阅读体验。《语丝》第四卷
第二十五期有一张整页插图(见图 23),题曰:非
"浅薄的人道主义"的实践。有趣的是,插图下的

图 22

说明要读者"参看本刊随感录 136",而这随感录 136 并不在当期内。检阅《语丝》,
这随感录 136 在第四卷二十二期,是周建人所作的《人道与残杀》。

图 23

　　其三,专题汇总类。《语丝》第五卷第四十三期,载有士骥译日本本间久雄著的
长文《王尔德入狱记》,对著名作家王尔德入狱事件的前前后后及相关背景、评论进

---

　　① 司徒乔:《写在一个老头子的牙上》,《语丝》第 4 卷第 13 期,1928 年 3 月 26 日出版。

行了一种全景式描述,对爱好文学的读者了解事件全貌有确实的助益。所谓"王尔德事件","时在一八九五年四月三日。英国社会上发生了一件大大掀动人心的事件。那是因为当时文坛底第一个红人的乌丝卡·王尔德对为当时社交界底中心底一人金倍利侯爵提起了诽谤的诉讼,开了审判。在此审判中,王尔德不但吃了败诉,在第二天他反以一种猥亵罪被起诉,不一会就被判决须过两个年头的牢狱生活,因之人心更大大浮动了起来。当时伦敦底街道,全被此谣言充溢,此谣言并传到了美国。"①颇为罕见的是,这篇长文还附录了六张与此事件相关的图片,这对插图一向稀少的《语丝》来说值得一提。这些图片中有事件相关方的肖像、王尔德的出庭照,还有当时的报刊刊登的嘲笑王尔德的漫画等,图片类型丰富,让读者能在阅读时有一个难得的直观视觉参照。附图一为王尔德为他而下狱的美少年亚尔佛莱特·桃拉斯的半身肖像照。附图二(见图 24)原载于 1895 年 4 月 20 日《纽约画报》上,图下说明文字称"实在是困难微妙的问题　伦敦交界底困扰",对王尔德与亚尔佛莱特·桃拉斯在伦敦寓所的交往作了一个图像描述。

图 24

　　附图三(见图 25)原为 1895 年 5 月 18 日《图画伦敦报》所载,画的是一只太古时代的怪兽,是当时的金倍利侯爵想嘲笑王尔德而送给法庭上的王尔德的,画上所写侮辱王尔德的字是侯爵亲笔。附图四所画为法庭上的王尔德。附图五(见图 26)为审判时的王尔德。

---

①　士骥译:《王尔德入狱记》,《语丝》第 5 卷第 43 期,1930 年 1 月 6 日出版。

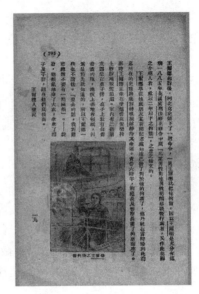

图 25　　　　　　　　　　　　　　图 26

　　附图六(见图 27)是著名的幽默杂志《杜台》1882 年 4 月 26 日刊登的一幅王尔德的漫画肖像,1895 年王尔德败诉后,当时的各种报纸更是用全力来攻击嘲笑王尔德,指出这是"一件前代未闻的丑怪事",更认定"王尔德输到做'堕入地狱'的人了",甚至"连他底不断的傲慢的姿势,他底唯美主义底教义,以及他底被上演过的戏剧"也被加以嘲弄。[1]

图 27

---

①　士骥译:《王尔德入狱记》,《语丝》第 5 卷第 43 期,1930 年 1 月 6 日出版。

　　1925年《莽原》周刊时期基本无插图,亦无装饰性图案,唯一的例外,是第五期有篇黎锦明写的文章《无聊的画》,在一个版面上排了四张人物漫画(见图28),对北平公寓里两种公寓的生活进行了白描,对他们的无聊且扰民的生存状态表达了不满和讽刺之意:一种是成天拉胡琴唱京剧,另一种是只知叹气谩骂喝酒发牢骚。漫画配上一点说明文字,图文并茂让人一看就会心一笑。

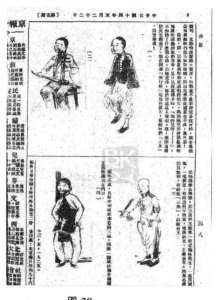

图 28

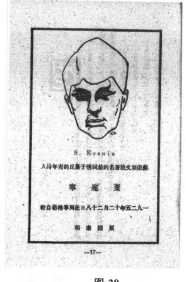

图 29

图 30

　　1925—1926年《莽原》半月刊时期插图也不多见,但却刊有六幅作家、诗人的人物画像。《莽原》半月刊第一卷第一期,第17页以整版篇幅刊登了俄国诗人叶隧宁(今译叶赛宁)的画像和他自杀的消息(见图29)。叶隧宁的头像占据半个版面,其下五行文字写出他自杀的消息,表达了震惊之情,这些文字依次为:S. Esenin\苏俄新文坛著名的最同情农民的青年诗人\叶隧宁\一九二五年十二月二十八日在列宁格勒自杀\原因未明。《莽原》半月刊第一卷第三期,有德国大诗人海纳(今译海涅)的纪念画像,同期还发表了杨丙辰的长篇评述文章《亨利海纳评传》(见图30)。《莽原》半月刊第一卷第四期,卷首刊载了韦素园译的俄国作家梭罗古勃(今译索洛古勃)的作品《邂逅》,文

中附有作者梭罗古勃的镂空版画像一幅（见图
31）。《莽原》半月刊第七、八期合刊，刊载了法国
大作家罗曼·罗兰的照片一帧、画像一张、手迹一
幅（见图32、图33、图34），这一期还发表了多篇评
介罗曼·罗兰的文章和译文多篇，以及一份罗
曼·罗兰的著作表，图文荟萃，足称得上罗曼·罗
兰的专号了。《莽原》半月刊第一卷第十期，卷首
刊有俄国作家安特列夫画像一幅（见图35），并发表
韦素园的文章《序〈往星中〉》，《往星中》是安特列夫的
第一部戏剧作品，1926年李霁野翻译了这部作品，并
作为"未名丛刊"之一种出版。安特列夫是鲁迅非常

图 31

喜欢的一位俄国作家，不过他也认为安特列夫全然是一个绝望的作家，担心李霁野这样
的青年们会沉浸于其晦暗心境中不能自拔。韦素园在《序〈往星中〉》也指出安特列夫的
作品里有两种相异的人生态度，即"坚信与怀疑，绝望与革命"。[①]《莽原》半月刊第
二卷第六期，卷首即刊发苏俄理论家特洛茨基的长篇论文《无产阶级的文化与无产
阶级的艺术》，文后并附著者特洛茨基的画像一幅（见图36）。

图 32

图 33

---

① 韦素园:《序〈往星中〉》,《莽原》半月刊第1卷第10期,1926年4月26日出版。

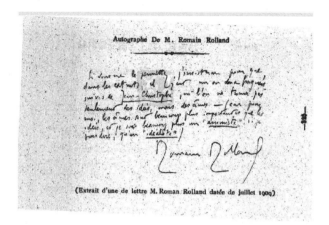

图 34

图 35

图 36

　　《莽原》半月刊时期所刊这六幅人物画像皆为外国作家肖像,值得注意的是其中四位都是苏俄作家(诗人),这和当时未名社的译介这一主要活动密切相关。其实,从历史的大视角来看,未名社的主要功绩并不在他们的文学创作方面,他们影响最大的应是对苏俄文学的翻译和介绍,其中上面提到的梭罗古勃和安特列夫这两位俄国白银时代的大作家及其作品,就是未名社译介的重要对象。从《莽原》半月刊这珍稀的人物画像的选择取向,亦可窥见当时苏俄文学及其思潮对中国文学尤其是青年们的巨大号召力和影响力,不过他们当时并不清楚叶赛宁自杀的真正原因,当然更不会预料到他们所推介的苏俄无产阶级的权威理论家特洛茨基后面所遭受的被批判被屠杀的悲惨境遇。

　　除了上述插图外,《莽原》所载插图中最引人注目的是鲁迅为自己的文章所选所制的插图。《莽原》半月刊第二卷第十五期,刊有鲁迅所作《〈朝花夕拾〉后记》一文,文中附了他为充分地表达自己的观点而亲自精心挑选的四张插图。前两张插图是关于《二十四孝图》的,后两张与"无常"画像有关。鲁迅所选的第一张插图《曹娥投江寻父尸》(见图 37),是从吴友如所画的《后二十四孝图说》中选来的。对比历史上关于这个题材的图像对相关细节的处理,鲁迅对旧伦理扭曲残害中国儿童天性表达了辛辣讽刺与强烈憎恶:"我检阅《百孝图》与《二百卅孝图》,画师都很聪明,所画的是曹娥还未投入江中,只在江干啼哭。但吴友如画的《女二十四孝图》(1892)年却正是两尸浮出的这一幕,只正画着'背对背',如第一图上方。我想,他大约也知道我所听到的那故事的。还有《后二十四孝图说》,也是吴友如画,也有曹娥,则画作正在投江的情状,如第一图下。"①若以封建伦理观念,用绘画来表现父女这一题材是困难的,因为要谨慎对待和回避父女的一些禁忌,哪怕是关于孝这一主题,也只能小心翼翼地把相关细节处理成"背对背"或"正在投江"的情状,而这正是鲁迅所深恶痛绝的旧伦理的虚伪之处。

图 37

图 38

---

① 鲁迅:《〈朝花夕拾〉后记》,《莽原》半月刊第 2 卷第 15 期,1927 年 8 月 10 日出版。

　　第二张插图《老莱子三种》（见图38），是鲁迅从三种不同的关于"老莱子"的画本中选取合成的。插图上方是鲁迅从《百孝图》中择取的一部分，"陈村何云梯"所画，画的内容是"取水上堂诈跌卧地作婴儿啼"；中间部分是鲁迅从"直北李锡彤"所画二十四孝图诗合刊上描下来的，画的是"着五色斑斓之衣为婴儿戏于亲侧"这一段；下面这一种是鲁迅从慎独山房刻本中所选，画者姓名已不可考，是将"诈跌卧地"和"为婴儿戏"两件事合在一起画的。对"老莱子娱亲"这一经典为孝的做法，鲁迅很不以为然，认为"孩子对父母撒娇可以看得有趣，若是成人，便未免有些不顺眼"，且很容易跨出有趣的界限而变成肉麻，所以他郑重指出"老莱子作态的画，正无怪谁也画不好"。第三张插图（见图39）是关于鲁迅颇感兴趣的"活无常"这一题材的，但他对前人玉历书中的相关画像并不满意，从中选取了两种"无常"画像之外，还根据儿时的记忆，自己动手画了一个目连戏和迎神赛会中的无常画像，就是图中上方那个跳起的"活无常"形象。鲁迅自幼就喜看书中插图，并临摹过《秘传花镜》《山海经》《毛诗品物图序》等书中的图案，对绘画的热爱和美术的因子是深植于心的。

图 39

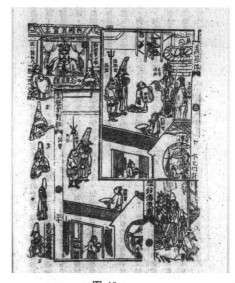

图 40

　　第四张插图（见图40）继续讨论自古以来关于"无常"的各种画像，这一次鲁迅从流传下来的玉历书中挑选了四种有代表性的画像，分为A、B、C、D四部分共置于一图之中，并用文字细加考订辨析，可见鲁迅对"活无常"这一题材的兴趣，及其对相关绘画内容的熟悉程度。鲁迅这篇文章中所载四张插图，或从多种相关画册中拣选，或亲自动手绘制，一方面自是为了对所写内容进行更直观地展示和更深入切实地探讨，另一方面也足见其非同一般的绘画功底和非同流俗的美术眼界。在这篇后记的最后，鲁迅写道："我本来并不准备做什么后记，只想寻几张旧画像来做插图，不料目的不达，便变成一面比较，剪贴，一面乱发议论了。那一点本文或作或辍地几乎做了一年，这一点后记也或作或辍地几乎做了两个月。"①显然鲁迅对这些插图的考订、择取、自制投入了很多时间和精力，由此也足见他对插图艺术的热爱程度。

《未名》中基本无插图，也没有任何装饰性图案，仅见第一卷第一期曹靖华译《乡下的老故事》一文中附了著者赛甫林娜的照片一帧。

# 三、鲁迅与现代文学期刊封面插图艺术

考察《语丝》《莽原》《未名》这三种文学期刊的封面插图，我们会发现它们与鲁迅无不有着千丝万缕的联系：有些是鲁迅亲力亲为，比如《语丝》封面上的刊名"语丝"二字即鲁迅亲自撰写，《莽原》里还有他为自己的文章动手画的"活无常"和从旧画像里择选合成的插图；有些是图像的绘制者与鲁迅关系密切，比如《语丝》《未名》封面画作者陶元庆和《莽原》封面画作者司徒乔这两位青年画家都亲近鲁迅，并得到鲁迅的高度关注、欣赏与引领；更为重要的是，从更深的层面上来看，这三种文学期刊素简的图像气质的形成与其受到鲁迅独特的艺术品位、插图理念及其美术观多方位的熏染息息相关。因此，我们有必要由此溯及鲁迅的美术渊源及其与现代书刊设计的关联，并从中梳理、认识和呈现出鲁迅完整的书刊形态设计理念和价值追求，从而更深刻地理解鲁迅对现代文学期刊封面插图艺术的探索与贡献。

鲁迅的美术底蕴和审美趣味，在很大程度上是源自天性，并伴随终生。美术，特别是书刊插图艺术，是他在文学创作之外最感兴趣，一生用力最深的艺术领域。鲁迅自幼喜欢《秘传花镜》《山海经》上的插图和木刻年画，学生时代即影写过《西游记》《荡寇志》上的绣像和《南方草木状》《野菜谱》上的图谱。民国初年鲁迅在北京教育部任职的七年间，公务之余他潜心于辑录碑文古籍，收集古代石刻画像拓本，手描土偶像和汉墓石阙图。上海时期的鲁迅更是倾力支持、倡导、推动国内的新兴木刻运动，热情引进出版多种对装帧艺术有着巨大影响力的外国著名画家的画辑和选本。鲁迅的爱好美术是流淌于血液之中的，与文学创作一起，构成了鲁迅的生命历程中的最重要部分。在《鲁迅与中国木刻运动》一文中，许广平的回忆是这样的："鲁迅先生向来爱好美术，对于艺术书籍，尤其时常关心，欢喜购置浏览，一有些

---

① 鲁迅：《〈朝花夕拾〉后记》，《莽原》半月刊第 2 卷第 15 期，1927 年 8 月 10 日出版。

周转灵便，就赶紧托人把马克和法郎，寄到在德国留学的徐诗荃先生和在法国研究的季志仁先生那里，托其寻搜版画。虽则他自己总在谦逊不懂得艺术，一旦谈起来，却会比许多'大师'们内行，精通，试看他介绍木刻书的小引和给木刻研究者的通信，便是铁证。"①在另一篇回忆性散文中，许广平又指出写文章是鲁迅的主要工作，而欣赏版画和插图则是他主要的娱乐和休息方式："等到那八幅版画到手，就如小孩焦念着买来的玩具一样地爱护。史沫特莱先生亲自代送来了那八幅版画时，我们看到这一天鲁迅的无比高兴，实难以语言形容。鲁迅休息的方法，除了看许多木刻、版画、各种艺术史图画以外，有时也去看电影，特别是苏联电影，凡是有了新片，他总是不放过的。"②

为推动中国新兴木刻运动的发展壮大，1929 年鲁迅编选出版过两种《近代木刻选集》，1930 年他自费印行木刻画册《梅菲尔德木刻士敏土之图》，举办木刻讲习所，支持青年木刻艺社，1934 年又为这些青年木刻艺术家们自费编印木刻集《木刻纪程》，还曾多次把自己珍藏的世界版画拿出来举办展览供他们观赏学习。为了更大力度地推进中国现代书刊装帧艺术的发展，鲁迅还热衷于出版画册和插图集，他对域外各种新兴的艺术流派从不抱成见，在他引进编辑出版的各类画集中，有带着浓郁的现代派气息的唯美主义风格的英国画家比亚兹莱的《比亚兹莱画选》，在该书《小引》中鲁迅热情称赞道："视为一个纯然的装饰性艺术家，比亚兹莱是无匹的"；③还有有着密丽风格的日本画家蕗谷虹儿的《蕗谷虹儿画选》，在此书《小引》中鲁迅敏锐地指出："中国新的文艺的一时的转变和流行，有时那主权是简直大半操于外国书籍贩卖者之手的。来一批书，便给一点影响。'Modern Library'中的 A. V. Beardsley 画集一入中国，那锋利的刺戟力，就激动了许多沉静的神经，于是有了许多表面的摹仿。但对于沉静，而又疲弱的神经，Beardsley 的线究竟又太强烈了，这是适有蕗谷虹儿的版画运来中国，是用幽婉之笔，来调和了 Beardsley 的锋芒，这尤合中国现代青年的心，所以他的摹仿就至今不绝"④；亦有代表着表现主义风格的德国木刻家柯勒惠支的《柯勒惠支版画选集》，以及鲁迅自费刊行的选有五十九幅苏联木刻的《引玉集》和他编选的《死魂灵一百图》《苏联版画选集》。鲁迅热情引进的这些画集均系当时世界上最新的艺术思潮和实绩的杰出代表，它们为当时的中国书刊装帧艺术提供了有用的资料，引领了中国现代文学期刊插图艺术的

---

　　① 许广平：《鲁迅与中国木刻运动》，《鲁迅的写作和生活：许广平忆鲁迅精编》，上海文化出版社，2006 年版，第 40—41 页。

　　② 许广平：《鲁迅的日常生活》，马蹄疾辑录《许广平忆鲁迅》，广东人民出版社，1979 年版，第 545 页。

　　③ 鲁迅：《集外集拾遗·〈比亚兹莱画选〉小引》（1929 年 4 月作），《鲁迅全集》第 7 卷，人民文学出版社，1981 年版，第 338 页。

　　④ 鲁迅：《集外集拾遗·蕗谷虹儿画选小引》（1929 年 1 月作），《鲁迅全集》第 7 卷，人民文学出版社，1981 年版，第 325 页。

时代风尚,鼓励着青年装帧艺术家们从模仿一步步走向创造,从而开辟中国现代书刊装帧艺术的新天地。鲁迅不仅热心于出版这些代表着当时世界上艺术主流的外国画家的画集,他对中国传统画集的出版也投入了巨大的精力,晚年曾主持编选并自费出版了《北平笺谱》和《十竹斋笺谱》。前者分六册线装一函,内收人物山水花鸟笺 332 幅;后者共四册,收图 280 余幅,系明末胡正言编的彩色诗笺图谱。

正因为具有如此深厚的美术底蕴、艺术兴趣及在对相关画集的鉴赏、整理、介绍、出版过程中的艺术沉淀,鲁迅对书刊装帧艺术有着极为深刻的体悟理解和极高的艺术追求,他视书刊的内容与形式为一个有机的艺术整体,并特别重视对域外和我国古代装帧艺术的研究,力求更好地发挥书刊的功用。在鲁迅的书刊设计实践中,书刊形态的方方面面都在他的考虑范围之内:他不仅关注书刊的版式、装饰、题字、插图、封面,甚至还关心书刊的纸张、装订、边的切与不切。

鲁迅一生主编及参与或指导编辑的文学期刊,按照刘增人先生的统计,达 19 种之多。除上文重点讨论的《语丝》《莽原》《未名》之外,重要的还有《奔流》《朝花周刊》《朝花旬刊》《萌芽月刊》《译文》《海燕》等。[①] 鲁迅或多或少地都介入过这些文学期刊形态的设计、编辑和出版,以《语丝》《莽原》《未名》为起点,拓展开去,从整体上认知、理解并总结鲁迅对现代文学期刊封面插图艺术的探索与贡献,不仅是有意义的,而且十分必要。

首先,鲁迅有着强烈的图像意识,他将现代文学期刊的封面插图艺术的重要性提升到一个前所未有的高度。对现代文学期刊来说,封面插图等构成的图像文本与所刊内容的文学文本比较起来,自然是属于从属地位的,但也并不是可有可无的存在,而是两种文本互动互补,相互生发,两者有机地融合在一起才能最终生成一个完整呈现于读者眼前的有效文本。在中国现代文学期刊编辑史上,鲁迅是将美术作品与美术意识充分引入刊物装帧领域并将之充分融合的第一人,他甚至对刊内标点与行距的分布、版式天地的排法、印刷方式的选择和期刊物质材料的选择都有着深入的认知和研究。他尤为看重刊物中插图的意义,他认为:"书籍的插画,原意是在装饰书籍,增加读者的兴趣的,但那力量,能补助文字所不及,所以也是一种宣传画。"[②]鲁迅编的刊物多配置有插图页,如《奔流》每期所刊插图,多则十余张,少亦有五六张。《朝花周刊》虽与《艺苑朝花》并出,但每期仍保留美术作品的插图彩页。鲁迅主编《译文》时期,更是将现代文学期刊中插图的重要性予以充分地强调和实践。在《译文》创刊号的《前言》中,他斩钉截铁地指出:"文字之外多加图画。也有和文字有关系的,意在助趣;也有和文字没有关系的,那就算是我们贡献给读

---

① 刘增人等纂著:《中国现代文学期刊史论》,新华出版社,2005 年版,第 27—30 页。
② 鲁迅:《"连环图画"辩护》,《鲁迅全集》(第四卷),人民文学出版社,2005 年版,第 458 页。

者的一点小意思。复制的图画总比复制的文字多保留一点原味。"①梳理鲁迅亲自编订的《译文》前三期的插图,我们会发现鲁迅对插图的热爱和重视程度:第一期刊了 10 张插图,第二期有 16 张,第三期仍有 9 张。《译文》插图除数量多之外,所选这些插图的画家的国籍也涉及英、德、法、日、苏俄、西班牙诸国,可见鲁迅对世界美术主流了解之深,尤其是对插图艺术的涉猎之广。

其次,鲁迅亲自参与现代文学期刊封面插图的设计和绘制过程,并高度尊重从事期刊装帧艺术的艺术家和从业者及其劳动成果。鲁迅会为自己编的刊物设计和绘制封面,如《奔流》《萌芽月刊》等。如《奔流》月刊封面,鲁迅选米黄色胶版纸,刊名用偏方头字体,再加双沟线,"奔流"二字以起伏波折的线条写出如河水奔流之状;《萌芽月刊》封面也不用图案画,鲁迅依然是在刊名的字体上做足文章,封面上的"萌芽月刊"四个字犹有绿芽初发之态。鲁迅在这两种封面上采用美术字体的适度拟形和装饰的做法书写刊名,除此基本无图案,却让刊物封面整体观之大气有力简洁雄浑,为现代文学期刊封面开辟出一种不尚浮华力求简约的图像类型来。在现代文学期刊插图方面,除偶为自己的文章自制插图(如上文所及他亲自画的"活无常"插图)外,鲁迅更是为自己主编的刊物提供、择配了大量合适的插图,他甚至经常给别的刊物介绍、推荐插图,在郑振铎主编《文学》月刊时,他就为这份大型文学期刊推介过不少世界各国画家的创作绘画作为插页,为之增色不少。鲁迅甚至对刊物的版式、目录、版权页的细节也颇为关注,《莽原》周刊初期第一版上面印刊名,下面印目录,这是他为了方便读者,特意和许广平商量过的,他认为"目录既在边上,容易查检,又无隔断文本之弊"。②或许也正是因了对现代文学期刊装帧艺术的倾情投入获得的一种共情,鲁迅对于期刊的装帧设计者是十分尊重的。他在1926 年 11 月给韦素园的信中说:"关于《莽原》封面,我想最好是请司徒君再画一个,或就近另设法,因为我刚寄陶元庆一信,托他画许多书面,实在难于再开口了。"查阅鲁迅相关信件,我们会看到他对文学期刊封面设计者的劳动成果的尊重,及对封面设计最后所达致的效果的关注:在这些信件中,有叮嘱办事的人必须在书刊内注明封面设计者姓名的;有委托人在监督印刷封面时务必校对好颜色的;还有关照封面颜色必须严格遵照画家的规定办的。③

最后,鲁迅在大量的美术活动和艺术实践中,尤其是在对现代文学期刊封面插图艺术的深入探索的过程中,逐渐形成了自己独特的插画意识与完整的书刊形态

---

① 鲁迅:《前记》,《译文》第 1 卷第 1 期,1934 年 9 月 16 日出版。

② 邱陵:《鲁迅与书籍装帧艺术》,孙艳、童翠萍编:《书衣翩翩》,生活・读书・新知三联书店,2006 年版,第 184 页。

③ 倪墨炎:《鲁迅与书刊设计》,孙艳、童翠萍编:《书衣翩翩》,生活・读书・新知三联书店,2006 年版,第 192 页。

设计理念和价值追求。在鲁迅早期的美术观里,画家和作家一样,不应该一味顺从大众庸俗的审美观,他寄希望于艺术家们通过艰苦卓绝的艺术努力,肩负起疗治国民劣根性的启蒙使命。彼时,鲁迅强调"我们所要求的美术家,是能引路的先觉,不是公民团的首领。我们所要求的美术品,是表记中国民族知能最高点的标本,不是水平线以下的思想的平均分数";也因此,他希望"进步的美术家,——这是我们对于中国美术界的要求。"①在鲁迅后来的美术实践及对现代文学期刊插图艺术的探索过程中,这种"进步"在很大程度上是指,美术家们一方面要充分借鉴和尝试西方美术的语言和表达方式,勇于"拿来"西方艺术元素里面合理的成分,超越狭隘的民族国家意识从而获得全新的艺术建构;另一方面要坚持从中国传统的图像资源中寻求符合现代中国精神的基本元素,再通过自己全新的阐述,从而获得富有民族性的崭新表述语言。简单地说,鲁迅对现代文学期刊封面插图艺术核心的理念就是希望中西艺术元素的高度融合,世界性的品质和民族性的特质的完美结合。他曾对从事书刊装帧艺术的青年从业者们提出这样的忠告:"我并不劝青年的艺术学徒蔑弃大幅的油画或水彩画,但是希望一样看重并且努力于连环图画和书报的插图;自然应该研究欧洲名家的作品,但也更注意于中国旧书上的绣像和画本,以及新年的单张的花纸。这些研究和由此而来的创作,自然没有现在的所谓大作家的受着有些人的照例的叹赏,然而我敢相信:对于这,大众是要看的,大众是感激的。"②

　　如果要对鲁迅的美术观,特别是对他的现代文学期刊封面插图的艺术理念有一个更加深入的认知和理解,透过他最欣赏的曾为《语丝》《未名》绘制过刊物封面的陶元庆来考察,应是一种不错的角度。鲁迅的美术观和插图理念很多是经由他评述陶元庆的绘画创作呈现出来,只有在充分理解了这些评述语言之后,我们才有可能更好地还原、梳理、认知鲁迅的艺术世界。

　　鲁迅非常看重陶元庆画作中自然渗出的东方情调,却又能兼具西方近现代绘画传统的优长,在他看来图像元素的中西结合不是简单的拼凑或移植,而应该在广泛吸收西方图像精华的基础上,又能含蕴民族性。他在《当陶元庆君的绘画展览时我所要说的几句话》一文中,曾这样说过:"陶元庆君绘画的展览,我在北京所见的是第一回。记得那时曾经说过这样意思的话:他以新的形,尤其是新的色来写出他自己的世界,而其中仍有中国向来的魂灵——要字面免得流于玄虚,则就是:民族性。"他进一步指出:"但我并非将欧化文来比拟陶元庆君的绘画。意思只在说:他并非'之乎者也',因为用的是新的形和新的色;而又不是'Yes''No',因为他究竟是中国人。所以,用密达尺来量,是不对的,但也不能用什么汉朝的虑傂尺或清朝

---

① 鲁迅:《拟播布美术意见书》,《鲁迅全集》第8卷,人民文学出版社,1981年版,第47页。
② 转引自邱陵:《鲁迅与书籍装帧艺术》,孙艳、童翠萍编:《书衣翩翩》,生活·读书·新知三联书店,2006年版,第184页。

的营造尺,因为他又已经是现今的人。我想,必须用存在于现今想要参与世界上的事业的中国人的心里的尺来量,这才懂得他的艺术。"①对陶元庆绘画创作民族性的强调,是鲁迅对陶元庆的相关评述中最为引人注目的,他一再赞赏陶元庆绘画创作对民族性元素的继承和创造:"在那黯然埋藏着的作品中,却满显出作者个人的主观和情绪,尤可以看见他对于笔触,色彩和趣味,是怎样的尽力与经心,而且,作者是夙擅中国画的,于是固有的东方情调,又自然而然地从作品中渗出,融成特别的丰神了,然而又并由于故意的";当然在鲁迅的美术观里并不排斥对于西方图像资源的吸收和应用,他只是更重视中西图像元素的有机融合及其结合的自然流畅,而不是简单地模仿、挪用、移植与拼凑,所以他高度评价陶元庆的绘画将"中西艺术的方法结合得很自然"。② 鲁迅发现、欣赏并重视陶元庆的绘画作品,很大程度上是因为它们让鲁迅的艺术观,特别是美术观,有了一个实实在在的具象的创作上的落实。在鲁迅眼中,陶元庆的绘画创作,摆脱了中西两方面的桎梏,在内外两面,既能同世界的时代思潮合流,又能很好地保存未被灭失的中国民族性。经由品评陶元庆的作品,鲁迅也得以清晰地梳理、阐述、呈现出自己的文学图像观。也正因为在艺术上的这种难得的心心相惜,所以当陶元庆英年早逝后,鲁迅颇为怀念。1931年8月14日夜,鲁迅重又翻检出陶元庆所赠的书和美术明信片,反复欣赏之余,在其中一本书的扉页上写下了对逝者的思念之情:"此璇卿当时手订见赠之本也,倏忽已逾三载,而作者亦久已永眠于湖滨,草露易留此为念呜呼! 一九三一年八月十四夜,鲁迅记于上海。"③

　　概而言之,鲁迅对中国现代文学期刊封面与插图的探索,一方面极为重视对中国传统图像资源中优秀民族性元素的扬弃与再造,另一方面也从不拒绝对西方优质图像资源的引入与整合,从而得以实现其对文学与图像深度融合与相互超越的崇高的艺术追求,这既体现在他对《语丝》《莽原》《未名》这些与他关系密切的现代文学期刊图像形态类型的建构和审美品位的引领上,也表现在他的插图理念与美术观对当时和后来的现代文学期刊、书籍的图像样态、品质、观念、意识的深远影响力和永恒的艺术感召力上。

作者简介:

　　万士端,安徽人,巢湖学院文学与传媒学院讲师。

---

　　① 此文最初发表于一九二七年十二月十九日上海《时事新报》副刊《青光》,后收录于《而已集》。
　　② 转引自沈珉:《现代性的另一副面孔——晚清至民国的书刊形态研究》,中国书籍出版社,2015 年版,第 205 页。
　　③ 同上书,第 205 页注释 1。

# 论莫言小说的色彩书写及其修辞效果

谢静漪

**摘　要**　诺贝尔文学奖的获得使莫言小说研究呈现出空前繁荣的态势。目前学术界对莫言小说的研究主要集中在人物形象、创作风格、叙述手法等方面，缺乏对色彩词运用特点的关注。特别是在提及莫言小说色彩时，文章常会根据前人研究来推断色彩词的使用规律，但并无确切的数据支撑。故本文选取莫言十一部长篇小说，通过详细的数据统计发现，莫言的小说世界是以红为主色调，绿、蓝、黄、黑、青等为辅色调的色彩体系。由此，本文以统计结果为基础，对色彩出现次数、运用特点、搭配手法以及表达效果进行系统阐释与分析。结果显示，莫言在形象描写中，特别是描绘女性服饰色彩时，常以红绿搭配为主；在环境描写中，喜用冷暖色调的对比；在情节描写中，注重色彩的起伏变化。这种语象色彩影响到了文学的书籍出版，如果借助《莫言长篇小说（全集）》进一步探讨，就会发现封面插图均以其语象主要色彩绘制，起到了重复并夸张的叙事修辞效果。同时，这些封面插图色彩在小说人物形象塑造、情调气氛烘托、情感主题表达等方面，发挥了不可或缺的作用。

**关键词**　莫言小说　色彩词　出现次数　修辞效果

在中国当代文学中，莫言无疑具有里程碑式的意义。从早期小说《透明的红萝卜》《红高粱》《红蝗》《秋风》《白狗秋千架》，到1990年以来的《丰乳肥臀》《檀香刑》《生死疲劳》《蛙》，莫言都是以风土人情、生老病死、悲欢离合、奇异传说为底色，涂抹出色彩斑斓的乡土中国图景。① 其中，色彩词当属莫言小说创作中不可或缺的艺术元素，它丰富了这位作家的文学图景，甚至支撑了他独树一帜的风格。可以说，莫言的小说世界是一个绚烂夺目、五彩缤纷的色彩世界，他灌注了自己强烈而独特的主观情感，使小说色彩成为作家的一种外化形态，而这一切均来自色彩词的表现力。因此，为了更加深刻而准确地把握莫言小说的意义，就必须开展对色彩词

---

① 朱栋霖：《中国现代文学史1917——2013》，高等教育出版社，2014年版，第200页。

的研究。

# 一、关于色彩的文本调查

莫言是一个善于运用色彩的作家,他对色彩词的运用颇具特色。主要表现在以下三个方面。首先是色彩词密集丰富,色彩词在每篇作品里不仅大量出现(参考表1),而且其构词方式多种多样(详见附录部分),大致可归为单纯式、复合式、重叠式。

单纯式:红、橙、黄、绿、青、蓝、紫、白、灰、褐等色彩语素单独使用。

复合式:暗红、水红、杏黄、酱黄、雪白、瓦蓝、嫩绿、翠绿等。

重叠式:是色彩语素加上重叠词的后缀比如红殷殷、绿油油、黑洞洞、蓝汪汪等。

表 1　莫言小说色彩词词频统计

| 小说 | 红 | 绿 | 蓝 | 黄 | 黑 | 青 |
|---|---|---|---|---|---|---|
| 《红高粱家族》 | 348 | 166 | 63 | 208 | 455 | 97 |
| 《丰乳肥臀》 | 614 | 197 | 137 | 426 | 600 | 241 |
| 《檀香刑》 | 302 | 62 | 31 | 135 | 281 | 143 |
| 《红树林》 | 417 | 16 | 46 | 57 | 128 | 153 |
| 《酒国》 | 422 | 89 | 47 | 163 | 262 | 139 |
| 《天堂蒜薹之歌》 | 276 | 112 | 35 | 255 | 186 | 186 |
| 《蛙》 | 137 | 46 | 22 | 140 | 147 | 134 |
| 《食草家族》 | 674 | 165 | 123 | 447 | 319 | 238 |
| 《十三步》 | 389 | 137 | 103 | 197 | 286 | 158 |
| 《四十一炮》 | 282 | 64 | 51 | 344 | 192 | 74 |
| 《生死疲劳》 | 607 | 100 | 722 | 440 | 316 | 131 |

通过翔实的文本数据统计调查,我们不难发现,莫言小说涉及的颜色种类繁多,红、橙、黄、绿、青、蓝,汇成了一个五彩斑斓的色彩海洋。其中,色彩词密集丰富,尤以红色出现的频率最高,其它颜色出现频率在不同小说中各有差异。莫言的小说由此形成了以红为主色调,绿、蓝、黄、黑、青等为辅色调的色彩体系,为读者呈现出一个绚烂夺目的高密乡。需要说明的是,我们的文本调查,特别是词频统计中不乏有人名如黑眼、黄秋雅等,固定搭配如黑暗、青年等诸如此类的干扰项,但并未对结论产生整体和重大的影响。

从横向来看,莫言笔下的高密并非一个单纯的色系,他常常运用同一色系的不同颜色或者不同色系来刻画作品。以《红高粱家族》为例,同一色系的血红、紫红、暗红、鲜红相互映衬,表征了民间抗日故事的复杂意味,然而,莫言还通过"同中有异"的方式,将事物描摹得逼真传神,同时也体现了作者选色遣词的精准。如"父亲就这样奔向了耸立在故乡通红的高粱地里属于他的那块无字的青石墓碑"①,这里的"通红"表明了高粱地的面积之广。"每穗高粱都是一个深红的成熟的面孔,所有的高粱合成一个壮大的集体,形成一个大度的思想。"②之所以使用"深红"而不是"通红"等词,莫言旨在使人可以看出高粱成熟的程度。"白粗布背襻从身上刚卸下来,爷爷努力张开嘴巴,猩红的血从嘴里、鼻孔里箭杆般射出来……"③这里用"猩红"来形容血,足以调动读者的嗅觉和视觉双重感官。在《高粱酒》中,不同色系的红色、绿色、青色、蓝色对比衬托,凸显了余占鳌、戴凤莲、罗汉等不同人物的性格心理;在《高粱殡》中不同色系的红色、绿色、黑色相互交织,渲染了奶奶殡葬时的悲壮凄凉。

从纵向来看,各个颜色分布以红色为主,其它颜色共同点缀、衬托。每部小说由于描写的对象不同,所以侧重点也不同,这就使得色彩词的出现比例也各有特色。以《檀香刑》为例,出现次数最多的是红色,因为《檀香刑》主要描绘的是"高密东北乡"的一场兵荒马乱的运动,一桩骇人听闻的酷刑,而这又是发生在一个黑暗的社会背景下,也使得小说中"黑色"出现的频率较高。

其次,在色彩的选择和调配上,莫言小说以浓艳、强烈的色彩词为主,同时注意冷暖色调的对比,形成一种大红大绿的风格,极具乡土气息。这种红绿并置的色彩意象的使用风格,符合中国民间传统的色彩审美习惯。在中国民间,色彩运用上就追求浓重、鲜艳,喜用大红大绿的装饰性画风。以《红高粱家族》为例,如"队伍走上河堤,一刚从雾中挣扎出来的红太阳照耀着他们。我父亲和大家一样都半边脸红半边脸绿。"④"半边脸红"是阳光的照射,"半边脸绿"是绿高粱的辉映,红绿相衬表现了作家描绘人物时独特新颖的配色。"那天是清明节,桃红柳绿,细雨霏霏,人面桃花,女儿解放。奶奶那年身高一米六零,体重六十公斤,上穿碎花洋布褂子,下穿绿色缎裤,脚脖子上扎着深红色的绸带子。"⑤在描绘人物穿着上也采用了这样的手法,极具乡土气息。同时,也将女性爱憎分明、泼辣大胆的性格通过鲜明的色彩对比与之呈现。"秋风苍凉,阳光很旺,瓦蓝的天上游荡着一朵朵丰满的白云,高粱

---

① 莫言:《红高粱家族》,上海文艺出版社,2012年版,第2页。
② 同上书,第21页。
③ 同上书,第251页。
④ 同上书,第21页。
⑤ 同上书,第36页。

上滑动着一朵朵丰满的白云的紫红色影子。"①这里的"瓦蓝""白""紫红色"冷暖色调进行对比,描绘了一幅高粱成熟的壮观景象,具有强烈的画面感。在《丰乳肥臀》中"他伸出一根通红的粗大手指,在胸脯上画了一个十字,……他继续往上爬,爬到顶端,撞响了那口原先悬挂在寺院里的绿绣斑斑的铜钟。"②"通红"与"绿锈斑斑"形成了鲜明对比,取得显著的美感效果。"她看到一只生着粉红翅膀的蝙蝠在房梁间轻快地飞翔,乌黑的墙壁上渐渐洇出一张青紫的脸,那是一个死去的男孩的脸。"③以"粉红"来衬托"乌黑""青紫"更加深了男孩命运的悲惨,男孩的脸原本应该是粉红的,充满生机的,而今却变成了青紫。这样的对比,更好地激发读者的同情。

最后,莫言小说的色彩词并不仅仅是对事物原色的忠实描写,更是一种超常搭配,给读者造成陌生化的效果,从而构筑了一个丰富多彩的感性世界。这种"陌生化"就是使原本熟悉的对象,即那种普通人习以为常的场景变得陌生起来,使读者在欣赏的过程中感受到小说语言的新颖别致,并经过一定的审美过程完成审美感受活动。其实质是设法增加对艺术形式感受的难度,拉长审美感受时间,从而达到延长审美过程的目的。在经过这样"陌生化"的感触后,读者能够切身地体会到高密农村的独特。如在《丰乳肥臀》中有这样一段话,"他欲往南,经由横贯村镇的车马大道去樊三家,但走大街必走教堂门前,身高体胖、红头发蓝眼睛的马洛亚牧师在这个时辰,必定是蹲在大门外的那株遍体硬刺、散发着辛辣气息的花椒树下,弯着腰,用通红的、生着细软黄毛的大手,挤着那只下巴上生有三绺胡须的老山羊的红肿的奶头,让白得发蓝的奶汁,响亮地射进那个已露出锈铁的搪瓷盆子里。成群结队的红头绿苍蝇,围绕着马洛亚和他的奶山羊,嗡嗡地飞舞着。"④这里有大量的色彩词,"红头发""蓝眼睛""通红的,生着细软黄毛的大手"描绘了一个典型的中国人眼中的外国人形象。而"老山羊白的发蓝的奶汁",给人一种陌生的感觉,在形容事物白时,常用的形容有"白如雪""白如凝脂",继而让人产生一种疑惑:"羊奶为什么会白的发蓝","是不是作者刻意为之,还是独有的地方特色"在这样一个个疑问下,使人更加感触到高密农村的奇特。

## 二、莫言小说色彩词的搭配

色彩词作为莫言小说的重要语言形态,不仅表达视觉的接受反映,给读者以复

---

① 莫言:《红高粱家族》,上海文艺出版社,2012年版,第2页。
② 莫言:《丰乳肥臀》,上海文艺出版社,2012年版,第7页。
③ 同上书,第40页。
④ 同上书,第15页。

杂多样的审美体验，还常常超越其本身的视觉功能，具有塑造事物形象、营造特定氛围、叙述发展情节等的功能。

通过文本调查（详见附录部分），我们梳理出莫言十一部长篇小说色彩词搭配的某些规律（参考表2）。

表 2　莫言小说色彩词搭配情况

| 颜色 | 描述对象 |
|------|----------|
| 红 | 大褂、裤子、裙子、鞋子、闪电、血、光线、头发、眼珠、脸蛋、鼻子、手、椅子、制服、树枝、阳光、牙床、游船、木耳、皮肤、刀…… |
| 绿 | 裙子、裤子、眼睛、火花、光芒、血、脑浆、硝烟、鼻涕、脸色、海草、肠子、牙齿、游船、影子、兔子、月光、鱼卵、胡子、泪水、指甲…… |
| 蓝 | 裤子、眼睛、乌鸦、烟雾、血、火花、奶汁、帽子、头发、枪…… |
| 黄 | 光芒、血、浮萍、眼珠、眼圈、胡子、手、火苗、脸蛋、链子、裤子、嘴唇、钥匙、男孩、泥巴、殿阁、油脂、泪水、头发…… |
| 黑 | 风、帽子、袍子、烟雾、血、眼睛、脸色、皮带…… |
| 青 | 刀、肺、脸色…… |

具体而言，色彩词在塑造事物形象、营造特定氛围、叙述发展情节等方面，表现了其独特的功能。首先，在形象描写中，莫言在描绘女性服饰色彩时，常以红绿搭配为主。红褂子配绿裤子，绿衣配红花，红鞋绣绿花，这样大红大绿的搭配是极具地域性的。可以说，作家在进行文学创作时，创作思维时常会受到故乡人文因素和地域环境的影响，这也就赋予了其作品迥然不同的艺术个性与风貌。莫言在获诺贝尔文学奖后曾说过："我的故乡和我的文学是密切相关的，高密有泥塑、剪纸、扑灰年画、茂腔等民间艺术。民间艺术、民间文化伴随着我成长，我从小耳濡目染这些文化元素，当我拿起笔来进行文学创作的时候，这些民间文化元素就不可避免地进入了我的小说，也影响甚至决定了我的作品的艺术风格。"①而"红绿大笔抹，市上好销货；庄户墙上挂，喜样又红火；老头不喜欢，姑娘媳妇乐"的扑灰年画，为莫言小说中女性服饰的描写提供了很大的参考。身着大红大绿服饰的出场人物给读者眼前一亮的感觉，也将女性爱憎分明、泼辣大胆的性格通过鲜明的色彩对比与之呈现。如《红高粱家族》的奶奶戴凤莲，《檀香刑》的孙眉娘，《食草家族》的二姑奶奶，

---

① 邵纯生，张毅：《莫言与他的民间乡土》，青岛出版社，2013年版，第155页。

《十三步》的李玉婵等,她们是具有光辉的事迹,敢爱敢恨性格的女性形象,可以说是作者尊重欣赏的对象。但并非所有女性都有幸穿上这样色彩鲜明的服饰,如《十三步》的屠小英,她在丈夫死后禁止女儿穿红色的衣服,"我们应该为你爸爸戴孝,不能披红挂绿!"①

同样,莫言在描绘人物或动物的眼睛时,也常常选用"蓝色""绿色"这样冷色系的词。通过暗色调的描写,暗示了人物的紧张挣扎、深邃忧郁,同时也给读者营造了一种恐惧的氛围。作者虽然没有将人物或动物眼前所见之景进行细致的描绘,但是从他们眼神中发出的这样的神情,读者可以在脑海中再现出他们恐惧的模样,或是对方恐惧的神情。而"蓝""绿"这样一个暗色调的运用范围还有很多,如描写武器时,《檀香刑》中"校场边缘上那些大炮上蒙着的绿衣裳不知何时被剥去了,闪出了青蓝的炮身"②,《酒国》中"目不转睛地盯着那闪烁着蓝色光泽的枪身和黑洞洞的枪口"③等。如描写烟雾时,《红高粱家族》中"汽车尾部,一屁一屁打出深蓝色的烟雾"④,《食草家族》中"小老舅舅吸着洋烟,鼻孔里喷着蓝色烟雾说个不休"⑤等。

其次,在环境描写中,小说常以背离自然的色彩,将现实世界与魔幻手法相融合,营造出亦真亦假的审美意境。如对自然界"光"的描绘,在不同作品中的呈现可谓大观。《天堂蒜薹之歌》中"钢筋没有生锈,泛着青蓝色的幽光"⑥,《生死疲劳》中"河边浅水处已结了薄薄的冰层,泛着让人惊惧的刺目的蓝光"⑦,《食草家族》中"在碧绿的月光下"⑧"淡绿的阳光照耀着再生的鹅黄麦苗和水分充足的高粱棵子",⑨等等。这些"青蓝色的幽光""刺目的蓝光""碧绿的月光""淡绿色的阳光"是在现实生活中不可能出现的,完全是作者主观创造的魔幻、神秘色彩。因而当光景图出现时,这些非自然常态的、冷色调的色彩,便赋予了画面压抑且深刻的象征意义,引发读者的期待视野。为了描绘出这样一个光怪陆离的世界,冷暖色调的对比在莫言描写环境时也随处可见,如《天堂蒜薹之歌》中"眼前出现了监狱的高墙,高墙上的电网迸溅着蓝色的火花,那根红布条还挂在电网上"⑩,红色象征着对生命的

①　莫言:《十三步》,上海文艺出版社,2012年版,第155页。
②　莫言:《檀香刑》,上海文艺出版社,2012年版,第365页。
③　莫言:《酒国》,上海文艺出版社,2012年版,第161页。
④　莫言:《红高粱家族》,上海文艺出版社,2012年版,第58页。
⑤　莫言:《食草家族》,上海文艺出版社,2012年版,第115页。
⑥　莫言:《天堂蒜薹之歌》,上海文艺出版社,2012年版,第194页。
⑦　莫言:《生死疲劳》,上海文艺出版社,2012年版,第361页。
⑧　莫言:《食草家族》,上海:上海文艺出版社,2012年版,第227页。
⑨　莫言:《天堂蒜薹之歌》,上海文艺出版社,2012年版,第108页。
⑩　莫言:《红高粱家族》,上海文艺出版社,2012年版,第292页。

热情渴望,"红布条"暗含着对爬出高墙重获自由的渴望。而阴暗的蓝色却把人打入现实,面对监狱高墙上迸溅的蓝色火花,犯人只能消极等待。暖亮色与冷暗色的对比正是强烈的渴望与冰冷的现实之间的冲撞,两种色彩强烈的视觉对比,渲染出紧张的意境,也为高羊最后的悲惨命运做了铺垫。

最后,在情节描写中,色彩的起伏变化也极具特色。如《十三步》中"她的脸红扑扑的……她的微微噘起的上唇上有一撮绿油油的小胡子"①,《天堂蒜薹之歌》中"她的眼眯成一条缝,薄薄的上唇紧紧地绷起来,露出了鲜红的牙床和绿幽幽的牙齿"②,《红高粱家族》中"奶奶的血把父亲的手染红了,又染绿了;奶奶洁白的胸脯被自己的血染绿了,又染红了"③,《四十一炮》中"然后他就弯下腰,捂着肚子,满头大汗,绿色的、也有人说是暗红的汁液,从他的嘴巴里流出来"④,这些起伏变化的色彩,都给人眼前一亮之感。如果说,绿色象征着生机与希望,那么这里却给人一种恐怖、肮脏之感。莫言就是用这些独特的色彩搭配塑造着属于他的高密世界。此外,莫言情有独钟的红色,也被赋予了独特的生命内涵和审美效应。红,作为热血、生命、激情的表现色彩,最能体现原始经验意象。红色是狩猎、战争、人类繁衍的色彩特征,因此也就成为原始单色崇拜中最早最普遍的色彩。莫言对于红色似乎有着特别的敏感和偏爱,每部作品几乎都能够找到大量红色或近似红色的色彩语词,它不仅出现在小处,如红色的衣服,红色的夕阳,也出现在大处,如红高粱,红树林,使得天地一片暗红的"红蝗"等,这些红色和意象结合在一起,共同构成了莫言小说色彩世界的主色调。莫言笔下的红色或是象征希望,象征人世的温暖,象征着自己心中自由的感觉,或是搭配其他颜色如绿色、蓝色、黑色等,将希望与苦痛进行对比,给读者留下深刻的印象。

色彩词除了视觉功能外,还有着其它的附加功能。色彩词对于声音、嗅觉、触觉的描写有着别出一格的作用。关于声音描写,如《檀香刑》中"那孩子似乎叫了一声,似乎什么声音也没发出,就像一个黑色的小球,滚到河堤下面去了"⑤;关于嗅觉描写,如《十三步》中"这臭味是绿的,臭源是学生们的粪便"⑥"他迷蒙地望着袅袅上升的淡蓝色酒气,突然感觉到生活无比美好"⑦;关于触觉描写,如《丰乳肥臀》中"从他的幽蓝的眼窝里,伸出了两只生着黄毛的小手,正在抢夺我的食粮,我的心

---

① 莫言:《十三步》,上海文艺出版社,2012年版,第18页。
② 莫言:《天堂蒜薹之歌》,上海文艺出版社,2012年版,第270页。
③ 莫言:《红高粱家族》,第62页。
④ 莫言:《四十一炮》,上海文艺出版社,2012年版,第284页。
⑤ 莫言:《檀香刑》,上海文艺出版社,2012年版,第161页。
⑥ 莫言:《十三步》,上海文艺出版社,2012年版,第201页。
⑦ 莫言:《红高粱家族》,上海文艺出版社,2012年版,第294页。

里升腾着一缕缕黄色的火苗"①。不同感觉的描述加上色彩词这样一个视觉效果的补充,更能使读者"陷入"小说的"画面"中。

此外,色彩词还可以表达作品中作者蕴含的情感以及时代的内涵。可以说,这些色彩词已经不再是单纯描写事物的色彩,更多的是色彩意象之下深层次文化内涵的体现,通过这些色彩词将世界、作者、作品有机地结合在了一起。尽管色彩本身不带有情感,但是因为色彩的接触对象是人类社会,所以"色彩作为文化的载体往往代表某种象征,承担特定的含义。"②而如何理解这些色彩词的运用,必然需要读者的积极参与和主动感悟。

# 三、莫言小说的封面图像及其修辞效果

莫言对色彩的追求和重视,不仅仅体现在其小说的"正文本",还体现在对书籍这一"物"的生产过程中。特别是封面,作为读者接触小说的"第一面",它给读者的直观印象,将决定读者能否产生阅读兴趣。

借助封面这一"副文本",读者可以更加全面、准确地把握作者的创作动机,以及文学作品的精神意蕴。可以说,封面是书籍的最佳展示面,出版者需要在方寸之地体现作品的特性,在有限的图像中激发读者的阅读欲望与文学想象。当读者阅读完毕再次欣赏封面时,还能够加深对作品中人物、情节、主题的理解。所以,我们将以上海文艺出版社出版的《莫言长篇小说(全集)》为例,进一步探讨封面图像,特别是色彩所产生的修辞效果。

### 《红高粱家族》封面

封面以暗红色作为底色,红色的高粱占据了封面的大多数位置,在封面下方,有一个穿着红衣红裤的女人盘腿坐着,在她的上方一个男人正迈步向前走去。封面的色彩营造了一种轰轰烈烈、悲壮的氛围,但又表达了一种对旺盛生命力的张扬与向往。画中的女子在红高粱地中盘腿坐着,她伸出一只手,渴望着有人扶她一把,但在画面定格的这一顷刻间,没有人过来,她是无助的。在她身后高粱的茎秆枝叶都变成了红色,或是阳光,或是鲜血,或是战争。而男人转身离去的场景又为这个封面画增添了一丝凄凉与悲壮,他们之间的爱情轰动真挚,但又凄婉感人。可在男人面前还有更重要的事情等着他去完成,容不得片刻停留。

---

① 莫言:《丰乳肥臀》,上海文艺出版社,2012 年版,第 71 页。
② [日]淹本孝雄、藤迟映昭:《色彩心理学》,成同社译,科学技术文献出版社,1989 年版,第 73 页。

图1  《红高粱家族》封面                 图2  《丰乳肥臀》封面

### 《丰乳肥臀》封面

封面以红色作为底色,图中的人物有着丰满的乳房,肥硕的臀部,长长的手臂。在她的腹部处,有一个头朝她腹部的孩子。这样一个封面的设计非常符合小说的题目。这样一个女性形象有着丰满的乳房,象征着有富足的乳汁去养育下一代;她肥硕的臀部,象征着宽阔的盆腔可以让子宫孕育后代;而长长的手臂,象征着无论孩子在哪里,母亲的手都可以接触到他,让孩子感到温暖。通过这样一个形象的设计,让读者更加了解小说的内涵和主题。

### 《檀香刑》封面

《檀香刑》的封面色彩是最具冲突感。红色的嘴唇、眼珠、指甲,黄色的头发、牙齿和蓝色的皮肤,这样一个怪异的人物形象在视觉上就给人一种恐惧之感。当一支"香"刺向他的胸脯,他疼痛地大喊,张大了他鲜红的嘴巴,他的双手想要抱住自己的脑袋,这样一系列的动作流露出他的疼痛与惧怕。此外,他张大嘴巴或是想大喊减轻自己的痛苦,又或是高唱自己喜爱的猫腔,用声音诉说自己的过往。红色的血从蓝色的皮肤中流出,展现了一个鲜红的生命在痛苦中逐渐逝去的场景。而这样一个封面的设计,让读者对《檀香刑》到底是讲怎样的刑罚,到底有多残酷产生了阅读的兴趣。

图 3　《檀香刑》封面　　　　　　图 4　《红树林》封面

### 《红树林》封面

　　封面以绿色作为底色，描绘了一个五官精致的少女。她被困在红色的树木中，无法逃出这样一个束缚。在这片红树林中发生了许许多多的故事，这些树木目睹了红树林边上的悲欢离合，在红树林的外面充斥着权欲、钱欲、情欲、性欲的诱惑，而在红树林的里面可以得到安慰。通过这样的一个封面设计，让读者对红树林有了一个更深入的了解，在内外环境的对比中，凸显人物的命运。

### 《酒国》封面

　　封面以暗黄色为底色，在封面上方有一个嘴唇通红的人，在封面的下方是一个婴儿，在他们的中间横躺着一瓶酒和一个喝酒的高脚杯。封面中并没有过多的颜色，只有暗红、暗黄、褐色三种颜色，这样一个压抑的色调给人一种纸醉金迷之感。这样一个金黄色的遍体流油、异香扑鼻的男孩是这场酒宴上的菜品，而封面上方人物的红色嘴巴则是男孩生命终结的场所。在封面中，每个人物都只拥有一只眼睛，吃人的人是左眼，而男孩是右眼，他们的眼睛都是褐色的眼珠红色的眼圈，他们似乎存在着某种联系，但是在这样一瓶酒的隔绝下，这种关系已经不复存在了。

图 5 《酒国》封面

图 6 《天堂蒜薹之歌》封面

### 《天堂蒜薹之歌》封面

封面以黄色为底色，四根绿色的蒜薹深深扎根于黄土地，有两个人伸出双手试图将它们拔出，但却牢牢地被蒜薹拽住。黄色的土地并未给农民们带来希望，生长出的绿色的蒜薹也成了他们噩梦的来源。这样黄绿的对比，更加突出了农民生存的苦难。在他们两个人的眼中更多的是绝望与无奈，皱纹已爬上他们的眼角，即使是身强体壮，但连夜等待蒜薹出售，也让他们憔悴不堪。在风吹日晒中，他们的肤色比土地的颜色更深，但为了生存，只得紧紧依靠土地。

### 《蛙》封面

封面以绿色为底色，一只巨大的暗黄色的手紧紧抱住一个像蛙一样趴着的通体发红的孩子。封面并非只有红绿两色，而是加入了暗黄色作为调和，使得整体画面更加和谐统一。这个封面不禁让人疑问，这只手是谁的，而这个孩子又是谁？在阅读文本后，就会发现，这只巨大的手或是来自"我"的姑姑，一个妇科大夫，她用她的这双手接生了一个又一个孩子。这只巨大的手又或是姑父的手，"我明白，姑姑是将她引流过的那些婴儿，通过姑父的手，一一再现出。我猜测，姑姑是用这种方式来弥补她心中的歉疚"①通过姑父那双巧手，将一个个死去的婴儿捏成泥像，以

---

① 莫言：《蛙》，上海文艺出版社，2012 年版，第 270 页。

此来慰藉自己的内心。这个像蛙一样趴着的孩子是千千万万个孩子的象征,他通体红色、双手紧趴地面是对生命的渴望与追求,但残酷的事实使得他面临的只有死亡。蛙是一种生殖能力极强的动物,而"蛙"又与"娃"同音,用蛙的形状,也展现了对生命繁衍不息的向往。

图7　《蛙》封面

图8　《食草家族》封面

### 《食草家族》封面

封面以黄色为底色,封面的上方是绿色的硕大的叶子,画中有一个穿着红褂子、蓝裤子、蓝鞋子,戴着暗红礼帽的人,他的穿着是极具地域性的,而在这个人的旁边有几朵红色的飞花。同样是黄土地上生长出绿色的作物,而这些绿色也没有带给农民希望。文中写到"一语未了,就听得眼下那团膨胀成菜花状的东西啪嗒一声响,千万只蚂蚱四散飞溅……"[①]蚱出土的样子。通过这样一个场景的描绘,蚂蚱的红、植物的绿、土地的黄,将生活在这块土地上的人们对大自然的爱与恨,敬畏与恐惧直观简明地描绘出来。

### 《十三步》封面

封面中有两个人,他们站在蓝色的球面上,背后是一片褐色的天。他们一个人

---

①　莫言:《食草家族》,上海文艺出版社,2012年版,第27页。

的头是铜钱,而另外一个人的胸前有一本书,在他们周围有开满眼睛和铜钱的绿色植物。乍看这样一个封面,给人一种怪异荒诞的感觉。蓝色的地面不免让人联想起他们生活在地球之上,但背后的褐色给人以无尽的遥不可及与陌生。而这两个人一个的头是黄色的铜钱,可以很容易联想到他爱财,而另外一个人在封面画中并没有出现头部,只是他的胸前有一本书,由此可以推测他对学问的追求。而在阅读后发现,物理老师方富贵在死而复生后整容成另一个物理老师张赤球,整容后的方富贵代替张赤球在学校给学生上课,而张赤球外出做生意赚钱,尽管他们有一张一模一样的脸,但不同的是张赤球追求的是钱,而方富贵追求的是学问。在作品中有这样一段话,"屠小英从背后拽住了他,说:'求求你,别从门口走,到处都是眼睛,你,还是从墙洞里钻回去吧!'"[①]这在封面画中有很好的体现。画中的植物就象征着当时的社会,到处都充斥着金钱的诱惑和他人的监视。

图 9  《十三步》封面          图 10  《四十一炮》封面

### 《四十一炮》封面

封面以黄、绿为背景,在画面中有四个光头的孩子,他们张开红色的大嘴,似乎想要吞噬又或者是诉说。小说通过狂欢化的诉说,重构了主人公的少年时光。主人公的童年是渴望肉中度过的,无论是睡觉做梦还是睁眼做事,他都想象着别人正

---

①  莫言:《十三步》,上海文艺出版社,2012 年版,第 308 页。

在吃肉或是自己可以吃到肉。而残酷的现实使得他吃肉这个愿望一直落空。他的母亲为了省钱造房买车,带着他天天吃素,这种日子使得他对肉有着强烈的欲望。封面中的人物张大嘴巴时,他是微笑的,这会的他想象着自己吃着肉,从心底发出微笑。在人物的后面是黄与绿交替的背景,也象征着主人公在肉食与素食之间的徘徊。

### 《生死疲劳》封面

封面以黄色作为底色,蓝色的牛、绿色的猪、灰色的驴、红色的太阳和鲜血呈现在画面中。暗色调的物体和暖色调的背景形成对比,更加突出了景物色调的怪异。用夸张的颜色来形容这些动物,给读者以奇特的视觉感受,从而使读者也能感受到文本内容的奇特性。蓝色的牛、绿色的猪、灰色的驴这些在现实生活中难以想象到的场景,但在莫言小说中却是十分常见的。小说通过讲述这些动物的故事描绘了中国乡村社会的蜕变历史,为读者呈现出一部重构宏大叙事艺术的长篇巨著。

图 11　《生死疲劳》封面

通过对这些作品的封面解读,进一步使读者了解作品传达的主旨。文学的场景描写在读者脑海中呈现的样式不可能完全一致,因为每个人因为思考、阅历的不同都会产生自己的想法,而这样的封面画给了读者一个参考,为读者在天马行空的想象中提供了一个互相对照的空间。

如果说小说为我们呈现的是一个个曲折生动的故事，那封面定格的就是故事中最重要的那一瞬间。设计者在绘制封面时，巧妙地运用了色彩特有的形象塑造、情调渲染、情感表达等功能再现那一瞬间的精彩。一个成功的封面色彩设计应该与书籍的主题内容保持一致，故此，在小说封面设计初期就需决定用何种主色调突出主题内容。值得一提的是，《红高粱家族》封面的红色主调与小说中那无边无际的红高粱、那坚韧不屈的民族精神相吻合；《天堂蒜薹之歌》封面的绿色主调也与蒜薹本身的颜色，以及当时农民的生存状态相贴切。在确定封面的主色调后，接下来就要考虑用什么颜色进行整体色彩的搭配与调和。我们通览以上封面不难发现，设计者在绘制时，或采用同色调协调的方式，或选择对比色调衬托的手法。这样的组合运用，给人以视觉上的夺目效果。在这些小说封面中，设计者有着以下几种色彩搭配：红、红黄、红绿、红蓝、红黄蓝、红黄蓝绿、黄绿、黄蓝绿。如《蛙》封面红色和绿色的色彩搭配对比强烈，能使读者体会到鲜活生命与残酷现实之间的撞击感。而加上暗黄色的点缀，会更突出这是发生在炎黄子孙身上的真实事件，产生画龙点睛的艺术效果。这些色彩搭配丰富且对比强烈，兼具浓郁的乡土气息和强烈的魔幻意味，能让读者产生较强的阅读兴趣。

我们当下处于"图像时代"，网络阅读以它交互式、对话式的特点，以及快速高效、视觉图像丰富直观的优势，逐渐影响着我们的日常生活，继而使得纸质阅读越来越淡出我们的视野。那么，如何使纸质阅读重回大众视野，如何通过封面的设计让读者重拾阅读兴趣，这值得文学研究界乃至整个社会的进一步思考。

**附录：**

表3 《红高粱家族》色彩词使用情况

| 色彩 | 分类 |
|---|---|
| 红 | 红、大红、赤红、鲜红、紫红、深红、黄红、血红色、暗红、花红、浓郁红、桃红、微红、肉红色、绯红、亮红、黑红、黝红 |
| 绿 | 绿、黑绿、鹅绿色、鲜绿、绿毡、深绿色、墨绿、红红绿绿、绿油油、灰绿色、青绿、绿色、干绿、淡绿、草绿、新绿、碧绿、深绿色、翠绿、葱绿、浓绿、暗绿色、柳绿、灰绿色、葱绿 |
| 蓝 | 蓝白色、幽蓝色、宝蓝色、深 蓝色、灰蓝、瓦蓝、红蓝、暗蓝、蓝蓝、蓝汪汪、宝蓝色、黝蓝、灰蓝色、蔚蓝、深蓝、钢蓝色、湛蓝 、蓝蓝绿绿、天蓝色 |
| 黄 | 黄红、杏黄、昏昏黄黄、焦黄、土黄、灰黄、红黄、黄灿灿、金黄、昏黄、黄褐、金黄、青黄、黄色 |

| 色彩 | 分类 |
|---|---|
| 黑 | 黑、黑墨、黑色、乌黑、漆黑、黝黑 |
| 青 | 青白、青色、铁青色、青蓝蓝 |

**表4　《丰乳肥臀》色彩词使用情况**

| 色彩 | 分类 |
|---|---|
| 红 | 粉红、紫红、殷红、通红、黑红、血红、赤红、枣红、鲜红、红艳、红红、红色、朱红、大红、潮红、猩红、烧红 |
| 绿 | 绿色、葱绿、绿油油、碧绿、花花绿绿 |
| 蓝 | 蓝色、湛蓝、簇蓝、瓦蓝、幽蓝、浅蓝、蓝白、淡蓝、青蓝、泛蓝 |
| 黄 | 金黄、昏黄、黄色、杏黄、鹅黄、枯黄、桔黄、酱黄、淡黄、焦黄、土黄 |
| 黑 | 黑色、黑油油、黑红、黑乎乎、黑瘦、乌黑、黝黑、黑糊糊、黑洞洞、黑压压 |
| 青 | 青紫色、青溜溜、青油油、青蓝 |

**表5　《檀香刑》色彩词使用情况**

| 色彩 | 分类 |
|---|---|
| 红 | 通红、红殷殷、樱桃红、紫红、血红、鲜红、红蓝、红红黄黄、枣红、红扑扑、黑红、微红、大红、粉红、朱砂红、酱红、暗红、赤红 |
| 绿 | 翠绿、碧绿、豆绿色、新绿、绿油油、花花绿绿 |
| 蓝 | 瓦蓝、红蓝、天蓝色、青蓝、湛蓝、浅蓝 |
| 黄 | 嫩黄、黄色、红红黄黄、焦黄、蜡黄、金黄、黄褐、杏黄、黄乎乎、红黄、鹅黄、昏黄 |
| 黑 | 漆黑、黑洞洞、黑压压、黑色、黑糊糊、黑红、黑黝黝、乌黑、黑黢黢 |
| 青 | 青紫、青色、青蓝、青白、雪青色、青油油 |

**表6　《红树林》色彩词使用情况**

| 色彩 | 分类 |
|---|---|
| 红 | 红色、紫红、通红、粉红、鲜红、红黄 |
| 绿 | 绿色 |

续表

| 色彩 | 分类 |
|---|---|
| 蓝 | 天蓝、蓝色、灰蓝 |
| 黄 | 金黄、金黄黄、红黄、黄灿灿 |
| 黑 | 黑色、黑油油、漆黑、黑乎乎、黑黑 |
| 青 | 雪青色、豆青色、青紫 |

**表 7　《酒国》色彩词使用情况**

| 色彩 | 分类 |
|---|---|
| 红 | 粉红、暗红、通红、枣红、红红绿绿、红彤彤、紫红、红扑扑、橘红、血红、金红 |
| 绿 | 红红绿绿、深绿、绿色、翠绿、碧绿、绿油油、浅绿 |
| 蓝 | 蓝色、淡蓝、蔚蓝、深蓝、幽蓝 |
| 黄 | 焦黄、黄色、黄澄澄、浅黄色、金黄、淡黄、棕黄色、米黄、昏黄、枯黄 |
| 黑 | 黑色、乌黑、青黑、黑油油、黑洞洞、亮黑、黑乎乎、暗黑、黢黑 |
| 青 | 青黑、青幽幽、青白、青青、青翠、青紫 |

**表 8　《天堂蒜薹之歌》色彩词使用情况**

| 色彩 | 分类 |
|---|---|
| 红 | 鲜红、黑红、暗红、枣红、通红、青红、红彤彤、棕红色、紫红、红黄、深红、血红、红绿、微红 |
| 绿 | 绿色、绿绿、碧绿、深绿、花花绿绿、绿油油、绿幽幽、绿莹莹、翠绿、青绿、红绿 |
| 蓝 | 蓝色、淡蓝、蓝汪汪、湛蓝、瓦蓝、深蓝、青蓝 |
| 黄 | 黄色、金黄、焦黄、微黄、浅黄、黄澄澄、苍黄、枯黄、灰黄、红黄、嫩黄、橘黄、杏黄、昏黄、蛋黄 |
| 黑 | 漆黑、黑黑、黑红、黑黢黢、乌黑、黑森森、黑油油、黑鸦鸦、黑糊糊、黑洞洞、黧黑 |
| 青 | 青色、青紫、青红、郁青、乌青、青白、青蓝、青绿 |

表9　《蛙》色彩词使用情况

| 色彩 | 分类 |
| --- | --- |
| 红 | 红色、通红、暗红、紫红、红蓝、大红、砖红、粉红、赤红、鲜红、酱红、红扑扑、红绿 |
| 绿 | 绿色、花花绿绿、大绿、碧绿、红绿 |
| 蓝 | 湛蓝、红蓝、淡蓝、蓝色、灰蓝 |
| 黄 | 浅黄、蜡黄、焦黄、金黄、土黄、鹅黄、杏黄 |
| 黑 | 黑色、乌黑、暗黑、黑乎乎、漆黑、黝黑 |
| 青 | 青紫、乌青 |

表10　《食草家族》色彩词使用情况

| 色彩 | 分类 |
| --- | --- |
| 红 | 火红、通红、鲜红、紫红、暗红、赤红、血红、粉红、黑红、朱红、玫瑰红色、嫣红、红褐色、深红、黯红、红扑扑、红殷殷、烧红 |
| 绿 | 黑绿、绿色、浓绿、黄绿、墨绿、青绿、碧绿、翠绿、灰绿、花花绿绿、干绿、绿油油、绿幽幽 |
| 蓝 | 天蓝、青蓝、蓝色、蓝汪汪、暗蓝、蔚蓝、蓝幽幽、宝蓝、黝蓝、淡蓝、深蓝、蓝瓦瓦、灰蓝 |
| 黄 | 金黄、杏黄、土黄、昏黄、淡黄、浅黄、灰黄、焦黄、黄漫漫 |
| 黑 | 黑绿、黑森森、黑红、乌黑、幽黑、骏黑、黑油油、漆黑、白黑、黑溜溜 |
| 青 | 青紫、青蓝、青青、青白、青绿、青翠、青黄 |

表11　《十三步》色彩词使用情况

| 色彩 | 分类 |
| --- | --- |
| 红 | 红白、血红、通红、鲜红、粉红、火红、红彤彤、桃红、橘红、金红、潮红、红得发绿、酱红、黑红、绯红、臧红、深红、大红、赭红、嫣红、酡红 |
| 绿 | 绿油油、碧绿、花花绿绿、豆绿色、绿茸茸、翠绿、似黄又绿、红得发绿、绿幽幽、淡绿、浅绿 |
| 蓝 | 蓝色、浅蓝、白里透蓝、蓝晶晶、宝蓝、湛蓝、深蓝、天蓝、碧蓝 |

续表

| 色彩 | 分类 |
|---|---|
| 黄 | 黄色、金黄、昏黄、橘黄、米黄、浅黄、似黄又绿、枯黄、菜黄、淡黄、焦黄、酱黄、嫩黄、杏黄、灰黄 |
| 黑 | 漆黑、黑洞洞、乌黑、黑油油、焦黑、黑红、黑白相间、黑压压 |
| 青 | 青白、青青、铁青色、青紫 |

**表 12　《四十一炮》色彩词使用情况**

| 色彩 | 分类 |
|---|---|
| 红 | 紫红、红彤彤、砖红、鲜红、橘红、通红、暗红、火红、红黑、金红、紫红、酱红、白里透红、赭红、黑里透红、粉红、红扑扑、大红色、红蓝交叉、半青半红、黑红、赤红、猩红、红色 |
| 绿 | 绿色、翠绿、绿油油、碧绿、草绿、墨绿、花花绿绿 |
| 蓝 | 蓝色、蓝汪汪、蓝白相间、红蓝交叉、青蓝、天蓝、浅蓝 |
| 黄 | 土黄、浅黄、焦黄、金黄、黄澄澄、橘黄、杏黄、土黄、米黄、蜡黄、干黄、黄色 |
| 黑 | 黑色、漆黑、红黑、黑白、黑黢黢、黑里透红、纯黑、乌黑、黑乎乎、黝黑 |
| 青 | 青白、青紫、青灰、青色、青蓝、半青半红、青青 |

**表 13　《生死疲劳》色彩词使用情况**

| 色彩 | 分类 |
|---|---|
| 红 | 橘红色、鲜红、赤红、赭红、紫红、通红、大红大绿、粉红、深红、白白红红、红通通、血红、暗红、火红、红蓝、红绿、红艳艳、青红、红红、大红、红色 |
| 绿 | 碧绿、大红大绿、草绿、墨绿、灰绿、绿油油、花花绿绿、黄绿、浅绿、嫩绿、绿色 |
| 蓝 | 蓝色、蓝汪汪、浅蓝、纯蓝、青蓝、黑蓝、深蓝、湛蓝、蓝悠悠、蓝荧荧、红蓝、幽蓝、蔚蓝 |
| 黄 | 黄色、微黄、蜡黄、枯黄、苍黄、黄橙橙、焦黄、金黄、纯黄、米黄、干黄、土黄、赤黄、青黄、黄褐、草黄、橘黄、黄绿、杏黄、昏黄 |

| 色彩 | 分类 |
|---|---|
| 黑 | 乌黑、黑色、黝黑、黑洞洞、黑森森、漆黑、黑蓝、黑油油、黑黝黝、黑白、黑乎乎、黧黑、青黑 |
| 青 | 青紫、青蓝、青色、靛青、青青、青黄、青黑、青红、青白、乌青 |

作者简介：

谢静漪，江苏常熟人，就职于常熟市中学，研究方向为语文学科教学论。

学术纵横

# 北京大学"东方文学图像"系列讲座纪要

周　佳　熊　燃　王　萱　王乐乐　李玲莉　吴小红

## 北京大学"东方文学图像"系列讲座第十三讲

2018年10月12日下午,由北京大学东方文学研究中心主办、国家社科基金重大项目"古代东方文学插图本史料集成及其研究"课题组承办的北京大学东方文学图像系列讲座第十三讲"西藏唐卡制作传统工艺"在北京大学外国语学院新楼301会议室举行,主讲人是甘肃省甘南州玛曲县文化馆的唐卡画师加华先生。北京大学东方文学研究中心暨南亚学系陈明教授主持讲座,数十位师生参加了本次活动。

加华先生首先介绍了个人师承和勉唐画派的简短历史。他本人自六岁开始跟随爷爷学习西藏勉唐派唐卡绘制工艺,家族素有唐卡绘制的传统。勉唐派在西藏众多的绘画派别中可谓是最年轻的一派。它的创始人是15世纪的勉拉·顿珠加措,他和钦则派的创始人钦则钦莫都师从于后藏地区著名的画师桑巴·扎西杰布。勉拉·顿珠加措不仅绘画技艺超群,还独创一派,编写了一部绘画、雕塑艺术著作《造像量度如意宝》。

接着,加华先生介绍了拜师学艺的传统和唐卡绘制的基本功。画师和学徒通过亲友的恳请推荐而互相联系,建立师徒关系。画师免费倾囊相授,对学徒的道德品格要求极高。此外,画师还要求学徒尊师重道。具体来说,要敬重上师,诚心皈依藏传佛教,掌握藏语文,在唐卡制作过程中在身语意三方面要纯净无染。第一次教学的时间选在一个吉日的早上。除了绘画工具外,学生还要准备一条洁白的哈达以表礼数。学徒向画师磕三个响头后,就开始正式的学习。

初始阶段,学生在墨板上进行绘画练习。墨板是涂满黑色墨水的木板,上涂酥油或清油,以及炉灰。在墨板上作画,稍一不慎,便会将先前所画的擦掉,因此这一练习可以提高学生的专注度。最开始通常是在画好十字中心线的墨板上学画释迦牟尼的头像。这一阶段的练习大概需要两到三个月,只有练好了才能进行下一步的学习。下一步学习画肉身像,即不穿法衣的尊像。先学释迦牟尼的肉身像,之后再学相对复杂的四臂观音、度母、金刚手等的肉身像。这一阶段要求掌握度量经的比例要求。学生掌握画肉身像的方法后,进一步学习有法衣的尊像,之后再学习景物以及尊像身上的装饰。画师根据自己对于学生水平的满意程度决定学生是否开始纸上的作画练习。纸上练习阶段,作画内容的学习顺序与墨板阶段一样,但不再使用简单的十字中心线,而是要绘制精细的格位,度量要求更精密。为了让听众们对学画的过程有更生动的了解,加华先生还展示了一些学生的纸上作画练习。

接下来,加华先生介绍了唐卡绘制的几个重要步骤。制作画布:画布的大小根据作画的内容决定。将与细竹竿缝合的画布固定在画框中后,要涂上黏胶和白浆水,再用石头多次打磨,以使画布洁白、光滑、防蛀。制作颜料:颜料主要分矿物质颜料和植物颜料两类。矿石颜料主要有白、黄、红、青、绿五种颜色,它们被称为基础色。其余的色彩需要用基础色互相搭配而成,称为副色,一般有三十二种。制作画笔:有一些画笔市场上买不到,需要自己制作,这也是画师教学的一项内容。笔头使用棕熊、马、狼等动物的毛。制作笔头的技艺颇为复杂,依赖口耳相传,会的人不多。制作好笔头后,将笔头的一端加上黏胶,使用辅助工具固定到笔杆上。给画布上色:要注意涂抹均匀,上色顺序是从外缘到中心,从大块到小块。涂抹完基本的颜色后,有一道醒色工艺。醒色分干湿两种,以湿为主,主要处理的区域是祥云、莲花、天空、佛光、五官等,制造出颜色过渡的效果。接着是勾线定型。主尊的背光以及服饰的纹理图案,则需要描绘金线。最后是开眼,即描绘出尊像的五官。如果一名学徒能够独立给尊像开眼,可算是学有所成。画作完成后,需要进行装裱。装裱的尺寸有讲究,需要考虑整体的视觉效果。装裱的最后一步是在画布背面对应主尊额头、脖子、胸口的部位分别写上"嗡""阿""吽"三个字,以净化画师在作画过程中可能有过的一些不净的想法或行为。绘制一幅唐卡,需要画师在身语意三个方面的投入,要尽可能地发挥自己的能力,绘制时要背诵经文,思想上要绝对虔诚。

在场的师生听了加华先生的报告后,都表示受益良多,并进行了讨论。讲座在良好互动的氛围中圆满结束。

(中心)

# 北京大学"东方文学图像"系列讲座第十四讲

2018 年 10 月 14 日 16 时 30 分,由西藏拉萨象藏唐卡艺术中心唐卡画师曲江扎西带来的题为"西藏唐卡各画派绘画风格赏析"的讲座在北京大学外国语学院新楼 501 会议室举办。北京大学东方文学研究中心教授、南亚系系主任陈明主持讲座,中国社会科学院民族学与人类学研究所研究员廖旸进行评议,来自全国各地高校的近三十位学者、外国语学院数十位师生参加了讲座。此次讲座是北京大学东方文学图像系列讲座第十四讲,也是北京大学第二届"文学与图像"学术论坛的活动之一。

曲江扎西是勉唐派唐卡画师,师承自父亲加华,在唐卡绘画上有相当的造诣。他首先介绍了唐卡的表现主题和内容、唐卡的创作人员和师承传统,以及唐卡的功用和使用范围。唐卡可表现的内容很多,佛本生故事、本事故事、文学故事、史诗故事、历史场景、著名宗教人物、国王、本地神话传说等都可以作为唐卡描绘的内容。唐卡多由佛教出家弟子创制,一方面显示崇敬;另一方面,因为唐卡绘制技艺传授上多采取传统的师徒传承方式,老师也不愿意把绘画技法传授给俗弟子。不过近年来随着唐卡绘画学校慢慢创建,这一状况也发生了一定的改变。唐卡最基本的使用目的就是顶礼膜拜,因此多挂在寺庙、僧人的僧房和俗弟子的家中。

目前较为大家公认的唐卡流派主要有五个,依照出现的时间先后,分别是尼泊尔画派(7世纪)、齐吾岗巴画派(13世纪)、钦则画派(15世纪)、勉唐画派(15世纪)和噶赤画派(16世纪)。曲江扎西画师以精炼的语言结合丰富的实物照片,生动、清晰地介绍了各画派的艺术特色。

西藏地区原本没有成型的绘画艺术,直到7世纪佛教传入西藏,大兴修建寺庙之风,新修寺庙中的壁画、塑像都是来自尼泊尔或中原地区的巧匠所制,因此在模仿尼泊尔绘画作品的过程中,产生了"尼泊尔画派",之后逐渐发展成为唐卡和壁画两种成熟的绘画艺术。尼泊尔画派的作品通常造像较为简单,身形僵硬,衣物少甚至是裸体,饰物沉重感强,背景简单;画面中央为主佛,客佛安排在四周整齐的方格内。

齐吾岗巴画派于13世纪由活佛雅堆·齐吾岗巴创立,流行于卫藏地区。这一画派在尼泊尔画派的基础上发展而来,人物肢体描绘趋于流畅自然,服装更富有变化,绘画笔触细腻,色彩大为丰富,背景装饰图案缜密。

创立于15世纪中叶之后的钦则画派主要流行于后藏和山南地区,创始人是贡嘎岗堆·钦则庆莫。这一画派在构图上继承了齐吾岗巴画派的特点,擅长绘制怒相神和坛城;人物刻画精妙,造型丰满圆润,肢体相比之前的画派有强烈的动感;背景装饰图案繁密华丽,背景中出现了自然风景;色彩饱满,配色细腻,善用对比色,总体而言具有很强的装饰性。

勉拉·顿珠加措创立的勉唐画派是藏区15世纪后影响最大的绘画流派,主要流行于卫藏地区。创始人顿珠加措不仅绘画技艺精湛,而且在艺术理论方面颇有建树,其所撰《造像度量如意宝》一书作为绘画及造像的度量标准,为各画派所用。此画派造像法度精严,线条工整流畅,色调丰富活泼,背景装饰进一步丰富。17世纪,新勉唐画派创立,开辟了一代新风。

噶赤画派形成于16世纪下半叶,17世纪以后走向繁荣,主要流行于康区一带。其创始人南喀扎西将勉唐画派传统技法与印度金铜塑像的直接模写结合,人物造型优美自然、大胆夸张，背景描绘和色彩运用等方面则吸收了汉地明代工笔画表现手法，偏重青绿，雅逸清丽。

曲江扎西画师还介绍了集中体现藏民族追求色彩韵律之审美趋向的赤唐、金唐、黑唐等唐卡绘画类目，这些类目中色调组合服从于表现主题的需要，给人以和谐的审美感受。

在提问环节中，曲江扎西画师耐心回答了听众的问题。在唐卡与壁画的关系上，他回答称唐卡与壁画是西藏美术的两朵奇葩，在绘画理论、绘图技法、图像规范等方面具有许多共通之处，一部分壁画是先绘制在画布上、再贴在寺庙的墙壁上的；另一部分则是直接绘制于墙壁上，这部分壁画要格外注意颜料的调制，防止色彩剥落。回答勉唐画派之贡献的问题时，他答称，其艺术理论被现在各唐卡画派所遵从，目前唐卡中造像的度量比例均遵从《造像度量如意宝》一书。曲江扎西画师还携带了一幅装裱好的勉唐画派绿度母唐卡，现场带领听众领略其艺术风貌。

最后，讲座在热烈的讨论中圆满结束。

（周佳）

## 北京大学“东方文学图像”系列讲座第十五讲

2019 年 3 月 21 日下午 2 点，北京大学东方文学研究中心、北京大学外国语学院南亚学系邀请中国社会科学院民族学与人类学研究所廖旸研究员前来作了题为“11—15 世纪佛教艺术中的神系重构——以星曜佛母为中心”的讲座。此次讲座是北京大学东方文学图像系列讲座的第十五讲，也是国家社科基金重大项目“古代东方文学插图本史料集成及其研究”课题组的系列读书班活动之一，由北京大学东方文学研究中心主任、北京大学外国语学院陈明教授主持。中国社会科学院世界宗教研究所陈粟裕博士、北京大学外国语学院东南亚系教师张哲博士、熊燃博士和多名硕博研究生积极前来，参加了此次讲座活动。

廖旸研究员首先从学术史的角度介绍了星曜佛母（Grahamatṛkā）图像志的三种基本类型划分，在前人研究的基础上，从文献源头、不同宗派的修持仪轨和教法传承体系，梳理了前两种图像志类型（Ⅰ型和Ⅱ型）各自的发展轨迹和大致的年代、地区分布，并论及了《圣曜母陀罗尼经》的汉译本和星曜佛母图像及相关仪轨在汉地的影响。接着，她以星曜母的神格化过程为线索，首先从词源学角度出发讨论了从梵文matṛkā到汉文“母”一词的人格化过程，并推测该词与阴性名词“陀罗尼”在意义上的相关性。然后，列举大量艺术史材料并结合《作法集成》《曜母供仪》《第三品事续部曼荼罗安立·诸曜母曼荼罗》等文献资料，以西夏黑水城星曜曼荼罗中出现的诸神祇图像、序列方位及功能为起点，对比现存各种《金刚鬘》图中可以找到的星曜佛母图像及其于坛城中所居位置,并与西藏江孜白居寺中的星曜佛母塑像及殿绘曼荼罗壁画进行比照分析,勾勒出 12—15 世纪在从尼泊尔到西夏、西藏及至汉地等多个地区佛教艺术的兴盛和密宗各教派文化的流行下,星曜佛母从陀罗尼咒最终人格化为一种具有特定图符内涵、供养仪轨、星学背景和传承体系的图像类型的历史过程。接下来,廖旸研究员又将在各种图像文献中与星曜佛母在同一语境下出现过的五护佛母、大孔雀佛母、直日七女神、白伞盖佛母、斗母等神祇的图符特点、位置及功能进行了列举,并说明了它们同星曜佛母之间的关联,由此从信仰内涵的角度展现了星曜佛母图像流经地区的文化勾连,以及这些神格在各自文化内职能与位置的扩充与调整,并涉及图像传统的继承、创造与发展。在余论部分,廖旸研究员又结合汉译密教文献及敦煌的《护诸童子女神符图》等材料,指出星曜佛母与印藏佛教中用来医治疾病的各种童子陀罗尼经中"曜母鬼"信仰的可能性关联,并尝试勾勒出从带来祸患疾病的鬼魅(Grahā,揭啰诃)改变为平息祸患、祛除疾病、延长寿命的女神,星曜佛母在人格化过程中其身份的重大调整。

　　廖旸研究员此次讲座展示了她近些年来对"11—15 世纪佛教艺术中的神系重构"问题持续关注的最新研究发现。这是系列研究的第三篇,前两篇分别以炽盛光佛和白伞盖佛母为中心,已经刊发于沈卫荣主编《大喜乐与大圆满——庆祝谈锡永先生八十华诞汉藏佛光研究论集》(中国藏学出版社,2014 年)和《故宫博物院院刊》(2016 年第 5 期)。本篇在思路上继续沿着图像志研究的方法,"对形象背后神祇之间的关系与意义进行探究",以揭示"同一本体在不同文化体系中的增衍变化"及其内在规律。本讲座有助于我们深入理解宋元以来印、汉(含藏、西夏、蒙古)宗教与文化的复杂关系,也有助于我们从图文关系的角度具体理解佛教神祇图像的生成、演变和流传的复杂过程。

　　陈明教授对廖旸研究员的讲座做了提纲挈领的总结,指出该项研究虽然所用材料以尼泊尔和西藏地区的为主,但是其所涉及的文化体系并不单一,而探讨某一神祇或某一类神符的衍变过程,本身就是涉及多种文化体系的非常复杂的工作。在医疗与星学方面,若从印度教的文献切入,还可能可以找到更多的线索。另外,在藏传《四部医典》和藏译的《八支心要集》等典籍中,也有不少有关 Grahā 的资料。在图像资料方面,关于七母神和星神的印度资料也还可以继续挖掘。在印度史籍资料之外,还可以从房山石经等刻本资料、敦煌的佛经目录再去寻找线索,日本(除《大正藏》图像部之外)也还有可供进一步挖掘的资料。

　　张哲博士从东南亚佛教艺术的角度进行了补充,她指出,密教在 12—14 世纪的缅甸及东南亚其他佛教地区也是普遍存在的信仰宗派,其造像特征上与印度的帕拉(波罗)艺术存在很深的渊源关系,尼泊尔的Ⅲ型星曜母木雕在造像形态上似乎令人联想到东南亚地区的一些戴冠型佛教造像。熊燃博士进一步补充了印度教对泰国地区神祇系统的影响，提出一些印度教和佛教所共有的神名在泰语中的词语形态和文献中所出现的语境，可能暗示着更多源自印度教的影响成分。陈粟裕博士也积极参与了讨论。此次讲座在愉快的切磋中顺利结束。

（熊燃）

# 北京大学"东方文学图像"系列讲座第十六讲

2019 年 4 月 10 日，北京大学东方文学图像系列讲座第十六讲在北京大学外国语学院新楼 401 会议室成功举办。此次讲座题为"从山西水神庙壁画谈中国'语音—图像'的对应"，由北京大学艺术学院李松教授主讲，北京大学东方文学研究中心主任暨南亚系主任陈明教授担任主持人。

李松教授以山西省洪洞县水神庙为例，分析了中国肇始自汉代的"吉祥图像"这一艺术传统。他认为，吉祥图像最终达到了"语意—语音—图形—字形"的结合，体现了通过语音、语意连接起来的"文—图"关系，使中国艺术体现出与西方全然不同的特色。

李松教授首先对山西省洪洞县霍山脚下的水神庙进行了介绍。由庙内石碑可知，此庙始建于元代，重修完工于明代，现存壁画内容丰富、保存完整，并有与庙宇配套建设的戏台和公平分配水源的水利设施，呈现出 14 世纪初期一个北方山村精神生活与社会生活的和谐景象。庙内的部分壁画描绘了历史故事、民众对水神的想象等，但还有一些壁画或壁画中的部分元素，初看似乎与水神庙没有直接联系，但其中藏着语音对应的密码。如东壁北侧的"售鱼图"中的"鱼"谐音"雨"，西壁北侧的"弈棋图"中特别画出的棋盘谐音"期盼"，暗含期盼雨水的求雨之意。李松教授以此为出发点，对中国自汉代以来的"图像—语音"对应系统进行了梳理。

我国自古便有以谐音喻义的实践，李松教授首先从"图像—语音"的关系入手，对吉祥图像中的此种联系进行说明。他认为，"图像谐音"，或曰"图像—语言"对应系统，是明清吉祥图像的一种主要方式，最早可追溯到战国至汉代的玉器名称，如战国时期的《荀子·大略》中有一句，"聘人以珪，问士以璧，召人以瑗，绝人以玦，反绝以环"，杨倞对其注释中写道："古者臣有罪，待放于境，三年不敢去。与之环，则还；与之玦，则绝；皆所以见意也。"汉代班固撰集的《白虎通义》中亦记载了这种"暗示"："赐之环则反，赐之玦则去，明君子重耻也。"此类以谐音为基础的暗示之法或文字游戏在后世屡见不鲜。之后，李松教授从"鹿—禄"和"羊—祥"这两对从文字谐音进入图像象征的例子入手，引"绶带（长绶—长寿、衔绶—献寿）""同心结（同心结绶带、夫妻同心、君臣同心）""双叠胜"头饰（二胜环—二圣还）等器物为例证，阐发了对"物—图—音"对应关系的分析。到这一阶段，进入图像或文字中的器物不一定具有与语意直接关联的谐音,可能要经历"脑筋急转弯",才能发现其中含义。例如元代建居庸关四大天王浮雕,四大天王分别执宝剑、琵琶、伞、蜃,以其特征或谐音而言,对应了风(宝剑有锋)调(琵琶需调音)雨(撑伞挡雨)顺(蜃)。"蜃"是一种似蛇的动物,它之所以能指代"顺",一则传说它会在快下雨时出现,二则有说法称"蜃"与"顺"同音。

接着,李松教授分享了他对"语音—图像"对应性产生的观点。他认为,这种对应性之所以能够产生,原因在于图像本身的多义性与人们对其含义的转换。明宪宗朱见深可以说是将这种基于谐音图像产生的吉祥祈福图发扬光大的人,他所绘的"岁期佳兆图"自题"柏柿如意",如意、柏树枝叶、柿子共同谐音表示"百事如意";"一团和气图"利用图形的巧合与重叠,表现了儒门的陶渊明、修道的陆修静与佛家惠远法师三人言谈相得、彼此相笑的故事。而语言文字中谐音表意现象在元代就已经比较普遍,原因之一在于元代戏曲杂剧发达,优伶说唱多,口头表达促进了这种现象的接受和传播;原因之二则可能是因为元代多民族往来交流,对语音文字更为敏感,因此谐音现象更突出。至于清代,清宫器具摆设、服饰、各种图画中"音图转换"的现象,特别是吉祥图像的例子,更是不胜枚举。

最后,李松教授总结道,将山西省洪洞县这所水神庙的视觉材料和物质实体联通起来,就可以解读这个复杂且有效的社会资源管理系统和宗教文化崇拜系统。其壁画还通过语音对应关系揭示了一个暗藏的解读符号密码,使我们有可能追溯汉代以来的图像系统,探讨中国图像构成的一个特别机制。

在提问环节中,听众们就"语音"与图像叙事的关系、东方各地的类似图像比较等问题,与李松教授进行了深入的交流,本次讲座在愉快的讨论之后顺利结束。

(周佳)

# 北京大学"东方文学图像"系列讲座第十七讲

2020年9月18日晚,由教育部人文社科重点研究基地北京大学东方文学研究中心主办、国家社会科学基金重大项目"古代东方文学插图本史料集成及其研究"课题组承办的北京大学"东方文学图像系列讲座"第十七讲顺利举办。中国人民大学艺术学院的张建宇副教授作为主讲人,为腾讯会议云端的一百余名听众奉献了一场精彩的讲座,题目为《宋元〈法华经〉扉画形式的传播与挪用——东亚文化交流的一则个案》。北京大学东方文学研究中心暨南亚系主任陈明教授担任主持人,北京大学艺术学院李松教授负责评议。

张建宇老师首先指出,《法华经》是一本广为流行的佛教经典,其中包含着丰富的譬喻故事,而这样的叙事题材非常适合用图像加以表现,直接促进了古代《法华经》插图本的流行。在《法华经》插图本中，又以扉画形式为主。所谓扉画，即位于卷首的插图，是佛经插图的基本类型之一。而本次讲座主要聚焦于《法华经》扉画形式的传播与挪用，对于经文内容和义理不作过多的讨论。

讲座的第一部分，张老师介绍了两宋时期"高台说法图"绘本和版画的基本情况。张老师认为，在敦煌石窟中，法华经变是常见壁画题材，通常将"二处三会"（灵山会、虚空会、灵山会）的场景和内容加以完整地绘制。但是经卷佛画受限于尺寸，无法像壁画那样表现，因此必须要找到一个适合自身形制的描述方式。从唐代至宋代，《法华经》插图就逐渐形成了以"高台说法"为特征的形式。绘制于北宋庆历四年的何子芝本《法华经》扉画，是现存最早出现"高台说法图"的作品。至于版画，则主要集中在两浙地区，张老师将该地区《法华经》版画的嬗变过程分为北宋、南宋和元代三个阶段，通过分析大量图像材料，发现北宋的作品中都没有出现高台，南宋时两浙地区的版画中则出现了形式稳定且高度程式化的"高台说法图"。但是，高台这一特征在宋元之交以后却不见了踪影。

在对绘本和版画的情况进行分析之后，张老师又从陆上西传和海上东传两条路径分别介绍了《法华经》扉画形式向外传播的情况。他以20世纪初黑水城出土的西夏《法华经》版画以及大理国绘本《释迦牟尼佛会图》为例，介绍了西传的情况。他指出，从经卷形制、尺寸、年代和雕工姓名的一致性可以确认，黑水城出土的数件版画属于同一套作品，而从扉画中出现的高台以及华盖、飞天、凤凰等元素看，西夏《法华经》除了北宋之外，还借鉴了南宋版画的形式。大理国《释迦牟尼佛会图》绘本是卷轴装形制，它是大理国唯一出现"高台说法"的画作，应该受到南宋两浙地区《法华经》版画的影响。张老师点明，之所以出现绘本模仿版画的这种"逆向"影响，应该是由于周边地区和国家尚未像南宋那样流行雕版印刷，故而才以绘本形式来模仿南宋的雕版佛画。

《法华经》插图还东传到日本，日本既有直接从中国请来的宋版经卷刊本，也有由日本画工仿制的经卷佛画。张老师尤其对"克利夫兰藏本"和"纽约藏本"进行了考察，认为从图像来看，尽管两个藏本是在南宋版画基础上简化、重组而来，但也呈现出了日本特色，最突出的就是灵鹫山的画法。以禽鸟造型表现灵鹫山的画法在日本十分流行，而在中国仅有莫高窟隋代420窟一个孤例，因此他得出结论，这两个藏本应该都是镰仓时期的日本佛画。

之后，张老师谈及了元朝时期"高台说法图"的传播与挪用的情况。到了元代，两浙地区《法华经》版画已不再流行"高台说法"图样，但绘本仍有使用。同时在一些刺绣作品中，也出现了同样的图案。此外多件泥金绘制的高丽宫廷写本《法华经》扉画均与南宋版画高度相似，有力地说明了高丽对南宋刻本的模仿和学习。而在其他题材插图中，也出现一些高台说法的实例，譬如新疆吐鲁番出土的回鹘文刻本《阿毗达摩俱舍论释》扉画,它是已知"高台说法图"向西北传播最远的一例,体现出信奉佛教的蒙古化回鹘贵族对这一形式的认可。此外还有元初的普宁藏本《解脱道论》扉画以及碛砂藏本《华严经》扉画,都呈现类似的图像特征。张老师认为,这三件作品体现了元朝时期多民族对南宋佛画样式的认同。

最后,张老师对讲座内容进行了简要的总结。他指出,从整个文化交流的角度来看,"高台说法图"的传播范围相对有限,主要集中在东亚。这可能是由于扉画形式最初是为汉文《法华经》量身定制,这就决定了它的流行地域主要限于汉字文化圈,体现出语言文字和书籍形制对图像传播的深层规定性。

报告结束后,李松教授进行了评议。李老师首先肯定了张建宇副教授在资料搜集、整理以及分析方面所作出的努力。他认为张老师掌握的材料非常丰富,涉及刻本、绘本,以及刺绣品的形式。此外,从时间和空间来看,张老师的研究所辐射的面向也相当广阔。李教授指出,在处理材料时,必须关注图像间的相似性,也要注意其中的相异性,而"高台说法图"就是张老师总结出来的一个重要差异性。针对讲座内容,李老师也提出了值得继续深入讨论的问题。比如,灵鹫山鸟头形状的表现形式是否属于日本的独特创造,"高台说法"与《法华经》的佛理存在着哪些相关性,两浙地区是否是扉画的原创地点等等。

评议结束后,在线的听众也踊跃地提出了问题。西安美术学院的白文教授提出,"高台说法"这一概念的表达可能存在着一定的问题,可以结合《法华经》文本中的"法华三会"再加以考量。张永刚老师就新疆和西藏地区是否有与"高台说法图"相似的图像材料提出了自己的疑问。与会的老师和同学们都表示深受启发,讲座在热烈的讨论中落下了帷幕。

(王萱)

# 北京大学"东方文学图像"系列讲座第十八讲

2020 年 9 月 25 日晚 19:00,由北京大学东方文学研究中心与北京大学外国语学院南亚学系联合主办,国家社科基金重大项目"古代东方文学插图本史料集成及其研究"课题组承办的北京大学东方文学图像系列讲座第十八讲《从图像到文学——西方古代的"艺格敷词"及其跨媒介叙事》于云端顺利开讲。本次讲座由北京大学东方文学研究中心陈明教授主持,东南大学艺术学院院长龙迪勇教授主讲,南京大学文学院赵宪章教授进行评议。

讲座伊始,龙迪勇教授对本次讲座的题目进行解释。主标题主要考察研究的基本对象,即图像与文学的一种关系;副标题进一步涉及考察一种特殊的图文关系,即西方特殊的"艺格敷词"现象。

讲座具体从三个部分展开。第一部分为"'艺格敷词'与诗画互通"。龙教授提出本部分首先解决的问题，即"艺格敷词"这种特殊的现象与诗画互通之间有什么内在的关联？龙教授从德国美学家莱辛谈起，认为莱辛写作《拉奥孔》一书的目的，就在于为"诗"（文学）"画"（图像）这两种不同类型的文学艺术划分边界，以确立其"诗画有别"的理论主张。与此同时，莱辛也为"诗画互通"留下很大的余地，即为语词与图像之间的跨媒介叙事留下很大的阐释空间。"诗画互通"的观念源于古希腊一种叫做"艺格敷词"（"以文述图"）的修辞观念或写作方法。而所谓"艺格敷词"，主要指的是一种对某一物品（主要是艺术作品）或某个地方进行形象描述的修辞手法或写作方法。"艺格敷词"有广义和狭义之分，前者指以语词（口语或文字）对所看到的某个物品或某个地方进行尽量形象、生动的描述，而后者指的是用语词"对一件艺术作品的描述"。"艺格敷词"这种修辞方式或写作方法的界定或描述都可以分为近乎对立的两种：第一种追求的是它的"客观性"和"精确性"；第二种追求的是某种"视觉性"和"生动性"。"艺格敷词"的上述特征与西方古典修辞学中的"记忆术"息息相关，其真正起源就是古典修辞学中的"记忆术"。源于古典修辞学的"艺格敷词"，追求的是一种藉由语词所唤起的视觉想象而获得的图像般的艺术效果。

第二部分为"'艺格敷词'的文学特性与跨媒介叙事"。"艺格敷词"具有跨媒介叙事的特征，在使用的媒介上，一方面，"艺格敷词"以语词作为表达的媒介，这决定了它首先必须尊重语词这种时间性媒介的"叙述"（文学）特性；另一方面，"艺格敷词"又追求与其所用媒介并不适应的视觉效果和空间特性，所以它体现了美学上的"出位之思"，是一种典型的跨媒介叙事。龙教授对最早的"艺格敷词"和最著名的"艺格敷词"进行了阐述。他认为最早关于"艺格敷词"的定义，是修辞学家艾琉斯·忒翁给出的，即"艺格敷词是描述性的语言，它将清楚描绘的事物带到人们的眼前。一段艺格敷词包括人物和事件、地点及时间。"按照著名艺术史家贡布里希的说法，最早的"艺格敷词"，也就是"最早的用文字说明图像的例子"，应该是放置在奥林波斯的赫拉神庙里的所谓凯普瑟罗的箱子（公元前7世纪）。而最著名的"艺格敷词"要算"荷马史诗"《伊利亚特》第18卷"赫菲斯托斯为阿喀琉斯制造铠甲"，尤其是对阿喀琉斯之盾的文字描述。龙教授还认为"艺格敷词"试图达到的无非是一种"语词绘画"般的艺术效果。为达到这种图像般的效果，关键就在于化静为动，让图像中静止的画面动起来，也就是把静态的图像描写转变为动态的文学叙述。然后，龙教授进一步谈到"艺格敷词"从图像到文学创作时具有局限性，所以，"艺格敷词"创作中有两种扩展故事时间的方式，其一即对某个已在口传或文字文本中被讲述过的众所周知的故事，恢复全部或部分被画面所省略的时间线上的故事，以与画面上的瞬间故事画面连成一条完整的故事线。其二则是对那些不那么著名的故事,在保证画面所再现故事内容的同时,对画面所涉及时间点上的故事前后时间线的故事进行虚构或重塑,以使画面上的故事得到相对完整呈现。通过对老菲洛斯特拉托斯《画记》中的《赫尔墨斯的诞生》为例分析可见,"艺格敷词"本质上是一种跨媒介叙事,其要取得真正成功的关键在于创作者既要对自己所用的语词这一"本位"媒介的时间属性和表达优势有清醒的认识,也要对自己试图"出位"去追求的图像这一媒介的空间效果和"叙事属性"有深刻的洞悉,只有这样,才能真正写出逼真性、生动性与完整性、流动性俱佳的跨媒介叙事作品。

在结语部分,龙教授谈到,"艺格敷词"是西方文学史和艺术史上一个源远流长的古老传统。面对这个"以文述图"的特殊传统,本次讲座首先对西方古代的"艺格敷词"与"诗画互通"观念之间的内在关联进行了考察,并把这两种观念的渊源追踪到了西方古典修辞学中的"记忆术"。接下来,本次讲座对"艺格敷词"的文学本性及其跨媒介叙事特征进行了历史考察和理论阐释。限于篇幅,本次讲座所考察的范围主要限于西方"古代",即古希腊罗马时期;但我们必须清楚的是"艺格敷词"在西方其实是一个从古至今一以贯之的深远传统,绝非仅仅流行于"古代"。最后,龙教授以乔治·瓦萨里《著名画家、雕塑家、建筑家传》中的艺格敷词的讲解结束本次讲座。

南京大学文学院赵宪章教授对龙迪勇教授的讲座进行了非常专业而深入的评议。首先,赵教授高度评价了龙迪勇教授的讲座内容,认为本场讲座对"艺格敷词"的概念进行了系统、全面、详细和有说服力的梳理和解释。"艺格敷词"这个概念作为晚近以来的一个热词,从西方影响到中国,特别是在艺术界和美术界经常可以看到这个词,"艺格敷词"涉及一个大家不能确定的问题,即"说图"和"图说"两个概念的关系问题,龙教授的讲座通过追根溯源,历史的回忆和描述,然后对其基本含义进行界定,并且阐述了这个概念的意义。其次,赵教授指出西方各种各样的概念、热词和比较集中的话题,数量较多,但并不是都值得、需要我们研究、介绍和思考,我们拿来是否有用以及其是否具有普遍性,是重要的判断标准,"艺格敷词"这个概念在这个层面上对它进行解释和阐释是有意义的。其三,赵教授指出,龙迪勇教授认为"艺格敷词"现象在西方古已有之,而在中国,他认为最早、最著名的"艺格敷词"就是屈原的《天问》。所以,赵教授认为对"艺格敷词"这个概念进行系统梳理、阐释、界定很有必要,其对于阐发我们国内的诗画关系也是一个很有阐释力的理论。最后,赵教授指出,"艺格敷词"这个概念尽管可以追溯到古希腊,但是这个概念成为一个热词还是 20 世纪上半叶之后的事情,这个词之所以受到关注,与图像学的兴起、文学图像关系、跨媒介的研究以及整个社会思潮有密切的联系,所以赵教授认为,即使是个案研究也应该有视野、有心胸、有立场,这样才能知道怎么研究以及研究是否有意义。

　　提问环节，龙迪勇教授对听众的提问，包括"艺格敷词所关涉的'诗画互通'与王维所说的'诗中有画、画中有诗'文论的异同"，"拍摄电影是将剧本（文字）拍摄成影像（画面），与'艺格敷词'是不是一种相反的艺术创作方式？"等问题，进行了细致的回答。

　　主持人陈明教授对龙迪勇教授的精彩讲座、赵宪章教授的深刻评议和各位与会者的积极参与表示感谢，此次讲座圆满结束。

（王乐乐）

# 北京大学"东方文学图像"系列讲座第十九讲

　　2020 年 10 月 22 日下午，由北京大学东方文学研究中心与北京大学外国语学院南亚学系联合主办、国家社科基金重大项目"古代东方文学插图本史料集成及其研究"课题组承办的北京大学东方文学图像系列讲座十九讲《语图符号的指称——不同与趋同》于外国语学院新楼 B134 会议室顺利举办。本次讲座由南京大学文学院赵宪章教授主讲，北京大学东方文学研究中心主任陈明教授主持，北京大学艺术学院李松教授进行评议。来自外国语学院、艺术学院、中文系等院系的师生到场参与讲座。

　　赵宪章教授可谓国内文学与图像关系研究的开拓者，在语图关系研究的理论方面有较高的造诣。本次讲座中他着重分析和讨论了语言符号与图像符号的指称及其关系。在他看来，语言符号和图像符号是人类有史以来最主要的两种表意符号，其指称涉及各自本体的问题。二者的指称首先是不同的，语言符号是实指符号，但图像符号是虚指符号，这是由其本质决定的；但语言符号有时候也进行虚指，图像符号有时也进行实指，即所谓"趋同"。

　　首先，赵宪章教授从日常生活中的经验出发，以"出故障的电视机"为引子，用直观的例子说明语言符号和图像符号功能效果的差别，进而引入对两种符号本身功能的讨论。

　　赵宪章教授认为，语言符号和图像符号的生成机制不同，决定了它们本体上的不同，进而导致了其指称的不同。按照索绪尔的观点，语言由"能指"和"所指"两部分组成；它可以表达任意的、约定俗成的内容。而图像的生成遵循的是"相似性"原则以传递意义，其基础是图像与"原型"相似。"文字源于图像"是目前学界公认的理论，作为语言的代码，文字之所以从图像中抽象出来，正是因为图像不能自由而精准地意指世界；而图像之所以不能自由精确地进行意指，正是由其相似性原则导致的；文字演变形成的过程就是逐步摆脱图像表意局限的过程，文字的出现使语言与图像二者"虚"与"实"的分野最终完成。而相似性原则也决定了图像的隐喻本质,对于图像来说,"隐喻"就是它的全部。语言则不然,文字从图像脱颖而出并演化为书面语的能指之后,意指方式发生了变化;隐喻对于语言来说只是一种手段,不影响语言精准描述对象的功能。语言的意指结构是线性的,遵循"能指→所指义→所指物"的结构,因此阅读语言是一个时间过程;图像的意指结构则是并列的,能指和所指"一体"未分,阅读图像是一个空间过程。语言是向心的、聚焦的,指涉明确、具体、无异议;图像是离心的、发散的,是多义、含混、浑整的意指。赵宪章教授总结称,语言符号的指称为实指,而图像符号的指称为虚指。

在第二部分,赵宪章教授讨论了"谎言"的非法性与"假相"的合法性,对图像的隐喻本质进行了更加深入的阐释。他比较了明太祖朱元璋的称谓和画像,发现有许多名号或称谓可以用来明确地指称朱元璋这个人而不会产生模糊,历史上流传下来的许多种朱元璋的画像却无法让人确定究竟哪一幅是他本人,但我们也并不能断言说任何一幅画像是"假的"。赵宪章教授认为,这是因为图像生成依照相似性原则,图像本身就是"假"的,因此"假相"在图像符号中具有合法性。从图像制作的过程来看,图像利用"视觉相似"在二维空间内对三位甚至多维空间进行表现,其空间的相似性不是与实体相似而是与虚拟的视觉相似;图像颜色与所指对象的颜色是可以分离的,是对"原型"颜色的象征而非纯客观复制,这一点在水墨画中体现得尤为明显。从图像对视觉机制的迎合来看,图像中"有形/无形""运动/静止"在视觉上没有严格界限。图像中"形"的有无表现为视觉经验而不是客体存在;传统上将图像分为"动态"与"静态",赵宪章教授对此提出改进,认为图像应当分为"静观图像"和"施为图像"两种,前者涵盖了包括电影胶片在内的、本身不动的图像,而后者则可以指称动图、网络视频等本身内容就在"动"的图像。图像的隐喻本质确实决定了其虚指性。

接下来,赵宪章教授用因果关系的约等式进行推理,在"图像""隐喻"与"虚指"之间建立了一种逻辑联系,即将其连接为一个整体。通过推理,赵教授提出,图像的隐喻本质导致了图像的虚指性,那么语言的隐喻就意味着语言由实指符号变身为虚指符号,这是由"象"引发的;语言符号的"任意性"趋近了图像的"相似性",于是实指的语言符号因为被隐喻地使用而变身为"语象虚指"。"语象虚指"源自字面义与"语象义"的分离,语言符号脱离实指轨道而滑向虚指空间——由"语象"所图绘的虚拟世界,而这个世界就是文学的世界。赵宪章教授由此认为,事实说明,语言一旦建构文学世界,也就由"实指"变为"虚指",这便是语言符号向图像符号的趋同。图像向语言的"实指性"趋同,主要表现为写实图像、照片等。

在总结中,赵宪章教授再次明确,语言符号和图像符号是两种不同的表意符号、具有不同的意指功能,但语图符号的实指和虚指并行而不悖、具有趋同性;语言实指和语象虚指的交互变体成就了文学。

李松教授从艺术史的角度出发对本次讲座进行了点评。他认为,赵宪章教授利用"实指"和"虚指"的概念,先明确语言和图像"各有身份",再提出二者的"身份"互有转化的情况,从文艺理论入手,带有鲜明的哲学思辨性;虽然在文艺理论的视角中图像并非必须的讨论成分,而艺术史则一定要从图像出发,但并不意味着此次讲座不能带来研究上的启发。其一,语言包含"文字"和"声音"两部分,对于着重讨论声音—图像—字形三者间关系的学者而言,在探讨图像中文字和声音的转化,以及图像对声音和文字的借用时,赵宪章教授的理论有可借鉴之处;其二,赵宪章教授所述图像符号的隐喻本质和语言对虚指的趋同,可以很好地说明为什么文学中"多义性"是合法的存在,也可以解释为什么被称为"艺术品"的东西往往不是要表达实在的东西,而就是要产生不具有唯一性的体验和感受,因而多义性更是一种合法的存在。李松教授还对赵宪章教授在讲座中提到的朱元璋画像的问题给出了艺术史研究的回应,两位教授愉快地交流了意见。

在提问环节,参与讲座的师生就讲座中"所指义"与"所指物"的过渡的实现方法、"施为图像"与叙事性的关系、"语象隐喻"与"概念隐喻"的相关性等问题进行了提问,赵宪章教授进行了诚恳而详细的回答。

最后,主持人陈明教授感谢赵宪章教授带来了如此精彩的讲座。参与讲座的师生进行了合影,讲座顺利落幕。

（周佳）

# 北京大学"东方文学图像"系列讲座第二十讲

2020 年 10 月 27 日下午,由教育部人文社科重点研究基地北京大学东方文学研究中心主办、国家社会科学基金重大项目"古代东方文学插图本史料集成及其研究"课题组承办的北京大学"东方文学图像系列讲座"第二十讲在北京大学外国语学院新楼 B134 会议室顺利举办。本次讲座的题目为《文学书像论——语言艺术与书写艺术的图像关系》,主讲人是来自南京大学文学院的赵宪章教授。北京大学东方文学研究中心暨南亚系主任陈明教授担任主持,北京大学艺术学院李松教授负责评议。与会的人员还有外国语学院的青年教师代表,以及来自不同学院的硕、博士生共计二十余人。

赵宪章教授的讲座围绕三个部分展开,分别是"书像"概念的提出和意义;语象·字像·书像;书像之书意及其文意如影。赵教授首先指出,文学与书法的关系在历史上是模糊不清的,尽管包世臣、康有为等人都曾意识到文学与书法有密切关系,但是始终无人清楚地解释出二者之间究竟存在着怎样一种关系。受颜光禄图理、图识、图形三分法的启发,赵教授认为应该要从图像的角度去思考文学与书法的关系。

他将"静观文学图像"划分为三大类,即一般表意图像,例如诗意图;叙事图像,例如小说插图;再就是文学书像。而最后一类正是他目前主要关注和考察的对象。所谓"书像",即书艺图像,是指文学书写的笔墨踪迹。它有别于反映字形的"字像"概念,具有如下几个特点:第一,书像本体具有赤裸性;而在绘画中,笔墨已经转换成可见的画像,书像的呈现方式是赤裸的。第二,作为书像之源的字像具有别异性,这种别异性的本质在于语言的别异。字像是别异且精准的,这一点与绘画完全不同。第三,书像与字像是分殊的,因为书像在于观看,而字像在于识读。这种分殊性在绘画中则不然,因为绘画中的"观看"与"辨识"是一体的。正是因为字像与书像的分殊,决定了观看汉字时可能会产生"二重叠影",从而为重新定义"书法艺术"提供了新参照。

赵教授指出,传统的观点往往将实用与艺术二元对立,认为摆脱了实用性的文字书写就是艺术。而事实上,艺术可以和实用融通,书法艺术具有实用性,或者说书法是一种实用艺术。依据其"书像"与"字像"分殊的理论基础,他提出了一种关于书法艺术的新定义。赵教授认为,任何书写品都是一种实存的"物",无论书写品是否是艺术,它们都是"物"和"物"的存在。书写是否成为艺术,除了考量作品本身之外,也必须重视受众的"观看"及其注意。不同的视觉注意及其选择会区别不同的世界,因此观者也就成为判定书写艺术的关键所在。赵教授在此提出了一个重要的判断,即面对同一书写文本,如果观者关注的是字像——"字之所指",那么观者眼中的写本就是文学;如果他们关注的是书像,那么观者眼中的写本就是书艺。他以梵高的《农鞋》为例,指出应该从"观看"的角度而非现实的层面定义艺术,因为艺术本来就限于观看而非实用。这样一个基于书品观看的新定义,能够很好地与基于"二元对立"的传统定义共存,二者并行不悖。在此基础上,赵教授进一步对人为创作的艺术与文化遗产进行了区别,认为文化遗产诞生之初的目的在于实用,不过这种实用性在之后的历史中逐渐被消解,而艺术从一开始就是非实用的。

紧接着,赵教授又引入了"语象"一词,具体分析了"语象""字像"和"书像"这三个重要的概念。所谓"语象"(verbal icon)就是语言呈象,它的存在使语言传达意义成为可能。维姆萨特对此的定义是"一个与其所表示的物体(意义)相像的语言符号",换而言之就是语言表达在头脑中呈现出"清晰的图画"。语象概念的语言学依据则建立在索绪尔所说的"能指"之上。此外,文学语象与非文学语象的差别,在于一个是自指(虚指),另一个是他指(实指)。所谓"字像",也就是字形。较为系统的、针对字形的"六书"理论始见于《周礼·地官·保氏》,西汉刘歆的《七略》开始有明确表述,并且被认为是最权威和最切合实际的论述。刘歆将"六书"分为象形、象事、象意、象声、转注和假借。与"六书"不同的,是唐兰提出的"三书"说——象形、象意、形声。不过，无论是刘歆的"六书"说还是唐兰"三书"说，"相似性"是它们共有的特性，也就是象形、象意和象声。赵教授提出，就文字的形义关系而言，可以将"象意"视为隐藏在"六书"或"三书"理论背后的规律，也就是造字时所采用的最普遍、最根本的规律。

这一论断的依据在于以下几点：第一，文字是语言（语义）的代码，正如德里达所说的"能指的能指"，文字的实质是字像置换了声音，语言和文字只是在意义的物性载体上发生了变化。因此，如果说语音和语义具有相似性，那么，同样可以说字像和字义也具有相似性。第二，与"能指"相对的"所指"，可以细分为"所指意"和"所指物"。就此而言，"象形"作为文字构形的源头，本身就是"象意"——与所指的"物形"之义具有相似性，以此代替语言所指的"形"之义（意）。赵教授以仓颉造字的传说为例，指出"字"是由"文"孳生出来，并由此而逐渐增多的。所有的文字都源自象形，是象形之派生，其实质都是"象意"。第三，书写和识读的终极目的在于"意"，字只是达意的中介和工具。书艺观看的重点在于书意，即书迹本身、观看本身，此时字义隐居其后，不是观看的重点。

赵教授指出，"字像"具有两重性，即不可见的文字心像和可见的文字图像。"字像"是存储在心理世界的公共认同，而当它经过刻画（书写）之后，其构形（字像）就逐渐地被约定俗成。原始刻画属于可见的、现实的"字像"，书像使书写艺术成为可能，但其本身并不等同于艺术。因为书写之为艺术在于书写笔墨的可欣赏性，可欣赏的书像才是艺术。这也就是"字像"和"书像"的本质区别。另一方面，"书像"也有广义、狭义之别。广义的"书像"包括可见的字像，狭义的"书像"是字像的艺术升华。书像不仅是可见的字像，而且是被人欣赏的。被人欣赏的书像就是艺术，作为艺术的书写就是书像，书像使书写成为图像艺术。

经过细致分析和阐释后，赵教授揭示了语象、字像和书像三者之间的关系：这三个概念实际上是异质同构，它们的关系可以表示为：语象→字像→书像，即前者依次延异为后者，后者依次本源于并赓续了前者。在这一条发展线索中，"图像"始终贯穿于其间，这恰恰验证了"相似性"乃是所有图像的表意原则。文学（语言艺术）与书法（书写艺术）之所以可以交互对话的学理逻辑也在于此。"文学书像论"作为一个独特的学术论域，正是在这一意义上构筑了坚实的"屋基"。

接下来，赵教授着重分析了书像之书意，及其文意如影的特点。他认为，书像乃静观的"白纸黑字"被赋予动势，书像动势以其"似动"之像激活了人们的想象力，由此想象人的行为、情感，以及自然万象。而书写之所以成为"可象者"，首先是由于它成为"似动者"，似动之势意味着字像成为书像，书意通过动势书像而活现于观者眼前。总之，书意由书像而生，有像才能生意。不同的书像产生不同的书意。书像之为艺术不可能不生书意，书意来自书像的似动效果，"似动"是书像的本质，并由此激活人的情感世界和自然联想。赵教授以台阁体作为反例,认为台阁体虽然写得端正清楚,也有书写的笔墨踪迹,但是却止于字像而没能实现超越,即没能超越字像而跃升为书像。当人们观看台阁体时,视觉停留在了字义识别而没能使书像腾跃而出,所以也就谈不上书像表意。赵教授指出,书写之所以为艺术的奥秘之一就在于,文字作为实用符号已在书写中自我实现;与此同时,书写可以继续追求艺术表现,通过变通笔墨的方式将字像变为书像。换句话说,没有书像也就意味着止于字像,止于字像也就是止于字义,止于字义也就是止于实用。

赵教授强调,"书像之变"不是一个简单的过程,它里面蕴含着复杂的变化。从中国书法史整体的角度来看,最重要的书像之变是书体之变,每位书家都在追求自己书作的特殊性,从而与前人、他人相区别。书体是进入书艺世界的第一道牖户,同时也是不同书意的最显要的载体。根据他的观点,秦汉时期书体的"隶变"乃是书写成为艺术的真正开端,此前大篆变小篆主要是字体的简化。字体的繁简之变完全不同于书体之变,而早期的甲骨文和金文在其看来则是纯实用目的,谈不上所谓的书写艺术(后人模仿另当别论)。书体的分类在不同历史时期各有不同,譬如《汉书·艺文志》提出了"八体"说,即大篆、小篆、刻符、虫书、摹印、署书、殳书、隶书。西晋卫恒"四体"说则描绘了古文→篆书→隶书→草书的发展脉络。赵教授指出,总体而言,古人的书体分类并没有非常确定的、共同的标准,基本上是基于个体经验的归纳和罗列,因此显得庞杂和凌乱。他根据自己的研究认为,书体的分类首先应该明确分类的特定角度,即真、草两分与"变体"之分。在其看来,"真书"概念都是相对"草书"而言的,代表了书写的正统和规范,有着广泛的实用性和社会基础,堪称实用与艺术相结合的典范。而不同的"变体"即篆、隶、草、行、楷等,就是不同的书像,它们可以生出不同的书意,适用于不同的场合。另外,所谓"欧体""颜体""柳体""赵体"等,只是对著名书家风格的概称,并非真正意义上的书体分类,属于"书体"概念的挪用。那么书像与书意的关系如何呢?赵教授认为,可见的字像并非艺术书像,而书势决定了书意。所谓书势,可以由梁武帝《观钟繇书法十二意》中的论述窥见一斑,即"平谓横、直谓纵、均谓间、密谓际、锋谓端、力谓体、轻谓屈、决谓牵制、补谓不足、损谓有余、巧谓布置、称谓大小。"

"书意"之"文意"如影的论断也是赵教授本次讲座的一个重要观点。他认为,任何一个书家在进行创作时都会受到所书文学原作之文意的影响。也就是说,文意中所蕴含的情绪、情感等会使书家之书像、书意的表达方式发生变化,二者是一种如影随形的关系。他列举了对王羲之不同作品的分析,具体解释了何为"文意"如影。譬如夏侯湛《东方朔画像赞》一文描写了其凭吊东方朔的陵寝时,见到逝者遗像后所产生的种种回想和感慨。王羲之书写该赞时的书像也就显示出"意涉瑰奇"的特点。而当他书写嵇康《太师箴》时,魏晋玄学的激辩场景则跃然于书像之上。可见，书意不可能脱离所书文意而独自言说，前者对于后者如影随形。

讲座的最后，赵教授进行了精彩的总结。他指出，文学是语言的艺术，也可以延异为书写的艺术，"语象""字像"和"书像"串联起两种艺术的图像关系，基于这种关系的理论批评即是"文学书像论"。当面对文学写本时，关注字像还是关注书像决定了它可能被视为语言艺术还是图像艺术。就这一点而言，"实用—艺术"二分法并不能有效回应"书写何以成为艺术"这一问题。此外，语象延异为字像，字像被存储在了记忆中，书写则使语言成为可见的。被书写的字像就是书像，被欣赏的书像就是艺术。语象、字像和书像异质同构，前者依次孕育后者并隐匿在了后者的肉身中，由此奠定了"文学书像论"的学理基础。而语象作为书像的母体，决定了后者表现前者之可能，具体显现为书像"图说"文意而生成书意，于是出现了书意和文意的唱和。赵教授认为，"文学书像"既是传统文学图像的典型样式之一，也是一种非常独特的文学图像，这主要是因为书像与语象、字像的直接联通，以及书意和语义、字义的错彩交融。在这一意义上，如果说绘画等图像是"存在的薄皮"，那么书像则是"存在的家园"，堪称"中国美术之冠"！赵老师殷切地希望，学者们能够共同重新认识、重新定义语图关系的新模态，如此将有助于学界引进新知和现代理性，遏制中国书论在经验层面长期滑行。

李松教授对本场讲座进行了评议，他首先对赵教授富有激情的演讲表示了感谢。李教授认为，赵宪章教授把书法分成语象、书像和字像，并用图像（image）把它们组合起来。这样一来就将图像分成了三个层次，分别是图像在心中，图像在视觉中，以及图像在艺术中。而书法是否是艺术的判断，则受到了观赏者眼光的重要影响。李教授认同以上这几个观点，并且认为它们都是很重要的贡献。但是，李教授对于梵高之鞋的例子，有一些不同的看法。他指出，最近几年艺术史家已经对这幅画有了很深入的研究，学界认为梵高画的鞋并非农夫的鞋，而是自己本人用于练习绘画所使用的鞋子。因此，海德格尔对于这幅画的判断实际上犯了臆想的错误。另外，在现代艺术的观念里，艺术和生活已经一体化，所以梵高之鞋到底算不算艺术品的问题，放在现在的艺术观念里就可以得出肯定的回答，因为在现代艺术中，艺术的特征已经被消解了，物品本身就可以被视作艺术。

李教授也指出，对于书法而言，传统的经典书法作品属于艺术并没有太大的争议。但是有一些出土的文字性物品，譬如竹简、帛书、抄经等，是否也可以视作是艺术呢？有许多的研究者认为，这些最初只是为了实用目的而诞生的、无名氏创作的文字作品也可以当作艺术，这就说明观者的身份和视角对于书法艺术的判断得到了进一步的强化。李老师认为这一例子可以对赵老师的观点做出有益的补充。另外，李老师还对台阁体诞生的背景做了细致的介绍。他指出，台阁体产生于明初特殊的时代背景之下，它的目的在于通过书写统一文体的方式，从而选拔人才。这样一种考核方式有意地抑制了书写者个性的加入,如此可以尽量避免官员选拔时徇私舞弊的情况。同时,台阁体的写作难度并不低,它需要书写者有很强的功底,因此不能将台阁体看作一个简单的、低级的书法,这样一种观点不符合历史的实际。他也建议赵教授对台阁体的分析可以再进一步加以考虑。李松教授认为,书论在中国已经有了比较成熟的研究,而中国书论的特点有二,一是建立在文论的基础上,二是建立在书法实践的基础上。此外,李教授认为中国书画一体的特征也非常值得关注。所谓书画一体即是将书法融入绘画中,这一做法更加提高了书法的品味,使书法从表意向艺术的方向深入发展。

最后,李老师还建议,在使用西方哲学的概念,譬如 verbal icon 时,最好能用一个中介,否则"语象"这一翻译很可能造成中文读者理解上的困难和歧义。针对概念的翻译问题,与会的老师和同学们也都纷纷提出了自己的观点。东南亚系的张哲老师建议用"相"字代替"语象"的"象",熊燃老师也认为,在翻译西方概念时很难使用确定的中文词汇进行对应,因为不同时代的人们对于哲学概念的思考和理解都是变化的。赵宪章教授肯定了大家的建议,他也强调,由于自己的文学书像论在中国固有的知识体系和方法论中是不存在的,因此自己不得不从西方的理论概念中进行借鉴,以期尽快地与国际理论界的话语接轨,从而把中国的文学书法及其理论传播出去。

陈明教授最后指出,赵宪章教授本次讲座对于开拓新的研究领域具有非常重要的意义。文学书像论如果可以顺利地确立,那么,对于今后研究日本绘卷以及波斯花体书法能够提供理论上的支撑。文学书像论是一个丰富的宝库,值得大家共同挖掘。

本次讲座在热烈的讨论中落下了帷幕。

（中心）

# 与赵宪章教授对话"文学与图像"

## ——北京大学"东方大文学"系列学术工作坊第八次活动辑要

2020 年 10 月 24 日下午,北京大学"东方大文学"系列学术工作坊第八次活动"古代东方文学的文本、图像与叙事"在北京大学外国语学院新楼 B134 会议室顺利举办。该活动由教育部人文社科重点研究基地北京大学东方文学研究中心、北京大学外国语学院、北京大学南亚学系共同主办,是国家社会科学基金重大项目"古代东方文学插图本史料集成及其研究"课题组的系列活动之一。会议由北京大学东方文学研究中心的陈明老师主持,来自北京大学的多个院系、南京大学以及北京外国语大学的十余名课题组成员参与了此次会议。

　　会议伊始，陈明老师先介绍并总结了课题组的阶段性进展。据介绍，"古代东方文学插图本史料集成及其研究"这一重大项目自 2016 年立项以来，已举办了 6 次学术研讨活动、19 讲文学图像系列讲座、7 次文学图像读书班活动、3 届"文学与图像"学术论坛，并在此基础上出版了《文学与图像》（第 7 卷）一卷。另有第 4 届"文学与图像"学术论坛以及《文学与图像》（第 8 卷）一书正在筹备与编辑中。此外，已完成的研究工作包括发表于核心期刊与普通期刊上的 26 篇论文、已投稿并即将在核心期刊与普通期刊上发表的论文共计 14 篇以及将于 2021 年由广东教育出版社出版的丛书《古代东方美术理论选粹》（共 8 册）的翻译与编辑。陈老师还重点介绍了另一套丛书《古代东方文学插图本叙录》的情况，详细说明了写作任务的分配及相应进展，并提到大部分的叙录工作已经完成，建议课题组成员尽快开始个案研究。基于以上成果，陈老师认为本课题组已经超量完成了原定课题任务，并提议在此基础上选编《东方古代文学插图本集萃》一册、结集出版《古代东方文学插图本研究论集》一本，并考虑编写《古代东方文学图像学概论》一书，此书在将来或可作为相关专业的教材来使用。

　　听了陈老师的介绍之后，来自南京大学文学院的特邀嘉宾赵宪章教授对课题组团队表示了祝贺，并对本课题已取得的成果表达了充分的肯定与赞许，认为本课题的研究涉及理论探讨、个案研究以及相应的基础性工作如叙录、教材的编写等，内容非常全面且丰富，如果能如期按计划完成，不仅能推动北京大学东方文学研究中心进入新的发展阶段，而且也能为中国的文学与图像研究提供参照。此外，赵宪章教授还鼓励大家在文学与图像这一领域内"咬定青山不放松"、坚持在一个方向上持续地研究下去，在较小的着力点内追求深度与高度，争取创造出有价值的研究成果。陈老师对赵宪章教授的鼓励和支持表示了感谢，同时也殷切地希望，在该项目结项之后项目组成员还能团结在一起，在该领域内继续深耕，以取得更大的成绩。

　　之后，此次活动进入了第二个重要部分，即赵宪章教授在现场专门为与会的课题组成员答疑解惑。在这一阶段，课题组成员都非常积极地一一发了言，谈了各自的感受，并就自己疑惑的问题请教了赵宪章教授。以下为答疑过程的记录：

　　北京大学艺术学院的刘晨老师首先请赵宪章教授从宏观理论方面谈谈普通文学或文艺概论与本项目即将编写的"文学图像概论"之间的异同。对此，赵宪章教授表示，从总的原则来说，本项目的文学图像概论应该以中国文学图像为背景，再去了解其他的古代东方文明，这一立场将决定什么内容是该囊括在内的，以及该如何书写的问题；其次，除了作为主体的概论部分，本项目的文学图像概论还应该包括一定的问题研究，如以国别或区域为导向的分类研究、以图像形制、制作以及图说和文说的关系等为主的个案研究、与中国或西方相关内容进行比较研究等；此外,相比于一般的文学概论,本项目的文学图像概论应该在"东方大文学"的视域下进行编写,因此,应涵盖文学、图像、宗教等多种元素。总的来说,这样编写的话,既有和普通的文学概论共通的方面,也能体现出文学图像概论的个性之处。

接着,北京大学日语系的丁莉老师就是否有必要统一相关的术语提出了自己的疑惑。她表示,目前学界使用了不同的术语来指称文学与图像的研究,常见的如:古代东方文学图像学、文学图像论、语图关系、词语与图像、文图学、绘画物语论等,作为研究者该如何准确地把握这个概念? 是否有必要统一相关的用语或者概念? 对此,赵宪章教授表示,文学与图像这一领域的研究刚刚起步,概念不统一的现象是很正常的。他首先解释了自己所使用的"文学图像论"一词是受到了维特根斯坦的"语言图像论"的启发,而"文图学"这一术语主要是新加坡南洋理工大学衣若芬教授在使用,并给大家分享了衣若芬教授的相关学术经历。然后,赵宪章教授表示,可以暂时不用在意这些差异,只要我们能把握住"文学与图像"的本质为"语言与图像",并将之作为我们的研究工具及研究目的——最终从学理的角度来阐释相关的现象,将这一领域的研究不断地向前推进,展现出一个学者在新世纪图像时代的人文关切,便能体现出我们在"文学与图像"领域内的研究价值与意义。

之后,北京外国语大学亚非学院的穆宏燕老师就该项目结束之后如何进一步发展的问题,同时请教了赵宪章教授和刘晨老师。主要是请二位老师谈一谈图像学目前有哪些新的倾向、在往哪个方向发展、非专攻图像学的文学学者如何能够更好地结合文学与图像这两方面的研究从而拓展文学研究的空间等问题。对此,刘晨老师先谈了自己的体会,她表示,图像的叙事艺术可能会是一个比较好的结合点,但是因为种种原因,中国学界对这方面的研究比较少,因此想要从时间脉络或者空间关系上梳理出相关的特点和面貌需要较长时间的积累,应该先从对个案的细致研究和分析做起。而由于图像叙事往往牵涉到文学叙述与图像学表达两方面的内容,很难说双方的学者哪方面会做得更好,比较理想的方式是相互借鉴、彼此合作,共同努力推进图像叙事的研究。赵宪章教授首先肯定了刘晨老师的发言,并结合自己多年来的研究经验提出了学习西方相关理论的路径。他认为对文学与图像关系阐释的研究可以借鉴西方已有的经验,即通过学习存在论、现象学、文字学、语言学等理论加强抽象思维的训练,发现研究对象的普遍规律。赵宪章教授特别提到了梅洛-庞蒂的《可见与不可见》《眼与心》、德里达的《论文字学》、索绪尔的《语言学教程》等西方现象学与结构主义哲学的经典之作。并解释说,阅读大部头的哲学著作并非易事,而且即便读了也不一定会有直接的收获,但是最起码要熟知基本的理论原则,只有这样,在审视自己的研究对象时,才能延展思路。赵宪章教授还以现象学中的"象晕"、中国的书论研究等例子给大家做了生动鲜明的解释,认为中国传统的学理多是经验的总结,这一点与西方哲学理论有本质上的区别,因而,通过借鉴西方的理论可以较好地激活中国的学术资源。但是他特别强调，一定要立足于对中国文化的阐释，再去学习西方的理论，从而发现中西方文化哲学的对接点，在保持自己文化特色的同时，实现与国际话语的接轨。听了赵宪章教授的精彩发言，大家都深受鼓舞，情不自禁地鼓起了掌。

　　接下来，北京大学外国语学院东南亚系的金勇老师发言谈及了自己参与课题组以来的发现与收获。他表示刚进课题组的时候对艺术史和图像学的相关理论了解甚少，找不到研究的着力点。但是随着了解的深入，他慢慢地发现泰国其实也有很多文学插图本，这些插图本往往是成批制作的，造价便宜，属于宗教实践的组成部分。但是与作家文学相比，这些插图本往往缺少了一定的文学性，文本和图像具有多变性，因此不属于经典文本。他起初并不理解研究这些插图本的意义所在，但是在听了赵宪章教授讲述了"文学与图像"的本质为"语言和图像"之后，他对这些插图的研究有了新的想法。他认为这些文本所承载的故事一般都是通过口传的模式进行传播，再通过图画的方式把故事的主体固定下来，其实质是活形态的宗教实践。所以，不一定非要考虑该文本是不是经典文本，能够把这些宗教实践过程中的文本与图像的互动关系说清楚可能会更有助益。另外，谈及自己所研究的民间文学，金勇老师表示，在民间文学插图本中，文本和图像持续地相互影响，双方因此均发生变化的例子非常多。对此，赵宪章教授表示，在自己已经发表的文章中提到过"语图漩涡"这一概念。这个概念主张语言文本和图像文本之间的关系不是一次性的，而是在互动中会彼此塑造，在这个历史过程中，往往会生成新意，这个过程即是"语图漩涡"。他认为在相关的研究中，可以使用这个概念，并进行深度的阐释。之后，金勇老师还就民俗文化中的图像变化表达了自己的想法。他说，图像在民俗文化中的表达中，往往能保持主体的不变，但是在口头演唱过程中，故事的细节会发生变化，这个也会相应地反应在图像的表达上，而这些细节上的变化，恰恰能够体现出本土的地方文化特色。他表示，这个新想法会对自己的以后的研究有很大的助益和帮助，非常感谢赵宪章教授的讲座。赵宪章教授又针对金勇老师的发言做了进一步的衍生，他说，"文学与图像"的背后是"语言和图像"，而这二者的本质则可以理解为"语象/像与图像"。"语象"一词来自新批评派，但还没有更详细的阐释，关于这一点在之后的讲座中，自己的会做更深入的探讨。

　　然后，来自北京大学外国语学院东南亚系的熊燃老师向赵宪章教授请教了三个比较具体的问题。首先，她表示自己在梳理和精读文本及插图的过程中，发现相关的插图本中有文图不一致的问题，在这种情况下，该怎样把握抄本的研究价值，应该先讨论抄本的真伪问题，还是先梳理图像的流传？对此，赵宪章教授回应说，如说是做版本学的研究，一定要梳理清楚真伪的问题；如果是做文学研究，一般是面向经典文本的。那么在这种情况下，如果相关的抄本和插图中出现了不一致的地方,可以使用注释的方式加以说明,不必花太多的功夫去做文献考证的工作。接着,熊燃老师又就写作方向的问题请教了赵宪章教授。她说,在处理部分图像时,应该沿着图像演变的历史,即通过艺术史的方法,去追根溯源变化是怎么产生的,还是应该重点考证观念在文本中的变化?对此,赵宪章教授认为,面对这种情况的时候,应该要树立问题意识,发现具体问题,到时候该用什么样的方式迎刃而解了。如果是文本没有发生很大变化,但是插图发生了变化的情况,这本质上是一个语言文本的接受和理解的问题,可以通过对图像的细读,发现不同之处。最后,熊燃老师就理论应用的问题请教了赵宪章教授,她说,自己在研究宗教宇宙观对作家创作产生的影响时,想要诉诸相关的理论来解释背后的原因,是否有相关的理论可以应用?赵宪章教授回答说,目前没有具体的理论,但是可以参考已有的较为成熟的研究模式,比如国内学界对汉画的研究,他们往往会利用哲学及思想史的内容来考察墓葬壁画中所体现的汉代人的宇宙观。

　　短暂的茶歇之后,赵宪章教授继续为与会成员答疑。北京大学外国语学院波斯语专业的博士生兼对外经济贸易大学的波斯语老师贾斐说出了自己的两点疑问。其一是在解读带有宗教含义的图像时,是否有必要考虑受众的理解水平?赵宪章教授回答说,除非涉及特殊的问题,一般情况下通常怎么理解就怎么解释,没有必要过于细究。其二是借鉴中国文图关系的研究理论时,是否需要对一些理论的使用时代进行限定?对此,赵宪章教授回应道,这个问题涉及"论和史"的关系问题。理论是具有普遍性的,如果要讨论"史",则需要以时间为线索,交代清楚不同时代的差异。当然,理论也不能大而化之,应该追求"论从史出",做到"以史带论,论中有史"。理想的学术研究应该是"论"和"史"的完美结合。

　　接着,北京大学外国语学院东南亚系的张哲老师谈到有一些图像对于熟悉文本的人来说具有叙事功能,但是对于不熟悉文本背景的人而言,则需要解说词的辅助才能实现其叙事功能,那么面对各种各样的文学图像,我们怎么判定它们各自所属的图像类型,即它们到底是属于插图、连环画还是具有叙事功能的图像?对此,赵宪章教授回应说,首先要明确是否有必要判定具体的图像类型,因为这是一个纯粹的图像学方面的做法,而我们的研究重点在文图关系上,从这个角度来说,没有必要把图像和文本割裂开来讨论。然后,赵宪章教授谈到了另一个相关的问题,即文学图像的分类问题。他表示,我们目前还没有做这方面的工作,但这个问题很重要,它是关于如何认识文学图像的问题。他以李森在《文学评论》上发表的文章《〈项狄传〉插图与现代图像理念的源起》为例,解释了文学图像的多样性,认为我们不仅要关注和语言文本有唱和、互文关系的图像,还应该注意到文本中出现的具有装饰性的插图。即不仅要关注再现文本内容的图像,也要注意另类的抽象图像。

　　各位老师们发完言之后,与会的同学们也谈了自己的疑惑。北京大学外国语学院日语系的博士研究生向伟做完自我介绍后，从现场的海报插图谈起，给大家解释了这幅插图描绘的是古代的中国学者挑灯夜读的场景。他认为在该插图中，出现了两种"窥视"的视角，其一为遣唐使吉备真备和阿倍仲麻吕在"书房"外偷听中国学者的讨论，其二为画卷的读者们可以通过被隐去的屋顶窥视整个场景。他由此引申出自己的问题，即，关于文本叙事视角的问题在一些叙事学的理论中早已有论述，因此我们在讨论图像叙事的时候可以直接借鉴这些理论。那么除此之外，我们还可以在图像的分析中运用到哪些文学理论？怎么才能将文学理论与图像分析结合起来，从而发展出新的文学图像叙事理论？对此，赵宪章教授解答道，这是我们刚开始进入这个论域的普遍困惑。从问题本身来讲，很多理论是在探索的过程中慢慢地发现的，如果直接将现成的理论拿来，不一定都适用于我们的研究语境，有一些大而化之的理论更是不可取。赵宪章教授以自己对《洛神赋图》的研究为例，解释了文学叙事和图像叙事之间的巨大差异。认为应该在研究过程中努力发现规律，事先想出来一个理论来套用，一来很难，二来可能会消弭学术研究的真正魅力，真正的学术原创就像在荆棘丛生之处，自己试探着开辟出一条道路，体会原创的乐趣。简单地综合各家学说，并不足以体现研究的价值。

接下来，北京大学外国语学院南亚系的博士生吴小红分享了自己在新加坡参与衣诺芬教授创办的"图文学会"的故事，以及自己的相关求学经历。她表示没有想到在北京大学的学习中，能将之前学习的很多东西都串联起来进行研究。之后，她就图像叙事中的"异时同构法"请教了赵宪章教授，希望他讲一下这方面的理论，或者分享一些相关的参考书。赵宪章教授首先介绍了巫鸿的《重屏》，认为这是一部讨论图像叙事中的时间和空间关系的经典之作，有对《韩熙载夜宴图》不同场景及相应时段的案例分析，可以参考。他解释说，事实上，用屏风或者风景分割不同场景，是中国古代的故事长卷普遍具有的特点。在分析这一现象产生的原因时，赵宪章教授引用了现象学中的"图像的不透明性"这一概念，认为语言具有透明性，在叙事的时候具有重重叠加的功能，而图像在画面的叙述中，不能实现对物象或者情节的叠加。因此，在同一幅图中，会出现并置的形象以实现场景的转化、推动情节的演进。至于相应的理论，应该先尝试在研究过程发现不同，总结规律，慢慢摸索适合自己的理论。

然后，北京大学外国语学院南亚系的博士生王萱讲述了自己在读书过程中的两点疑惑。首先，她表示自己在研究文学图像的时候，倾向于先阅读相关的文本，再去解读图像，这是不是一种以文本为主的倾向？这种倾向在研究过程中是否合理？还是应该避免？对于这个问题，赵宪章教授说，这个研究顺序是对的，就是应该先了解语言文本，再了解图像文本。然后，王萱同学又针对文图不符的情况提出了自己的疑惑。她发现有一些在文本中很重要的情节，在图像叙事中并没有被体现出来。但是因为图像不完整,所以没有办法判断这是一种偶然现象还是普遍情况。在研究中遇到这种问题,应该怎么解决?同时她还担心用静态的精校文本和动态发展的图像进行对比是否合理。对此,赵宪章教授建议应该先明确研究的文本和图像出现的先后顺序。在了解到很多情况下都没有办法确定图像的年代时,赵宪章教授建议可以暂时避免这个方向的讨论,考虑使用另外的研究模式,即将重点放到图文关系的阐释上,发现异同之处,分析差异产生的意图,进行实证研究。

之后,北京大学外国语学院南亚系的博士生段南就自己在博士论文写作过程中遇到的理论问题请教了赵宪章教授。她说自己目前已经掌握了部分印度方面的图像叙事理论,以及西方的学者在大量的实例基础上总结的图像理论。因为这些理论多源于实践,所以使用的时候比较具有可操作性。而文学理论多是通过逻辑论证推理得出,很难将之具体应用到对图像文本的分析中,应该怎么处理这一类的理论问题?对此,赵宪章教授认为,应该要以自己的研究为主,以相关问题为中心,能用到哪个理论就用哪个,不必为了专门使用某个理论而走弯路。

接着,北京大学外国语学院南亚系的博士生王乐乐表示自己发现同一个故事往往有很多不同的图像表现形式,并请教赵宪章教授这种有选择性的图像表达的背后,有哪些可能的影响因素?赵宪章教授认为这个问题是我们正在探索的一个问题,并引用中国古代小说插图中的"出相"这一概念作了进一步的解释。他说,进行文图关系的考察时,有三个方面需要重点论述,分别是图像的数量、图像在叙事链条中出现的位置,以及图像本身的绘制情况,应该在这个基础上去考察绘制者的用意。

然后,北京大学外国语学院南亚系的博士生周佳就文图关系的研究理论问题发表了自己的困惑。她觉得,不管是在处理文本、图像,还是图文关系的时候,往往会牵涉到许多不同的方面,那么,在研究过程中,如何将这些千头万绪的点综合成一个逻辑鲜明的体系来进行系统的研究?对此,赵宪章教授表示,这是一个关于怎么具体写作的问题,建议先搞清楚图像再现的是什么,然后介绍相应文本的历史背景,在这个基础上抓住几个问题进行讨论。以问题建构出语图关系的讨论,探讨图像与文本的异同或者创新之处。

最后,北京大学外国语学院南亚系的硕士生李玲莉表示,自己在参与项目组关于"文学与图像"的相关活动中学习到了许多东西,因此对项目组的成员表达了感谢。然后,她就自己在硕士论文写作中遇到的文本处理问题请教了赵宪章教授。她表示,自己目前研究的插图本,不同于宫廷制作的经典文本,其创作年代、流传地区和具体受众等信息都比较模糊,图像风格随意且多变,那么这种非经典性文本中的图像该怎么处理?除了进行文图关系的分析以及图像之间的比较之外,是否还有别的研究路径?对此,赵宪章教授解答说,在论文的写作中还是要保持开阔的视野,除了自己的研究对象本身,如果能将相关联的因素纳入视野,是比较有意义的。这些因素包括图像所产生的大背景,经典和非经典的关系等等。

在赵宪章教授一一解答了所有人的疑惑之后,陈明老师对赵宪章教授的倾囊相授表达了感谢,并总结了本次会议的要点。赵宪章教授则表示很高兴和大家交流,还和大家分享了近日在北京遇见的趣事。与此同时,他也表示尽管我们都是从事东方文化研究的,但是不同地区的东方文化差距很大,这一点既体现了我们的研究比较细致,也体现了我们的研究是有意义的。此次活动在大家对会议内容的讨论与回味中落下了帷幕。

(中心)

## 北京大学"东方文学图像"系列讲座第二十一讲

2020 年 10 月 30 日晚 19:00,由北京大学东方文学研究中心与北京大学外国语学院南亚学系联合主办,国家社科基金重大项目"古代东方文学插图本史料集成及其研究"课题组承办的北京大学东方文学图像系列讲座第二十一讲《敦煌壁画上奇特的声音景观》于云端顺利开讲。本次讲座由江西师范大学文化研究院特聘教授傅修延主讲,北京大学东方文学研究中心主任陈明教授主持,北京大学艺术学院李松教授进行评议。

傅修延教授首先对本次讲座的题目进行介绍。加拿大声学家 R. M. 夏弗在《音景:我们的声音环境以及为世界调音》一书中提及音景(soundscape)的概念,其为声音风景或声音景观的简称。傅教授认为,佛教是一门高度重视口传的宗教,敦煌壁画上最为多见的活动是说法诵经,研究这样的作品应该考虑到声音的在场。寻访石窟经变上的音景,壁画上听觉信息的密集和复杂程度远超预期。于是,傅教授的本次讲座选取榆林窟第 25 窟主室南壁的观无量寿经变作为主要讨论对象。

本次讲座主要包括五个部分。第一部分即"基本构成"。夏弗认为声学意义上的音景必须包括主调音、信号音和标志音。傅教授从这三个方面进行了分析。音景的基本调性由主调音(keynote sound)确定,它决定整幅音景的基本色调和总体轮廓。傅教授认为经变上的发声主角是画面正中的无量寿佛(即阿弥陀佛,简称弥陀),弥陀说法即为整幅音景的主调音。音景的三种成分中,信号音(signal sound)因个性鲜明而较易引起注意,日常生活中最常听到的信号音为口哨、警笛和汽车喇叭等。因此,傅教授判断经变右上侧的钟楼,以及左上侧与钟楼位置呈对称的鼓楼,应为信号音的声源所在。与主调音的包容和信号音的提醒不同,标志音(sound mark)的功能在于体现音景的特征。经变正下方被一池碧水包围的方形舞台上,有分成纵向两列的八人伎乐在演奏乐曲,同时,舞者左侧是一只人面鸟脚的迦陵频伽在弹琵琶。傅教授进一步认为,包括迦陵频伽之声在内的众妙伎乐是极乐世界的显著标志。此外,傅教授强调,音景的各部分之间会发生转换,即一种声音究竟是主调音、信号音还是标志音,主要取决于听者对其的关注度。

第二部分为"回响与感应"。经变画面的奇妙独特和不可思议,还在于用微妙手法表现出弥陀说法引起的种种回响与感应,这是其作为宗教壁画与世俗绘画之间的本质区别所在。弥陀的说法唤起两位胁侍菩萨的喃喃附和,并在一众供养菩萨那里激起更为明显的反响。这些人物的面容和姿态各有不同,都是对弥陀说法的自然反应。傅教授同时指出经变上还有个细节耐人寻味,即人物身上的飘带和长袖等本应在重力作用下自然下垂,但在画面上它们都像在太空中那样舒展和飘荡,傅教授认为这与佛音在殿堂内鼓荡有关。弥陀说法不但引出种种神奇美妙的回响,其产生的感应效果亦不可思议。傅教授谈及环绕中央法台与伎乐舞台的一池碧水,认为此即传说中能消弭一切业障烦恼的七宝莲池。七宝莲池在这里成了彼岸世界的入口,化生童子出现其中代表着说法产生的最终效应——被佛音感化的往生者在这里摆脱了世间所有痛苦,就像是回到了无忧无虑的孩童时代。

第三部分为"禽鸣声声"。傅教授指出,经变特别有序地展示了一批鸣禽形象,这些鸣禽皆因音声美妙而被画上经变。所谓"有序",主要指五种鸣禽按其功能被安排在画面上的不同位置。鹦鹉代表芸芸众生,离弥陀虽近却因体型缘故不甚显眼,其学舌之声为说法引起的回响,属于音景中的主调音。孔雀与共命鸟出现在画面右侧的显目位置,其鸣声虽不能达于画外,但显然吸引甚至可以说惊动了最靠近它们的菩萨——持柄香炉的那位回首顾盼便说明了这一点,其鸣声提示世间存在诸多苦厄,应为发人警醒的信号音。迦陵频伽与白鹤同处画面左侧,傅教授认为将二者放在一起的用意是这两种鸟的鸣声相辅相成,能形成复调音乐般的和雅之美。

第四部分的标题为"副文本:两侧副图与北壁经变"。副文本(paratext)指有助于理解正文但又不在其内的伴随性文本,如序跋、注释、献辞、后记和封面等,这一概念同样适用于图像文本。傅教授指出讲座前面部分的讨论实际上只涉及经变的中心画面或曰主图,主图两侧还有用界框隔开的两幅竖条副图,其内容分别对应《观经》序分部分的未生怨与十六观。谈及南北两壁经变,傅教授认为二者的布局基本相似,但其核心部位的表现内容迥然有别。南壁经变在核心位置用伎乐天、弹琵琶的迦陵频伽和八人乐队突出音声之美;北壁经变却在同样位置表现宝物在人们眼前消失。傅教授认为这种差异是有意为之,即用反衬法提示眼见未必"实"而耳听未必"虚",从而让人心悦诚服地奉行耳听佛法、口念佛名的听觉修行之道。

讲座的第五部分即最后一部分为"听感视觉"。受吉尔·德勒兹在《感觉的逻辑》一书中所创造的 haptic visuality（有触感的视觉）一词的启发，傅教授提出"听感视觉"（acoustic visuality）的概念，他认为"听感视觉"是以听觉想象加诸视觉所见，所见之物并非全部都能发声，这就要求对发声之物及具发声潜能之物有一种特殊的敏感。"听感视觉"不仅来自发声之物，与发声之状也大有关系，亦与"通感"（synaesthesia）或曰"感觉挪移"存在密切关联。最后，傅教授进行总结，本次讲座之所以讨论经变上的音景，是因为以往那种把画面世界设为静音的做法不能得古人之本意，即敦煌壁画虽为造型艺术，反映的却是注重口传的佛教文化。今人若想如陈寅恪所言对其有"真了解"，便不能对其中的音景置若罔闻。

评议环节，北京大学艺术学院李松教授对本次讲座进行点评。李教授认为声音与图像的关系问题是值得关注亦值得探讨的话题。我们看到的壁画是视觉的因素，声音的因素如何在中间体现，声音如何与图像和视觉建立联系，这显然是一个课题，也是一个难题。李教授认为傅教授所讲的敦煌壁画上的音景是想象的声音，因为我们没有听到声音，我们也听不到声音，可是我们看到的视觉在表现声音，所以我们力图调动自己的视觉经验和听觉经验，然后再来对应绘画上面的一种联系。实际上，我们从无声开始，经过我们的想象和感受，最后还是回到无声。因为没有人真实地发出声音，所以这是一个从无声到无声的过程。随后，李松教授就傅教授讲座的第一部分内容，即从"音景"的主调音、信号音和标志音三个层面分析榆林窟第 25 窟的观无量寿经变发表了自己的看法。交流环节，敦煌研究院张元林研究员和西安美术学院白文教授就讲座的相关内容进行了深入的探讨，傅教授对此表示感谢。

主持人陈明教授认为此次讲座为大家提供了一个学习交流的平台，来自不同学科的学者们之间的讨论，有助于推进对音乐图像这类新问题的研究，激发我们进一步讨论音乐、声音、图像、文本甚至表演之间复杂的关系。陈明教授对各位老师和同学的积极参与表示感谢。本次讲座圆满结束。

（王乐乐）

# 北京大学"东方文学图像"系列讲座第二十二讲

2020 年 11 月 20 日晚 7 点，由北京大学东方文学研究中心与北京大学外国语学院南亚系联合主办，国家社科基金重大项目"古代东方文学插图本史料集成及其研究"课题组承办的北京大学东方文学图像系列讲座第二十二讲《像法灭尽、诸神护持：9—10 世纪于阗"法灭"思想及其图像表现》于云端顺利开讲。此次讲座由中国社科院世界宗教研究所副研究员陈粟裕主讲，北京大学东方文学研究中心金勇副教授主持，浙江大学艺术与考古学院谢继胜教授进行评议。

　　首先,陈老师介绍了关于研究于阗佛教的文献材料,主要包括汉文、于阗文和梵文以及藏文三大类,这些材料与新疆和敦煌发现的图像进行研究。汉文材料主要集中保存在正史、画史和笔记,这些材料虽多片面却不失其重要性。僧传和游记中,如《法显传》里也记载了僧人在丝绸之路往来,到达于阗的情况。佛教典籍则包括了《华严经》记录了于阗当时部分的状况。另外,敦煌文书、石窟壁画榜题的材料,由于国际敦煌项目(Idp. bl. uk)的资料陆续上线,能够阅读原来不曾见过的原始文件。这些材料对于了解于阗的情况,提供了很好的技术支持。此外,于阗文、梵文材料则依靠诸多学者的翻译。陈老师高度赞扬了近年来在这方面做出杰出贡献的 Thomas F. W.、段晴教授、朱丽双教授等人。他们的翻译对于人们了解于阗历史起着很大的作用。陈老师也补充人民大学也有一些有关新疆的新材料,不少也涉及了于阗的资料,对于美术史研究起着重要的意义。她提到藏文材料主要集中在《于阗国授记》(*Li yul lun-bstan-pa*)、《牛角山授记》(*Ri-Glang-ru lun-bstan-pa*)、《僧伽伐弹那授记》(*Dgra-bcom-pa Dge-'dun' phei-gyis lun-bstan-pa*)、《于阗阿罗汉授记》(*Li yul gri dgra-bcom-pas lun-bstan-pa*)和《于阗教法史》(*Li-yul-chos-kyi lo-rgyus*)五部藏语材料。这些资料并不是纯粹的佛教文献,它杂糅了佛教的故事、历史和本地传说等因素,因此不能完全用历史文献的角度来解读,也不能以神话传说来理解。其中,对于西域社会的动荡、战争频繁现状的表露和佛法即将衰亡的担忧即在这几部典籍中体现。这种体现主要通过两个方面,即:"俱睒弥法灭故事"和表现西域战争频繁,对佛法将灭亡的担忧。担忧于阗法灭思想也传到了敦煌。这种担忧在敦煌的石窟图像有非常深刻的反映。在初期是没有敦煌和于阗交往的记载,但是从现有的图像来看,吐蕃统治敦煌的 8 世纪末 9 世纪初,敦煌和于阗存在着图像和宗教的交流。

　　接着,陈老师举例吐蕃统治敦煌时期的瑞像图集中在 9 世纪初出现,并以 231、237 窟为代表。231 窟一共有 11 尊瑞像,237 窟一共有 6 尊瑞像。而这些瑞像很多都是从其他地方腾空而来,举例 231 窟有"微波施佛从舍卫城/腾空于固城住","此牛头山像从耆山履/空而来"等等。换而言之,他们源头很可能是来自印度。由印度到了于阗后,广为信奉。从于阗到了敦煌,这些腾空而来的瑞像其实对原有图像有着非常强烈的保存,并遵从着原有样式的基础倾向。正如:237 窟的"虚空藏菩萨于西玉河萨伽耶倦寺住瑞像"和"新疆和田托普鲁克墩 1 号佛寺遗址的菩萨残片"是非常接近的。虽然菩萨残片只见其下半身的坐姿,包括腿部的纹路以及腹部腰带的系法。由此,陈老师认为吐蕃统治敦煌时的瑞像样式,还是遵照了早期原有的图像样式和基础。她进一步地分析这些图像是比较忠实于原著版本的图像。到了 9 世纪末期,于阗因法灭思想的发展而在敦煌图像有进一步的反映和表现。这主要集中体现在张氏、曹氏归义军时期出现的甬道盝顶新的配置上。现存于莫高第 9、340、98、108、39、146、397、401、126、25、454、342 窟,以及榆林 33 窟南壁和已剥落的莫高 220 窟南壁。而 220 窟和甬道盝不同之处主要是表现了大量的瑞像,均匀地排列在画面上,还有佛教圣迹图当中的重点如:"牛头山"和"阿育王造八万四千佛塔"等细节也在画面中有所保留。根据陈老师的观察,目前最早的佛教圣迹图是年代 9 世纪末的第 9 窟。很有意思的是,这些图像较为成熟,可在较后进一步地讨论它是否属外来传播的图像。

　　此次讲座讨论的图像均取自第 9 窟,并可拆分为三个图像系列。(一)于阗八大守护神包括了:迦迦那莎利神、莎那末利神、莎耶摩利神、阿隅阇天女、悉他那天女、摩诃迦罗神、阿婆罗质多神和毗沙门天王。在这些名号的后面都有着"保护于阗国"的字样,因此对应的神像非常有意思。而这于阗八大守护神在第 9 窟甬道盝顶的前段两侧出现。这于阗八大守护神的形象是丝绸之路深入交流的体现。从他们的形象上可见到各地的因素,包括印度、波斯、汉地的传统都可在他们的身上有所体现。从八大神的服饰、头冠、形态等图像元素,可以推断出于阗八大守护神的形象,可能是汉地民众的创造,并通过各地形象的综合和融汇,产生了这八大守护神。

　　(二)甬道盝顶的瑞像:陈老师接着说明在第 9 窟的于阗八大守护神身后跟了 4 尊瑞像。若从上往下看,上方是僧伽罗授珠瑞像、于阗瑞像、于阗观音像、犍陀罗国双头瑞像,下方则是于阗玉河浴佛、指日月像、摩揭陀国观音瑞像、于阗石佛瑞像。由于,第 9 窟是没有榜题,因此这主要是根据其它洞窟有类似特征的图像进行综合的判断。陈老师也提出自己的疑惑,为什么选择这 8 身瑞像和八大守护神共同配置的原因。她认为这有可能在甬道盝顶的瑞像,是反映了方位和重点位置的体现,这有待进一步的讨论。

　　(三)在第 9 窟甬道顶有关佛教的圣迹图,是讲座的另一个重点。这是由于法灭所产生的焦虑而生的图像,此图的题材难于判断。由左下侧开始往右,整幅图可分为 19 处,它们分别是 1.宾头卢供养、2.高僧昙延(榜题)、3.泥婆罗水火冠(榜题)、4.菩提寺放光舍利(榜题)、5.那烂陀寺(榜题)、6.纯陀故井(榜题)、7.龙树菩萨与南天竺国王、8.阿育王神变塔(榜题)、9.释迦油河起塔供养、10.牛头山与天梯(孙修身)、11.牛头山的释迦、12.刘萨诃瑞像、13.安世高与河神(孙修身)、14.旃檀瑞像礼拜释迦(孙修身)、15.阿育王造八万四千佛塔(榜题)、16.北天竺乌仗国石塔(榜题)、17.柏林寺放光佛、18.毗沙门与舍利弗决(孙修身)、19.毗耶离国紫檀瑞像。这些大都是早期佛教的重要遗迹,目前还没找到一个文本能与画面完全一一地对应。这图像的来源也是很值得进行再进一步的思考。

　　陈老师也指出这些图像是对早期石窟图像的借鉴与重构,沿用了早期洞窟中的题材与图像,借鉴早期图像样式创造新的图像,并在构图方式上进行了借鉴。从以上的细节来看,可得出 3 点结论:1. 吐蕃统治敦煌时期出现在盝顶四披的瑞像、圣迹是佛教圣迹图的图像来源之一,早期单身、单格的图像被画工整合在一个画面之中。2. 之前壁画图像被重新加以改造,表达出新的内容。举例 323 窟的佛教史迹故事、72 窟的刘萨诃因缘故事图都是有效的参考资料。3. 在构图方式上也反映出对刘萨诃因缘故事的借鉴。由此可以看出,佛教圣迹图是敦煌画工们参照之前众多图像缀合而成的新题材,是一种敦煌本地原创的图像而不是外来的图像传播。在它的画面中充分体现了对之前图像的借鉴,这种借鉴方式在刘萨诃瑞像以及刘萨诃因缘故事的绘制中已经采用。在整个圣迹图中除了表现圣迹外,画面中的主要视觉中心表现在 1. 优填王造旃檀瑞像跪迎释迦、2. 旃檀瑞像礼拜刘萨诃瑞像、3. 牛头山的释迦像。通过黑白袈裟与红蓝袈裟将释迦、旃檀瑞像、刘萨诃瑞像、牛头山释迦像等同起来,形成瑞像即释迦的效果,从而有力抬高了刘萨诃瑞像的地位。除此之外,在圣迹与敦煌中突出了对于于阗牛头山的想象。此外,这也在图像上将刘萨诃瑞像与牛头山释迦像结合在一起,以此为中心统摄画面圣迹以及于阗守护神与瑞像,将末法时期守护于阗的守护神与瑞像的护卫范围,扩大到敦煌乃至整个阎浮提世界。

陈老师认为除了守护神和瑞像之外,佛教的圣迹也起到了守护的作用。这些佛教圣迹的意义,除了是对释迦的一种纪念外,也是对僧团和信众的保护。当时的社会是动荡不安,希望借此能获得一些庇佑。最后,陈老师以三尊瑞像图作为自己的总结。日本清凉寺藏的旃檀瑞像,其形象是秉承了一种古老的样式传统,同样的 321 窟的牛头山瑞像是模仿和借鉴了旃檀瑞像的样子。由此,这形成了一个固定且神圣的造像模式。而大英博物馆藏的番禾瑞像,虽然是左右相反但是站姿和手势是有着非常严格的继承。陈老师总结本讲座的核心观点是,瑞像的传播是有固定的图像意义,这意义更多是来自宗教强调有神气的图像能守护自己的国土。而这种瑞像守护神的传播和创造都是来自末法社会的担忧。通过以上于阗八大守护神、瑞像和圣迹图的综合研究,陈老师个人认为于阗的末法思想对于敦煌的图像有着很深入的影响。陈老师再次感谢语言学者的翻译,使得我们可以厘清当时的社会现状,从而能通过文献和图像阐释出接近于当时社会心理的形象。

评议环节,谢继胜教授对此次讲座进行点评。谢教授充分肯定了此次的讲座题目是非常合适,陈老师以一个宏观的像法灭尽背景来观察图像的出现。经过文献的梳理,可看出灭法和新的弘法是一个对立的关系,也勾勒出于阗以图像的方式来理解整个灭法的思想。在图像的显现中,在末法时期,要到佛教发源地去寻找新的正法。所谓的瑞像就是早期犍陀区的《燃灯佛授记》等图像,人们就将这种图像称为瑞像,而和这些图像相关的就是圣迹图像,并在各地找代表对这些瑞像和圣迹等进行守护。谢教授同意陈老师的观点敦煌的瑞像是敦煌画师的再创造,他补充这种表现手法是特殊的，是敦煌画师在灭法的环境中形成的一种逻辑思考方式，因为这种造像在吐蕃的其它洞窟并未出现。谢教授在最后说明，我们一般将 9 世纪的于阗认为是佛教传播的一个中心，而现在见到于阗所呈现出来的造像特征还是不太完善的。接着，陈老师对点评作出回应并回答了听众的疑问如：于阗八大守护神与藏文文献中的八大菩萨及四大天王的联系等问题作出解答。此外，著名的敦煌研究院马德教授对此次的讲座表示耳目一新，有些是没有关注过的事项，但皆因佛教传播的社会意义中引起共鸣。最后，北京大学东方文学研究中心主任陈明教授对各位老师和同学积极参与表示感谢，本次讲座在掌声中写下圆满的句点。

（吴小红）

## 北京大学"东方文学图像"系列讲座第二十三讲

2020 年 11 月 27 日晚 7 时，北京大学东方文学图像系列讲座第二十三讲顺利举行。本次讲座主题为"文本与时空图像的建构——以《法华经》视角解读莫高窟第 254 窟"，由西安美术学院史论系白文教授主讲，中国人民大学艺术学院张建宇副教授评议，北京大学东方文学研究中心助理教授熊燃博士主持。讲座采取线上形式，来自全国各高校的近百名师生参与讲座。

白文教授首先介绍了研究莫高窟第 254 窟的缘起，以及将此窟与《法华经》联系起来的三个原因：其一，254 窟的"千佛"，体现出佛教的时间和空间观念；其二，山西芮城博物馆藏有一块约西魏时期的"二佛并坐"造像残碑，南北两侧面的图案及其方位恰好与 254 窟南北两壁佛像及中心立柱西侧的像对应，启发白教授将 254 窟与《法华经》联系起来；其三，254 窟的图像架构与《法华经》的"序品""方便品""如来寿量品"可以对应，故可以从《法华经》的视角，理解 254 窟的壁画和造像。

在对《法华经》内容进行简要介绍后，白教授对 254 窟图像和造像进行具体的分析。他以《法华经》中与传统"佛法"相区别的"妙法"出发，从整部经的教义内容角度解读莫高窟第 254 窟。二者相互之间的联系有三。其一，第 254 窟中心塔柱四面图像描绘了"灵山圣会"与"六瑞"景观，表现《法华经·序品》中的佛陀形象。其二，第 254 窟南北两壁千佛图中穿插的本生、因缘故事画图像体现了"方面品"中所言《法华经》核心——众生皆可成佛的"一佛乘"思想。具体而言，北壁的"难陀出家"因缘图像中，已经觉悟的难陀左手伸出两根手指，代表了源自《维摩诘经·入不二法门品》的"不二法门"；他头顶的鹦鹉和日月则代表了宇宙间万物不灭的真理"诸法实相"。北壁千佛图中穿插的尸毗王本生、南壁"释迦降魔"图和"萨埵舍身饲虎本生"图，连同前述难陀出家因缘故事画，从不同的角度体现了《法华经》中"诸法实相""入于无量义三昧"的含义。因此,南北两壁本生、因缘故事的情节,构成支提窟绕塔观相的具体内容——世间的存在法则,亦即"诸法实相"。白教授还提到,在第 254 窟中,婆薮仙可能出现了三次,这或许是第 254 窟的整体规划与设计导致的。其三,从《法华经》视角来看,第 254 窟中心塔柱东向面交脚佛形象具有佛陀永远常住世间的说法内涵,与其他三个向面的禅定坐佛意义相同。此外,第 254 窟四壁"千佛"图像与其中穿插的本生、因缘图像的关系中,塔柱"不生不灭"的图像内涵始终贯穿第 254 窟,并与四壁图像互动,构成了绕塔观相的互动关系。参照山西芮城博物馆藏的"二佛并坐"造像碑,可见第 254 窟南北两壁各有的四尊说法、禅定佛,以及交脚弥勒菩萨,应与四壁"千佛"具有相同属性,象征"过去"和"未来"诸佛。对三世诸佛的排列,正体现了《法华经》中佛陀宇宙的、永恒的形象,以及众生皆可成佛的"一佛乘"思想。

最后,白文教授总结了第 254 窟的结构与主题。他认为,依据《法华经》视角观察,莫高窟第 254 窟具有统一的规划和设计:其一,它如同一座三维立体的《法华经》,表现了"序品""方便品"和"如来寿量品"的内容和义理;其二,第 254 窟中心塔柱正面交脚佛像,具有佛陀精神"不生不灭"、永远常住世间的说法内涵,与南、北、西三面的"三昧"禅定坐佛意义相同;其三,塔柱"不生不灭"的图像内涵始终贯穿第 254 窟,构成了绕塔四壁图像的互动关系;其四,中心塔柱正面交脚佛的"永恒""常住",与四壁千佛"过去""未来"的意义一起,构成了过去、现在、未来诸佛、诸法的统一。

评议环节中,张建宇副教授从研究对象、研究方法和研究内容三个方面对白文教授的研究背景进行了补充。他认为,白教授利用图像学的方法,对莫高窟第 254 窟的图像和塑像内容进行了研究,从表现《法华经》内容的图像出发,将第 254 窟的图像和塑像作为表现《法华经》思想的"法华图像"进行分析,为敦煌早期洞窟的研究提供了一个新的视角,十分精彩。随后,张建宇副教授向白教授提出两个问题,一为南壁上的"难陀出家图"表现的究竟是不是难陀出家因缘,以及西壁上"白衣佛"是谁、代表了何种思想,是否与法华思想有关;二为如果从《法华经》角度解读莫高窟图像,需要确定洞窟主尊,更多的人将白教授研究的第 254 窟和第 285 窟中的土尊解读为弥勒,白教授有何种看法。白文教授对张建宇副教授的点评表示感谢,回应称:回顾自己所读过的几乎所有与难陀出家因缘相关的经典,并将之与第 254 窟图像进行对读,认为这幅图像确实是"难陀出家图";目前学界基本将"白衣佛"定位为未来佛,自己也认同这个观点,其应当也包含于四壁千佛主导的"过去"与"未来"佛的序列中;至于第 254 窟主尊的问题,第 254 窟中的中心塔柱体现的是一个空间的概念,代表过去、涅槃的塔柱和代表未来的弥勒合而为一。

随后,讲座进入问答环节,与会师生从佛陀形象、图像解读、三界图含义、壁画颜料、研究视角等方面提出问题,白教授一一进行了耐心细致的回应。本次讲座在大家意犹未尽的讨论声中圆满结束。

(周佳)

# 北京大学"东方文学图像"系列讲座第二十四讲

2020 年 12 月 4 日晚,由北京大学东方文学研究中心与北京大学外国语学院南亚学系联合主办、国家社科基金重大项目"古代东方文学插图本史料集成及其研究"课题组承办的北京大学东方文学图像系列讲座第二十四讲于云端顺利开讲。此次讲座的题目为《佛塔与曼荼罗:吐蕃显密佛教的新认识——藏西至河西走廊佛塔与汉藏交界地带八大菩萨造像的综合考察》,由浙江大学汉藏佛教艺术研究中心的谢继胜教授主讲,北京大学艺术学院李松教授担任主持,中国社会科学院民族学与人类学研究所的廖旸研究员负责评议。来自北京大学外国学院南亚学系的段晴教授等学者专家也参与了此次讲座,约三百余名听众在线共飨了这场知识的盛宴。

讲座伊始,谢继胜教授简要介绍了本次讲座的主要内容。此次讲座的讨论对象为自西藏西部、经中亚地区至新疆一带的摩崖佛塔,以及汉藏交界地区胎藏界三尊与中台八院八大菩萨的造像。谢继胜教授在已有的研究基础上,将二者结合起来进行综合考察,得出了一些关于显密佛教的新观点。讲座内容主要以谢继胜教授实地考察所得资料为依据展开,一共分为两大部分。

在第一部分中,谢继胜教授介绍了嘉峪关石关峡摩崖佛塔的情况,并结合相关典籍与佛教遗迹对该材料进行了全面的解读与溯源。据谢继胜教授介绍,这一部分内容主要基于他与嘉峪关丝路(长城)文化研究院黑山岩画保护研究所李建荣及敦煌研究院文献所赵晓星共同完成的关于石关峡摩崖石刻的考察,相关的考察报告即将发表。谢继胜教授认为在石关峡新发现的这一部分材料,对吐蕃佛教史等史学研究有重要的意义。

在对石关峡摩崖佛塔的具体介绍与阐释中,谢继胜教授首先介绍了嘉峪关石关峡吐蕃摩崖石刻的位置。结合《释迦方志》《重修肃州新志》《沙州状》等文献以及卫星图、航拍图等材料,讨论了石关峡和玉门关的关系,认为石关峡很可能是唐吐蕃时期的玉门关。接着,谢继胜教授展示了该吐蕃摩崖石刻的照片及佛塔誊清线图与题记的藏文摹写,介绍了该摩崖石刻的基本情况,对雍仲符号的方向、藏文中出现的关键人名等内容做了进一步的解读。通过将石刻上的逆时针右旋万字符与其他早期的佛像上的万字符对比,谢继胜教授肯定了早期佛教中也存在较多的逆时针万字符这一观点;在借助多语种文献的记录对达松杰(sTag sum rje)等名字进行比定和溯源时,他借助敦煌藏文写卷(P. T. 1199)达松杰、论勃董藏(bLon sdong bzang)、洪罾(Hong ben)等同时出现的情形,以汉文卷子《论董勃藏修伽蓝功德记》与之比照,确认了记载达松杰名号的摩崖石刻年代在 9 世纪初,并以新疆麻札塔克藏文木简出现的阿摩支达松杰('Aa ma［cag］Stag sum rje)为依据确认了河西走廊与于阗地区吐蕃军队的移动之间的关系。然后,谢继胜教授对该摩崖石刻上的庙宇样式、佛殿的局部构造以及汉文题字等内容进行了分析,认为可以判定这些是属于 8 世纪后半叶至 9 世纪初的造像。他还提到在石关峡沟口,也有类似的佛塔,其上佛像也属于大约 8 至 9 世纪的斯瓦特造像风格。之后,谢继胜教授介绍了内蒙古阿拉善右旗曼达拉山的吐蕃岩画,通过分析这一片区域众多佛塔与石刻上的藏文书法特点等内容,他认为 8 至 9 世纪吐蕃人在河西走廊活动的范围可能比我们以前了解的更加广阔。

为了进一步解释石关峡摩崖佛塔与曼达拉山吐蕃岩画的来源,谢继胜教授分别展示了来自拉达克与克什米尔、巴尔蒂斯坦、瓦罕走廊、通天河与澜沧江流域等地区的吐蕃佛塔石刻与藏文题字,在翔实的资料基础上,建构起了 7—9 世纪中亚佛塔图像与藏区及甘、青、川等地摩崖佛塔之间传播与互动的关系。谢继胜教授认为,佛塔摩崖刻石与早期岩画的形成有相同的动因和地理与地质文化环境,现今包含吐蕃岩刻的遗址都是古代岩画流行的区域。吐蕃人 8 世纪前后经由羊同、勃律通道进入中亚,并将吐蕃碑刻摩崖纪年方法随军阵传入当地,在当地犍陀罗、秣菟罗佛教艺术的影响下,与以佛法僧三宝为宗旨的佛塔供养紧密结合,出现了大量的佛塔石刻。谢继胜教授特意提到,在敦煌沙州为官的论董勃藏,其先祖就是吐蕃征伐勃律的统帅。安史之乱之后,吐蕃军队进入安西四镇、河西走廊沿线,乃至进入甘青川走廊,在有相同岩画语境下的地区留下同类刻石。此后,随着佛教胎藏界图像由汉藏边界地区传入青藏高原东部,在以河流为主的交通孔道上留下了佛塔摩崖石刻。谢继胜教授还提到,对这些佛塔图像的考察,有助于对吐蕃时期佛教的传播史进行重新阐释;另外,他还认为这些佛塔摩崖石刻的传播,可能与毗沙门天王的信仰有关。

在第二部分中,谢继胜教授重点考察了甘、青、川、滇地区敦煌胎藏界密教图像传播的路径。这一部分主要围绕着三个问题展开,第一个问题是如何确认唐蕃时期胎藏界的简化形式。针对这个问题,谢继胜教授首先提出 9—11 世纪的佛教图像有简化重组的趋势;然后参考一行的《大日经疏》、元杲的《胎藏界三部秘释》等文献对胎藏界三部三尊的布局问题及胎藏界密教的宗旨进行了梳理和解释,认为汉藏交界地区的摩崖造像均为文献中提到的这三尊,即大日如来、金刚手与观音;接着,他通过不空译的《佛顶尊胜陀罗尼念诵仪轨法》以及这一时期的壁画、经幢、娟画等资料,展示了中台八叶院禅定印大日如来与八大菩萨胎藏界曼荼罗中心的构造,认为当时的吐蕃人应该比较熟悉大日如来和八大菩萨的关系。谢继胜教授认为通过四川石渠古藏文碑刻中明确出现的胎藏界曼荼罗金刚手院金刚大力明王，即秘迹金刚名号，可以确认汉藏交界地带造像属于胎藏界系统。

第二个问题为甘、青、川交界地区胎藏界曼荼罗的主要配置有哪些。谢继胜教授认为这一地区的胎藏界曼荼罗主要由莲花手、大日如来和金刚手构成。这类三尊造像在敦煌密教绘画中没有发现，主要出现在汉藏边界。原因有二，其一，简化形式出现较晚，即九世纪前后；其二，简化样式容易在摩崖石刻中表现，大日如来与八大菩萨像则不容易表现。以青海玉树勒巴沟大日如来三尊石刻为例，该石刻上有藏文题记与年号，内容为"顶礼大日如来佛、金刚手和圣观音，马年施造"，是理解这一现象的重要材料。

第三个问题：根据各地发现的摩崖文字与造像建立敦煌胎藏界曼荼罗传播的路径。为了构建这一路径，谢继胜教授从嘉峪关石关峡吐蕃摩崖石刻出发，相继列举了内蒙古阿拉善右旗曼德拉山岩画吐蕃藏文石刻、甘肃民乐县扁都口石佛寺、青海都兰吐蕃佛教石刻、青海玉树贝沟文成公主庙、青海玉树勒巴沟吐蕃石刻"大日如来三尊"、四川石渠邓柯照阿拉姆石刻、四川石渠洛须镇烟角村石刻、四川石渠须巴神山吐蕃石刻、西藏察雅县仁达丹玛札大日如来石刻、西藏察雅县香堆镇向康寺次曲拉康藏吐蕃八大菩萨圆雕石刻、西藏芒康县帮达乡然堆村大日如来佛堂、西藏芒康县巴拉村大日如来与八大菩萨造像、西藏芒康县巴拉村摩崖石刻、西藏芒康县巴拉村新发现摩崖石刻、西藏芒康县纳西乡扎西沟摩崖造像等十五处的摩崖造像，介绍了每一处胎藏界佛像的特点，如有一些造像涉及《普贤行愿品》的内容，谢继胜教授提到在汉藏边境，《普贤行愿品》特别多，经常和胎藏界的三尊和八大菩萨连在一起；进入西藏芒康县之后，胎藏界三尊造像开始着吐蕃装。谢继胜教授还提出，汉藏边界石刻大日如来三尊之圣观音可能影响了南诏大理莲花部阿嵯耶观音的成型。通过整体考察这一传播路线，谢继胜教授总结说，前半段以佛塔居多，到了阿拉善，佛塔和胎藏界开始同时出现，而自藏东转折之后，密教的元素越来越多，佛塔则越来越少。

谢继胜教授进一步阐释了汉藏边界胎藏界佛教图像的重要性。他认为8世纪前后吐蕃佛教是以寂护、莲花戒为代表的印度中观体系与以汉僧摩诃衍为代表的汉地禅宗。开元三大士倡导的密教在8世纪以前的吐蕃佛教中并非主流，但在9世纪前后敦煌唐密借助图像的传播，经由河西走廊与青海丝路古道进入汉藏多民族接壤地区，规模较7—9世纪汉地佛教初传吐蕃的规模更大，可以看做是汉地佛教真正意义上向吐蕃的传播。

综合考察摩崖佛塔石刻与八大菩萨佛教图像的意义时，谢继胜教授总结说，因应九世纪敦煌密教的兴起，早期镌刻佛塔的大乘佛教洪流中汇入了胎藏界密教的成分，胎藏界三尊与八大菩萨逐渐进入摩崖石刻造像的系统。在9世纪初吐蕃势力衰微之际，吐蕃人从非常熟悉的丝路吐谷浑青海道转向进入青藏高原汉藏交界走廊,在相关交通要道上留下数十处胎藏界三尊与八大菩萨造像,最后进入云南,三尊中观音单尊的分离形成阿嵯耶观音的变体。中亚犍陀罗故地的造塔传统属于基础的大乘佛教系统,与《普贤行愿品》有意旨上的勾连,但三尊与八大菩萨属于唐密的胎藏界密教系统,两者都处在唐蕃多民族同一个佛教传播的进程中,显密相容,自藏西经由西域、河西走廊至汉藏交界地带的摩崖石刻佛塔与造像,完美地体现了吐蕃佛教"显密交融"的特点。这也是唐蕃时期多民族政治经济文化交流的写照。

廖旸研究员对讲座进行了精彩的评议。她首先对谢继胜教授丰富的讲座内容表达了钦佩,认为基于相关的学术渊源与乡土感情,谢继胜教授对吐蕃石刻的梳理非常完整。廖旸研究员表示,讲座讨论了佛塔和摩崖造像两条线索,虽然典籍记载了大量的修庙和刻像,但较好地保存到今天的,是摩崖石刻这一部分,关于石关峡的摩崖石刻是非常新的材料,期待谢继胜教授的论文尽快发表;同时,谢继胜教授注意到了拉达克、巴尔蒂斯坦等国外的摩崖石刻的材料和研究成果,做了非常好的讲述,通过对这些零星的区域考察,尝试把个别的现象连接起来,给我们思考吐蕃佛教的传播路线提供了可能;另外,由于摩崖石刻的年代不好判断,谢继胜教授在这方面做了很多工作,如通过藏文的书法特点、关键的人名、服饰特点等内容的比定确定了石刻的大致年代;最后,综合考察佛塔与胎藏界佛像的传播路线时,谢继胜教授特别强调了军队的作用,为我们思考这段历史提供了很多线索。

评议结束后,与会听众踊跃地向谢继胜教授提出了问题。谢继胜教授一一作了解答。最后,主持人李松教授对谢继胜教授博大精深的演讲、廖旸研究员的精彩点评以及与会者们的积极参与表示了感谢。他认为谢继胜教授坚持使用第一手材料,缘起图像,将多个地域的相关石刻联系在一起考察,尤其注意到了实物与当时社会人群之间的关联性,勾勒出 7—9 世纪左右汉藏边界吐蕃佛教的传播脉络,开阔了我们的眼界。与会的老师和同学们纷纷表示受益匪浅,讲座在热烈的讨论中落下了帷幕。

(李玲莉)

## 北京大学"东方文学图像"系列讲座第二十五讲

2021 年 5 月 21 日下午,由教育部人文社科重点研究基地北京大学东方文学研究中心、北京大学外国语学院南亚学系主办,国家社会科学基金重大项目"古代东方文学插图本史料集成及其研究"课题组承办的北京大学东方文学图像系列讲座第二十五讲在外文楼 111 会议室顺利举办。本次的主讲人程大利先生是著名画家、出版家、美术理论家;中央文史研究馆馆员,中国画学会副会长,中国文联委员,中国美术家协会理事。他曾任人民美术出版社总编辑,编审。程大利先生结合自己的绘画实践,奉献了一场题为《从"象思维"到中国画的笔墨形态》的精彩讲座。北京大学外国语学院助理教授熊燃担任主持人，中国人民大学艺术学院张建宇副教授负责评议。

程大利先生的演讲主要集中关注"象思维"与中国画的笔墨形态之间的关系。他结合具体的作品分析，指出"观物取象"是中国古代绘画、建筑、造园等的基本方法。这个"象"不同于"形象"，是最早的"不似之似"的哲学表达。"象思维"决定了中国美术史的评价标准及评价体系。"仰则观象于天，俯则观法于地"，画家不停留于对事物的模仿与再现。"写意"一词成为绘画要旨。中国古代象形文字亦是"象思维"的产物。"书画同源"，使绘画重书写性，"以线述形"，求得"心象"的表达，达到"畅神"的目的。山水画是笔墨文化的典型形式，笔墨不仅是材料和技巧，亦是绘画语言的形态，是中国画不同于其他民族绘画的独特之处。

程大利先生认为，中国画的笔墨不以记录自然为目的，乃通过表现自然而表达画家的心灵要求，"独与天地精神往来"。宋元艺术的高峰是笔墨文化的辉煌记录。从董源到倪云林，中国山水画创设出空前的意境，直抒性灵的生命意识成为笔墨艺术的旨归，记录了文人艺术家的心路历程。至明清，笔墨艺术千姿百态，各放异彩。

张建宇副教授从艺术史的角度，对程大利先生的讲座进行了深入的点评。多位听众加入讨论，对"象思维"和中国画的笔墨形态有了深刻的理解，丰富了对中国传统绘画艺术的认识。讲座取得了圆满的成功！

（中心）

# 北京大学"东方文学图像"系列讲座第二十六讲

2021年5月28日下午，由教育部人文社科重点研究基地北京大学东方文学研究中心、北京大学外国语学院南亚学系主办，国家社会科学基金重大项目"古代东方文学插图本史料集成及其研究"课题组承办的北京大学东方文学图像系列讲座第二十六讲顺利举办。北京大学外国语学院西葡语系范晔副教授作为主讲人，为线上线下的听众奉献了一场题为《以图叙史：拉美当代图像小说〈永航员〉中的"他们"与"我们"》的精彩讲座。北京大学外国语学院西语研究中心主任于施洋助理教授担任主持人，中国人民大学附属中学美术教师张兴先生负责评议。

范晔老师首先对本部作品进行介绍，《永航员》（El Eternauta）是一部半个多世纪前的拉美图像小说经典，为阿根廷作家埃克托尔·赫尔曼·厄斯特黑尔德（Héctor Germán Oesterheld）（1919—1978?）所创作的"阿根廷经典文库"中唯一一部漫画。他指出，这部被誉为"南半球最伟大的科幻冒险，阿根廷史上最好的漫画书"，实际上有着丰富多元的指涉和包蕴。他提到阿根廷作家奥斯卡·玛索达（Óscar Masotta）在考察大众文化时认为，漫画是一种"新的视觉现实"，图像小说

(graphic novel)便是在这种新视觉现实中独领风潮。范老师举例，1991 年阿尔特·斯皮格尔曼的《鼠族》(Maus，Art Spiegelman)即是一部经典之作。2007 年 9 月 4 日，阿根廷政府为纪念《永航员》问世 50 周年，定该日为"漫画日"，这一天正是半世纪前《零时周刊》(Hora Cero Semanal)的《永航员》首次连载。而拉美文化里具有以图叙史的传统，16 世纪中期西班牙殖民期间的一些古抄本，图文并茂地描绘了 14 世纪墨西哥建城的历史。

讲座的第一部分，范老师介绍了《永航员》外星人入侵阿根廷首都布宜诺斯艾利斯的故事情节。故事场景设置在雪花纷飞的国会广场，《永航员》的主人公胡安·萨尔沃不幸被外星异类抓住。这些外星异类以一种貌似大型"甲虫族"(Cascarudos)出现，实为由"手族人"(Mano)所控制。后者是控制者同时也是被控制者，背后才是真正的敌人："他们"(Ellos)。小说自始至终，"他们"从未出场亮相，这就是讲题中的"他们"为隐喻性提供了阐释的空间。

讲座的第二部分，范老师谈及了手族人死亡的原因。手族人在幼年被植入了某种腺体，一旦个体产生恐惧就会分泌致命的毒素。恐惧与对恐惧的抗争是全书的核心主题之一。恐惧腺体的设计可说是发人深省的神来之笔。当时的"元恐惧"(meta-miedo)也激发了一系列的讨论，如何在图像里展现恐惧的表现。漫画中充分调动了图像小说的叙事手段，为读者营造出"新的视觉现实"。《永航员》的主人公胡安，发现伙伴们都成为傀儡人后，自己试图逃走，结果被抛入时空乱流，成为浪迹宇宙的永航员，随后又阴差阳错返回并讲述了这一则故事。

《永航员》系列为拉丁美洲的创作者开辟了新的道路，在通俗读物的载体中展开家国命运的反思。1969 年出版社拟重启《永航员》，作者与另一位著名漫画家阿尔韦托·布雷恰(Alberto Breccia)合作，创作了意识形态色彩更加鲜明的另一版本《永航员》，读者却对创作表现了不满。1976 年出版社又推出了《永航员》第二部，以后还有各种的续作。作家自身的悲剧命运也与书中人物的挣扎轨迹产生了发人深思的重合与共鸣：他和家人都成为阿根廷"肮脏战争"中的"失踪者"……

讲座的最后部分，范老师以作者厄斯特黑尔德全家福照片结束这次的演讲，并点明了我们每个人都用自己的方式寻找，"我们"都是永航员的主题。本次讲座，范老师从漫画图像小说的角度出发，引发了同学们进行深入的思考，体会到了漫画史多元丰富的蕴涵。

报告结束后，张兴老师主要对图像小说和漫画的艺术风格进行了补充和评议。首先，范老师带来的《永航员》和其所代表的阿根廷或说西语漫画，几乎和法比漫画同时期出现，有着不同的自称，阅读方式和发售形式，所以不宜放在"欧洲漫画"的框架里去讨论。这完全打破了之前人们对于世界漫画唯有"美国漫画""日本漫画"和"欧洲漫画"这三大体系的固有认知，这是值得广大漫画研究者反思的。

之后张老师分析了漫画的本质，日本漫画まんが意指画面的放松，美国漫画comic强调剧情的幽默气质，而欧洲的漫画一词Bande dessinée和中国的连环画则直达漫画的本质：使用连续图片作为的叙事手段，并不断引导读者翻到下一页，从而完成完整的阅读。这与中国画的长卷是非常相似的，读者需要置身于作品的"时间轴"上才可以开始阅读，而不能对全部作品进行通览。所以漫画本质上具有和视频技术相似的逻辑，除此之外，永航员这部作品每周更新三页，漫画的发生场景、结局、时代设定也都经过精心设计，造成了一种"视频直播"的效果，而阿根廷漫画的黄金时代正好是电视出现前。

1969版的《永航员》采用了一种横版构图，这样的模式无法使用"漫画对页"为叙述单位，所以漫画单页成为基本叙事单元，这是一种很独特的页面设计。另外，由于印刷技术的限制，69版的漫画使用黑白色块来印刷，与漫画原稿相比，印刷成品缺少了大量灰色部分，这样的印刷限制反而促成了作者使用一种大块黑白对比和反色的手段来进行"画面闪烁"，从而刺激读者双眼，烘托漫画的戏剧感。

虽然今天人们常说我们已经进入读图时代，然而在文字产生之后，"图"其实都不可避免地带有文字逻辑，所谓的图像小说在图文结合的方式上或者文本量上也许与漫画有一些技术性的不同，然而本质并没有太大的区别。

随后，主持人于施洋老师肯定了范老师精彩而翔实的讲解，特别就漫画将外星人入侵地球的场景设置在阿根廷提出看法。阿根廷许多民众向以身为欧洲后代为傲，加上该国确实在二十世纪上半叶获得了快速的经济增长，曾一举跃为世界第八大经济体，跻身"发达国家"之列，在贝隆主义"第三条道路"的激发下，爱国热情十分高涨。但五十年代之后，形势急转直下，连年旱灾、国际粮价肉价暴跌，工商业国有化导致资本外逃、高福利社会政策的消耗等等，使其逐渐退化为二流国家。与此同时，冷战对峙愈演愈烈，美国区域研究兴起，阿根廷知识分子开始认识到，自己看似属于"西方"的一部分，但却一直处在边缘的位置，是被观看、被进入的对象。这也是为什么同时期稍晚的漫画《玛法达》中，一个六七岁的小女孩为什么总是在看地球仪，试图解释自己的国家并非"倒悬"。《永航员》似乎并没有找到解释，因为在后续作品中，阿根廷甚至成了美国与外星人达成协议的祭品。据说脚本作者非常喜爱《鲁滨逊漂流记》，作品中也确实有一定的投射，只不过四周并不是茫茫大海，而是日常的、无理由的、因依附而"天然"的恶意。

评议结束后，在场的听众也提出了有关图像排列顺序的问题。与会的老师和同学们都表示深受启发，并对拉美当代图像小说有了一层新的认识，讲座在热烈的掌声中落下了帷幕。

（吴小红）